YIZHI REN MA QIANG YOU ZHUANG
——HUAINAN XINSIJUN DE FAZHAN HE LONGGANG KANG DA

一支人马强又壮
——淮南新四军的发展和龙岗抗大

贾鸿彬 ◎ 著

时代出版传媒股份有限公司
安徽文艺出版社

贾鸿彬，笔名白希。现任滁州市文联二级调研员。曾在《青年文学》《中国作家》《清明》《百花洲》等杂志发表中短篇小说多部（篇），出版过长篇小说《陈其美》《上海教父》，长篇纪实文学《开国大镇反》《小岗村40年》等10多部，500余万字。多篇（部）作品被《中外书摘》《散文选刊》《海外文摘》等报刊选载、连载，多部作品被天津人民广播电台、喜马拉雅等连播。长篇小说《陈其美》（原名《辛亥袅雄》）入选2010年中国作家协会重点扶持作品。作品两次荣获安徽省政府社科奖二等奖，并获华东六省文艺图书奖等奖项。系中国作协会员、安徽省报告文学家协会副主席、滁州市作家协会主席。

YIZHI REN MA QIANG YOU ZHUANG
——HUAINAN XINSIJUN DE FAZHAN HE LONGGANG KANG DA

一支人马强又壮

——淮南新四军的发展和龙岗抗大

贾鸿彬 ◎ 著

时代出版传媒股份有限公司
安徽文艺出版社

图书在版编目（ＣＩＰ）数据

一支人马强又壮：淮南新四军的发展和龙岗抗大/贾鸿彬著.—合肥：安徽文艺出版社,2023.12
ISBN 978-7-5396-7878-8

Ⅰ．①一… Ⅱ．①贾… Ⅲ．①纪实文学－中国－当代 Ⅳ．①I25

中国国家版本馆 CIP 数据核字(2023)第 223166 号

出 版 人：姚 巍	
责任编辑：秦 雯	装帧设计：张诚鑫

出版发行：安徽文艺出版社　　www.awpub.com
地　　　址：合肥市翡翠路 1118 号　　邮政编码：230071
营 销 部：(0551)63533889
印　　　制：合肥创新印务有限公司　(0551)64456946

开本：710×1010　1/16　印张：22.25　字数：350 千字
版次：2023 年 12 月第 1 版
印次：2023 年 12 月第 1 次印刷
定价：88.00 元

（如发现印装质量问题，影响阅读，请与出版社联系调换）

版权所有，侵权必究

目 录

序 /001

引子 抗战精华又此间 /001
  一、苏皖边界的滨湖古镇 /001
  二、古镇科举精华 /003
  三、历史年轮和青春记忆 /005
  四、霓虹灯下哨兵的龙岗之恋 /009
  五、从新四军第四支队说起 /014

卷一 团结救亡下山来 /016
  一、不合规矩的信件 /016
  二、蛇形岗炮楼的交锋 /018
  三、岳西县城局面初定 /021
  四、青天谈判九河签字 /024
  五、重回七里坪 /028
  六、新四军的成立 /034
  七、七里坪改编 /040
  八、一个也不能丢下 /043
  九、桐柏山的游击传奇 /047
  十、向东进发 /052

卷二 抗日旌旗战局开 /056

一、蒋家河口初设伏 /056

二、最早进入皖东的新四军部队 /062

三、董必武指点高敬亭 /065

四、舒城促统战 /071

五、皖中扩军 /076

六、三战棋盘岭 /081

七、椿树岗伏击战 /084

八、奇袭运漕镇 /087

九、无为有为 /090

十、里应外合战全椒 /092

卷三　江淮河汉今属谁 /100

一、克服王明右倾错误 /100

二、中央点将张云逸 /107

三、皖东路西游击击敌 /110

四、叶挺立马东汤池 /114

五、错杀高敬亭 /118

六、战地服务团点燃路东 /121

七、安子集第五支队成立 /130

八、周利人只身入天长 /134

九、枪决向国平 /139

十、罗炳辉三打来安城 /144

十一、中原局东移皖东 /150

卷四　吴头楚尾血潮翻 /155

一、瓦屋薛：第一次中原局会议 /155

二、徐海东挥兵周家岗 /160

三、山黄家：第二次中原局会议 /165

四、湾杨村：第三次中原局会议 /168

五、反攻占领定远县城 /171

六、缴械盛子瑾 /176

七、半塔保卫战 /180

八、皖东各县抗日民主政权的建立 /187

九、平叛和抗日新局面 /190

卷五 抗战新声更展眉 /194

一、抗大溯源 /194

二、从教导队到江北军政干校 /203

三、江北军政干校师生的反"扫荡" /204

四、抗大八分校进龙岗 /207

五、预科和本科 /211

六、党指挥枪 /215

七、操场田操枪 /220

八、罗炳辉案例教学 /223

九、弹起我心爱的土琵琶 /228

十、高邮湖畔大生产 /236

十一、6年6期4000人 /239

卷六 碧血长江流不尽 /242

一、战火纷飞中的教学 /242

二、海复镇改建抗大九分校 /244

三、除夕夜新老洲南渡 /248

四、九分校溧水守芝山 /251

五、北归淮南入龙岗 /255

六、终身受益的龙岗时光 /263

七、江南江北演《蜕变》 /267

八、罗师长玩魔术 /272

九、和乡村群众融为一体 /275

卷七　立将莫邪斩苍龙　/279

　　一、铁路便衣大队　/279

　　二、"弯把小爷"植品三　/282

　　三、闹市击毙翻译官　/286

　　四、侦察门牌号　/289

　　五、深夜闯豪宅　/293

　　六、秤砣当砍刀　/298

　　七、虎口掏盐驮　/303

　　八、开辟安全走廊　/307

卷八　万里长征足未停　/310

　　一、淮南新四军的局部反攻　/310

　　二、柴庭凯智闯滁县城　/312

　　三、星夜巧越上水关　/316

　　四、东反"扫荡"，西反摩擦　/320

　　五、激战黄泥岗　/322

　　六、潜伏在南京　/328

　　七、通济门事件　/331

　　八、跨过长江起义　/333

　　九、兵强马壮　/337

跋　/341

参考书目　/344

序

  淮南抗日民主根据地(前身为皖东抗日根据地)是中国共产党在抗日战争时期创建的19块根据地之一。根据地位于长江与淮河之间,地跨苏、皖两省,包括津浦路东和津浦路西两部分,主体部分在安徽滁州,曾是中共中央中原局、华中局、新四军军部所在地。抗战期间,南京是日本侵华派遣军的大本营,又是汪精卫汉奸政府所在地,我淮南抗日民主根据地与南京隔江对峙,犹如对准其心脏部位的一把钢刀。同时,根据地控制着津浦路南端两侧,直接威胁津浦铁路这一运输大动脉,使日伪孤立于南京、合肥、蚌埠等主要城镇,自然形成了农村包围城市的格局。由于特定的历史条件和特殊的地理位置,这块根据地具有极其重要的战略意义。

  中共中央和毛泽东主席高瞻远瞩,早在抗战之初就提出"发展华中""向东发展"。从1937年起,多次电令新四军四支队"向皖东发展",并派张云逸、邓子恢、赖传珠等过江到皖东组建新四军江北指挥部,派胡服(刘少奇)同志及中原局机关同志和延安部分干部到皖东领导、开辟、创建淮南抗日根据地。除此之外,还给淮南抗日根据地配备了邓子恢、郑位三、谭震林、刘顺元、方毅、张劲夫等政治领导干部和张云逸、罗炳辉、徐海东、高敬亭等红军名将,显示了党中央深谋远虑的战略胸怀。

  人民军队建立伊始,就十分重视军队文化教育和人才培养。井冈山时期开始设立培训基层军官的红军教导队,到延安后又建立中国工农红军大学,后改名中国人民抗日军事政治大学,简称"抗大"。抗大坚持"团结、紧张、严肃、活泼"的校风,强调理论联系实际的教学方法,注重以思想政治教育为特色的教育内容来培养抗日干部,并在各主要根据地先后创办12所分校,其中抗大八分校就位于淮南抗日民主根据地的龙岗(今属于滁州市天长市铜城镇),抗大九分校也一度转移至龙岗办学,龙岗成为培养抗日干部的重要摇篮。本书寻踪抗大学员,通过一个个英雄故事,真实艺术性地再现了皖东这片红色沃土上英勇的新四军将士创造的辉煌历史,生动展现了在抗大文化滋养下人民军队的茁壮成长。战旗猎猎、号角声声、军马嘶嘶的生动场面,把我们带回了那硝烟弥漫的战斗年代,让我们真切地体验到革命先辈追求民族解放的悲壮与豪迈。他们的英雄业绩和大无畏的革命精神,将永远彪炳于伟大的党史军史中,镌刻在人民的口碑心碑中,融入我们生生不息的民族精神文化中。

书中还写到了皖东各县、市、区的很多抗战遗址,这些遗址和天长龙岗抗大纪念馆一样,都是革命先辈留给我们的宝贵历史文化遗产。习近平总书记在党的二十大报告中指出:"只有把马克思主义基本原理同中国具体实际相结合、同中华优秀传统文化相结合,坚持运用辩证唯物主义和历史唯物主义,才能正确回答时代和实践提出的重大问题,才能始终保持马克思主义的蓬勃生机和旺盛活力。"这"两个结合"深刻揭示了中国共产党理论创新的规律,不仅开辟了马克思主义中国化时代化新境界,更为中华民族伟大复兴、中华文明伟大发展开辟了无限广阔的前景。我们要保护和运用好这些遗产,将红色历史文化打造成永不磨灭的精神家园,学党史、悟思想、办实事、开新局,以昂扬姿态踏上新征程,以优异成绩迈向第二个一百年。

引子 抗战精华又此间

一、苏皖边界的滨湖古镇

打开中国地图,在安徽省东部,有一块枫叶状的地域,深入江苏省腹地。它的北、东、南三面,分别被江苏的盱眙、金湖、高邮、仪征、六合严严实实地包围着,只有西面有一个口子,和安徽省来安县连接着,这就是天长。天长正式置县于唐玄宗天宝元年(742)。开元十七年(729),唐朝廷为纪念玄宗李隆基生日,将每年的八月五日定为千秋节,并于天宝元年割江都、六合、高邮三地置千秋县。天宝七载(748),改千秋节为天长节,千秋县随之易名天长县,属淮南道扬州。天长县的建制自此确定后,历朝无大变化。历史上,它大多时候叫天长县。抗日战争时期,天

龙岗古镇

长是淮南抗日根据地的重要组成部分;全国解放战争时期,这里又是国民党反动派不惜调动数万大军,力图强占之地。为了开辟、巩固和保卫这块革命根据地,罗炳辉将军曾在淮南根据地和天长人民一道浴血奋战6年之久。为纪念他,天长在1946年6月至1960年1月间,曾两次改名为炳辉县。1993年12月,经国务院批准,天长撤县设市,成为天长市了。

天长东部边陲有一个叫龙岗的古镇。明代王心编纂、清代江景桂等修订的《天长县志》记载:龙岗镇距县城"北微偏东五十里。四境:东至西十七里,南至十五里。东十里交高邮湖……北十五里交高邮州界;东北十二里交高邮州下塘界"。随着历史的变迁、行政区划的调整,现在它东与江苏金湖为邻,龙岗镇街东面就为金湖所辖。镇街的南面,紧靠的是高邮湖的湖汊百家荡,天长境内的重要河流铜龙河汇入百家荡,进高邮湖。龙岗这块土地就是铜龙河冲击、高邮湖顶托后泥沙淤积而成的一片高地,犹如花瓣,状若芙蓉,因船民们经常在这里停歇,久而久之,形成了一个熙熙攘攘的小镇。小镇三面环水,碧荷万顷,芙蓉点点,遂又称"芙蓉岗"。新中国成立以后的一段时间,龙岗镇街是龙岗乡政府所在地。

1992年10月,社会科学文献出版社出版发行的《天长县志》是新中国成立后出版的第一本天长地方志书,记述天长至1990年12月底的历史。在《建置区划·乡镇简况》中是这么描绘龙岗的:

> 龙冈(岗)乡 在县境北部,东与江苏金湖为邻。总面积25.1平方公里,耕地13919亩,6个村和1个林场,60个生产队,1792户,7780人,其中瑶族1人,乡政府驻龙冈(岗)街。龙冈(岗)古名芙蓉岗,虽处地偏僻,然而历来文风较盛,清代曾出过状元。抗日战争时期,中国人民抗日军政大学第八分校长期驻于龙冈(岗)街。张云逸、粟裕、罗炳辉、方毅、张劲夫曾驻龙冈(岗)领导和指挥抗日斗争。龙冈(岗)街的房屋灰砖黑瓦,砖铺小街,古色古香。龙冈(岗)乡水源充沛,铜龙河横贯全境,加之建国后兴建电灌站多处,使农业生产旱涝保收……该乡盛产鱼、虾、蟹等水产品,还有丰富的芦苇资源,群众多以织席为业,芦席行销省内外……境内有中国人民抗日军政大学第八分校旧址。

二、古镇科举精华

科举制度是中国古代人才选拔制度的重要举措,是封建时代相对公平的人才选拔形式,自隋朝开始,吸收了大量出身中下层的社会精华进入统治阶层,在1000多年的岁月中,显示出一定的进步性。龙岗清代出的状元戴兰芬等,无疑是中国科举文化的重要成果体现。

戴兰芬,字畹香,号湘圃,休宁状元博物馆称他是徽州休宁人。但《天长县志》记载,他是天长北乡人,清乾隆四十六年(1781)生。其六世祖为明代进士,曾任云南楚雄知府等职,因触犯阉党魏忠贤而被罢官回乡,在沂湖滨筑屋定居。戴氏祖先早在明代就到天长居住了,戴兰芬无疑是天长人。当年沂湖辽阔,现在的龙岗镇就处在岸边,戴兰芬曾生活在龙岗。

主持戴兰芬殿试的是安徽歙县人曹振镛,清朝一代名臣,时任武英殿大学士兼军机大臣。安徽同乡戴兰芬考中状元,他欣喜万分,撰联曰:"古来经术无双,两汉常留儒者业;天下人文第一,三江皆有状元家。"

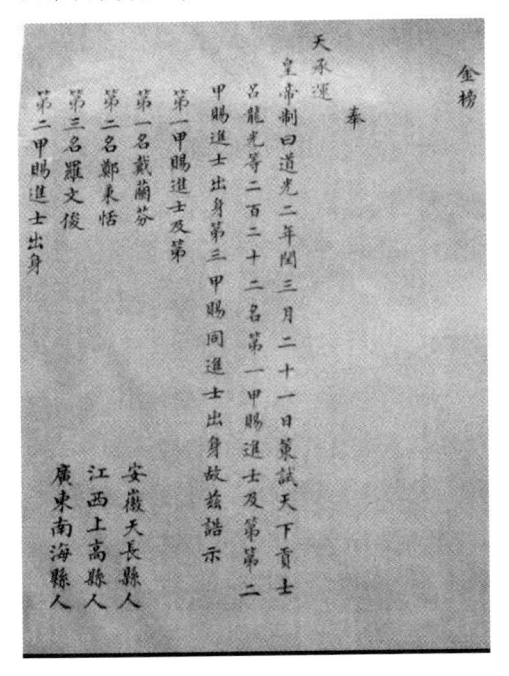

戴兰芬中状元的金榜

这副对联上联写戴兰芬学养深厚,考取状元;下联则点明了戴氏家族举业兴旺。天长戴氏家族收藏的《戴氏宗谱》也记载:天长戴氏是明朝初年由一世祖戴远六从浙江上虞迁到天长的,戴兰芬是第14代。元末明初,浙江上虞人方国珍和朱元璋争天下,方国珍兵败,其手下将领戴远六归顺朱元璋,被朱元璋迁到因战乱而人烟稀少的天长,而戴远六的两兄弟则分别被迁到了江西和江苏。先前,那两兄弟的后代已经分别出了状元,如今天长戴氏的后人也中了状元。天长在顺治年间曾属江南省,所以曹振镛说:

"三江皆有状元家。"

从《天长县志》和《戴氏宗谱》上看,戴兰芬和休宁应该是没有任何关系的。但休宁县状元博物馆却记载"戴兰芬是休宁城北人,寄籍安徽天长",不知所据何处。

戴兰芬自幼由做塾师的父亲戴景和启蒙,6岁即能诗属对,14岁补博士弟子员,18岁为廪生,27岁在嘉庆戊辰年(1808)恩科乡试时中了举人,一时英姿勃发,益发刻苦攻读。可是科举的道路并不平坦,兰芬在此后的10多年中,6次进京考试均名落孙山。道光二年(1822),清王朝为道光皇帝登基而专设恩科会试,戴兰芬第七次进京赶考,终于考中本科状元——殿试进士一甲一名,时年41岁。

中状元后,按惯例授翰林院修撰。道光皇帝在乾清宫召见戴兰芬时,详细地问及了他的家世,兰芬在回答时讲了家中14代皆为秀才,皇帝龙颜大悦,遂加授其"国史馆协修""功臣馆纂修"。戴兰芬万分激动,随即赋诗千里飞报龙岗的父亲:"两道金鞭响似雷,马蹄飞过帝城隈。青灯二十年前苦,博得天街走一回。"其得意之情,丝毫也不逊色于孟郊的"昔日龌龊不足夸,今朝放荡思无涯。春风得意马蹄疾,一日看尽长安花"。据史料记载,当时戴兰芬的母亲已去世,只有父亲一人在天长。老父为防止儿子得"志"忘义,寄诗道:"百虑尽消樽有酒,一钱如爱我无儿。"戴兰芬得诗,醍醐灌顶,立刻乞假还乡,迎父入都,朝夕请训,令无意外之忧。供职翰林院期间,戴兰芬恭谨勤勉,父母都受到皇帝的诰封。未几,父亲去世。他亲自扶柩归葬,结庐墓畔,晨昏叩悼。

两江总督琦善慕戴兰芬之名,曾聘请他主持金陵尊经书院讲席。戴兰芬47岁时,父丧期满,朝廷授予其戊子(1828)福建正考官。他唯才是举,为朝廷选拔了一批得力干才,后来成为封疆大吏的林鸿年(曾任云南巡抚)、何冠英(曾任贵州巡抚)、郭柏荫(曾署理湖广总督)等均出其门下。戴兰芬48岁时又充任殿试收掌官。次年,戴兰芬简放陕甘学政,典试督学,下车伊始,即纠正当时科举考试中的不正之风,使得士林风气大振。戴兰芬50岁时,提升为翰林院侍讲,仍在陕甘视学。

戴兰芬虽是文士,然留意经济,供职之余,时时察访,凡有关国计民生的大事,都主动与地方大吏磋商成熟后再施行。道光十三年(1833),他转任侍读,六月再转詹事府右庶子,八月迁林院侍读学士,并奉召还京,充文渊阁校理,教习庶吉士。

入京未久即去世,终年52岁。《望湖轩诗赋》若干卷为戴兰芬所著,其诗《送金岑斋少府》等在一定程度上反映了民间疾苦,具有现实意义。

龙岗镇有一种特产叫甘露饼,它味美可口,造型美观,洁白如玉,层层叠叠,宛如盛开的白莲花。相传这甘露饼也和戴兰芬有关。戴兰芬中状元之后,为感谢皇恩,将家乡的传统名点作为贡品呈入宫廷,献给皇上品尝。皇上尝后,觉得酥脆香甜,油而不腻,入口即化,美如甘露,倍加赞赏,于是封为"甘露饼"。此饼作为历史名点,延续到今天,为龙岗著名特产。

除了戴兰芬这戴府一状元,龙岗镇上还出过韦门两探花、陈门四进士。毋庸讳言,这些人也是他们所置身的科举时代的精英。

三、历史年轮和青春记忆

文风鼎盛、人文厚重的龙岗,由镇南的铜龙河进入高邮湖可通江达海,故水路漕运发达,明清至民国年间,一直都是苏、皖之间的重要商埠。现存老街两旁的建筑大都建于晚清至民国年间,至今仍保存完好。房屋多为青砖小瓦,内部结构扶梁扶柱,雕梁斗拱,排山隔扇,石窟门头,既有徽派建筑风格,也不乏江淮地区的地域建筑特色。1941年农历八月,金风送爽,真武庙庭院中金桂吐芳,一支意气风发的队伍走进龙岗,又为这个千年古镇抒写了浓墨重彩的一笔。这是一支什么队伍?这是中国人民抗日军政大学第八分校的师生,他们是中国人民追求民族独立解放的先进分子,是皖东抗日新四军中的骨干力量!

江苏省作家协会原主席、党组书记艾煊,是随八分校的队伍一起进驻龙岗的,先在八分校当学员,后来历任学员队队长、教员、指导员、

龙岗抗大八分校校务部旧址

在龙岗战斗、学习将近2年时间。这段时间是他引以为傲的"幼稚和真诚但并未虚度年华的年代"。50年后的1992年,他又走进龙岗,写下了情真意切的《湖滨大学》一文,呈现给我们一个美轮美奂而又热血飞扬的古老龙岗。

龙岗,长江下游高邮湖边的一个闭锁的小镇。窄窄的小街曲巷,青砖、条石铺砌的街路。前一进屋和后一进屋之间,隔着一方阴凉幽静的天井小院。这样一个古老小镇、古老天井小院,很像是文人学士们小巧、紧凑、古色古香的书橱,也像是老祖母从不翻晒的古旧衣箱。石库门、青瓦粉墙、深宅小院,三进、五进、七进深的康乾老屋。记忆中这是一个富裕、文静的古镇。偏僻、交通不便,陆上只有一条狭窄、傍河而行的圩堤小路和外界通连。

艾煊

从龙岗往西20里,有个繁忙的小镇铜城。这个常住户不过两三千人的小镇,当年却是淮南农村游击根据地中最大的城镇。抗日战争后期,曾将这个铜城镇改建制为市,这大概是中国的一个袖珍市了。小镇设市,是沙盘作业,是为了演习抗日战争结束后,如何接收和管理那些大中城市的。

从铜城往东通到龙岗去,原来只有一条圩堤曲路。现在修了一条单车道,窄窄的沙土公路。土路尽头,出现了一条宽阔的新街。几幢只有两层三层的低楼房。这样一座半传统半现代的乡村小镇,全国到处都可见到。一条街道的两边,分布若干商店、学校、医院、机关,这套格局千镇一式,没有多少传统特色,没有古老气氛,这显然不是龙岗。

引导我来龙岗寻梦的朋友说,这里是新龙岗,是龙岗镇的新街。老龙岗还在里面。"里面"是什么意思?走过去也就明白了。古龙岗隐藏在新街背后密密麻麻的树林中。

走到古镇街头,眼前出现了一些断墙空屋框。奇怪,一点也显不出荒残破败。所有的废宅基上,所有的瓦砾堆上,都长满了生机勃勃的绿树。

完全没有料到,脚下的街路竟会这样出奇地完整。扁立的青砖铺砌成鲫鱼背形的街路,中间拱起,两边略低。砖缝里长了些青苔、小草。50年漫漫岁月,砖块有些损坏,但砖路没有被踩平,还是那么饱满的圆弧形。砖路不宽,两米左右。街路两边,有两条和街路伴行的浅浅的砖砌流水沟。路面上、水沟里,没有污泥,没有飞舞的蝇群。这么清洁,这么幽静,不像是现实生活中的夏日乡村小镇小街,似乎是博物馆里陈列的古镇古街模型。

人生道路漫漫,50年悠悠岁月,街路依旧。这到底是一条踏不烂、踩不坏的街路,还是少人踏、少人踩的街路?古镇有情,保留了一条原模原样的街路,也许是留给抗大校友们寻梦的吧。开放的平原,怎么还会保留下来这么一个封闭的古色古香、原汁原味的古镇?也许是龙岗人偏爱传统文化的接续。

帆影林立的高邮湖

扁立青砖的街路尽头，有一条横街拦在前边，两街相交成丁字形。横街不是扁立的青砖路，是一条石板路，粗糙的花岗石，长年累月，踩得像镜子样光滑。花岗石街路的下边，是一条古老的空腔，是一条砖砌的排污下水道。这条横街，也还是50年前的老样子。

恰在青砖路与石板路交会的丁字路口，有一座跨街骑楼。这楼，原是古镇的更楼，夜间用来敲梆报时，白天用来锣鼓报火警的。1942年，我们抗大八分校驻在龙岗时，这个更楼便成了司号员的号楼。每天黎明时，雄壮、嘹亮、令人精神振奋的起床号从这楼上吹起，悠悠远扬，传遍了全校各个学员队。白天上课、休息、出操、开饭，晚间熄灯就寝，全校统一的号令都是从这座更楼上发出的。更楼呢？丁字街口的更楼消失了，只留下一点淡淡的默默的纪念。

抗大八分校本部的各个单位，驻在镇上一些深宅重院的古屋里。几个学员队，分散驻在古镇四周的一些古庙里。这房屋和住在这房屋里的人，情调是极不协调的，居住在古屋古庙里的是近千名思想极新的青年人。

在敌后抗日游击战争的环境里，学校无定址，常迁徙。但1941年至1942年，竟在这龙岗古镇上长驻了一年多。整个古镇上，那些房子较大些的人家，几乎都住上了我们学校的教员、职员、学员。若说学校应该有个校园，龙岗古镇便是我们抗大八分校的校园了。

我们这个学校全称是中国人民抗日军事政治大学第八分校。大学其名，干部培训班其实。游击战争的动荡环境，不可能有正规的学制。在校学习时间的长短，看环境的平稳与动荡而定，或者延长或者缩短。若碰上鬼子"大扫荡"，也可能提早毕业。大学，但是没有教授，没有讲师。教师的职称也只有两种，一曰教员，一曰教育干事。干事是辅助教员做好教学工作的。

艾煊50年前的记忆和50年后的还原，能让读者浸润在青砖黛瓦的古意中。也许是年代太久，"更楼"一说，记忆有误。据天长市人大常委会原副主任、著名史志专家李伍伦考证：龙岗没有更楼。艾煊所说的应当是中市口的阙门，以条石砌成，边立木柱，上铺板，形成一平台，当年号兵在上面吹号，龙岗人称之为"司号台"。后来，由于缺乏维护，阙门在20世纪50年代被损毁。2007年5月，抗大八分校建校 66 周年前夕,天长市蓝德集团股份有限公司赞助,天长市人民政府又将阙门景观恢复重建,上面还竖立了一座背着步枪、昂首吹号的新四军司号兵雕像。

扁立青砖筑成的巷道,是穿越龙岗古镇历史的隧道,那残缺的牙口和圆润的辙痕交错,仿佛是岁月无声的镌刻,镌刻的不仅是漫漫的历史年轮,更有追求民族解放的青春记忆。抗大八分校,是他青春记忆中最美丽的年轮。

四、霓虹灯下哨兵的龙岗之恋

"又喝到家乡的水了!"这是电影《南征北战》中的台词。

"赵大大,你黑不溜秋的,靠边站站。"这是电影《霓虹灯下的哨兵》中的台词。

少年时生活在皖东路西农村,最奢侈的文娱生活就是看电影。《南征北战》《霓虹灯下的哨兵》这些片子,不知道看了多少遍,很多台词,至今都记得。那时候,看到编剧沈西蒙的名字,崇拜异常。我曾经问过语文老师,沈西蒙是一个什么样的人。老师说,不是很清楚,以前在报纸上看到过,他是南京的一位军旅作家。

后来,我在《人民日报》《解放军报》等报刊上,陆续读到介绍沈西蒙的文章,才对他有了进一步了解。他是一个著名的戏剧家,也是一个大众喜爱的电影编剧。《霓虹灯下的哨兵》是由话剧改编成电影的。1963 年 11 月 29 日,毛泽东主席观看《霓虹灯下的哨兵》汇报演出后说:"话剧是有生命力的。"自此,《霓虹灯下的哨兵》在北京连演 3 个月,后来全国有 30 多个文艺院团排演了《霓虹灯下的哨兵》。因此在话剧界,沈西蒙是个丰碑式的人物。令我没有想到的是,这座"丰碑"的树立,竟然也与龙岗小镇密切相关。

沈西蒙向南京路上驻军赠送锦旗

2006 年 6 月 4 日,《解放军报》第三版刊登了沈西蒙的《龙岗之恋》。文前有一段编者按：

> 军旅著名剧作家沈西蒙同志，2006年4月28日不幸在上海逝世，享年88岁。
>
> 沈西蒙生前曾执笔并参与过话剧《霓虹灯下的哨兵》、电影《南征北战》等家喻户晓作品的创作，曾先后担任南京军区政治部文化部部长、总政文化部副部长、上海警备区副政委、南京军区政治部创作室副军职创作员、中国戏剧家协会副主席等职。
>
> 沈西蒙1919年生于上海，1939年参加新四军，同年加入中国共产党，战争年代历任新四军第一师服务团戏剧副主任、文工队副队长、苏中军区文艺科副科长、前线剧团团长、华中军区文工团团长、华野文工团团长、三野文工团副团长、三野宣传部宣传科副科长、文艺科科长等职。曾创作出《重庆交响曲》《盐城之战》《好男要当兵》等一大批鼓舞士气的战地文艺作品，为新中国的建立做出了一个军旅文艺战士的积极贡献。
>
> 龙岗，今安徽省天长市的一个集镇，也是沈西蒙同志半个多世纪前战斗、生活过的地方。沈老去世前，曾故地重游，并写下了《龙岗之恋》这篇回忆文章。今日刊登于此，以表我们对这位文艺老战士的追忆与缅怀之情。

沈西蒙写给何仿的信

编者说的故地重游，是1991年5月，年逾古稀的沈西蒙同他的老战友何仿、李雪先夫妇，陈真、李一芳夫妇，刘川、曲曼玲夫妇一行7人来天长旧地重游。据陪同他们的李伍伦记述，沈西蒙在何仿、甘勇和李伍伦的陪同下去了龙岗。

初夏的太阳明媚而温暖，但此时的龙岗小镇显得有些冷清。沈老走进龙岗，在面对一条南北向的水泥街道时愣了一下。李伍伦向他解释,全国解放后,苏皖重新划界,龙岗成为两省边界上的一个小集镇。由于无发展空间,日趋破败、冷落。1980年,曾经在龙岗战斗过的张劲夫担任安徽省委书记,他十分关注老区的发展,在他的关怀下,设立了龙岗人民公社(后改为龙岗乡),小镇上才恢复了一些生气。1991年"撤区并乡",龙岗被并入高庙,小镇又陷入了往日的冷清。

龙岗设立公社后新辟的一条街道,在老街的西面。李伍伦陪着沈西蒙一行来到已经闲置的乡政府大院,只见办公室墙壁上挂着几块零散的镜框,其中嵌着介绍抗大八分校的文字说明。沈西蒙与何仿对镜框中的介绍文字看了又看,有些茫然。来到老街,只见街道杂草丛生,断壁残垣。沈老凭着记忆,摸索着走过东街,向南走过一段石板街道,他眼前一亮,原来是找到他当年的住所——戴鼎斋的家。戴家老宅原来有两个宅院,西院几间老屋尚完好,精致的格子门依然存在。沈老告诉李伍伦,当年涂克、天然、任干三人住在中间的堂屋里。沈老和沈亚威、王啸平住在东院。他们当年住的房舍已不存在。只有北檐墙留下一块约一人高的残壁,青砖砌筑的斗子墙体,咧着成排的空口子,仿佛在争相诉说昔日的风光。

墙框里长出一棵碗口粗的榆树,应该是新生之物,令过去的岁月变得更加遥远。沈老抚摸着残缺的墙体,伫立好久,似乎是和记忆对话。直到同行的何仿碰了他一下,他才带着几分惆怅离开戴鼎斋家的院落。

街对面的戴凯家是当年党训队食堂所在地,沈老准确地走到了门前。据李伍伦回忆:

> 沈老站在门口,戴凯的妹妹戴以林开门出来,打量着这位穿着一身军便装的陌生人。沈老问:"这是你家吗?"
>
> "是我家。"
>
> "你今年多大年纪?"
>
> "快60了。"
>
> "你记得当年的抗大九分校吗?"
>
> 戴以林答道:"记得,那时我们小,记得不太清楚。只记得你们走路排队,成天唱歌,有时演戏。你们在我家,每天蒸大卷子,屋里院子里成天热气腾腾

的。"沈老终于找到了知音,清瘦的脸上露出淡淡的一笑。①

离开龙岗,回到上海,沈西蒙写下了《龙岗之恋》。文章一开头,他就说:"龙岗,我风雨历程中的一个港湾,我征途中的一个驿站,我饥渴时的加油站。"显然,龙岗和他的生命息息相关。他接着回忆了1942年与1943年抗日战争最艰难困苦时期,他们从江北进入江南,很快又从江南"越过南京城旁的虎踞龙盘,过了长江,又回到江北仪征、天长,经汊涧、铜城,抵达淮南根据地中心,洪泽湖之南,高邮湖以北的芦荡深处的一个小集镇,地图上找不到它的名姓的龙岗"。

沈老描述的龙岗的方位不尽准确,但他对龙岗峥嵘岁月的缱绻和依恋却异常真切。

龙岗,谁知它的夜晚如此清新,如此幽静,我身不由主地往地上躺下,头枕在背包上,张开四肢,身上像似卸下千斤重担,仰天长吁了口气,只见眼前水天一色,一钩新月与荡漾的湖水交相辉映,寒风抚弄着我的头发,芦苇花丛在我耳旁沙沙作响,我好似躺在水面上,又好像睡在摇篮中,顿觉自己沉浸在云雾之中了。清晨起,又见小镇上挑担车水的,鸡鸣狗叫的。才出炉的烧饼,才出锅的油条热气腾腾,小茶楼、小吃铺子挤在一起,人来人往,摩肩擦背,尽显我根据地一派兴旺景象。

……

在龙岗,在它附近的同一个打麦场上,我有幸看到了广场歌舞剧《大翻身》《要活命的只有干》,在附近铜城镇看到了多幕地方话小调剧《生产大扶(互)助》。这对我的思想、文艺观的触动很大。对我在理解、实践毛主席在延安文艺座谈会上的讲话——如何为工农兵人民大众服务,如何为战争服务,找到了阶梯,找到了拐棍,找到了行路的目标和方法。在我文艺生涯中,十分有幸能遇到编演这些别有洞天的节目的淮南大众剧团。淮南大众剧团诞生在硝烟之中,她亦兵亦农亦工,常出没在田埂、战地、壕沟、据点内外、枪林弹雨之中。在团长张泽易同志的带领下,团结了一批农村、城镇的知识青

---

① 李伍伦编著:《抗大在龙岗》,北京:中共党史出版社2011年版。

年、工人、农民、民间艺人,其中核心骨干如缪文渭、何捷明、陈真、郭民、吴祖根、何仿、何仅、何成先、李育王、熊明道、王沛凤、李雪先、陶振琴等。是这些同志将毛主席的文艺思想与具体的时代,与具体的战争和革命事业成功地结合起来,为革命文艺开创了新的天地,翻开了新的一页,他们在这块土地上埋下了先进文化的种子,在历史轨道上留下了他们的痕迹。

沈西蒙在文中回忆的缪文渭出生于安徽省天长市乔田乡,自幼家境贫苦,16岁靠唱戏卖艺为生,1939年秋跟随周利人参加革命,加入中国共产党,开始创作活动。此后缪文渭曾任高塘农民剧团团长,大众剧团团长,第三野战军政治部文工总团艺委会副主任、创作组副组长等职。在此期间,他创作了大量宣传抗战的文艺演唱作品,如《生产大扶(互)助》等。新中国成立后,他为中国作家协会首批会员,先后任安徽省皖北文联副主席,安徽省民间文学研究分会主任,中国民间文学研究理事,华东文联作协创作员,安徽省文联委员、作协分会理事,《大家演唱》主编等职,出席过全国第一、二、四次文代会,1979年离休。他的《中草药故事》获1982年中国民间文艺研究优秀作品二等奖。1989年滁州地区的一次创作笔会上,他还为我们演唱过《生产大扶(互)助》中的唱段。

何仿是天长石梁镇何庄村人,1941年春入新四军淮南联中,1942年调进淮南大众剧团。他在天长、六合交界处搜集整理的民歌《茉莉花》,歌曲清丽欢畅,唱红了中国,响彻了全球。《茉莉花》现在已经成为天长文化的一个标志。他的夫人李雪先也是淮南大众剧团的。同一剧团的还有陈真,他是《大翻身》的作者。

淮南大众剧团里的这些演职人员大多是农民,淮南抗日根据地建立后,他们翻身当家做主,忙时务农,闲时走村串乡,创作演出,往往就地取材,将鲜活的故事搬上舞台。他们的表演对沈西蒙触动极大,使得沈西蒙后来的创作十分接地气。

何仿在龙岗

在龙岗短暂学习的日子里，沈西蒙还有幸见到了潘汉年，他是校领导张崇文部长专门邀请来到抗大九分校讲课的。潘汉年与涂克、沈亚威、沈西蒙三人见面谈心，上小课，做思想工作。沈西蒙记得，地点就在龙岗一个小庙门旁哼哈二将站立的耳房内。根据当年九分校的布局，这个小庙应该是真武庙，现在还完好保存。他们原本正襟迎候潘汉年，潘汉年却与他们以友相交，天南地北，促膝谈心，不拘一格，很快便相互引为知己。他谈了上海左联时代，讲到毛主席"讲话"的一些背景材料趣闻。"这次见面，让我得到了一点做人的知识。"

龙岗的停泊很短暂，"很快我又打起背包，跟随苏中军区区党委书记陈丕显同志，乘一叶小舟，在月如钩、水如绸，情景依旧的夜晚离开了难舍的龙岗，向高邮湖远方驶去"。但龙岗却从此萦绕心间，"寒风依然在拨弄我的头发，心中惦着不知何时再与你龙岗相见"。

五、从新四军第四支队说起

艾煊和沈西蒙都是我崇敬的新四军文化名人，在他们的心中，龙岗是永恒的记忆。但我曾经有些迷茫，艾煊是抗大八分校的，沈西蒙是抗大九分校的。这个边陲水乡小镇，竟然荟萃过两所抗大分校的精英，这在中国抗日战争史上应该是独一无二的。抗大八分校、九分校是怎么来的？为什么会荟萃龙岗？那些风华正茂的热血儿女此前在哪里？他们为什么会走进龙岗？在龙岗，他们曾经是怎样的存在？后来，他们走向了哪里？

作者和乔国荣（前左）乘快艇至高邮湖采访

循着艾煊、沈西蒙的足迹，5年前春日的一个黄昏，我走进龙岗古镇。抗大旧址静泊在灰墙黛瓦的古民居中，在古老的真武庙旁，有一座配合古民居修复的院落，中国人民抗日军事政治大学第八分校纪念馆坐落其中。红硕的蔷薇摇曳着慵懒的花朵从旁边的院落里伸出，春风里飘来的却是茉莉花的馨香。

抗大八分校纪念馆第一展厅

快要下班了,馆里没有游客,很静。馆长乔国荣关照工作人员不要闭馆,他带着我,首先来到第一展厅,指着一组照片说:"中国人民抗日军政大学第八分校简称抗大八分校,是1941年5月4日在天长张公铺成立的,并举行了首届开学典礼。它的前身是新四军江北军政干部学校。成立之初,校长由新四军副军长兼第二师师长张云逸兼任,第二师副师长罗炳辉兼任副校长,冯文华任教育长,高志荣任政治部主任,黄一平任训练处长,王树明任训练处副处长,翁行茂任供给处处长。由于日军扫荡,八分校很快离开张公铺,迁往葛家巷等地,1941年8月来到龙岗。1942年后,由罗炳辉兼任校长。而抗大九分校是1942年5月由抗大苏中大队改编而成的。新四军第一师师长粟裕兼任校长,张日清任教育长,谢云晖任政治处主任。1943年2月,一师又任命刘季平担任副校长,杜屏任教育长,张崇文任政治部主任,姚耐任副主任,廖金昌任参谋长。同年7月,九分校移驻龙岗镇。"

听了乔国荣的介绍,我明白了:龙岗抗大是八分校的主校址,是新四军二师为提高部队的军政素质,确保一支人马强又壮而建立的。它见证了皖东新四军的发展壮大。它的建立和发展,源于新四军第四支队。新四军第四支队健儿最早来自两座山:一座是大别山,另一座是桐柏山……

2007年5月恢复重建的阙门景观,俗称"司号台"

卷一　团结救亡下山来

一、不合规矩的信件

1937年7月15日清晨，皖西大别山岳西县三区蛇形岗炮楼收到一封信，信封上的字是横着书写的：岳西县第三区公所速交卫立煌收。按当时国民党的官场文牍往来规矩，信封上的字不能横着写，"速交"应该写成"速呈"，"收"要写成"钧启"，更讲究的还要忌名讳字，"卫立煌"要写成"卫长官立煌先生"，而这封信竟然直接呼名道姓，显然乱了规矩。炮楼里的敌人见了，自然大惊失色，加上落款又有"红二十八军缄"六个字，这帮家伙更不敢怠慢，连忙将信送到区公所。当时区长李德保不在，区员汪汉臣接到这封信后，诚惶诚恐，立即一面打电话向县里报告，一面火速将信送到县城。

此时的红二十八军是徐海东等人率领红二十五军长征后，由红二十五军留下的部队与鄂东北独立团重新组建的一支队伍，未设军长，高敬亭任政治委员，已经在鄂豫皖大别山地区进行了3年艰苦卓绝的游击战争。

三年游击战争期间，红二十八军远离党中央，时刻盼望能够听到党中央的指示和号令。但是敌人在大别山围追堵截，小块的游击根据地也被包围得水泄不通，他们只能偶尔从敌人的报纸上得到一星半点的消息。不久前，一个名叫姜术堂的人来到了鹞落坪根据地，自称来自西安红军联络处，并带有党中央的文件，必须亲自交给中共皖西特委负责人。便衣队的人大都认识这个人，他原是国民党十一路军的少尉排长，已经是第三次出现在鹞落坪根据地了。

第一次是1936年秋天，姜术堂从潜山率领20多名士兵向我万山便衣队投诚。我便衣队因本身力量较小，无法改编这支队伍，经过一番劝说，姜术堂等人自愿放下武器，领取路费各自回家。一天夜间，他们通过黄泥岗一带的封锁线时，不慎触发了敌人埋设的地雷，一部分人受了伤，被据点内的敌人收容了，另一部分人逃散了。

到了1937年春，姜术堂独自一人又找到便衣队，要求参加革命。"西安事变"和平解决后，国共两党已经就合作抗日开始谈判。蒋介石一方面被迫在西北基本停止对红军主力和边区的进攻；另一方面却玩弄两面派手法，暗地里调兵遣将，命令南方各省务必乘国共谈判之机，消灭南方各省的红军和游击队。在大别山鄂豫皖边区，他任命卫立煌为"鄂豫皖边区督办公署"督办，进驻金家寨，下设岳西、信阳、经扶三个办事处，调集了八个师、一个旅、二十个保安团，计十几万兵力，对鄂豫皖边区红军游击队进行为期三个月的"秘密清剿"，妄图彻底消灭边区红军游击队，摧毁鄂豫皖游击根据地。

敌人这一次"清剿"的口号是"砍尽山中树，挖断红军根"，斗争非常残酷，我军对姜术堂这样来历不明的人，不能不有所警惕。但鉴于其上次投诚的积极表现，道委决定再次动员他回乡。姜术堂临走时，请求道委给他一个身份证明，以便返回河南老家寻找机会，投身革命。谁也不曾料想，正是这一偶然事件，使红二十八军与党中央取得了联系。

大约一个月后，姜术堂第三次出现在鹞落坪根据地。便衣队开始时怀疑此人是否受敌人派遣，前来刺探情报。姜术堂竭力申辩说："我是从西安红军联络处那里来的，给你们带来了上级重要指示。"有的同志将信将疑，有的同志要杀掉他。姜术堂满含委屈地说："我在这座山上爬了两三天，好不容易才找到了你们。既然来了，想跑也跑不掉，你们带我去见道委长官后，再杀也不迟！"

姜术堂确实带来了党中央的两份重要材料。他在返回河南老家时，途经郑州，听说"西安事变"后国共两党谈判已经达成协议，在陕北停火，便径直前往西安，找到红军联络处，出示了道委给他的身份证明。也就在这段时间，党中央多次派人前来鄂豫皖地区寻找红二十八军，终因敌人严密封锁，红军辗转游击，一直没有联系上。听说姜术堂来自鄂豫皖地区，联络处的负责同志立刻给予热情接待，并询问了有关情况。几天后，联络处给了两份材料，由他带给红二十八军。姜术堂带着材料，千里迢迢，又从西安返回鄂豫皖，寻找中共皖西特委。

特委书记何耀榜正在沙僧河一带活动，离鹞落坪有七八十里地。便衣队派人

高敬亭　　　　　　　　　　何耀榜

带着姜术堂,连夜越过敌人封锁线,找到了何耀榜。何耀榜先是询问了姜术堂到达西安的经过,继而叫人把《中共中央告全党同志书》和《中央关于抗日救亡运动的新形势与民主共和国的决议》仔细地念了一遍。听完之后,何耀榜说:"这两份文件不是假的,我们在国民党的报纸上也看到了这个消息,符合实际情况。"

这时,高敬亭还在鄂东,何耀榜经过反复考虑,决定以"中共皖西特委会"的名义,将红二十五军离开鄂豫皖以后,红二十八军坚持在鄂豫皖边区游击战争的情况,用密写的方法,扼要地向中央作了报告,并请求中央派人前来联系。这份报告仍由姜术堂送往西安红军联络处。

不久,红二十八军政委高敬亭秘密率部从鄂东到达岳西桃岭,何耀榜向他汇报了姜术堂去西安的经过,交给了他两份小册子。高敬亭拿到两份小册子后,独自关在蛇形岗一座高山上的南田村屋内,反复阅读。研究了整整一天后,高敬亭与何耀榜商议,决定主动向国民党提出停战,共同抗日;并决定何耀榜为我方正式代表,与国民党进行谈判。于是他们以红二十八军的名义,写下了上面的公函,并派便衣队交通员金孝广送进蛇形岗炮楼。

二、蛇形岗炮楼的交锋

当天中午12点,何耀榜接到了回信:"高敬亭先生:我方愿意形成谈判。并派我方代表前往蛇形岗炮楼,请你们也最好派人到蛇形岗炮楼里来作第一次交谈。"落款是"鄂豫皖边区督办公署岳西办事处"。

高敬亭和何耀榜都觉得奇怪！蛇形岗离县城抄小路也足有四十五里地，岳西办事处即使很快接到公函，也总要有一番计议、辗转，回信怎么会来得这样快呢？

回信是岳西办事处赵参谋快马加鞭带到蛇形岗，叫三区区长李德保立即派乡丁送来的。对于敌人这样的快速反应，高敬亭和何耀榜推测，准是岳西办事处在接到三区的电话后，就迫不及待地想把高敬亭和何耀榜诱进炮楼，加以拘捕。此

蛇形岗村

时，"活捉高敬亭者赏洋5万元，活捉何耀榜者赏洋2万元"的悬赏布告，还到处张贴着呢。高、何二人分析了形势之后，决定由何耀榜前去蛇形岗与赵参谋接头。

何耀榜带着10名战士，下山走到蛇形岗炮楼附近，在一座凉棚里坐下来，10名战士警惕着四周，何耀榜抽着卷烟，装着乘凉休息。

一支烟没有抽完，炮楼里出来了一个人，走进凉棚自我介绍道："我是本区区长队，姓李，李德保。请问您贵姓？"何耀榜答道："我是红军八十二师师长的警卫队队长，姓吴，是特地来会赵先生的。"

"哦！请稍等片刻。"李德保急忙返回炮楼。约莫一支烟的工夫，李德保从炮楼里引出一位全副武装的军人来到凉棚，介绍道："这位是岳西办事处的联络参谋赵先生，这位是红军师长警卫队的吴队长。"

赵参谋待理不理，轻蔑地说："你们的师长呢？不见他，是不能谈判的。"

何耀榜见到他那模样，语气也很重："我是奉我们师长命令来和你们接头，并不是谈判。你们有什么事情，我可以转达给师长。"

"那好，"赵参谋把手一扬，接着装腔作势地说，"交1挺重机枪500元，交1挺轻机枪150元，交1支盒子枪100元，交1支长枪80元。你们的官，到我们这里还当官；你们的兵，到我们这里都当排长……"

"这不是谈判，是做买卖。"何耀榜唰地站了起来，厉声打断赵参谋的话。

二人刚刚交谈,便如此话不投机,李德保就悄悄回炮楼去了。何耀榜接着严肃地对赵参谋说:"你回去问问卫立煌,他是真谈判,还是假谈判?是想当亡国奴,还是想团结抗日?"

正在二人越谈越僵的时候,李德保快步从炮楼里又来到凉棚:"赵参谋,你的电话。"赵参谋去接电话,李德保对"吴队长"说:"我刚才打电话给方少石县长,报告了你们交谈的事。方县长说卫督办有命令,不管任何地区,如果由高敬亭部发起谈判,当地的军队不得发生武装冲突,地方政权不但不能制造麻烦,而且还要提供给养。所以方县长要赵参谋去接电话。"

何耀榜说:"我党是因为国难才提出停止内战,共同抗日的主张,刚才那位赵参谋简直胡说八道,想诱降我们,白日做梦!"

李德保忙说:"赵参谋可能没有获悉卫督办的命令,不过方县长在电话里一再嘱咐,说谈判是国家大事,事关重大,一定要……"

这时候赵参谋匆匆地跑回来,神色变了,很慌张地对"吴队长"说:"对不起,对不起,我不了解谈判的条件。办事处叫我现在就回去,少陪,少陪了!"

何耀榜本来有些悬着的心,此时放下来了一些。他隐约感觉到,国家的形势变了。

形势的确变了。1936年12月"西安事变"发生后,中共中央以此为契机,及时由"逼蒋抗日"转为实行"联蒋抗日"的政策,促成了"西安事变"的和平解决,双方口头达成了"停止'剿共'政策,联合红军抗日"等六项条件。1937年1月起,双方开始谈判。7月7日卢沟桥事变爆发后,中共在第二天通电全国,再次要求"国共两党亲密合作,抵抗日寇新的进攻""建筑民族统一战线的坚固长城,抵抗日本的侵略"。中国工农红军将领致电国民政府军事委员会委员长蒋介石,表示决心"为国效命,与敌周旋,以达保土卫国之目的"。红军全体将士也通电全国,请缨杀敌。7月15日,中共中央向国民党提交了《中共中央为公布国共合作宣言》,重申共产党关于发动全民族抗战、实行民权政治、改善人民生活等三项基本主张,以及彻底实现孙中山的三民主义,取消推翻国民党政权和没收地主土地的暴力政策,取消苏维埃政府,红军改编为国民革命军等四项保证。接着,中共代表周恩来、博古等和国民党代表又进行了一系列谈判。

三、岳西县城局面初定

何耀榜从蛇形岗回到南田村时,高敬亭已等在村头。这段时间,他一直用望远镜看着炮楼,那里进出的每个人,他都看得很清楚。身上汗湿透了,他也不知道热。直到何耀榜上了山,他才想起扇扇子。

两人一同走进了屋里,何耀榜把接头的经过一一向高敬亭做了汇报,然后说:"由于谈判是我们主动提出来的,敌人措手不及,派来的人没有准备,不是真来谈判。一方面,他们以金钱、官位来引诱我们,试探我们的态度;另一方面,企图以军事力量来威胁我们,使我们在谈判中的条件低于党中央提出的条件。王修身很反动,现在知道我们在这里,很可能要来包围。为了安全,军政委最好带一部分交通队和警卫队的人到鹞落坪上面去,让我留下来应付。"王修身是国民党第三十二师师长,也是红二十八军的老对手。

高敬亭深沉地说:"你的分析我同意,不过我不走。尽管大敌当前,但和谈在即,不管有多大危险,我们都得在一起,共同应对。我的意见是把所有便衣队调到我们周围,开展活动,打击敌人。"

"行!我立即派人去。"何耀榜立即转身出去。

下午6点,李德保到了。老远看到"吴队长",他便打招呼:"吴队长,方县长来了电话,叫我来看看何代表,如果何代表在这里,卫督办可能派他的随身少将高级参谋刘纲夫先生和政训处丘处长来同贵军谈判。不知何代表能否接见我?"

"吴队长"笑了笑说:"我就是何耀榜。"

李德保大吃一惊,愣了好一会,长嘘了口气说:"王修身的部队正在运动,你们住在这里不能说完全没有危险,还望留意提防。"

何耀榜点点头:"谢谢你的好意。"

为了争取谈判,高敬亭等指战员全部枕戈待旦,随机应变。他们从17日晚起,一直严阵以待到19日早晨,高敬亭从望远镜里看到从蛇形岗炮楼里出来了两个人。

这两个人是李德保和郭副官。

郭副官是国民党安徽省政府派来的代表,协助谈判。他16日到达岳西,17

日到三区和李德保会晤过何耀榜一次。

这位年轻的副官倒能开诚相见,会晤时,他不像赵参谋,而是先寒暄了一番,接着就表示:"我是为了国家的命运、民族的存亡,真心实意来谈判的。"在谈到他的使命时说:"因为贵军在安徽省地区和卫长官立煌先生举行谈判,所以国民党中央政府要安徽省派人来协助谈判,这就是我来的任务。我愿意在双方正式代表没有接触之前,先与何先生随便交谈一下。"

何耀榜见郭副官的谈吐举止,比第一次和他接头的那个赵参谋委实诚恳得多,便向郭副官讲述了红二十八军对谈判的诚意,接着讲了岳西办事处那位赵参谋的威胁、诱降,王修身全师及安徽省保安团的重重包围,以及国民党的正式代表至今未来等情况。

郭副官表示说:"这些应该是国民政府负责的。我把这些问题转达给岳西办事处。"郭副官在告别时,又表示:"请何先生放心,谈判是会成功的。'兄弟阋于墙,外御其侮',是全国军民的呼声。无论如何,我都搭桥到底。"

由于前天李德保和郭副官同时来过一次,今晨高敬亭在望远镜里看到两个人从炮楼向南田方向走来,认为可能还是他们两人。为了保密和便于行动,高敬亭决定化名李守义,以军政治部主任的身份接见郭副官。

郭副官和李德保来到山上,先还是何耀榜接待。郭副官说:"卫长官的代表昨天已经到达岳西。昨晚来电话,请何先生到岳西去谈判,由我和李区长相陪。"

何耀榜思索了一下说:"叫我到岳西是可以的,但有个条件,我走以后,这里还有部队和高政委派来的军政治部李主任,他是来掌握谈判的。因此,你们要叫三十二师和保安团后退二十里。如果不退兵,那就不是真心实意地谈判,很可能别有用心,我怎么好轻易到岳西去呢?"

郭副官表示说:"为了谈判,双方应当退兵。如果三十二师和保安团退后二十里,贵军是否能够停战和退后呢? 如果可以,我愿意现在就去交涉。"

"郭先生,这个村子只有几家老百姓,我们已经住了5天,加上贵军对我们的包围,各方面都很困难,所以我们决定在今天上午10点钟转移驻地。原想通知贵军,现在你们来了正好,如在转移驻地时遇到麻烦,一切由贵军负责。"

"何先生,贵军转移驻地的时间,最好改在11点。保安团是安徽省的,我可以直接和办事处联系,叫他们后退;至于三十二师,我还要同王修身商量。他如果不退兵,发生了问题应由国民政府负责。我现在就去打电话,王修身如说不退兵,我立即赶来告诉你们;如果退兵,我和李区长12点再来。"

11点,高敬亭和何耀榜站在山头上,果然听到敌军的集合号声。只见四面的敌人一股股、一堆堆地在集合,向后退去。12点,果见郭副官和李德保冒着酷热,兴冲冲地向山上走来。

这次高敬亭以"李主任"的身份会见了郭副官和李德保,对他们的诚意、他们所做的努力以及不辞劳苦地往返奔波,表示了赞许。最后,何耀榜、郭副官、李德保三人一一与高敬亭握手告别,高敬亭一直把他们送到村头。

何耀榜、郭副官和李德保下山的时候,已是下午,当天便歇宿在三区区公所。

20日上午8点,三人骑着马,从三区出发,一路上有许多老百姓夹道欢迎。11点多钟,到达岳西县城门外的一个沙滩上。县里的工、农、兵、学、商各界人士早已列队迎候。最前面的是国民党军队的一个团,摆成四路纵队,后面是各界人士和群众,手执各色小旗子,挥动着、欢呼着……

何耀榜等下得马来,方县长上前迎接,然后与何耀榜并肩缓步入城。何耀榜向欢迎的人们连连招手,频频致意。

中午,由方县长下请柬,在县政府大厅内举行午宴。在大厅里,何耀榜与刘纲夫、丘处长见了面。刘纲夫高高胖胖的,身着将军服,扛着肩章,派头倒不小。丘处长是名校官,中等身材,他没有军人派头,手里拿根文明棍。

下午,双方代表在县政府后面的凉棚里,就停战、部队集合地、番号、供给等问题作了初步交谈。5点半钟,卫立煌与何耀榜直接通了电话。卫立煌在电话中说:"……第一,关于停战问题,我立即下令我军在各地停战;第二,关于贵军集合地址问题,我认为九河一带靠近中心;第三,贵军的番号,是两党中央决定的问题,以后再讲;第四,贵军集合后的供给问题,暂时由当地负责,以后仍由两党中央解决;第五,为了实现谈判和停战,我的意见是双方组成代表团,再共同组织谈判委员会、起草委员会。所有谈判中达成的协议,都要录成文字,由双方同意后签字。听刘纲夫先生说,何先生对谈判表现很诚恳,我表示感谢……"

最后何耀榜与刘纲夫确定,在红军控制区青天畈上青小学正式举行谈判,明日动身,后日开谈。和平谈判的局面终于形成了。

四、青天谈判九河签字

双方代表21日从岳西县城动身,何耀榜当天赶到九河,找高敬亭汇报去了。

今九河村鸟瞰图

岳西谈判旧址——青天乡九河村汪氏宗祠旧址(上青小学)

刘纲夫等住在界岭。下界岭五里,便是青天畈。这里有幢汪氏祠堂,甚是宽敞,1928年,共产党人汪寅斋借这座祠堂办了一所上青小学,汪寅斋以校长的公开身份,秘密在九河、青天、河口一带进行革命活动。1932年,汪寅斋被调走,校长由汪恭颖接任。

汪恭颖与三区区长李德保很要好。在高敬亭的"鹰不打窠下食"的统战政策的感召下,他与便衣队也有联系。他常以学校名义,打路条给便衣队采购布匹、食盐等物资。所以,当时双方共同选定上青小学为谈判地点是不无理由的。恰好这个时候,学校已放了暑假,师生都离开了学校,尤便于代表们谈判歇息。

21日上午9时,汪恭颖召集了附近学生,打起洋鼓,吹起洋号,放着爆竹,欢迎双方代表的到来。高敬亭仍化名李守义,以政治部主任的身份,和何耀榜一起参加谈判。

这一天只是正式谈判的开始,双方做些礼节性的会晤。刘纲夫送给何耀榜的卫士每人10元纸币,何耀榜也回赠刘纲夫的卫士每人一块银圆。后来双方议定了工作成员,由何耀榜、刘纲夫、郭副官三人为停战委员会和起草委员会委员,具体条款的执笔和谈判记录由李德保负责,誊写由汪恭颖负责。

谈判一直是在上青小学东厢房进行的。房间虽然很宽敞,但7月盛夏,国民党的"大人先生"只顾不停摇扇,加上咬文嚼字,讨价还价,谈判的进程相当缓慢。谈到第三天的时候,坐在丘处长身旁的赵参谋不知是热得不耐烦还是手脚闲不

青天乡汪氏祠堂内部谈判场景复原图

住,不知是有心还是无意,把丘处长那根靠在椅子旁的文明棍拿在手里玩弄,不料把文明棍的手柄与棍身弄得分开了。赵参谋左手握着棍身,右手提着手柄一抽,突然现出一把尖亮的扁形长刀。何耀榜眼明手快,立即拍案而起:"你敢杀人!"说着就将桌子一掀,举起自己的座椅就要向赵参谋的头上砸去。

顿时一阵骚动,满座哗然。守在小学大门外的双方卫士闻声后都冲了进去。赵参谋知道闯了祸,吓得浑身直打哆嗦,不知所措。幸亏郭副官急忙从赵参谋手中夺过那根特务专用的文明棍,一再解释是误会,不要为这个事影响和谈,何耀榜这才把椅子放下来。刘纲夫为了摆脱窘境,不得不对赵参谋大加训斥,并向何耀榜道歉。极为尴尬的丘处长,更是打躬作揖地赔不是。

从22日起,双方在上青小学谈判,一共谈了6天。高敬亭以军政治部主任的身份始终参加和领导了这次谈判,何耀榜则以正式代表身份与对方唇枪舌剑。经过激烈的争论,很多问题达成共识,但在集中红军、便衣队、游击队及所需时间方面,双方有很大分歧。对方借口以抗日为重,认为形势已经不容许慢慢集中,而我方则坚持非半年不可。高敬亭为什么这样坚持呢?因为敌军虽已退后二十里,但红军仍处在被包围中,为不中奸计,高敬亭采取拖的办法,坚持非半年不可。在双方坚持不下的情况下,刘纲夫只好提出:"为了真诚救国,我愿在散会后即报告卫督办,请他在几天之内撤走围剿部队。"谈判至此,气氛有所改变。

不久,卫立煌回电说:"为了表示诚意,我已令十一路军全部和二十五路三十二师一个旅撤围北上。对方有诚意,亦应在一个月内集合完竣,出发抗日。"刘纲夫拿到复电,再次赶赴汪家祠堂,进行谈判。

经过多次商谈后,高敬亭和刘纲夫代表双方达成协议。

我方提出的主要条款为:

1. 我军集中地点以湖北省黄安县七里坪为中心,以及礼山县的宣化店、黄陂县、罗山县的张家湾一带地区。

2. 我军在鄂、豫、皖三省设三个办事处,分别驻河南省确山县、湖北省黄安县和安徽省立煌县。

3. 允许言论、出版、集会、结社自由。

4. 释放政治犯。

5. 我军开赴抗日前线所需的交通工具由国民政府负责。

6. 我军驻地如有土匪扰乱或违反社会秩序者有权予以镇压。

7. 我军开进七里坪集合途中,国民党军队不得堵击或追击,如发生冲突,由国民党军队负责。

8. 我军若有老弱病残者或探亲人员返乡,国民党军队或当地政府应保障他们的生命安全,如认为可疑者,应交送我办事处处理。

9. 我军指战员的家庭,一律享受抗日军人待遇。

10. 过去被强卖的妇女,凡是愿意回原籍原夫者,当地政府应予以协助和妥善安置。

11. 过去我军指战员的家庭,凡是被没收的财产或受罚款,均应如数退赔。

12. 上述条款限于鄂豫皖边区,凡属全国性的问题以及我军番号的最后确定应由两党中央决定。

国民党鄂豫皖边区督办公署提出的主要条款是:

1. 不打土豪。

2. 不破坏交通。

3. 军事行动要事先呈报。

4. 不得在国民党军队中发展中共党员。

5. 不经统一战线许可不得扩兵。

6. 友军集中后不得在各地保留便衣队。

7. 友军集中的时间不得超过三个月。

协议初拟完成后,由记录者李德保通读一遍,双方都认可后,由汪恭颖誊写四份。

1937年7月28日上午8时整,九河的朱家大屋。双方代表步入客厅,正式举行了签字仪式。

高敬亭之所以要选在黄安县七里坪集中,是因为从政治上讲,黄安县(现红安县)是老革命根据地,又是高敬亭带领红二十八军坚持鄂豫皖3年游击战争的中心活动区,人民群众基础好。从军事上讲,七里坪一带属丘陵地带,背靠老君山、天台山,高敬亭和红军指战员在此打了许多胜仗,对地形很熟悉,便于行动。从地理位置上讲,黄安距武汉较近,交通方便,便于我方通过这里与党中央保持联系,而岳西县接近国民党的势力范围,一旦情况有变,对红军是不利的。

誊写岳西谈判的汪恭颖老人献出写谈判协议时用过的砚台(卢汝龙 摄)

签字仪式完毕后是酒席环节,刘纲夫始终怀疑这个"李主任"就是高敬亭,其间不停地与高敬亭碰杯套话,高敬亭笑而不答。最后,刘纲夫提议大家拍照留念,这个要求此时是不好拒绝的,因为协议达成了。但是有所准备的高敬亭仍然在快门被按下的一刹那,把头歪向了一边。

刘纲夫后来把照片带了回去,总司令部一个参谋早年见过高敬亭,立马指着歪头的那个人大叫:"他就是高敬亭!"卫立煌不禁莞尔:"这个人,厉害啊!"

九河签字纪念亭

之后，双方明确通知各自部队停止一切作战行动，红军结束了大别山的3年游击战争，开始了团结抗战的新时期。高敬亭在同国民党进行谈判和整个部队改编期间，始终坚持"以我为主"的原则，对国民党的反革命伎俩保持高度戒备，所以红二十八军部队没有受到任何损失。从集结整编时间上来说，高敬亭的部队是坚持南方八省游击战部队中最早的，也是十分成功的。

五、重回七里坪

鄂豫皖边区党和红军游击队与国民党地方当局和平谈判的过程，也是鄂豫皖边区党和红军游击队从反对国民党"清剿"的游击战争向反对日本帝国主义侵略战争的转变过程。

在这个历史性转变当中，高敬亭等人自觉学习、深入领会党的政策、方针、路线起到了关键作用。由于采取了较为妥当的方式，鄂豫皖边区党组织和红军游击队及时跟上了全国形势发展和全党斗争方针的转变，较好地把握了党所领导的军队在新形势下的新任务。在与党中央长期隔绝联系、斗争形势极为艰险复杂的情况下，能够自觉完成这个转变是非常难能可贵的。

然而在红军指战员当中，有相当一部分人转不过这个弯子，这是因为他们对国民党长期残酷的"清剿"，屠杀共产党员、红军伤病员和人民群众的罪恶恨之入骨，根本不相信国民党能和共产党坐下来谈判，更别说还要"共同抗日"，有个别人甚至产生"革命到底"的想法。

为了使广大党员、红军游击队和人民群众的思想真正适应新形势的发展，肩负起新的历史使命，迅速统一到党的联合抗日的斗争旗帜下来，谈判签字结束后，高敬亭在岳西县鹞落坪召开了干部会议。会议着重阐明了在民族存亡的危急关头,举国一致抗敌的必要性,统一了与会人员的认识。同时,会议提出要提高警惕,防止国民党背信弃义,搞突然袭击。

会后,高敬亭派出人员分别到鄂豫皖游击区各地所属部队、地方武装和便衣队进行传达,宣传党的联合抗日救国的方针和国共合作等抗日民族统一战线政策,通过深入细致的思想工作和耐心的说服教育,使边区人民和部队指战员能以大局为重,把个人和家庭的牺牲暂且放在一边,以党的利益和民族的利益为重,坚决按照党中央的指示开创抗日救国的新局面。与此同时,向各部队传达了向七里坪集中的指示,为了确保部队集中的安全和顺利,重新规定了各部队的集中时间和行动路线。

8月底,高敬亭派胡继亭、林维先率特务营和手枪团第二分队去平汉路西,向鄂豫边红军游击队传达了国共合作的精神和进展。

9月中旬,红二十八军所属各部队以及各地党组织领导的地方武装陆续向以黄安七里坪为中心的地区集中。部队在开进中,以中国工农红军第二十八军的名义沿途张贴布告,既是政治宣传,也是集合队伍的口号,让广大人民群众和国民党官兵都知道,红军游击队为了进行抗日,与国民党军进行合作,绝对不是投降国民党,并且可以使愿意参加红军游击队的志士仁人和失散的原红军指战员迅速集中起来参加抗日斗争。

不久,除了红八十二师特务营和手枪团第二分队仍在确山竹沟地区外,其余部队全部集结完毕。

9月7日,姜术堂又给高敬亭带来了一封信,是原红四方面军干部郑位三、徐海东、郭述申、王宏坤4人署名从延安发来的联络信。高敬亭阅后,立即于9月9日与何耀榜联名发出由何耀榜起草的给中共中央的长信,汇报3年来的艰苦斗争,并汇报红二十八军同国民党当局谈判的情况,由八路军驻西安办事处主任林伯渠转到延安。报告写道:"我已开始提出与国民党议和,停止内战,现在正在进行谈判。此时谈判的结果,是白军久驻之七里坪、宣化店、黄陂站等地,已经撤退,我们已驻扎这一线地方。""各处地方现已准备集中,但到处地方工作亦保持有实力的布置。"报告提出请求:"经过长期的战争到现在,干部完全缺乏,对于军政两方面的工作,均受极端困难的。""上级若不及时派人前来指示,恐马上还要受胁制,是因为他说要马上调往前线抗战。""祈上级急急派一主要负责同志前来,以作主张一切,是为至盼。"毛泽东在读完信后,于9月15日致电林伯渠,对高敬亭部的工作作出具体的指示:"(1)不要收回各县便衣队。(2)部队不要集中,依原有区域分驻。(3)要求国民党发给养,如不发给仍打土豪,但改取捐款方法。(4)一切大问题听候两党中央谈判解决。(5)不许国民党插入一个人。(6)时时警戒,不要上国民党的当。"

毛泽东之所以作出这样的指示,是因为有前车之鉴。在高敬亭之前,6月26日,闽粤边红军独立第三团团长何鸣与国民党军第一五七师进行合作抗日谈判并达成协议,第三团改编为福建省保安独立大队,大队长何鸣率部于7月13日进驻漳浦县城。16日,第一五七师假借点名发饷的名义,预设伏兵,强行解除了保安独立大队近千人的武装,此为"漳浦事件",亦称"何鸣事件"。16日夜间和17日,副大队长卢胜、参谋长王胜等干部战士180人分头潜出漳浦县城,重建了红军独立第三团。经中共中央抗议和交涉,国民党军第一五七师直到11月15日才释放被扣人员,交还被缴枪支。

其实,在高敬亭迫切希望中央派人来的时候,中央派来的人已经快到了。

程启文是延安中国人民抗日军政大学二期学员,7月初,他正在教室上课,五队队长苏振华的通信员叫他到中央招待所去见郑位三。郑位三带着他和萧望东、张体学一起来到毛泽东的住处。毛泽东和他们一一握手,询问了各人的近况后,就交代南下的任务:"这次请你们四位同志来,就是派你们到鄂豫皖去找红二十八军政委高敬亭同志。你们四人先去,中央随后再派一些干部去红二十八军工作。"毛泽东指着郑、萧二人说:"你们两位为党中央代表,由你们向他们传达党中央有关抗日的主张和指示。"接着,毛泽东又说:"红二十八军有位同志派人到红二十五军,向党中央转交了一个报告。"郑位三插话说:"是的,那位同志叫何耀榜,是皖西道委书记。"毛泽东说:"从报告看,他们与敌人斗争很有成绩,很了不起。党中央高度赞扬红二十八军同志们所取得的成绩。"

对于到红二十八军如何开展工作,毛泽东做了许多具体交代,并强调说,高敬亭同志在红二十五军长征以后,集结分散人员成立红二十八军,经过艰苦斗争,保存了这么一支红军队伍,很不容易。各地有各地的情况,不能用一个样式去套,要很好地团结他们,统一在党中央的路线、主张之下,一道抗日,发展胜利。毛泽东还说,日本帝国主义想要霸占中国的野心是不会改变的,我们誓死保卫每一寸神圣领土的决心是下定了的,我们中华民族同日本侵略者进行一场殊死决战是不可避免的。我们的党、我们的军队,必须有一个较大的发展,真正成为抗日的主力军,成为争取民族解放的中坚力量。我们的红军要扩大,还要大量吸收青年知识分子参加我军、参加我们党内来。接着,毛泽东又为他们阐述了抗日民族统一战线中独立自主的原则。他说,我们估计南方红军游击队还会有一段艰苦的斗争。在同国民党联合抗日的时候,必须保持高度警惕,既要讲联合,又要同他们的破坏、捣乱行为作斗争。最后,毛泽东说,我党我军内部要亲密团结。我们内部的团结搞好了,就能团结、带领全国人民夺取抗日战争的最后胜利。①

7月15日,郑位三、程启文等以及郑位三的秘书荣维轩从延安出发,途经云阳镇,在红一方面军招待所住下。由于西安红军办事处没有电报来要他们马上走,他们在云阳停下等待。

这期间,他们从报纸上得知,就在他们离开延安这一天,中共中央将《国共合作宣言》交给了国民党中央。中共中央派出周恩来、秦邦宪(博古)、林伯渠等同国民党代表蒋介石、张冲、邵力子等在庐山举行会谈。从报纸上他们还了解到,卢沟桥守军由于日军连续进攻,最终不支,败退下来。北平、天津已陷入日军手中,华北危急,全国震动,但蒋介石还妄图与日本侵略者和平解决卢沟桥事件,对我党抗日的正确主张不予采纳。8月13日,日军大举进犯上海,上海军民奋起抗战。14日,国民党政府被迫发表"自卫"宣言。蒋介石表示同意西北红军主力改编为国民革命第八路军。这样,郑位三一行才根据西安方面的来电,于8月15日乘车到达西安七贤庄红军办事处(后改为八路军办事处)。

根据红军办事处的安排,郑位三一行乘火车于8月20日下午到达南京,入住南京八路军办事处。

继庐山会谈之后,周恩来和朱德、叶剑英应邀飞南京继续谈判,最终达成合作协议,中共和红军取得合法地位。在此期间,国民党同意在南京、上海设立办事处,周恩来经友人介绍,在傅厚岗66号租下了南开大学校长张伯苓的一幢小楼作

---

① 程启文:《从延安到七里坪——执行毛主席交给的一项任务》,见上海市新四军历史研究会二师淮南研究分会编:《战斗在淮南:新四军第二师暨淮南抗日民主根据地回忆录》,上海:上海文艺出版社2005年版。

为南京办事处。周恩来等离开南京后，南京办事处由叶剑英主持。

已经被任命为八路军参谋长的叶剑英亲切接待了郑位三一行。叶参谋长说，你们是办事处的第一批客人，从延安到南京很不容易，很辛苦，要好好休息一下。西安办事处同来的张同志汇报说，由于旅费不足，他们6人在车上每天只能吃两顿饭。叶参谋长听了，忙吩咐多做一点饭菜。当时办事处才建立起来，加上叶剑英一共只有3个人，李克农为主任，钱之光负责财务、军需。他们请了一个做饭的女工，大家忙活了好一阵子，才安顿下来。晚上，他们打地铺睡觉。临睡前，叶参谋长召集他们6个同志说，目前上海的战斗打得很激烈，南京天天有空袭，很不安全。明天大家到南京中央商场，每人买些衣服鞋袜、牙刷等日用品，等同国民党方面联系好，办好了护照，争取早日离开南京。

第二天上午郑位三一行添置了衣物，叶参谋长看了很高兴。他拿着一封信交给郑位三说："这是你们到安徽六安督办公署的接洽信，护照由八路军办事处给你们，希望你们早日同红二十八军高敬亭同志取得联系，我在这里等候你们到达的佳音。"西安办事处的张同志留在南京办事处工作，郑位三等5人在当日下午又踏上了征途。

在南京期间，郑位三一行得知，8月19日，国共两党就红军改编问题达成协议。22日，国民政府军事委员会发布将红军改编为国民革命军第八路军的命令。后来，国民政府军事委员会又按全国统一战斗序列将其改称第十八集团军，但习惯上仍沿用八路军番号。

为进一步明确全面抗战的纲领和政策，中共中央于8月22日至25日，在陕北洛川冯家沟召开政治局扩大会议，毛泽东代表中央政治局作了关于军事问题和同国民党关系问题的报告。他深刻地分析了中国革命的形势，指出抗日战争已由抗战准备阶段，进入实行抗战阶段，面临的问题已经不是是否抗战的问题，而是如何争取抗战胜利的问题，关键在于由已发动的抗战发展为全面的全民族的抗战，反对单纯依靠军队、政府的片面抗战路线。号召共产党员站在抗日斗争的最前线，宣传群众，武装群众，大力发展抗日群众运动，动员一切力量争取抗战的胜利。会议还确定全国抗战的战略总方针是持久战；提出红军的战略任务是在敌人后方放手发动独立自主的游击战争，配合正面战场，开辟敌后战场，建立敌后抗日根据地；强调中国共产党在统一战线中必须坚持独立自主的原则，必须保持共产党对红军的绝对领导。

会议通过了《关于目前形势与党的任务的决定》《抗日救国十大纲领》。决定设立中共中央南方局,以领导长江流域及南方各省的抗日战争和救亡运动。任命博古为书记,董必武(民运部部长)、叶剑英(军事部部长)为委员,南方局机关设在南京。

洛川会议是中共中央在全民族抗日战争初期新的历史转折关头举行的一次重要会议,它提出的抗战路线、纲领和战略方针,是指导全国人民争取抗日战争胜利的准则。根据这次会议精神,中共中央下令八路军迅速向华北敌后挺进,广泛开展游击战争;同时根据形势的发展和国民党政策的转变,加紧同国民党就南方红军游击队改编为抗日武装的问题进行谈判。

南方局和南京八路军办事处是两个机构,同一个办公地址。对外它是八路军办事处,对内是中共中央南方局。洛川会议结束后不久,博古带领齐光、吴志坚、童小鹏、康一民、李白等人到南京,齐光负责文书和采办,童小鹏负责机要,王超北负责总务,吴志坚任副官,李白任报务员,康一民任译电员。自8月18日起,国民党陆续从南京陆军监狱、苏州陆军监狱等释放政治犯。博古和叶剑英就安排先出狱的刘顺元、王鹤寿、李世农等人留在办事处,负责接待、审查出狱的政治犯。因人员增加,办事处又先后在西流湾1号租了一座平房作为办事处宿舍兼办公室,在高门楼29号租了一座小楼作为"处长公馆"。

当时办事处营救出来的政治犯和被国民党监狱释放后主动找到办事处的人,一般被安排在鼓楼附近的一家大旅馆里,由办事处派人去登记、发钱和发衣服。经初步审查后,根据每个人的具体情况,大部分被送往西安转往延安,一部分留在国统区工作,少数人发给路费,让他们先回自己老家抗日。从成立到10月底的两个月时间内,办事处接待从南京、苏州、上海、杭州等地监狱、"反省院"释放出来的政治犯1000多人,其中700多人被送往延安。方毅、桂蓬(黄育贤)、李世农、张恺帆等人则因各种原因留在了安徽工作,他们直接参加了皖东抗日根据地的创建和建设。[①] 中共南方局和南京八路军办事处一直到南京沦陷前才撤离南京,南方局改为长江局,改设到武汉。

---

① 张恺帆口述,宋霖记录整理:《张恺帆回忆录》,合肥:安徽人民出版社2004年版,第142—145页。

8月下旬的一天,郑位三等来到六安。国民党六安督办公署的一位处长告诉他,红二十八军已在岳西境内同国民党军队达成了停战协议,开始向湖北黄安七里坪、宣化店集结。郑位三派张体学和程启文先到七里坪与高敬亭取得联系,随后他本人也赶到七里坪,和高敬亭相见。七里坪是黄麻起义的发源地,作为起义领导人,郑位三以前经常出入这里,对这里的山川草木、风俗人物都异常熟悉。他随红二十五军长征后,离开这里已经3年,此次归来,感到亲切异常。

这天晚上,在蔡家祠堂里,高敬亭摆上一口大火锅,把前一天猎获的野猪肉拌干竹笋炖了一锅,打了一竹筒米酒,和郑位三边吃边聊。他把在红二十五军长征后集结留下的分散人员成立了红二十八军,同敌人坚持3年艰苦斗争的经过,向郑位三等作了详细介绍,还简要叙述了最近同国民党军队的谈判情况。对党中央派郑位三、萧望东等同志到红二十八军来工作,高敬亭表示欢迎。

9月22日,国民党中央通讯社发表了《中共中央为公布国共合作宣言》。次日,蒋介石发表谈话,表示团结御侮的必要,承认中国共产党的合法地位。至此,国共两党实现了第二次合作,抗日民族统一战线正式形成。

10月15日,毛泽东再次致电林伯渠:"请你给信与郑位三、高敬亭,重复说明坚持独立性、拒绝外人、严防暗袭及持久的艰苦奋斗等项。告诉他们,还要准备相当长的时间才能与国民党达成协定,取得给养(董老正在南京交涉)。"接下来,鄂豫皖边游击区的国共和谈就在中央的直接领导和具体指导下进行了。

六、新四军的成立

为了使南方的红军游击队能够尽快投入抗日战场,周恩来在庐山谈判时就对蒋介石提议,国共双方派人分赴鄂豫皖、闽浙赣等地联络与传达国共合作的方针,对南方红军游击队进行改编。但蒋介石依然固执己见,不予采纳。

"八一三"事变后,日军大举进攻上海,国民党的首都南京受到威胁,第三战区的战场形势日渐吃紧。周恩来在南京再向国民党重新提出有关南方红军和游击队的改编问题时,国民政府军事委员会参谋总长何应钦同意由中共派人到南方各游击区传达国共合作精神,由国民政府协助改编。国共两党就南方红军和游击队改编为抗日武装问题总算是达成了共识。

8月1日，中共中央根据全国政治形势的变化，发出了《中央关于南方各游击区域工作的指示》，指示南方红军游击队：在保存和巩固革命武装、保证共产党绝对领导的原则下，可与国民党地方当局进行谈判，"改变番号与编制以取得合法地位"，由国内革命战争向抗日民族战争转变。

然而，由于南方的红军游击队长期分散战斗在深山密林之中，处于国民党的严密封锁之下，很难了解外界的形势，更谈不上与中央进行联系以获取中央指示。当时，一些红军领导人与高敬亭、何耀榜一样，只能通过报纸、杂志等渠道零星地了解到时局的发展和两党政策变化的信息。继鄂豫皖大别山红军之后，赣粤边游击队也较早实现了战略任务转变。1937年9月12日，陈毅与项英根据中央指示精神到赣州同国民党江西省政府代表、第四十六师代表谈判。9月24日，项英到南昌，同江西省政府代表达成协议，议定江西红军游击队改编为"江西抗日义勇军"，国民党军队从红军游击区撤退。项英返回游击区后，即令各地部队与当地国民党当局谈判，准备集中。

南方红军游击区同国民党地方当局谈判改编的过程，同时也是红军游击队痛苦的、激烈的思想斗争的过程。红军游击队与国民党血战10年，历尽艰险，结下了血海深仇。因此，对于由反蒋变为联蒋，停止打土豪，由红军编成国军，红五星要换成青天白日徽，不少官兵感情上难以接受，思想上转不过弯来。加之，有的国民党地方当局把红军游击队代表下山谈判说成投诚，把红军游击队下山改编说成收编，并故意散布"共产党投降了""红军被收编了"等谣言，以扰乱军心，这就使得一些红军游击队和党的组织负责人错误地认为跟国民党搞统一战线，就是向国民党投降；与蒋介石合作，就是丧失立场。有人甚至怀疑中央决策层出了问题，因而他们拒绝停止土地革命，拒绝下山改编，上级派人去动员他们下山，结果一些人被他们当作叛徒杀害了，连陈毅也被中共湘赣临时省委书记谭余保怀疑为叛徒。

鉴于上述情况，党中央又连续发出指示，具体指导了南方游击队的改编工作。毛泽东致电林伯渠转告董必武，指示湘鄂赣区，与国民党谈判时，不许轻易移驻大城市，不许国民党派人到我军任职。在此之前，湘鄂赣游击队错误地接受了国民党派来的副司令、参谋长等，在接到毛泽东指示后，便将国民党派来的军官"礼送"出境。

毛泽东、张闻天又致电周恩来等，指示各区，谈判时须坚持以下原则：不准国民党插进我军一人,要依靠山地,不得重蹈湘鄂赣、闽粤边覆辙。

在南京,周恩来得知北伐名将叶挺正在上海的消息。考虑到南方红军游击队改编为国民革命军后,国共两党必然会就这支部队的领导人选而有一争。而叶挺在海外流亡10年,早已脱离中共党组织,而且在1937年4月,经蒋介石亲自提名,担任了国民政府军事委员会中将高级参谋。若由他出面主持改编南方的游击队,易为蒋介石所接受,遂决定赴沪见叶。

周恩来到上海后,由潘汉年安排,见到了叶挺。周恩来与叶挺于1928年在柏林分手,已有近10年没见面了。周恩来告诉叶挺:当前他正和蒋介石谈判改编南方红军游击队的问题,希望叶挺能够参加这支部队的改编工作。叶挺欣然接受了周恩来的意见,同意利用个人旧有关系,积极做国民党上层人士的工作。"八一三"淞沪抗战爆发后,叶挺找到正在上海指挥作战、跟他有保定军校同窗之谊的第三战区前敌总指挥陈诚,向他表明希望参加改编南方红军游击队的工作。他以个人名义通过陈诚,向国民政府军事委员会提出,"将中共在江南各地的游击队组织一个军",和国民党军共同抗日,并提议改编后的

担任新四军军长的叶挺

部队称为"新编第四军",意在继承、光大北伐时期他所供职的第四军的传统。

此时,淞沪战役正酣,叶挺的建议正中蒋介石的下怀。蒋介石企图通过叶挺,把南方红军游击队集中起来,调离南方游击区,开赴前线,既可为其所用,又可使后方安定,于是批准了叶挺的建议。

1937年9月28日,国民党当局在没有向中共中央通报并征得同意的情况下正式发布,由"委员长核准","叶挺为国民革命军陆军新编第四军军长"令。10月12日,国民党江西省政府主席熊式辉转发了蒋介石电令:"(一)鄂豫皖边区高敬亭部;(二)湘鄂赣边区傅秋涛部;(三)粤赣边区项英部;(四)浙闽边区刘英部;(五)闽西张鼎丞部。以上各部统交新编第四军军长叶挺编遣调用。"这是国民政

府军事委员会首次公布新四军的番号和军长。后来,10月12日被确立为新四军建军纪念日。

蒋介石任用叶挺为新四军军长,除了欣赏他的军事才干,还居心叵测地想利用叶挺来统领和改造这支中共武装。但是,在没有得到中共中央同意的情况下,光是由国民党当局单方面下达命令,叶挺还不能走马上任,毕竟南方红军游击队是中共领导的队伍。起初,远在陕北延安的中共中央并不清楚叶挺出任新四军军长的详情。当中共中央书记处获悉国民政府军事委员会的任命后,第一反应就是怀疑这可能是蒋介石变换手法,企图"利用抗日题目,想经过叶挺"来拔掉南方革命运动战略支点的又一个阴谋,于是一面向正在山西对阎锡山进行统战工作的周恩来询问原委,一面致电在南京跟国民党当局谈判的博古、叶剑英等人,指出"叶挺须来延安",在"他完全同意中央的政治、军事原则后","中央可以同意经过叶挺整理南方游击队"。

在南京,叶挺同中共中央代表博古、叶剑英商谈南方红军游击队改编事宜。作为一名已脱离党组织多年的爱国军人,在博古、叶剑英向他转达中共中央的要求后,他立刻郑重声明,"完全接受党的领导",并表示非常愿意去延安向中共中央报告新四军的筹建工作。

11月3日,叶挺抵达延安,受到毛泽东等中共中央主要领导人的热忱欢迎。在延安期间,叶挺还与中共中央内定的新四军副军长(政治委员)项英见了面,一起研究了南方红军游击队改编和新四军组建事宜。

叶挺在延安接受任务,于12月初抵达武汉。他遵照毛泽东"军部暂驻武汉,南昌、福州设办事处"的指示,在武汉大和街26号成立新四军筹备处,随即便以新四军军长的身份对报界发表谈话,他说:"日本顶怕我们的,就是团结;而顶希望我们的,是散漫。凡日本怕的,我们要去做;凡日本希望我们的,要避免,这是制胜的道理。"接着,叶挺带着新四军改编的初步方案去南京,与叶剑英一起会见蒋介石,协商新四军的编制、任务。

关于新四军编制问题,国民党拒绝共产党所提出的"将叶挺之新四军隶入八路军建制"。蒋介石接见叶挺、叶剑英时说,南方游击队"不能照第八路军的办法","八路军拒绝点验",南方游击队"必须派人点验,按枪的多少决定编制"。

12月14日,中共中央通过叶挺向国民党方面提出新四军编七个支队,"各支队以上最好能争到编两个纵队"。该建议被蒋介石以南方红军游击队不是正规部队,不能给师和旅的番号为借口予以否决。12月23日,中共中央决定在编制问题上再作一些让步,即新四军编一个军,军以下不设师、旅,军部直辖四个游击支队,每个支队设两个团,隶属八路军。国民党原则上同意这个方案,但不同意新四军由八路军总部指挥。最后双方确定新四军第一、二、三支队隶属国民党第三战区,第四支队则由国民党第五战区管辖。① 28日,中共中央批准了这个编制。这一天,毛泽东从延安致电周恩来、项英,指示"高敬亭部可沿皖山山脉进至蚌埠、徐州、合肥三点之间作战,但须附电台并加强军政人员"。

中共中央为了保持改编后部队的独立性,明确表示,不接受国民党派任何干部,一切人事必须由中共独立安排。后经多次反复磋商和斗争,共产党方面同意国民党在新四军军部和各支队派驻联络员。

为加强对这支部队的领导,中共中央决定成立中共中央东南分局和中共中央军事委员会新四军分会,项英为东南分局书记兼军分会书记,陈毅为军分会副书记。为了加强新四军的工作,中共中央还决定从中央党政机关和八路军中陆续抽调干部到新四军工作。

12月23日,项英偕延安选派来新四军工作的一批干部到达武汉,与已在武汉的叶挺、张云逸等商讨和部署新四军的组编工作。12月25日,叶挺、项英召集已到达武汉的新四军干部开会,出席会议的有傅秋涛等部分游击区领导人,中共中央派来新四军工作的第一批干部赖传珠、李子芳等,叶挺动员来新四军工作的朱克靖、叶辅平、沈其震等50余人。会议分析当前的抗战形势,指出新四军的战斗任务,介绍新四军筹建情况。此次会议,标志着新四军军部的成立。

27日,高敬亭、萧望东应召赴武汉长江局开会,会议期间,鄂豫边红军游击队派张明河抵达八路军办事处参会。长江局和新四军军部决定由高敬亭担任新四军第四支队司令员、郑位三任副司令员(对内即为政治委员)、萧望东任政治部主任,原红二十八军改编为第四支队第七团,另调桐柏山游击队到高部改编为第四支队第八团。高敬亭认为,红二十八军人多枪多,对这个编制安排有看法,但他还是服从了组织的决定。根据高敬亭的建议,戴季英取代郑位三,担任副司令员。

---

① 《新四军战史》编委会编:《新四军战史》,北京:解放军出版社2000年版,第15页。

红二十八军在黄安改编为新四军第四支队

为便于集结和指挥部队,1938年1月6日,项英率军部移驻南昌书院街高升巷张勋公馆,在此召开新四军成立大会,宣布了新四军的编制和主要干部配备:司令部参谋处处长赖传珠,副官处处长黄序周,秘书处兼军法处处长李一氓,军需处处长叶辅平,军医处处长沈其震,政治部秘书长黄诚,组织部部长李子芳,宣传教育部部长朱镜我,民众运动工作部部长邓子恢(兼),敌军工作部部长林植夫,战地服务团团长朱克靖。又任命了四个支队的主要干部:第一支队司令员陈毅,副司令员傅秋涛,参谋长胡发坚,政治部主任刘炎;第二支队司令员张鼎丞,副司令员粟裕,参谋长罗忠毅,政治部主任王集成;第三支队司令员张云逸(兼),副司令员谭震林,参谋长赵凌波,政治部主任胡荣;第四支队司令员高敬亭,参谋长林维先,政治部主任萧望东。四个支队中,第四支队是唯一一个没有副司令员的支队。

1938年1月8日,国民政府军事委员会参谋总长何应钦正式核定新四军编制四个支队,并批准了各支队司令员。后来在叶挺的交涉下,又陆续任命项英为副军长,张云逸为参谋长,周子昆为副参谋长,袁国平为政治部主任,邓子恢为政治部副主任。

1月16日,新四军军部根据已掌握的各游击队的人员情况,下达了全军设四个支队八个团、两个直属大队的编制序列方案。全军共10329人。

七、七里坪改编

改编命令下达后,红二十八军各部队、鄂东北道委会、皖西北道委会、后方医院、各地便衣队,都陆续从边区四面八方的山林中来到黄安县七里坪集中,进行改编前的准备工作。

和江南游击队的一些红军一样,开始时大别山的一些同志的思想一时也转不过弯来。有的便衣队接到"国共合作,团结抗日"的通知后拒不下山,坚持要在山上打游击。据李世焱将军回忆,当年他带领手枪团三分队去赤南一带寻找赤南县委书记张泽礼领导的便衣队时,差点被便衣队枪毙了。总之,一些同志对中共中央的指示精神不理解,一时间部队思想很不稳定。

1938年1月中旬,八路军参谋长叶剑英受党中央的委派,亲临七里坪视察红二十八军的改编工作,再次向高敬亭和指战员详细阐明了抗日民主统一战线的方针政策,分析了皖中、皖东地区的形势,具体部署了东进抗日的作战意图和创建敌后抗日根据地的任务。为了调整领导关系,党中央和长江局决定将郑位三调离四支队,担任中共鄂豫皖特委书记,将萧望东调到河南彭雪枫部工作,根据高敬亭的要求,将戴季英从延安调至高敬亭部担任支队政治部主任。戴季英到任前,萧望东依然担任政治部主任。

1月22日,中共中央代表团与长江局作出关于鄂豫皖边区工作的决议,责成鄂豫皖党组织在巩固和扩大统一战线的基础上,尽力扩大部队,以增强抗日力量,决定由高敬亭、郑位三、吴先元、郑维孝、林维先、胡继亭及政治部主任7人组成新四军第四支队军政委员会,高敬亭为军政委员会主席。同时,成立中共鄂豫皖特委,郑位三为书记,继续领导鄂豫皖边区的斗争。

部队集中后,在七里坪南头大空场上举行庆祝大会。会后,部队在七里坪秦家祠堂里开办了连以上干部轮训班,开展了抗日民族统一战线政策教育。在郑位三、萧望东等的具体帮助下,部队学习了《抗日救国十大纲领》等文件,毛泽东的《中国共产党在抗日战争时期的任务》《为争取千百万人民群众进入抗日民族统一战线而斗争》等文章,从思想、政治、军事等方面对干部进行全面整训。这次教育活动开展了三个月,所有人都如同进入了军校,进行专项的系统学习,认清了形势,明确了任务,逐步澄清了一些人头脑中的错误观念,全军上下统一了认识,增强了抗战的自觉性,为红二十八军顺利改编和东进抗日奠定了良好的政治思想基础。同时,轮训还对部队普遍进行了游击战争的战术训练和一些技术训练。

这一时期七里坪还举办了青年训练班,培养参加革命的青年学生700多人。据方毅后来回忆,这个培训班是他和彭康、聂鹤亭以及后来的吴克华、余立金等人一起开办的。

那是1937年冬,我在湖北省工委工作(后来改为湖北省委),是省委委员。当时正是日本军国主义者为实现其武力吞并中国的侵略计划,大举进攻中国的时候。人民群众流离失所,国土一片片地沦陷。由于蒋介石的消极抗战,武汉失守已迫在眉睫。然而,以王明为首的长江局不去发动广大人民群众积极抗日,却蹲在武汉高喊保卫大武汉,实际上武汉是保不住的。当时中共湖北省委面对恶劣的形势,研究决定要在武汉失守前,在各大学里设法组织一批大学生,把他们培养成抗日的骨干力量,并决定让我负责组织培训任务。组织上考虑,办培训班目标太大,还得有一支部队掩护才能进行正常的培训工作。最后省委决定把培训班放在七里坪,那里地方偏僻,又有高敬亭的红二十八军的掩护,条件很好。

董老是湖北的元老,和高敬亭很熟悉。他德高望重,很受人尊敬。他给我写了一封介绍信。我带着信来到七里坪。我把董老的信交给高敬亭,他看后非常高兴,欢迎我们到七里坪办培训班,并向我们提出一个要求,要我将培训出的大学生给他们的部队输送一批。他说他们队伍里大多数是苦大仇深的农民,"爬山大学毕业",革命理论懂得太少,得武装武装才行。

我说:"那是当然啦,我在这里办培训班就是为你们服务,为整个湖北服务嘛。省委叫我来这里,主要是培训抗日人才的,有了一大批抗日的中坚力量,我们才能夺取抗战胜利。"

接着,高敬亭同志热情地招待我们,并帮助我们解决了不少筹备工作中的困难。培训班驻地设在七里坪的一个祠堂里,这是高敬亭同志亲自为我们选的。他把一部分部队驻扎在祠堂附近,以便随时应付突变的情况。他对敌人的警惕性是很高的。我抓紧做了一些筹备工作,就赶回武汉向董老及省委的同志汇报。

1937年10月,干部培训班开训了,高敬亭同志经常到培训班驻地问寒问暖,还给培训班讲游击战的战术课。当时培训班的给养属湖北省委拨给,有时钱粮接不上,高敬亭同志就送来米面、油盐、蔬菜、肉食、医药给我们。每当我表示感谢时,高敬亭同志就总是说:"一家人不必客气,我的给养来源还是三年游击战时积累储备的,只要我们有吃的,决不让你们饿着。"有时高敬亭同志弄到什么好吃的东西,总是把我们叫去一块分享。大家聚到一起谈论党中央的决策,国共合作抗日的意义。这段时间高敬亭同志已在积极加紧准备东进抗日,他紧张地进行调整组织,配备人员,整训部队的工作,并从培训班要了一些大学生,后来都成为这支部队的骨干了。①

2月上旬,高敬亭到武汉八路军办事处参加了长江局召开的各支队司令员会议。返回七里坪后,立即召开集团以上干部会议,传达了长江局会议精神并当场宣布了红二十八军和豫南游击队正式改编为新四军四支队的命令。支队司令员高敬亭,参谋长林维先,政治部主任萧望东,经理部主任吴先元,下辖七团、八团、九团、手枪团和直属队,全支队3100余人。

七团由红二十八军二四四团一营、部分便衣队和新兵组成,团长杨克志,政治委员曹玉福,参谋长林英坚,政治处主任胡继亭。

八团由鄂豫边红军游击队编成,团长周骏鸣,政治委员林凯,参谋长赵启民,政治处主任徐祥亨。

九团由八十二师特务营、鄂东北独立团、部分便衣队和新兵组成,团长顾士多,政治委员高志荣,参谋长唐少田,政治处主任郑重。

手枪团由红二十八军手枪团、部分便衣队和新兵组成,团长詹化雨,政治委员汪少川。

以原红二十八军司、政、供、卫人员为基础,组成了支队参谋处、政治部、经理部和卫生部。直属队有特务连、通信连、交通队,还有一个被服厂和一个医院。

---

① 上海市新四军历史研究会二师淮南研究分会编:《战斗在淮南:新四军第二师暨淮南抗日民主根据地回忆录》,上海:上海文艺出版社2005年版,第84—85页。

2月下旬,中央派戴季英来到七里坪,接任政治部主任,传达中央的指示,中心内容是:执行抗日统一战线的方针政策,迅速东进抗日,开赴合肥一带作战。并转达了毛泽东同志对高敬亭和红二十八军的赞许:"在鄂豫皖奋斗了3年,很不容易,是很大的功绩。"3月4日,戴季英离开七里坪去汉口长江局参加会议。

八、一个也不能丢下

四支队军医处处长是阮汉清。

1938年1月初,高敬亭在武汉办事处时,和一支队副司令员兼一团团长傅秋涛交流,高敬亭表示四支队目前人员与武器还可以,就是缺乏医务干部。傅秋涛将谈话内容向周恩来副主席作了汇报,并表示一支队可以调2名医务干部给高敬亭部,周副主席批准后,阮汉清和朱直光两人被调往四支队。阮汉清在红军时期曾任湘鄂赣军区卫生部卫生科科长、卫生部部长。新四军改编后,阮任第一支队医务主任,是名副其实的老军医。

据阮汉清1983年在上海回忆,1938年1月上旬,他和朱直光在武汉汉口八路军办事处接受任务后,次日上午乘火车离开武汉,到祁茅山车站下车后,跟随原鄂豫皖兵工厂(军械修理所)负责人汤跃武、路德胜两位师傅步行到黄安县,在城外一家客店过夜后,又继续步行到七里坪街,在招待处住宿。第二天招待处派战士把他和朱直光同志送到四支队司令部高敬亭部驻地方家湾大庙。

在四支队司令部办公室,阮汉清上交介绍信后,秘书廖化告诉他们:"稍等片刻,高司令员要见你们。"不一会儿,高敬亭来了。他和阮汉清、朱直光亲切地握手后,问阮汉清:"你在湘鄂赣做什么工作?"

"在湘鄂赣省军区当卫生部部长。"

"那好,我们这里正缺医务人员,你就当我们的卫生部部长。"

阮汉清点点头。

"部队整训后,很快就要东进,到敌后开展抗日游击战争。现在急需你们做好几件事。第一,在游击战争时期,同国民党军作战受伤的,还有100多名重伤员,需要很快把他们的伤治好。他们经过多年革命战争的磨炼,是部队的坚强骨干,是革命的本钱,一个也不能丢下。他们对夺取抗日战争的胜利有巨大的作用,要想方设法把他们的伤治好。第二,红军主力部队长征后,国民党蒋介石疯狂'围剿'南方红军游击队,苏区军民团结抗敌,粉碎了敌人阴谋。但由于战斗频繁,生活艰苦,指战员体质较弱,医院损失也不小,现在要东进到敌后抗日,急需给部队补充药品、器材,特别是战救药材、裹伤包等。第三,加强部队卫生宣传教育,搞好卫生防疫工作,保证指战员的身心健康。第四,卫生部机关干部的调配,等你去卫生部了解情况后再谈。"

谈话结束后,高敬亭派人把阮汉清等送到卫生部(实际上是医院)驻地。

方家湾大庙离方家湾医院一里多路,他们很快就到了。医院负责人是一位政委,60多岁,瘦瘦的,身穿旧式长便衣,手拿水烟袋,下巴上留着花白胡子,大家都叫他王胡子政委。王政委同大家热情握手,表示欢迎,然后操着一口很重的河南口音说:"咱们这个医院是在国共合作后,部队集结整编时,由鄂豫皖所有的医务所,如光麻特委医务所、罗陂孝特委医务所、鄂东北道委和皖西北道委医务所等组成。咱们这里有六七十个彩号(伤员),加上方家湾的北山上的仰天窝、箭厂河、紫云寨等处,有100多名伤病员。医院主要人员有医务主任汪运富(后改名汪浩),医官林之翰、阙德贵(后改名阙声);看护排长张文洲,下有几个看护班;司药江光权;有个管理员,也叫副官,还有运输班、炊事班、公务班、警通排及担架排等。"王政委介绍情况后,带领阮汉清等到医官室、看护排驻地、药房等处察看,并安排了阮汉清和朱直光的住处。下午,阮汉清向王政委传达高敬亭的指示后,王政委表示:"这是我们几项很重要的任务,一定要好好研究,贯彻执行。"

第二天上午,汪运富、林之翰、阙德贵、张文洲随阮汉清一起去查房,先听取病区负责人的意见。林之翰是鄂豫皖红军中的一名老医务,1929年参加红军,医疗技术较高,曾担任过鄂豫皖苏区第五和第六分院院长以及总医院院长。他向阮汉清提出:先对伤员进行普遍检查,再集中治疗。阮汉清赞同,随即到各病房给伤病员做检查。在检查过程中,他发现不少伤员的伤口内有异物,需做手术。回到方家湾后,阮汉清、林之翰和政委一起做了认真的研究与详细的安排,决定把需要施行手术的伤员集中到方家湾。在条件很差的情况下,他们因陋就简,用白洋布围成帐篷,作为临时手术室,器械用煮沸法、敷料用蒸汽法进行消毒,努力创造条件为伤员开刀治疗。按分工,由张文洲负责找房子、搭手术篷与器材消毒;江光权负责准备药品;阮汉清负责做手术。汪运富、阙德贵当助手,林之翰负责给麻药(主要用乙醚或氯仿）。

此后，阮汉清每天做六七台手术，十来天下来做了60多台手术。主要是清创，取弹头、炸弹片、死骨等异物，清除坏死的软组织，彻底清洗、消毒，防止感染。70%以上的伤员经清创手术后痊愈归队。

高敬亭对这次手术治疗十分重视，在开展手术的第二天上午，亲自到方家湾手术室察看手术，大约看了两个钟头才离开。高敬亭回去后，指示王政委，给阮汉清等医生每个人发6元现洋（银圆），以示鼓励。

进行手术治疗后，阮汉清和王政委研究了卫生部干部的调配问题，并去方家湾大庙向高敬亭作了汇报。高敬亭指示："你当卫生部部长，王政委年纪大体弱，拟回河南老家休息，另派政委。林之翰任副部长，汪浩任医务主任，朱直光到确山八团工作，阙声任九团卫生队队长，王月剑任七团卫生队队长，刘永福任手枪团医务所主任。特务营由张雨任看护长，司令部由张长红任看护长。"

回到卫生部，阮汉清传达了高敬亭的指示，大部分人都表示拥护与遵照组织的决定。只有阙声提出自己有病，走路不便，到团卫生队工作有困难。阮汉清又向高敬亭作了汇报，高敬亭指示："阙声改任医务主任，汪浩改任九团卫生队队长。"不久，四支队司令部下达了任职命令，顺利地解决了支队卫生组织调整工作。

接着，阮汉清接司令部电话通知，要卫生部派人去八路军驻武汉办事处领医药。阮汉清、阙声与朱直光3人到武汉后，八路军总卫生部姜齐贤部长对他们说："爱国华侨捐献了一部分药品器材，由你们三人去分发，除了一套外科手术器械外，所有药品器材分成三份，分别发给湘鄂赣、鄂豫皖与鄂豫边。"他们三人想把那套外科器械也分掉，于是撬起箱子来。正撬着，姜部长来了，他说："八路军卫生部就这么一套外科器械，你们不能动。"大家只好停下。

这批分发的药材中，有内、外科药品、战救药材、裹伤包特别多，还有预防天花的"牛痘疫苗"。运回驻地后，他们立即分发给部队。

1938年2月底，阮汉清和王政委、林之翰一起向高敬亭汇报了东进前四项工作的落实情况，高敬亭同意了他们的安排意见，并指示："军部指示我们很快东进抗日，你们要迅速做好出发前的准备工作，把不能跟随部队东进的伤病员安置到檀树岗留守处。"该留守处医务主任戴醒群是个女同志，在后来蒋介石掀起的第一次"反共"高潮时惨遭杀害。

四支队东进皖中

当天下午,卫生部召开了干部会议,传达了高敬亭司令员的指示,进一步安排与检查了东进前的准备工作:决定由阮汉清、林之翰、阚声负责医疗工作,张文洲负责看护工作与手术器材管理,江光权负责药品器材的筹备与运输,管理员负责警通排的指挥,司务长负责伙食工作等。于是东进的准备工作,紧张而有序地全面展开了。在出发前,全体指战员及驻地群众家的小孩均接种了牛痘疫苗。

在东进前夕,组织上派詹化雨担任卫生部政委。老政委王胡子,因年老体弱回河南老家休养。

为了保证东进任务的顺利完成,争取抗日战争胜利,卫生部及各团卫生机关在首长与广大指战员的支持下,还狠抓了部队行军与驻军的卫生教育。

除了卫生部做好了准备工作外,支队直属的被服厂和军械修理所等单位也都做好了充分准备。

与此同时,新四军第四支队留守处也在黄安七里坪成立,由郑位三、何耀榜、刘名榜、吴名杰、江子英、田东等33人组成。郑位三任书记,田东任主任,领导部分武装,保卫边区根据地。

据新四军秘书处1938年4月12日的统计,第四支队共有3136人,在新四军的四个支队中,兵员占36%,长短枪占38.4%,轻机枪占62.5%,是新四军四个支队中人数最多的,也是武器装备较好的。

3月8日,四支队在七里坪召开东进誓师大会,并事前广泛张贴《告老区人民书》。人民群众闻讯,纷纷拥向七里坪,欢送这支转战鄂豫皖边区的子弟兵开赴抗日前线。会后,高敬亭率七团、手枪团从七里坪出发,经经扶县(今新县)、商城到立煌县(今金寨县)双河。10日,林维先率九团从七里坪出发,经经扶、商城西余集、立煌汤家汇,到达与双河一山之隔的张家水圩。至此,除八团和驻七里坪的留守处,部队全部到齐。高敬亭即令七团先进到霍山县流波疃、苏口地区。

九、桐柏山的游击传奇

周骏鸣是河南确山人,早年投身冯玉祥的二十六路军,一路拼杀,后任第七十五旅少校营长。1931年12月,二十六路军在赵博生、董振堂的领导下发动宁都起义,改编成红五军团,一天红军战士都没当过的周骏鸣,直接就当了红军团长。

可惜这个团长没当太久,1932年2月,周骏鸣作为闲散人员被遣散了。总司令朱德和周骏鸣很熟,专门来找周骏鸣,做他的思想工作,说他回家后,可以继续搞革命。周骏鸣问怎么搞,朱德说,打土豪分田地。

回到老家桐柏山区,周骏鸣先是担任了中共确山县委书记,后来又担任中共河南省委军委书记。国民党中统头子徐恩曾让叛徒徐凤山弄了一个假河南省委,诱捕了很多同志,周骏鸣也被特务抓住,被关在开封监狱里。国民党派来叛徒王斌,劝周骏鸣不要一条道走到黑,只有跟着蒋委员长才是正路。周骏鸣由此了解到了假河南省委的情况。1935年9月,周骏鸣出狱,在确山傅楼向王国华汇报了在狱中与敌人斗争的情况,提供了国民党

周骏鸣

在被捕党员中组织假省委,妄图将幸存党员一网打尽的重要情报。王国华是周骏鸣的入党介绍人,看到周骏鸣有胆有识,十分高兴。王国华将上述情况及时报告省委,将假省委揭穿,使敌人阴谋落空。王国华派周骏鸣到信阳吴家尖山小王庄,吸收了汪心太等人入党。此后,大革命时期的老党员吴仁圃归来,与周骏鸣接上关系。他是受党派遣到唐(河)桐(柏)泌(阳)大股土匪吴騄、马新有部做匪运工作的。周骏鸣、吴仁圃等组织扁担会,开展抗交柴火税的斗争,沉重打击了当地联保主任。很快他们把斗争中涌现出来的积极分子吸收入党,并建立了尖山党

支部。

　　枪杆子是武装斗争的前提,没有枪杆子,便没有革命的胜利。经过一段时间努力,周骏鸣借到一条七九步枪,吴仁圃借来一支八音手枪,汪心太借了5块大洋,买了一支撅把子手枪。因为撅把子手枪一次只能装一颗子弹,打一枪要撅一次把子上子弹,所以只能算是半条枪。这样,尖山党支部就搞到了两条半枪。1936年1月4日夜,张星江、王国华、周骏鸣、王国平、康春、汪心太、吴仁圃齐集在小石岭村汪心太家开会,张星江宣布:鄂豫边红军游击队成立,周骏鸣任队长,王国平任副队长,张星江兼任政治指导员。

　　会后,王国华留下继续做群众工作,张星江、周骏鸣率队出发,准备袭击小石岭寨上的地主武装。刚出汪心太家,就有人报告,小石岭联保主任汪心乐下山搞女人来了。周骏鸣和张星江马上改变作战计划,决定乘机打掉联保主任汪心乐,搬去压在群众头上的顽石。

　　汪心乐背着一支三八步枪,哼着黄色小调刚进情妇屋里,周骏鸣等人就跟着到了门前。周骏鸣抬起一脚踢开门,枪口对准汪心乐的脑袋,乓的一枪结束了他的性命。三八枪自然被缴获,还有20发子弹。之后,张星江、周骏鸣迅速撤离,到天幕山东小山顶庙里宿营。这一仗,旗开得胜,打响了鄂豫边区人民武装斗争的第一枪,拉开了豫南桐柏山区游击战争的序幕。

　　10天后,游击队在桐柏柞楼召开会议,分析斗争形势,制定方针策略。大家认为,面对异常强大的敌人,游击队必须秘密行动,隐蔽发展,不贴标语,不散传单。大家昼伏夜出,一个村庄只住一夜,以便迷惑敌人,保护自己。游击行动要依据"多交朋友,少得罪人"的原则进行,打"坏货",拉土豪。凡是不坚决反共,群众也不大痛恨,或愿意与游击队联合的,不论联保主任、保甲长,都与他们联合。欺压残害人民的土豪劣绅和狗腿子,不杀不平民愤的,就是"坏货",坚决杀!拉土豪,就是对比较有钱的地主、富农,民愤不大的,只捉来量力罚款,不致使其倾家荡产。

　　年关将至,鹅毛大雪满天飞,游击队驻扎在信阳宋冲。王国华派罗楼农民周仁等人前来反映,该村保长张兆龙年关逼债,穷人无法过年。两位农民再三恳求游击队,除掉这个"二阎王"。张星江、周骏鸣当即商定,让来者先回去一人做好准备,留下周仁带路,里应外合,奇袭罗楼。夜幕降临,游击队冒雪来到罗楼寨门前,周仁走上前去,连击三掌,打更的李老二听见暗号,随即打开寨门,周骏鸣带领队员扑进寨内,包围炮楼。张兆龙及其妹夫正与两个游击队的内应打牌,其中一个听到动静,佯装解手,打开炮楼门,周骏鸣带人冲进炮楼。"举起手来,不许动!"周骏鸣大吼一声,随即响枪,"二阎王"张兆龙立刻见了阎王。游击队员王国平、牛得胜飞快地上楼,收缴了保丁的3支长枪。张兆龙的妹夫跪地求饶,游击队罚了他1000块大洋。与此同时,张星江带领群众进寨,打开张家的仓库,分粮分物忙了一夜。穷苦老百姓都说:"今年算是真正过年了!"

鄂豫边桐柏山游击队就是这样,不断打击敌人,发展自己。在发展的过程中,王国平、张星江等先后牺牲,游击队在王国华、周骏鸣的领导下,成立了鄂豫边省委,与中共北方局取得联系,建立了游击根据地,党员和游击队都得到了发展。

1937年2月10日,党中央致电国民党五中全会,提出停止内战,一致对外,并承诺我方停止没收地主土地等政策。北方局指示鄂豫边游击队停止打土豪和向国民党方面进攻。但河南方面的国民党根本不予理会,且加紧对鄂豫边游击队进行"围剿",鄂豫边游击队处境非常困难。4月,鄂豫边省委派周骏鸣从豫南经北方局去延安,向党中央请示汇报工作。

在延安,周骏鸣向党中央作了《关于组织游击队的经过及活动情形的报告》(简称《报告》)。《报告》说明了鄂豫边区所占的地域,组织红军游击队的原因,详细汇报了与党中央和友邻省区党组织失去联系后,鄂豫边游击队开展游击战争的经过,同时指出存在的问题。5月,延安召开苏区党代表会议,毛泽东在会上作了《中国共产党在抗日时期的任务》的报告,以及《为争取千百万群众进入抗日民族统一战线而斗争》的结论。周骏鸣参加了会议,并同朱总司令一起坐在来宾席上。会议结束时,周骏鸣问朱总司令:"大红军同国民党谈判成功了,我们小游击队怎么办?国民党还在抓紧'围剿',要消灭我们。"朱总司令指出,桐柏山红军游击队比较弱小,国民党根本不可能同游击队谈统战问题。游击队要从实际出发,猛烈发展部队,成为比较坚强的抗日武装,并和当地政府、开明绅士建立统战关系,以便争取合法存在。"你们要猛烈扩大,扩大到他们消灭不掉你们时,就会同你们谈判的。"

7月,周骏鸣返回鄂豫边区后,边区省委和游击队坚决贯彻了中央首长的指示精神,积极动员地方党员和革命群众参军,并在红二十八军两个营的支援下,先后攻打了蔡冲寨、邓庄铺等恶霸地主的围寨。

信阳蔡冲寨是一群土豪的老窝，三面是高墙，南面是水塘，大地主蔡祖功在寨内筑起了三个炮楼，寨墙上围了铁丝网。他有佃户、长工20多人，长短枪20多支，日夜派人站岗放哨，上千人的土匪都打不开。游击队决定要打蔡冲寨，但单凭自己的力量是不行的。8月中旬，大别山红二十八军军直特务营在胡继亭、林维先的带领下，突破敌人封锁线，从平汉路东来到尖山、邓庄铺一带。特务营装备精良，冒充国民党部队，突然来到邓庄铺。联保主任王庭杰马上报功，说他如何用镢头砸死周骏鸣的房东吴镢头，如何打死了游击队队长陈香斋，又开列了100多名共产党员的名单。林维先当面"赞赏"他反共"有功"。饭后，让他扛上镢头去送行。路上，红一营停下来，让一个农民走上前，用镢头把王庭杰的脑袋一下子砸开了花，算是以其人之道还治其人之身了。

周骏鸣听到消息后，立即派张明河、杨嘉恩找到特务营，请求支援。在桐柏山狗芭蕉，红一营与游击队会合，商定采取长途奔袭的办法，共同攻打蔡冲寨。

蔡冲寨的土豪听说游击队要来筹款抗日，早在寨上架起了洋枪、土炮。红一营与游击队远望蔡冲寨，只见吊桥高挂，寨门紧闭，不能强攻，只能智取。

夜色阑珊，周骏鸣带领游击队队员扮作土匪，王国华带领红一营冒充国民党军队，一前一后，扑向蔡冲寨。拂晓时分，游击队包围了蔡冲寨，向寨主写信要枪支、子弹，又要猪肉、大米。寨主不给。游击队一面噼噼啪啪地向寨上打枪，一面喊着绿林黑话。寨主以为是土匪来架票，正要迎击，忽然远处枪声大作，扮成"国军"的红一营尾追"土匪"而来。于是"国军"与"土匪"在蔡冲寨前，枪炮齐鸣，杀声震天。

寨主蔡祖功不知是计，命令喽啰呐喊助威。"国军"与"土匪"打了一阵子，天差不多亮了。突然，"国军"加强攻势，很多机枪向天射击起来。"土匪"见"国军"攻势加强，纷纷撒丫子向北山撤退。

蔡祖功一看，慌忙打开寨门，迎接"国军"。他有些得意地说："这帮土匪真是有眼不识泰山，贵军还没有冲锋呢，他们就脚底抹油——溜了。"

王国华接过话茬："是啊，有眼不识泰山的家伙可真不少哩！"

蔡祖功哈哈笑了一阵，连连打躬说："长官，寨里请！寨里请！"

进了寨，林维先登上碉堡指挥战斗。这时，扬扬得意的蔡祖功冷不防地被士兵捆了起来,他努力压制住惊慌道:"弟兄们,不要误会!"话音没落,只见刚才被"国军"打散的"土匪",跟"国军"一起,欢声笑语地走进寨子。

周骏鸣故意问战士们:"喝茶、抽烟没有?"

战士们回答:"没有。"

"呃,蔡先生,弟兄们帮你打土匪,怎么连烟、茶也不招待?"

战士们哄然大笑。蔡祖功在笑声中低下了头,连声叹道:"佩服!佩服!"

周骏鸣让战士们给蔡祖功松了绑,给他讲了有钱出钱,有力出力,共同抗日的道理,但他仍然吞吞吐吐,不肯捐款。这时,一个佃户悄悄告诉王国华,蔡家的钱财都在卧室和猪圈的地下埋着。周骏鸣在蔡祖功的卧室里放了两枪,把埋在地下的银圆震得嗡嗡响。果然,从他睡的床的4个床腿下刨出4缸银圆。接着,又从他的猪圈里扒出几坛元宝。

当晚,蔡家的粮仓就被打开了,周围的穷苦百姓都来分粮。分了三天三夜,还没有分完。

这次战斗,还缴获了长枪30多支、子弹3000多发。红军特务营既不留钱,也不要枪,全部支援了游击队。

胡继亭、林维先率部回鄂豫皖后,桐柏山游击队继续筹款扩军抗日。王国华、周骏鸣给泌阳大梨园土豪王达铭写信说:"抗日救国,人人有责,望能慷慨解囊,以助军威。"

王达铭回信说:"请贵部割下人头千个,头来钱往,公平交易。"

3天后,周骏鸣带着游击队,扮成泌阳保安团,直奔大梨园。王达铭把游击队迎到堂屋,捧茶招待,殷勤万分地说:"长官惠临小寨,有失远迎,恕罪,恕罪!"

王国华冷冷地说:"哪里,哪里,没有把人头带来,还请寨主海涵!"

王达铭一听,马上明白了,吓得面如死灰,浑身哆嗦。"前日……那信,玩笑一场,"见周骏鸣等人没有发火,他擦擦额头上的汗,"贵部筹款的事,俺早已准备停当。"说罢,对家人吼叫着,赶快杀猪、宰羊。

周骏鸣忙抬手制止。王国华说:"我们不是来吃大户的。眼下国难当头,你的面前有两条路可走:一条是甘当民族败类,破坏团结抗日,走这条路,是死路一条;另一条是有力出力,爱国抗日,走这条路,人民会不念旧恶,宽大待你。何去何从,请快快决定。"

王达铭此时长舒了一口气，说："国家兴亡，匹夫有责。今日经长官，噢，是恩公指点，王某茅塞顿开。为了抗日救国，鄙人愿效犬马之劳。"说着，让家人抬出了1000块大洋。

有了蔡冲寨、大梨园的例子，确山、泌阳、信阳一带的土豪劣绅都变得老实起来，开明绅士也通过筹款被争取到抗日民主统一战线上来了。省委和游击队抓住有利时机，发动群众，动员青年参军参战，游击队占领区里父送子，妻送夫，掀起了参军热潮，游击队很快发展了300多人。

10月，鄂豫边省委主动将红军游击队扩编为"豫南人民抗日军独立团"。周骏鸣任团长，王国华任政委兼政治处主任，冯景禹任副团长，文敏生任政治处副主任。当地的国民党政府对红军力量的发展既怕又恨，一面集结一个保安团和几个县的反动武装，准备对游击队发动"五县围剿"，一面又以信阳专员武旭阳代表，约独立团进行和平谈判，阴谋通过和平谈判，扣押团长周骏鸣，逼独立团缴械投降。

鄂豫边省委和独立团根据中央"八一"指示精神，在做好谈和打的两手准备的情况下，于1937年10月至12月，先后派文敏生、张明河、刘子厚等为代表，与国民党地方当局举行了四次谈判。前三次谈判，均因对方玩弄手法，毫无诚意而未达成协议。最后一次，我方代表刘子厚在开封与河南省当局代表张钫进行的谈判，初步达成了合作抗日的协议。当谈判双方得知南方红军游击队改编为新四军时，谈判遂告终止。

十、向东进发

与国民党河南省当局的谈判终止后，鄂豫边特委（原省委改设）和桐柏山游击队派张明河经过七里坪到达汉口，向周恩来副主席请示汇报工作。周副主席对桐柏山红军游击队非常关心，尤其对干部情况及同国民党地方当局和谈问题询问甚详。倾听汇报后，周副主席传达了中央关于桐柏山红军游击队改编为新四军第四支队第八团的决定，并介绍张明河去见项英副军长。项英副军长对部队工作做了指示，还给八团发了电台、密码和经费等。

张明河从武汉回到确山县竹沟，传达了中央关于将鄂豫边红军游击队改编为新四军四支队八团的决定。鄂豫边特委遵照长江局和新四军军部的指示,在确山竹沟镇将豫南人民抗日军独立团改编为新四军第四支队第八团。2月,部队开赴信阳县邢集进行整训。改编前后,党中央陆续派了朱茂绪、贺德斌、赵启民、徐祥亨、成钧、李木生、朱绍清、王敬群、朱国华、祝世凤、胡定千、张翼翔、吴华夺等20多位同志到八团工作,这些人都是在主力红军中任过营团职务的干部,加强了八团工作。

1938年3月初,在出发前夕,第八团已经发展至1300多人。这些战士大多是最近几个月入伍的。由于时间紧,部队没有得到正规训练,也没有补充枪弹和装备,部分人只发一套军装和军毯,枪支多是很旧的"老套筒"步枪。全团连一挺机关枪也没有。第三营还是穿着便衣的"大褂队",不少人还扛着长矛大刀当武器。这样的部队装备不仅和日军优良的装备相差很远,和大别山红军游击队改编的七团、九团、手枪团也相差很多。但周骏鸣坚信,只要有了人,就能把他们训练、教导成战士。

第八团出发前,罗炳辉从武汉赶到信阳邢集,传达长江局和周恩来副主席的指示,欢送八团开赴抗日前线,并发经费5000元。罗炳辉的大名,周骏鸣在宁都起义刚进入苏区时就听说了。当时中华苏维埃中央政府和中革军委在瑞金县叶坪召开庆祝和欢迎大会,朱德总司令在会上讲话,此时的罗炳辉是中华苏维埃中央政府的中央执行委员和红十二军军长。离开中央苏区,回到河南老家后,周骏鸣在游击战中一直关注着中央红军的消息,时常能从报纸上看见蒋介石在炫耀"战果"时提到罗炳辉的名字,有时候还加上巨额悬赏。再后来,美国记者埃德加·斯诺在《西行漫记》中写到他,还登出了他在延安窑洞前拍摄的照片。

罗炳辉

这是周骏鸣首次见到罗炳辉。他在许多年后回忆道："与我以前听到的和想象中的形象是完全吻合的，比斯诺书中收录的照片还要高大一些、魁梧一些。他穿着旧灰布军装，腰扎皮带，配着大号左轮手枪，打着绑腿，脚穿着麻筋和布条编成的草鞋，腰板挺直，目光炯炯，英武威严，是一个标准的红军将领形象。一见面，他就说：'在汉口整天与友党友军上层人物周旋，今天到了红军游击队，真是到了家了啰！'他详细问了部队坚持桐柏山区斗争的经过和眼下的整训情况，向我们讲述了国际国内形势的急剧变化和国共两党合作抗日以后我们所面临的新的斗争形势和新的斗争任务。我们听了以后，都深受教益，极受鼓舞。他在邢集，坚持要和战士们一起蹲在操场上吃饭，得空就到驻地和战士们聊天。我观察到，炳辉同志不但身材高大，他的手也大，脚也大，他的那双布袜子，一只能插得下小个子战士的两只脚。

"3月2日（或3日），我们召集了全团大会。炳辉同志在大会上讲了话，鼓励大家在东进皖中后要英勇杀敌，发动群众，抗击日寇，收复国土，解救沦陷区在水深火热之中受苦受难的同胞。他讲话不太长，但感情真挚，极有感召力。他的云南口音与四川话是很相近的。大会结束以后，他就回武汉去了。分别的时候，我们谁也没有想到，一年半后，我们八团就在他的领导下战斗了。"①

八团全体指战员在周骏鸣、林恺的率领下从信阳邢集出发，一路向东。经过10多天的行军，3月14日来到皖西霍山县流波䃥，与先期到达这里的七团、九团会合。

四支队八团东进

再说戴季英到达汉口后，向长江局报告了四支队的情况。长江局表示满意，同意在七里坪组织留守处，并发两部电台。戴季英从武汉返回七里坪，部队已出发东进，国民党七十四

---

① 周骏鸣：《忆人民的功臣罗炳辉将军》，见宋霖、罗新安主编：《罗炳辉将军在淮南抗日根据地》，合肥：安徽人民出版社1990年版。

师来此填防,要留守处撤走。戴季英决定留下张体学、罗厚福、刘名榜、官楚印等人组成游击队,还组织了鄂豫皖区委,留守处随戴季英一起到立煌县双河。高敬亭待戴季英到达后,即率部进驻流波䃥。

到了驻地,高敬亭首先看望了八团指战员,并发表讲话,同时批钱给八团做军服、军帽。高敬亭司令员又主持召开了全支队干部会议,新任政治部主任戴季英传达了中共中央长江局的指示,宣布经长江局批准成立四支队军政委员会,高敬亭为主席,戴季英为副主席,委员由林维先、吴先元和胡继亭担任。

会后,高敬亭由于牙龈出血不止,经长江局批准,带领手枪团返回双河镇养病。3月底,在戴季英、林维先的率领下,四支队从流波䃥继续东进。七团为前卫,支队部率九团为本部,八团为后卫。经诸佛庵、黑石渡、霍山县城、毛坦厂和舒城县干汊河,于4月初进驻庐江县金牛镇、盛家桥地区。

卷二　抗日旌旗战局开

一、蒋家河口初设伏

抵达庐江县金牛镇、盛家桥地区，新四军第四支队各部迅速展开：七团进驻无为石涧埠地区（后移至任家山一带），八团进沐家集、魏家坝地区，九团进驻巢县（今巢湖市）高林桥、散兵镇、望城岗地区，支队部进驻槐林咀地区。

此时，侵入华中苏皖地区的日军，为策应徐州会战，先后抽调其第六、十、十三、十四、十六师团各一部10万余人，由江淮地区西侵。五个月前参与南京大屠杀的日军中将谷寿夫所部第六师团主力，在海军协同下，从芜湖横渡长江，侵入皖中。国民党军第五战区廖磊部第二十一集团军、杨森部第二十七集团军不战西撤大别山，日军相继侵占和县、含山、巢县等地，其主力坂井支队已进至合肥附近，并于1938年5月14日侵占合肥。皖中各级政府官员纷纷随不战而溃的国军西逃。日寇四处烧杀抢掠，皖中百姓四处跑反逃难，许多难

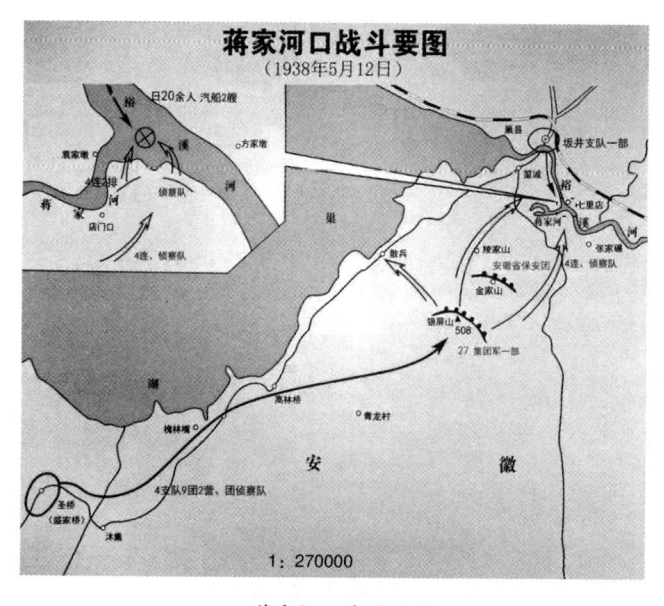

蒋家河口战斗要图

以带走的财物,只好忍痛丢弃或低价出卖,二百多斤重的大肥猪,只要几个银毫子就能买到。虽然已是"绿遍山原白满川,子规声里雨如烟"的农忙季节,但田野里看不到有人干活,一派凄凉的景象。四支队展开后,在地方党组织的支持下,开展游击战争,掩护友军及其政府官员西撤。

舒城、桐城、巢县、无为、含山等地,是日军西犯的必经之地。高敬亭要求部队找准战机,狠狠教训下不可一世的日本侵略者。他命令第九团为先遣队,先期出击敌后,寻机打击日寇。为打好第一仗,九团在盛家桥召开了党委扩大会议。大家在会上一致认为,应该在开展敌后抗日宣传的同时,寻找战机打一个胜仗,给敌人以迎头痛击,同时振奋江北民心士气。会议决定,团长顾士多、政治处主任高立中率第一营和团直属队在盛家桥、槐林咀一带就地发动群众,开展抗日宣传和剿匪安民活动;政治委员高志荣和参谋长唐少田率第二营和侦察队,进入银屏山地区,寻找战机打击敌人。

银屏山离巢县县城10多公里,山岭险峻,树木繁茂,便于隐蔽和出击。高志荣率部就驻扎在山脚下的一个小村庄里。当时,我军前面驻扎着安徽省保安团,后面是川军杨森二十七集团军的部队,他们背靠银屏山,观望不战,随时准备向山里逃跑。到达那里后,高志荣立即派侦察队,穿过川军和保安团驻地,分路出去侦察敌情。去巢县方向侦察的同志回来报告说:日军坂井支队攻占巢县后,除留下守备队外,主力继续向合肥进攻。巢县守备队经常派少数日军下乡抢掠财物,奸淫妇女,巢县东南蒋家河口是敌人常乘船去掳夺地区的上岸处。那时九团没有军用地图,手头唯有一份巢县和无为县行政区图。在图上总算找到了蒋家河口的大体位置。

2001年6月,为了追寻新四军四支队的足迹,我曾登上银屏山,观察当年巢县(今合肥巢湖)附近的地形。站在银屏山山顶,方圆几十里尽收眼

蒋家河口战斗遗址

底。只见明镜似的巢湖平卧在皖中平原上,湖面烟波浩渺,水天相接。裕溪河也叫运漕河,像一条银色的带子,从巢县向东南伸展出去。不远处汇入的蒋家河是裕溪河西岸的支流,像一只金钩,挂在裕溪河边,闪着诱人的光,河边零散的村落和树丛还依稀能辨。河口离银屏山不远,又有村庄依托,能进易退,的确是一个伏击歼敌的好地方。

为了进一步掌握敌人的活动规律,高志荣政委派侦察参谋郭思进带侦察员,化装成当地农民,潜入蒋家河口一带进行周密侦察。经过连续3天的跟踪侦察,他们发现日军驻巢县的守备部队,每天早晨乘船从巢县出发,八九点钟在蒋家河口靠岸,然后到附近村庄欺压百姓、搜刮民财,于午饭前返回巢县。日军有时乘一两艘汽艇,有时乘一两只木船,多则30余人,少则10余人。因国民党军畏敌如虎,不敢出动,因此,这一小股敌人畅通无阻,肆无忌惮。郭思进他们还特意来到蒋家河口,测定这里位于巢县东南近5公里,四周河道纵横,岸上杂草丛生。初夏池塘芦苇已很茂密,周围杂树交错,地形复杂,便于隐蔽,十分有利于伏击。

高志荣听了郭思进的报告后说:"我们在此设伏,打一个漂亮的伏击战!"他与参谋长唐少田召集二营营长黄仁庭、教导员李士怀等开会,决定由团侦察队和二营四连在蒋家河口打一个伏击战。为了便于作战指挥,高志荣、唐少田又带领几名干部到银屏山山顶,居高临下观察地形,现场手绘了一幅作战地图。后来,指挥员就是根据这个手绘的作战地图部署战斗任务的。二营营长黄仁庭和侦察参谋郭思进具体指挥。

1938年5月11日下午4时左右,四连和侦察队进行了临战动员后,由黄营长、郭参谋率领,从银屏山脚下出发,12日拂晓到达蒋家河口。蒋家河口西岸有唐家村和店门口两个小村子,只有十来户人家。因为是圩区,为防止破圩水淹,老百姓都习惯把住房建在河堤上。在两村之间三四十米的堤段上,筑了半人高的土墙,河堤上还有一些树丛和芦苇,侦察队配属2挺轻机枪,隐蔽在土墙后面,步兵排埋伏在树林和芦苇丛中,群众还主动拿出长条凳给部队架枪。这里离县城不到10里地,为了防止敌人从背后包抄和增援,四连的一、三两个排隐蔽在离河口五六里的小山上。前沿由郭参谋统一指挥。郭参谋原来在红四方面军当过团参谋主任,战斗经验比较丰富,可惜后来在一次执行侦察任务中不幸牺牲。

12日上午8时左右,巢县方向的河面上隐约传来汽艇的马达声。不一会儿,两艘汽艇越驶越近。战士们可以清楚地看到一个日本兵趾高气扬地站在汽艇上,头上的钢盔和手中的刺刀在阳光下闪着寒光,十分刺眼。新四军指战员就像守候多时的猎人,紧盯着这群张狂的猎物,只等他们一上岸,便来个关门打狗、瓮中捉鳖,让他们有来无回。

日军靠岸后,20多名日军耀武扬威地下了船,丝毫没有戒备之心。他们有的大摇大摆地往岸上走;有的把枪放在地上,捧起河水往胸脯上浇。突然,一颗子弹带着尖厉的呼啸声,穿进敌人的胸膛,一个日军一声惨叫,倒在地上。

这是郭思进参谋发出的攻击信号。他连一颗信号子弹都不舍得浪费,直接将愤怒的子弹射入了侵略者的身体。也正是这一颗子弹,打响了新四军东征抗日的第一枪。紧接着,埋伏在前沿的团侦察队迅速向敌人发起攻击,一串串愤怒的子弹向日军头上飞去。毫无戒备的日军顿时乱作一团,哪里还有抵抗的机会?大多当场毙命,少数朝汽艇逃窜。九团将士哪里能让敌军逃窜?四连的机枪手急忙用猛烈的火力封锁了河口,切断了日军的退路。侦察队乘机从堤埂后一跃而出,集中手榴弹炸翻了敌人的一艘汽艇。这一下,日军完全处在我军夹击之中,爆炸声、厮杀声、日军的惨叫声汇成一片。有的敌人被逼到了河岸下面,有的在水中垂死挣扎,有的在惨叫声中变成了战士们的枪下鬼。

这时,另一艘汽艇由于失去了控制,在河面上直打转。一个未被击毙的日寇躲到船尾,隐蔽在船舵后面,探头向岸边观察我军行动,然后找了个机会乘乱跳入水中,企图逃命。新四军战士发现这一漏网之鱼,立即冲下堤岸,扑入水中,将那个鬼子闷毙在水里。

日本兵在蒋家河口活动的汽艇

由于指挥员准备充分,战士们英勇顽强,这一仗打得干净利落,在第一枪打响后的20多分钟里,共毙该股日军23人,缴获步枪19支、手枪2支,并缴获日本军旗、军刀等物,而我军无一伤亡。当地群众欢欣鼓舞,纷纷跑来祝贺。老百姓纷纷伸着大拇指说:"你们为咱中国人出了气,报了仇,这才是有种的中国军人。"有的群众还从家中扛来渔具,帮助我军打捞日军掉在河里的三八式步枪、指挥刀等战利品。

日军坂井支队得知后方的巢县守备队受到攻击,速派步兵第十三联队第一大队前去救援,我伏击部队已安全撤离。日军只能对着河水无可奈何。

蒋家河口战斗胜利后,九团二营一鼓作气,渡过裕溪河,打掉了日军刚刚建立起来的林头、清溪两个镇的维持会,进一步扩大了新四军的政治影响,鼓舞了当地群众的抗日信心。

新四军出击皖中,首战告捷,主要靠的是勇敢顽强的战斗作风。初建时期的新四军,装备水平非常差,第四支队虽然在新四军各部队中装备算是较好的,但与装备精良的日军相比,甚至与国民党军相比,差距还是比较大的。在蒋家河口战斗中,步枪、手榴弹甚至刺刀、大刀都发挥了巨大威力,加上出其不意、攻其不备,因此一举歼敌。

蒋家河口成功伏击日军的捷报,很快随着电波传遍了大江南北。5月13日,新四军第四支队的捷电,最先披露了这一消息,其中称:"十二日午,我团之一部狙击由巢湖南岸蒋家河口对面登陆之敌,当毙敌二十余人,获枪二十余支、敌旗一面、弹药及军用品少许,残敌狼狈登船逸去,我无伤亡。"

《新华日报》驻徐州记者获知这一捷报后,迅速在5月15日的《新华日报》上刊载了电讯,向外界传播了新四军抗日杀敌的消息。

5月16日,蒋介石给新四军发来嘉勉电,肯定了新四军出师首战的战绩:"叶项军长吾兄:隐电悉,贵军四支队蒋家河口出奇挫敌,殊堪嘉慰,希饬继续努力为要。"国民党第二十七集团军的军官也佩服地对新四军指战员说:"我们在这里这么长时间都没和鬼子碰,你们人没有我们多,枪没有我们好,一来就和鬼子拼上了,真了不起。"

1939年1月1日,新四军副军长项英在《本军抗战一年来的经验与教训》的报告中说:"蒋家河口战斗是新四军'第一次的战斗'。"新四军参谋长赖传珠将军在1938年5月20日的日记中记道:"晚接蒋(介石)电,嘉慰四支队胜利。"1941年10月12日,他在《本军的成立和它发展的历史》的报告中也指出巢湖以南蒋家河口战斗的胜利是"新四军第一次大胜利"。由新四军参谋处编写的《新四军的前身及其组成与发展经过概况》，也记述了新四军第四支队在蒋家河口伏击日军，"开江北第一次的胜利"。蒋家河口伏击战，是当之无愧的新四军第一次亮剑、第一次胜利。

蒋家河口伏击战虽然规模不大，但意义重大、影响深远。它是新四军组建后打响的抗日第一枪，也是在抗日形势极其严峻的情况下发起的一场唤醒战斗。新四军出征首战亮剑的胜利，打击了日军的嚣张气焰，大涨了我军的抗

蒋家河口战斗结束后，新四军官兵们凯旋时的情景

日士气，为后来新四军在江北地区的发展和抗日根据地的建立创造了有利的社会环境。

2019年10月，我到位于泾县云岭的新四军军部旧址纪念馆参观，看到了一面特殊的日本国旗。这面丝绸质地的日本国旗，由于长期折叠保存，上有对称的血渍和污迹。纪念馆工作人员介绍，这面日本国旗是新四军女战士诸晓和生前捐赠的。据诸晓和生前介绍，新四军成立1周年时，云岭新四军军部在军部大会堂举办战利品展览。展览结束后，允许大家挑选一件物品留作纪念，她就挑了这面新四军成立后首次对日作战，即蒋家河口伏击战中缴获的日本国旗。这是我们今天能够看见的蒋家河口伏击战的最直接的物证。

新四军纪念馆中的蒋家河口战斗陈列图片和实物

二、最早进入皖东的新四军部队

四支队九团首战蒋家河口传捷报，东北流亡抗日挺进队也在全椒克敌制胜。

东北流亡抗日挺进队由国民党第六十七军的溃散官兵组成。六十七军是张学良东北军的基本部队，前期军长是王以哲。淞沪会战中，该军奉令进兵松江，防守黄浦江北岸，英勇顽强，打退日军数次进攻。在突围时，军长吴克仁中弹殉国。会战结束后，该军因伤亡严重，无力补充兵员和编制，被蒋介石取消番号，所属部队编入其他部队。有一部分六十七军的溃散官兵激于义愤，在中共抗日民族统一战线政策的影响下，自发组织起来，由党派到东北军工作的共产党员、政治教官刘冲带领，辗转到武汉，寻找中国共产党要求抗战。他们在八路军武汉办事处见到了周恩来副主席和叶剑英参谋长。

周副主席亲切地接见了他们的代表，东北军同志们感到无比兴奋。他们一致表示："现在东北沦亡，整个中华民族危在旦夕，我们成为没娘的孩子，只有跟着共产党打败日本侵略者，才能打回东北老家去。"周副主席、叶参谋长根据他们的要求，介绍他们到新四军四支队，由四支队领导抗战。他们拿着周副主席亲笔介绍信，在前来武汉出差的四支队战地服务团团长程启文带领下，步行五天，于1938年3月中旬到达四支队司令部所在地流波䃥。随后，原六十七军一一七师副官韦郁周带领的21名官兵和原在一〇八师新闻电台工作的周复生（中共党员，被党派到东北军工作）等同志，也几经周折来到流波䃥与刘冲会合。这时共有103位官兵。他们受到四支队司令员高敬亭、政治部主任戴季英的热情接待，请部分代表吃饭，给战士们加餐。

在流波䃥，刘冲提出将他们编成一个战斗单位。在四支队军政委员会会议上（刘冲列席了这个会议），经过讨论决定将他们编为一支游击队。因为四支队即将东进抗日，就派他们首先到皖东敌后去，自己发展，自筹粮饷，坚持敌后斗争。在定番号时，刘冲认为他们是东北人，将来还要打回东北去，所以番号中要有"东北""抗日"和"挺进"这样的文字，结果，这支队伍就定番号为"东北流亡抗日挺进队"。这个番号有些灰色意义，但有利于坚持敌后斗争。挺进队由董东翘任司令，不设政委，刘冲任政治处主任。他们的臂章采用新四军臂章图案——一个战士端着枪向前冲锋,但下面标上"向着白山黑水"字样。随后四支队领导将这一安排情况向周副主席作了报告,征得了同意。

3月下旬,东北流亡抗日挺进队经庐江过淮南路到达巢县,见到了张恺帆。张恺帆此时是中共皖中工委委员,他受皖中工委委派在巢县元山"抗日干训班"当教官,兼做党开辟巢县的工作。这个干训班是冯玉祥将军倡导在家乡开办的,主持人马忍言,原名冯宏谦,是冯将军的侄子,也是巢县县长。挺进队向张恺帆介绍,他们在武汉就接受了党的领导,是四支队派到皖东来开展抗日工作的先遣队。张恺帆对他们表示热烈欢迎,并请刘冲给干训班学员作了政治形势报告。接着又向刘冲介绍了巢县、和县、含山、全椒、定远、滁县一带的情况。

新四军先后使用过的臂章

10多天后,挺进队来到了全椒县的小集乡,司令部设在周埠家。

在小集乡,挺进队队员走村串户,宣传组织群众,开展抗日救亡工作。挺进队政治处主任刘冲等向群众明确宣布:"我们是中国共产党和新四军领导的队伍,是真正抗日为人民的。"

小集乡小学的进步教师何若人、张圣文等首先与挺进队取得了联系。此时,全椒青年教师王永抗大三期毕业刚从延安回来,担任全椒县抗日自卫军政训股股长。王永亲自赶到小集乡对挺进队表示欢迎,并在小集乡召开了1000多名群众参加的欢迎大会。刘冲在大会上作了报告,宣传中国共产党的抗日主张和党的抗日民族统一战线政策,表明要与各阶层力量、地方绅士和实力派团结起来,一致抗日。各阶层、各界人士在大会上也发了言,表示衷心拥护中国共产党的抗日主张。多年来深受兵匪祸害的全椒人民,第一次见到了人民自己的军队,感到无比亲切,有的人与挺进队由开始不敢见面,到逐步融为一体,情如亲人。小集乡小学黄生、殷山、谷本义、王子洪、潘飞、尹洪等12名青年学生踊跃报名参军。全椒县政训股也输送了李希群、马荟等一批骨干参加挺进队。其时,挺进队还派出政工人员帮助群众组织农民抗战协会和青年、妇女抗敌协会。黄生等青年学生参军后,挺进队将他们组成青年抗日先锋队,由黄生任队长,李希群任副队长,他们到处唱抗日歌,演抗日戏,大力开展抗日救亡活动,在小集乡一带搞得轰轰烈烈。

挺进队在全椒小集乡短暂停留,随即在全椒管家坝、县城、滁全公路、谭墩、石沛桥、周家岗以及和县、含山、巢县、肥东一带打日寇、剿土匪、打叛军,进行大小数十次战斗,消灭了日寇的嚣张气焰,维护了敌后的社会治安。

1938年5月,挺进队到全椒不久即剿灭了管家坝的一股武装土匪。这股土匪原是由国民党八十八师从上海溃退下来的30多名散兵组成的。他们以原排长彭志雄为首,聚集到管家坝,在商会、富绅的资助下,修筑炮楼,名为维持地方社会治安,实则霸占一方,聚赌抽头,拦路抢劫,奸污妇女,无恶不作。挺进队为争取他们放弃土匪行径,共同抗战,做了大量工作。彭志雄等不听劝告,继续为非作歹。于是挺进队决定将其剿灭。5月10日,挺进队采取化装赶集的办法,进入管家坝,将匪兵们分割包围,突然开火。挺进队英勇顽强,连续冲锋,毙伤土匪30多人。这一仗共缴获机枪1挺、步枪30余支、手榴弹多枚。但挺进队也牺牲了3名战士,司令董东翘在这次战斗中负了伤,不久回延安养伤,韦郁周接任挺进队司令。

战斗结束后,牺牲的三烈士被安葬在管家坝锥子集西北一处山岗墓地,立有墓碑。2021年1月21日,我到管家坝采访时,还看到当年的墓冢。墓冢前有三碑,右侧一碑文为:"原籍河北省吴桥县,东北流亡抗日

位于全椒县西王镇锥子集村的东北抗日流亡挺进队烈士墓

位于全椒县西王镇锥子集村的东北抗日流亡挺进队烈士墓主碑两边陈耀周、邢起三两位烈士的纪念碑（二人于1938年5月10日牺牲）

挺进队阵亡烈士陈耀周君之墓。殁于中华民国二十七年五月十日，享年二十三岁。"左侧一碑文为："原籍河北省河间县，东北流亡抗日挺进队阵亡烈士李德胜君之墓。殁于中华民国二十七年五月十日，享年三十五岁。"中间的墓碑上文字漫漶，然依稀可见烈士邢起三的名字。墓冢前还立有一块大碑，上书"革命烈士永垂不朽"。这是1976年全椒县民政局委托管坝公社革委会立的。现在，墓冢里的烈士遗骸都已经迁葬到周家岗烈士陵园了。

在地方自卫队的配合下，挺进队还采取灵活机动的战略战术，在滁全公路上伏击日军，击毁军车一辆，缴获了一批布匹和军用物资。不久，日军被迫撤出全椒县城。全椒县抗日自卫军进城，随后挺进队转战到和县善厚集。6月，挺进队与巢县冯文华、张恺帆取得联系，组织力量在肥东马集消灭了一股原川军的叛乱部队。这股川军于1938年春从南京溃退下来，到达巢县以后，参加了冯文华、张恺帆组织的巢县黄山抗日游击大队，其后叛变，侵害人民群众。

三、董必武指点高敬亭

高敬亭在立煌县双河镇养病一个多月后，率四支队手枪团和后方机关进驻舒城。舒城位于大别山东麓，此时杜鹃盛开，漫山遍野火红烂漫。过去3年，红二十八军曾多次在这里打仗，高敬亭对此感到亲切。舒城西南山区的九井地势开阔，两面是山，中间是冲，部队选定在此休息。2天后，部队前站到了中梅河镇上游万山丛中的乌沙。高敬亭决定将四支队司令部设在这里。舒城位于皖西,处于大别山向皖中沿江平原过渡地带,庐江、巢县、无为一带,则是皖中地区,部队总体位于"蚌埠、徐州、合肥三点之间"的偏西南处。根据毛泽东的指示,高敬亭所部应该继续前进,向北、向东进发。也许高敬亭觉得这里背靠大别山,日军从此西进,更适合成为四支队抗日的战场,就停了下来。

乌沙街位于舒城西南乌沙河上游河南岸,南临洪家畈,处于西去桐城、潜山、汤池及高峰乡的交叉路口,为舒城西南一座颇具规模的山镇。小镇上有100多户人家,常住人口1000多人。街内设有东、西、南、北四道闸门。镇上的人家主要沿伏龙堰东西两岸居住。伏龙堰丈把宽,从街中心由南穿北,一年四季淙淙流淌。这条小河的河床及两边堤岸都由青石砌成,当时没有水泥,就用桐油拌石灰塞缝,坚固耐用,河水清澈见底,真可谓"河流街心,两岸发市,人立小舟,自由购物"。伏龙堰通龙河,龙河又通巢湖达长江。小镇上的人以做手工业和小商业为主,镇上有铁匠铺、木匠铺、篾匠铺、茶馆、饭店、糕饼店、油坊,大多是前店后坊,临街多为二层楼房,木板门面,是一个繁华的商镇。可惜的是,1958年修建龙河口水库,乌沙街被淹到了水下。如今,它已经成为烟波浩渺的万佛湖的湖心记忆。

淹没了乌沙街的万佛湖

此时的乌沙,由于新四军四支队进驻,镇上仍是太平景象。街上挤满了赶集的人,人来人往,熙熙攘攘,很是热闹。商店照常开张营业,吆喝连天。铁匠铺打铁的铿锵声与人们的喧哗声交织在一起,使岁月显得更加红火炽烈。大街上,身着新四军四支队灰军装前来赶集买菜的同志,手提肩挑,和赶集的群众公买公卖,有说有笑。乌沙的热闹景象和山外日占区的混乱形成两个截然不同的世界。

徐州失守2天后,新四军军长叶挺致电毛泽东、周恩来:

> 徐州已失,敌后空虚,四支队在庐(江)、合(肥)、无(为)三县间一带,地形情况条件均不利迅速展开,应挺进至滁县、全椒以西,嘉山(明光)以南,巢县以北,定远以南,倚靠黄洽(甫)山脉向定、滁、巢、全四汽车道及滁临(滁县到临淮关)铁道交通线活动,袭击敌少数运动部队及辎重运输,破坏交通并建立支点更有利。①

1938年5月22日,中央书记处发出《关于徐州失守后华中工作的指示》(简称《指示》)②,并致电长江局:"立即成立鄂豫皖省委,领导津浦路以西、平汉路以东、浦信(南京浦口到河南信阳)公路以南广大地区的工作。该省委中心任务是武装民众,准备发动游击战争,有计划地建立几个基干游击队与游击区,用一切力量争取高敬亭支队成为这一地区主力。"《指示》还说:"在津浦路以东、陇海路以南、长江以北的广大地区内,即应建立一个能独立领导工作的工委,其主要任务,为发展游击战争。江苏省委即应派一些得力干部去,并应从上海有系统地动员学生、工人、积极分子、革命分子、党员到那里去工作。"同时,毛泽东在这个月先后发表了《抗日游击战争的战略问题》和《论持久战》两篇重要著作,批判亡国论和速胜论,以及轻视游击战争的错误观点。中央的指示、叶挺的电报都是从战略高度,希望高敬亭迅速东进皖东,建立根据地。但高敬亭却觉得皖中战机多多,要在这里打击日本侵略者,发展队伍。

5月下旬,中共中央长江局委员董必武,由长江局军事部高级参谋聂鹤亭、边章武陪同,从武汉来到舒城,对高敬亭耐心地做批评和说服工作,帮助、教育高敬亭理解中央指示,服从中央指示,积极东进抗日。③ 另外,中央派董必武来也是传达张国焘叛党及开除其党籍的经过。因为张国焘是昔日鄂豫皖的最高领导,对四支队部分来自红二十八军的干部战士有一定的影响力,对于高敬亭本人,也需要

---

① 丁星、郭加复主编:《新四军辞典》,上海:上海辞书出版社1997年版,第115页。
② 《淮南抗日根据地》编审委员会编:《淮南抗日根据地》,北京:中央党史资料出版社1987年版,第20页。
③ 湖北党史网《坚持团结——求同存异,团结斗争》,www.hbdsw.org.cn/tbgz/bwex/ckjc/201907/t20190719_150033.html。

有旗帜鲜明的态度。

中央政治局 1937 年 3 月扩大会议通过了《中央政治局关于张国焘错误的决议》后,对张国焘的错误进行了彻底批判,对肃清张国焘路线在党内和军内的影响,教育全党全军,特别是红四方面军的广大指战员,起到了决定性的作用。为了教育和挽救张国焘,同年 9 月,中央仍派他担任陕甘宁边区政府副主席、代主席,但张国焘内心对自己被批判一直不服气。1938 年 4 月初,他乘祭黄帝陵之机逃出陕甘宁边区。在西安、武汉期间,周恩来、林伯渠、博古等多次劝说他不要脱离革命队伍,毛泽东、洛甫、刘少奇等也发电,盼他早日回延安。但张国焘一意孤行,于 1938 年 4 月 17 日执意叛变,投进国民党怀抱。中共中央书记处根据周恩来等人电报建议,于 4 月 18 日作出了《关于开除张国焘党籍的决定》,并向全党公布。张国焘叛逃后,加入了戴笠的"军统"组织,主持"特种政治问题研究室",办"特种政治工作人员训练班",到处发信联络其旧部。鉴于高敬亭曾是张国焘到鄂豫皖后迅速提拔重用的干部,长江局让董必武前来向高敬亭当面传达中共中央关于开除张国焘党籍的决定,鼓励他坚定立场,革命到底。①

董必武

董必武一行沿着龙舒河(现名杭埠河)边的大道,慢慢进入龙舒河的上游山区。初夏时节,惠风和畅,青兰吐蕊,幽芳沁人。经过半天跋涉,董必武一行来到有舒城第二镇之称的中梅河镇。

董必武是辛亥革命的元老,中国共产党的创始人之一,鄂、豫、皖三省早期共产党人大都是由他创办的武汉中学培育出来的。李先念说过:"董必武是我们大别山共产党人的老祖宗。"1927 年大革命失败后,他经日本抵苏联学习,1932 年回国进入江西中央苏区。1934 年 10 月随中央红军长征,到陕北后任中央党校校长、抗日军政大学第四大队政委。1937 年全民族抗日战争爆发

---

① 童自强:《处决新四军第四支队司令员高敬亭的真相》,《同舟共进》2014 年第 6 期。

后,董必武以中共代表团成员身份先在南京,后到武汉,协助周恩来同国民党谈判,并参与筹备中共湖北省委和八路军驻武汉办事处的工作。高敬亭曾两次在武汉见过他,对他十分崇敬。

边章武也是个有着不凡经历的人。他1900年生于河北辛集市,1922年毕业于保定军官学校,1931年任国民党第二十六军第二十七师参谋长,同年底参加宁都起义后,任红十四军四十师师长,1932年加入中国共产党。长征胜利后任军委第一局局长、延安城防司令。当时在中共中央长江局军委任高级参谋、军事组成员,兼国民党南岳游击干部训练班教官。他的军事素养极强,只要董必武在场,他的坐姿就是挺胸并腿,双手扶膝。他和周骏鸣是宁都起义时的战友,通过他,能够进一步和周骏鸣沟通。周骏鸣后来专门看望过他,两人彻夜长谈,他把中央的指示明确传达给了周骏鸣。

听说董必武来了,高敬亭忙派副官带着驮马,到了中梅河,把董必武接到四支队司令部所在地乌沙。

董必武化名张先生,戴着礼帽,身着华达呢长袍,下马后手执文明棍,这也是通过国统区的需要。高敬亭虽在汉口见过董必武两次,但这次是在自己的司令部第一次接待这位革命元勋,所以特别恭敬。董老一到四支队,就跟高敬亭进行了个别谈话。他熟知高敬亭的性格,对于存在的问题,只能个别说,而且要婉转,既不失原则,又便于高敬亭接受。

"现在国共第二次合作,共同抗日,这是中央的方针。四支队东进,你们转得很快,听说队伍也发展了几百人。"董必武首先表扬高敬亭。接着,他专门和高敬亭谈了张国焘的问题。

"张国焘借清明祭拜黄帝陵之机,出走武汉,当了可耻的叛徒,中共中央宣布开除其党籍。为清算张国焘的叛党罪行,延安各界召开了反张国焘路线的大会。在大会和小组讨论会上,原红四方面军的干部用充分的事实揭露了张国焘长征途中另立中央,分裂党和红军的严重错误。大家都受到深刻的教育。张国焘叛党后,向红四方面军旧部写信招降,只有何畏(曾任红四方面军第九军军长)一人去了。中央和长江局是相信你的,但我必须清醒地告诉你:四支队是新四军中最大的一支队伍,这支队伍过去的老底子是鄂豫皖红四方面军和红二十五军部队,张国焘在这里工作过。他张国焘现在还有迷惑性,希望你们要保持警惕!"

高敬亭听了,深为震惊,也十分气愤:"请董老放心,我会坚决按中央的指示去办,和张国焘划清界限。"高敬亭及四支队军政委员会的成员都表示,坚决拥护党中央的决定。

晚上,高敬亭请董必武一行吃晚饭。他们在饭桌上聊得十分亲热。高敬亭说:"董老,您可是我革命的引路人啊。"

董必武笑着问:"这话怎么讲?"

高敬亭说:"您与陈潭秋、萧楚女在主持国共合作的国民党武汉省党部期间,组织黄安工作组,向黄冈、黄安、麻城派出一大批学生党员,扩大党的影响,宣传世界革命、中国革命,宣传共产主义,并在黄麻内地发展共产党与青年团的组织,把黄冈、黄麻这一带农民运动搞得轰轰烈烈。我的家乡董店挨着黄安、麻城。我认得的有郑位三、戴克敏、徐朋人、王平章等,他们把工作做到河南光山南部,我就是您的学生石生才、梅光荣等人介绍入党,走上革命道路的。他们当年在办乡村平民夜校时就向我转述过您的大名。"

董必武呵呵一笑,说:"是啊,是啊,王平章我记得,高高胖胖的,是个人才啊,可惜牺牲了。我在延安时就听鄂豫皖来的同志说过你,国共合作后在长江局见到你。你是值得信赖的同志,我们党内都高度评价你。"

"谢谢董老。"高敬亭激动地说,"我是个穷苦出身的人,一辈子没有离开过大别山,受剥削、受压迫,对党有感情!最听党的话!"

"作为党领导下的革命者,就是要听党的话。我虽然革命多年,可我觉得自己就是党内的一块砖头,党需要砌墙,我就砌墙;党需要铺地,我就铺地,在哪都是发挥作用。在我们革命斗争中,人有时是主角,有时是配角;有时是帅,有时是将。我们不能总是当主角,当帅,要学会当配角,当将啊。配角和将,就要服从主角和帅的指挥啊!过去你是鄂豫皖中央分局和鄂豫皖省委的领导,又是中华苏维埃执行委员、红二十八军的政委,3年游击战中,和中央失去联系,当主角你做得很好。现在你的领导是中共中央、长江局、新四军军部,你就要做好配角,当好将,听帅令。"

高敬亭看了看董必武,觉得他话里有话,刚想问,董必武又接着说了:

"高司令,四支队整编,你做得很好。我这次来,主要是和你谈新四军四支队东进的问题。军部的、长江局的,都有人反映你不听命令啊!"

"我没有不听命令。去年底中央让我到合肥、徐州、蚌埠三点之间作战,我不是率部出发了吗?"

"你是起了个大早,却赶了个晚集。你们主动和国民党谈判成功,下山集结得早,可是出山东进却行动迟缓。你们从湖北黄安七里坪东进到皖西、皖中,就没有再前进了。现在你们自己设定的作战区域,位于皖西、皖中,中央和长江局让你们到合肥、徐州、蚌埠三点之间的皖东地区,是在你们的东北方向,这还是国共合作初期战略上的考虑。徐州失守后,敌人必然南进,整个皖北、皖东必然全部失陷,成为敌后。敌后才是我们的战场。中央考虑,四支队在江北,战略展开于皖东,配合新四军其他支队开辟苏北,就是要以创造敌后根据地发动群众为主。党中央三令五申东进的战略方针,是国内抗日战争第一阶段的正规战争过后,向将要进行的游击战争转变的过程中,八路军和新四军发展壮大的崭新课题。各个战略区负责人都要领会深刻,要有战略眼光。"

"大别山是老苏区,有群众基础,我们在这里作战有取胜的把握。东进第一步立足于舒城、桐城、庐江、巢湖、无为一带,背山面水面平原,狠狠地打日本鬼子,先创建皖中抗日游击根据地,再伺机向东发展也行啊。"高敬亭对于离开大别山,到皖东去抗日,心里的确是想不通的。经过董必武耐心细致的思想工作,高敬亭最终表示:"请董老放心,我一定会按照中央的批示做。""你要抓紧时间,向皖东挺进!"

四、舒城促统战

听到董必武来到四支队的喜讯,手枪团团长詹化雨和政委汪少川立马前来看望,他们受到董必武的热情接待。望着董必武慈祥的面容,汪少川脱口而出:"董老,我们手枪团全体指战员盼望您给我们作报告。"董必武笑着说:"好啊,敬亭同志昨晚给我说了。同志们坚持大别山3年游击战争,红旗不倒,这就是很大的胜利。我明天上午去看看大家,高司令陪我一道去,传达党的指示,讲讲形势。"

次日上午,手枪团的300多名干部战士,整整齐齐地坐在屋子里等候董必武的到来。詹化雨和汪少川正准备去迎接,只见董必武和高敬亭等已经向团部走来。当董必武出现在会场大门口的时候,汪少川一声号令,全体指战员唰地起立,热烈鼓掌欢迎。董必武快步进入会场,不断地招手,招呼大家坐下。汪少川把坐在前面的各分队负责同志一一向他作了介绍。接着,董老从日本帝国主义侵略中国讲起,谈到共产党促进和平解决西安事变,分析全国抗战形势,阐明共产党人目前所面临的任务,并谆谆告诫大家,要发扬坚持3年游击战争的革命传统,抗战到底,把日本强盗赶出中国去。下一步,大家的任务是跟着高司令员东进皖东。同志们在大别山能红旗不倒,到皖东一定还能够再创辉煌。

从手枪团出来,董必武决定去拜访一下舒城县县长陶若存。这位国民党县长,几个月前没当县长时,在武汉曾经拜访过他。董必武借此机会,是想加强一下联系,促进统一战线工作。高敬亭听说后,陪同董必武一起赶往县城。

陶若存是舒城阙店乡人,早年在国民党十九路军担任军官。"福建事变"失败后只身逃回安庆,闲居了1年,经原十九路军重要将领戴戟(中华人民共和国成立后曾任安徽省副省长)介绍,去李宗仁、白崇禧的第四集团军总政训处,任《创进月刊》主编。1937年冬,被调到二十一集团军政治部,在武汉待命。当时二十一集团军政治部远在广西,他一人住在旅馆无所事事,上街去逛书店,发现了美国记者斯诺的《西行漫记》。读完这本书,他对共产党领袖们的精神风貌无比钦佩和向往,遂产生了走访八路军汉口办事处,拜见董必武的念头。

董必武对陶若存的接见时间虽不长,但给陶留下极其难忘的印象。过去,他见过不少国民党的大官,他们多是高高在上,官气十足,自以为天之骄子,不可一世。他也见过一些政客,他们虚假的亲热,言不由衷的恭维,为了表现自己而夸夸其谈。董老则完全像善于启发的老师,平易近人,言语简朴,并不使人感到他是不可高攀的大人物,与陶以往所见的国民党要人相比真是不可同日而语。

谒见董必武后不久,陶若存随二十一集团军回到久别的故乡。1938年2月,陶若存出任舒城县县长;3月兼任舒城县民众动员委员会主任。

全民族抗日战争爆发后,六安老同盟会员、知名的爱国民主人士朱蕴山即赴前线慰问将士,后又辗转回到南京,找到中共办事处,会见董必武、叶剑英。董、叶赞成朱蕴山回安徽,发动群众,开展抗日救国工作的想法。朱蕴山在南京会见了第五战区司令长官兼新任安徽省主席李宗仁,恳切建议:值此国难当头,必须恢复孙中山先生制定的三大政策,广泛发动民众抗日,迅速发起组织安徽民众总动员委员会,以集中人力物力,实行全面抗战。李宗仁同意他的建议,并邀请朱蕴山等人筹建第五战区民众总动员委员会。其后,李宗仁在中共地下党组织和各界进步人士的推动与支持下,于徐州成立第五战区民众总动员委员会,李宗仁兼任会长。

1938年2月上旬,李宗仁、章乃器来到六安,筹组安徽省政府和动委会。章乃器经白崇禧的机要秘书、中共秘密党员谢和庚推荐,应邀到安徽担任省政府秘书长。在六安,李宗仁就任安徽省政府主席。章乃器的任职安排由于蒋介石不同意,李宗仁就让他以省政府委员的身份暂代秘书长一职。

中共中央长江局和各地党组织陆续派出周新民、张劲夫、狄超白、罗平、许晴等党的干部到六安,参加筹备安徽省动委会的各项工作。当时安徽的政治势力有三个方面:一是安徽地方进步势力,二是掌握安徽地方政府权力的国民党桂系军队,三是国民党"CC系"分子。三种力量互相矛盾并斗争,形成复杂的政治局面。安徽地方进步势力与国民党当权派斗争很激烈,国民党内部的桂系和蒋介石嫡系即"CC系"的斗争也很尖锐。桂系想笼络安徽地方进步势力,以巩固其统治地位,进而赶走"CC系"以独霸安徽。

关于省动委会机构设置和人事安排,周新民、张劲夫和朱蕴山、章乃器商量后,提出设一室五部,即秘书室和总务部、组织部、宣传部、后勤部、情报部。1938年2月23日,安徽省民众总动员委员会在六安宣布成立,李宗仁兼任主任委员,朱蕴山任总务部部长。后由朱蕴山担任秘书室秘书,统管全盘工作。动委会包括党政军民、工农商学、士绅名流,各个阶层的人士都有,但其中的骨干分子大部分是中共地下党员或进步人士。动委会成为名副其实的国共合作下的抗日民族统一战线组织。朱蕴山等几位动委会的领导人与中共皖中工委等密切合作,积极开展各项活动,提高了群众抗日救国的热情,使安徽的抗日救亡运动开展得有声有色。

中共皖中工委是1937年11月成立的。李世农、张恺帆、桂蓬(黄育贤)3人都是土地革命时期被捕过的共产党人,在监狱里英勇不屈。"龙华千古仰高风,壮士身亡志未穷。墙外桃花墙里血,一般鲜艳一般红"的豪迈诗篇,就是张恺帆在上海龙华监狱服刑期间写下的。抗日战争全面爆发后,经组织营救,李世农从南京陆军监狱被释放,张恺帆、桂蓬从苏州军人监狱被释放。他们与组织恢复联系,到南京八路军办事处报到。11月,李世农被派到无为,成立中共皖中工作委员会,任书记。同行的张恺帆、桂蓬任委员。皖中工委工作地区包括无为、巢县、和县、含山、舒城、庐江、合肥等。南京沦陷后,皖中工委改隶属中共中央长江局领导。中共皖中工委和安徽动委会合作密切,对新四军四支队给予很多支持。

据《安徽抗日战争史》记载,南京沦陷前后,沦陷区的青年纷纷流亡,其中有不少流亡青年云集于皖西大别山区。省动委会成立后不久,即设工作团,由省动委会组织部出面,将一些学员及潢川青年军团和外地流亡学生安排到工作团内,经过短期培训编组后分配到安徽省长江以北各县专门从事民众动员工作。据省动委会1939年5月统计,"省动委会直属工作团编组到43个,委托工作团达30个,县属团正式呈报者34个。直属团以20人为定额,委托及县属团平均亦每团约20人,合计约为2400人"。由于共产党人的努力,省动委会以工作团为基本力量,把青年和民众组织到各类抗敌协会中,深入开展抗日救亡工作,团结和培养了大批进步青年,使他们会聚到抗日民族统一战线的旗帜下,其中大部分人最终走上了革命的道路。

正是在这种形势下,舒城中共组织负责人鲍有荪派遣上海留日学生救亡工作团团长、秘密党员李竹平和共产党员石竹到舒城动委会专门做陶若存工作。在我党积极抗战、真诚合作的感召下,陶若存表现得比较进步,基本上不干涉共产党活动,不制造摩擦。他极力推荐李竹平担任指导员职务,而他的主任委员职务仅仅是挂名,一切工作安排、人事调动皆由李竹平全权负责,因而抗日运动的全权领导机构动委会就直接地为我党所掌握,党的抗日路线、方针政策宣传和组织工作均能够以动委会的名义而得到贯彻实施。

在舒城县县长的位子上,陶若存很愿意为抗日出力,他后来回忆说:

> 我刚上任时,发现舒城一些公务人员,特别是基层干部,仍旧做官混日子,不关心抗战。我想,如此干部,敌人一来,基层行政就会瓦解,如何能做到董必武同志说的使敌人困守点、线,我们控制广大的面?因此,我招考了100多名知识青年办了一个短期干训班。我全力抓这个班,从讲课到小组讨论,我都亲自参加。学员们对抗战形势,有了初步认识,和我的关系也十分融洽。干训班学员结业后,我撤换了大批原基层干部,派他们去充任。日军入侵舒城后,他们与县府保持密切联系、按县府意图开展工作,对孤立敌人起了一定作用。

地方绅士在社会上有一定影响和号召力,如何团结他们一起抗战,是个值得重视的问题。在敌人未进攻舒城前,二区专员来舒城视察,我请他吃饭,约几个绅士作陪,谈到抗战问题时,一位绅士说"钟鼎山林,各有其志",表示他不会投敌。我说现在敌骑深入,河山破碎,应终"山林"之想,学文天祥"人生自古谁无死、留取丹心照汗青",戮力同心把侵略者赶出去。①

初夏的舒城,天气很好。刚吃过晚饭的陶若存正在办公室里看书,忽听外面有人喊:"陶县长,董老看你来了。"他立即走出办公室,看见廖量之等几个抗日工作团员,拥着董必武和高敬亭向他走来,不禁惊喜异常。想不到不到半年又见到董老,而且董老亲自来看他,他不禁感到非常荣幸。

陶若存将董老一行迎到办公室坐下。董老这次已经脱下长衫穿了中山装,整个人更加精神抖擞。

双方坐定,陶若存简要地向董老汇报了他当县长的经过,接下来又说:"自徐州战役后,敌军正沿着江淮孔道侵入安徽,准备进攻武汉。为打通安合公路必侵占舒城,我正为此焦虑,请董老给予指点。"董老沉稳地说道:"你们当然无力与敌军作正面交战,但可以退到山区。新四军四支队正在那一带,你们可以互相配合打游击,让敌人困守点、线,你们则掌握好广大的面。这主要依靠好好发动群众,动员委员会和工作团在这方面是可以很好发挥作用的。"

陶若存不停地点头,说:"舒城县工作团团员还有30多人在城内,请您给他们讲几句话吧。"董老说:"可以。"陶若存立刻将工作团员集合在县府的大草屋内,点燃一盏煤油灯,请董老对这些青年讲话。

在这样简陋的草屋和昏暗的灯光下,董老面对这批热血青年讲了民族危机的严重,非抗日无以救亡的道理,讲了要有长期抗战艰苦奋斗的准备和抗日必胜的信心,这些青年备受鼓舞。董老演讲完便要离开,陶若存问董老住在何处以便回访,董老说:"不必了。我今晚就要离开县城。"陶若存考虑到董老可能还有重要活动,就没有挽留,恭送他走出县府。

董必武到舒城一番交流,使陶若存对共产党、新四军更加充满好感。高敬亭

---

① 见《江淮文史》1995年第6期。

从董必武身上感受到了一个优秀共产党员应该具有的风范。接下来,四支队和陶若存的关系进一步融洽,为后面的合作奠定了更好的基础。

回到四支队司令部,董必武又会见了从前方赶回的戴季英等人。当着高敬亭和戴季英的面,董必武反复强调团结的重要性,同时对东进皖东,到津浦铁路南段开展游击战的战略意义进行了阐述。经过董必武四天四夜艰苦细致的思想工作,高敬亭表示一定要服从党中央的领导,听从新四军军部的指挥,团结中央派来的干部,并将滞留身边的手枪团派往前线作战。

离开舒城,董必武取道黄安,看望了在那里的留守人员,即返回武汉。离开黄安时,大雨滂沱,河水泛滥,阻断了通往武汉的交通。没有船,董必武只得冒险乘坐一只一米多高、直径六七十厘米的木桶渡河,赶回武汉。[1]

五、皖中扩军

初夏时节,皖中地区降雨多起来。高敬亭感到乌沙地势低洼狭窄,易积水,于是重新选择驻地。他打开地图,看到东港冲地势比较高,四面环山,中央平坦,东抵一望无垠的皖中平原,西入巍峨的大别山,南临安庆,北濒合肥,横扼安合公路,是块打游击、抗日寇的理想根据地,因而就把司令部以及警通连、情报、侦察等机关转移到东港冲韦家大屋。不久,司令部迁至西港冲的钝斧庵,政治部和机关仍驻守在韦家大屋。

6月上中旬,日军先后攻占舒城、桐城、潜山、怀宁、安庆等县,并继续向六安、霍山、武汉等地进攻。为钳制西犯

舒城县高峰乡东港村原韦家大屋

---

[1] 吕书城:《抗战初期董必武在武汉》,《武汉文史资料》2005年第9期。

之敌,配合正面战场作战,高敬亭命令部队撤至安(庆)合(肥)、六(安)合(肥)公路两侧抗击敌人。支队司令部即组织部队行动,以八团为前卫,支队部率九团为本队,七团为后卫,分别从驻地出发,经盛家桥、庐江县城,抵桐城孔城后,八团沿桐城大小关、舒城南港向西汤池进发。6月16日晚八团一营在通过舒(城)桐(城)公路敌封锁线时,遇敌运输车队3000余人,我先敌开火,突袭敌人,敌人伤亡23名,八团亡2名,随即迅速撤离,保证了部队安全进驻西汤池地区。6月下旬八团二营在周骏鸣团长的率领下,于安合公路桐舒地段的大小关之间伏击日军,毙伤敌30余人。九团经桐城天林庄、金神墩、挂车河,舒城卢镇关进驻新开岭、何棚、廖家湾地区。林维先、戴季英率领支队机关到达舒城西港冲与高敬亭会合。

由于巢湖一带土匪蜂起,人心惶惶,加之运漕郭挺伪军助敌为虐,祸国殃民,支队领导决定,七团从桐城孔城折转,剿匪安民。经钱家桥、义津桥、破盟、项镇铺、周家潭一路疾行,七团返回无为,攻打运漕的郭挺伪军,歼其一个大队;接着在无为石涧埠袭击汉奸武装百余人,缴获步枪51支、驳壳枪23支。接着,七团又到巢湖中的姥山围歼土匪几百人,而后转至舒城地区。

巢县的匪患刚刚平息,高敬亭突然接到陶若存送来的急信:陶若存带县自卫队在舒城东乡天龙庵剿匪反遭土匪包围,急盼四支队火速驰援。高敬亭立刻命令手枪团前往。手枪团雷厉风行,迅速迎敌,歼匪100多人,救出陶若存等人。不久,战士们在山沟里发现了一个十七八岁姑娘,她已经被土匪糟蹋了,精神恍惚,战士们将她交给一户老百姓收养。高敬亭听说此事之后,非常愤慨,决心攻打天龙庵,为民除害。此后,高敬亭下令一分队夜袭天龙庵,匪徒们完全没有料到新四军会在晚上进攻,纷纷举起手来投降。匪首罗大刚等人被活捉,天龙庵的土匪被全歼,匪患平息。日军占领舒城前一天,国民党县政府仓皇迁入梅河镇。当时,国民党某银行在梅河存有一批相当数量的大米和食盐。为了不资敌,陶若存超出职权连夜下令开仓,疏散到周围联保储存。同时,拨大米万斤、食盐数千斤支援新四军四支队。

7月,支队领导会合后不到10天时间,为了便于集中统一领导,高敬亭决定暂时将九团撤销(对外保留九团番号)。将九团一营改为支队特务营;九团二营调到七团,为该团二营;九团团长顾士多调任七团副团长,参谋长唐少田调支队部任参谋;九团后勤处调归支队供给部。

8月上旬,高敬亭在西港冲召开会议,主要是部署对日作战和扩军问题,会议决定:

第一,由皖中各县党组织领导发展的游击队,统一编为四支队第二游击纵队,司令龚同武,政委曹云露,下辖三个大队。

第二,八团开赴寿县、合肥、全椒一带,与四支队东北挺进纵队会师,开展皖东抗日游击战争,东北挺进纵队归八团指挥。

第三,七团在安(庆)合(肥)、六(安)合(肥)公路全线出击,破坏敌人运输线。一营负责出击舒(城)合(肥)段公路和六(安)合(肥)段公路;二营除警卫东、西港冲支队部外,负责出击舒(城)桐(城)段公路;三营负责出击桐(城)安(庆)段公路;支队特务营和手枪团视情况积极配合各团作战。

第四,吸收皖中各县积极要求参军抗战的青年,组建新兵营。

四支队还协助地方党组织建立起农抗会、青抗会、妇抗会,以及游击队、巡逻队。他们有的操起川军杨森部队撤退时遗弃的枪支弹药,武装自己。一时没有武器的,就自制大刀长矛。

在西港冲华家湾,有个叫华俊程的士绅,虽然年龄只有30开外,可他是个读书人,知道国内一些大事,在东、西港冲一带颇有威望。手枪团随司令部从乌沙转移到西港冲时,他主动邀请詹化雨、汪少川两位首长住在他家里。当决定手枪团团部设在他家的时候,他们一家人又是腾住处,又是打扫房间。开始,政委汪少川还认为他出身士绅,只是慑于新四军的威望和抗战形势才请新四军住在他家里。有一次,汪少川和他谈心,本想同他好好谈谈抗日救国的道理,谁知话匣子刚打开,他便激动地说:"抗日保家,人人有责,我可不可以参加你们的队伍?"这一出乎意料的提问,使汪少川感到很惊讶。"你还有老婆孩子,一家人靠你一人生活,你就不要出来了。"听汪少川这一说,华俊程有些生气了,脸涨得通红,说:"不,与其坐家待亡,不如起而抗战,我要像你们一样,拿起枪杆子出去打鬼子。"这一席话,让汪少川很是感动。

更难能可贵的是,之后华俊程果然不食言,毅然甩掉长衫,翻山越岭,走村串户,到处宣传抗日,动员青年参加新四军,常常忙到深夜才回来。在他的带动下,东、西港冲一带有五六十人报名参加新四军。不仅有青年,而且还有结过婚的中年人。以后,他协助手枪团做抗日宣传工作,陆续又有100多名青年要求参军。

经过一个多月的工作,舒城及其周围地区报名参加新四军的有400多人。

汪少川向高敬亭汇报了发动群众、组织武装工作的情况,得到他的赞扬。高敬亭对国民党政府卡新四军的脖子,限制兵员编制,不给经费,不发装备的做法一直感到焦虑和不满。但因为中共长江局书记王明老是强调"一切经过统一战线,一切服从统一战线",他不能违抗命令,背负破坏统一战线的罪名。他对汪少川说:"不要紧,蒋介石不是说了嘛,地不分南北,人不分老幼,人人皆有守土抗战之责,有钱出钱,有枪出枪,有力出力,有人出人。我们就利用他说的话,去动员国民党各级政府及地方上的富豪捐献,总是可以解决一些问题的。"高敬亭提出尽快把要求参军的人组织起来,番号可称为国民革命军新编第四军第四支队淮南抗日游击纵队。

听了高敬亭的话,汪少川心头豁亮了。他立即发动群众,开始组建淮南抗日游击纵队。1938年11月游击纵队正式成立,共四个连,每连百余人,纵队队长梁从学,汪少川任政委,纵队移驻程河道训练。

冬天很快来了,阵阵冷风,吹得大别山一片萧索,可淮南抗日游击纵队400多名新战士的冬衣还没有着落。有的新战士看到老战士有钢枪,心里非常羡慕,纷纷问政委:什么时候可以发枪?400多人的衣服、枪支到哪里能一下子弄到呢?梁从学、汪少川几位负责同志都焦急万分。这时,高司令过去说的话又启发了他们,想法儿让国民党各级政府及地方上的富豪捐献。

于是,汪少川手持一张名片,以公开合法的身份到中梅河、晓天等地,先是找到县长陶若存,接着又找到一些联保主任、地方富户,动员他们募捐。汪少川一面向他们宣传说蒋委员长提出要"有钱出钱,有枪出枪,有力出力,有人出人",守土抗战,人人有责,如果不付诸实际行动,就是违反蒋委员长的训令;一面又拿出日本鬼子残杀中国民众的照片给他们看,揭露日寇侵略罪行,以唤醒他们同仇敌忾的良知。经过这样宣传动员,汪少川从各地很快募集了一批经费和物资,解决了纵队的日常费用和冬季服装问题。但是枪支弹药供应仍较困难,高敬亭让支队后勤部从库存的枪支中解决了一部分,不足的要游击纵队上前线从日本鬼子手中夺取。

1939年3月,淮南抗日游击纵队扩大至600多人,不仅着装整齐,而且大多已配备了武器。高敬亭命令他们,开赴淮南铁路一带,开展抗日游击战争。

在淮南抗日游击纵队活动的寿县境内有个周家圩子,主事者姓周,自称少帅,拥有不少武器。据说他的祖先在明代时曾守卫过台湾,汪少川从外围了解情况后,决定向他开展抗日宣传,动员他出来抗战。淮南抗日游击纵队开到周家圩子附近,汪少川进圩子拜见周少帅。周少帅倒很客气,又是让座又是敬茶。寒暄过后,汪少川说:"抗战守土,人人有责。没有国就没有家!少帅祖上曾守卫台湾,护我中华,实在可敬。今日国难当头,少帅当继承先祖爱国精神,支援我抗日军队。"周少帅先是一个劲地点头称是,接着激动起来,说:"日本人来了,我们圩子也守不住,当汉奸卖国贼是没有出路的。"

周少帅执意留淮南抗日游击纵队在他家住了一个礼拜,管吃管喝。部队临走时他还拿出2挺轻机枪、30支步枪、上万发子弹和一些手榴弹,以示支持。

四支队的扩军工作并非全都顺利。八团一营营长成钧是从延安抗大军事队中被挑选出来,派往四支队八团的。他幼年丧母,断断续续读过两年私塾,辍学后以帮人放牛看马为生,少年时候就显示出过人的勇气与胆识。一次,他在草地上放马,来了一群荷枪实弹的军阀散兵,不由分说地拉了成钧的马就走。年仅10余岁的成钧,当时很害怕,东家的马丢了怎么赔得起?他悄悄地跟在这帮匪兵后面,待那些当兵的走进一家饭馆吃饭喝酒时,他偷偷地解下拴在树上的马,骑上马一溜烟跑回家,把马交给东家,避免了一次倾家荡产之祸。

成钧16岁参加湖北石首的秋收暴动和年关暴动,先后加入反帝大同盟、农民赤卫队。1930年参加红军,翌年加入中国共产党,历任侦察员、班长、排长、副连长、连长、营长、副团长、团长等职,为创建湘鄂西、湘鄂川黔革命根据地作出了重要贡献,并随主力红军完成长征。到八团一营后,他忙着办两件事:一是训练,二是扩军。训练是为了打击日军,扩军是为了壮大自己。由于成钧在红军期间有扩军经验,到1939年初,一营一下子招到了1000多名新兵。成钧自留200名新兵,其余的给团里送去。没想到,团里把新兵退了回来,说是上级有指示,随意扩大队伍会破坏统一战线。成钧说:"扯淡!朱老总说过,你太弱小了,国民党是不会同你谈统一的,只有你猛烈地扩大自己的队伍,大到国民党消灭不了你时,他才肯坐下来同你谈判。"

负责退兵的同志进一步强调:王明同志在国民参政会上以共产党代表的身份演讲,提出八路军和新四军要同国民党军队一道,实行"五个统一"。成钧感到非常困惑。如同成钧一般困惑的还有很多人,包括高敬亭、周骏鸣等领导人,但高敬亭很灵活,不让扩大正规军,他就设立新兵营,设法扩大游击队。

这期间,淮南抗日游击纵队同爱国进步人士郑抱真领导的安徽抗日自卫军第一路军第二支队取得联系。安徽抗日自卫军是第五战区司令长官李宗仁批准的地方抗日武装,第一路军于1938年4月在寿县成立,指挥部设于保义集,由爱国将领石寅生任指挥,全军约2万人,下编7个支队、3个直属队和1个教导大队。郑抱真系寿县人,是个铁血侠义男儿。曾赴上海参加王亚樵领导的斧头帮组织,先后参与庐山刺杀蒋介石、上海北站刺杀宋子文等惊天大案。1932年参加"一·二八"淞沪抗战,参与策划轰炸日军旗舰出云号、炸死日本陆军大将白川义则等行动。王亚樵遇难后,郑抱真返回家乡寿县组织抗日武装。

在中共安徽省工委的支持下,淮南抗日游击纵队同安徽抗日自卫军第一路军第二支队进行合编,番号仍为新四军四支队淮南抗日游击纵队,共1400人。四支队任命郑抱真为纵队长,梁从学任副纵队长,汪少川仍为政委。部队经过一个多月的军政训练,驰骋淮南,打击日伪。后来,淮南抗日游击纵队根据新四军江北指挥部的命令,编为新四军第四支队第十四团,另将原纵队第一大队编为四支队司令部特务营,在创建抗日根据地中屡建战功。

除了建立抗日游击纵队进行扩军,高敬亭还率领四支队不停地打击日伪军。自1938年5月至10月底,四支队在皖中地区先后进行了28次战斗,毙伤日军940多人,俘日军8名,有力地配合了武汉会战的正面战场,有效地牵制了日军的西犯行动。同时,四支队还消灭土匪武装1000多人,安定了当地的社会秩序,扩大了新四军的影响,提高了人民的抗战积极性,打开了皖中敌后抗战的新局面。

六、三战棋盘岭

桐城市范岗镇棋盘岭上有一座"棋盘岭战役纪念亭",纪念的是新四军四支队三次棋盘岭伏击战斗。2019年6月,我和《清明》杂志原主编舟扬帆曾来到纪念亭中,了解了当年的伏击战详情。

这里离桐城市区不到10公里,民国年间的安(庆)合(肥)公路从岭中穿过。1938年6月,日军攻占安庆后,相继占领舒城、桐城,打通了安合公路。国民党军继续西撤，六安、商城、潜山、太湖等县城陷落。日军西进武汉的大门基本上被打开。为了配合正面战场国民党军保卫武汉作战，高敬亭根据新四军5月份发布的"深入敌人后方，开展广泛的游击战，达到牵制和分散敌人兵力，配合国军主力正面作战"的命令，展开于安合公路两侧，积极打击敌人。

穿越棋盘岭公路的两边山地高出公路10多米，形成一个天然要隘，卡住公路。在棋盘岭西侧，则有七八里长的小坡，坡上满是小树林，可以隐蔽部队。安合公路是敌人配合进攻武汉的重要通道，公路上敌军运输频繁，每日均有数十辆乃至上百辆军车通过，是我军伏击敌运输队的有利据点。

1938年9月1日，四支队七团三营在营长雷文学的带领下，曾在范家岗伏击日军。9月3日，高敬亭根据侦察员报告，被伏击后的敌人注意力主要集中在范家岗西侧地区，而对棋盘岭方面的警戒有些忽视。他命令支队特务营配合七团三营组织四个连和两个便衣班，由七团政治处主任胡继亭带领，立即自驻地黄甲铺出发去棋盘岭设伏。部队经挂车河于3日拂晓前进入棋盘岭伏击地区，对范家岗及新安渡两端来路各派出一个排担任警戒（两头警戒相距10余里），其余部队则按主攻、预备队的分工挨着公路占据有利地形设伏。胡继亭主任在向部队作简短动员后，规定了潜伏纪律和统一信号，接着部队进行了充分的战斗准备和伪装。

快到上午9时，观察新安渡方向的侦察员发现远处公路上一股股尘土扬起，他及时向潜伏部队通报了情况。几分钟后，远处传来阵阵马达声，声音越来越近。渐渐地，敌车队也看得清楚了，来了80余辆运输车。设伏的指战员们越数越高兴，个个心里发痒，决心利用这有利地形来个"大会餐"，叫敌人运输队有来无回。当敌人先头两辆运输车驶至棋盘岭隘口时，被我埋伏的便衣班跃出打毁，第三辆亦被我军战士用集束手榴弹炸翻，车上的10名日本兵全部被击毙。这时，敌人整个车队已全部进入了伏击圈，停在路上竟有10里之长。说时迟，那时快，新四军迅速出击，车上运载的200余敌兵纷纷跳车乱跑，被我军火力大量杀伤，其余退至棠梨山负隅顽抗。战士们用汽油烧毁了敌人20多辆运输车，又用手榴弹炸毁了20多辆，战斗持续了半个多小时。此时敌增援兵车6辆，载有步兵、炮兵100多人，在杨小店下车，从公路东面向我军包围过来。接着敌骑兵大队500余人，由公路北面对我军实施包抄。此时，伏击任务已胜利完成，胡继亭立即发出信号，命令部队从何家老屋前小河隐蔽徒涉，经李家墩、方家大屋，向长里冲方向撤出战斗。

当敌人进占棋盘岭、炮击挂车河时,七团已安全抵达长里冲山地集中,指战员们正在笑谈"皇军不可战胜"神话的破灭。

棋盘岭伏击战,新四军以伤一亡一、消耗子弹1400余发、手榴弹100余枚的代价,击毙敌70余人,打毁汽车50多辆,缴获枪弹及军用物资无数。这是新四军进入华中抗日以来战果最大的一次战斗。此战极大地鼓舞了广大军民抗日的胜利信心,也打得敌军心惊胆战,牵制了其西犯行动,很好地配合正面战场保卫武汉三镇的作战。在战后的两周内,敌人凡有运输车通过棋盘岭地区,事先都派出骑兵或兵车,向杨西桥、新安渡公路西侧严密搜索,以保障其运输安全。

然而"魔高一尺,道高一丈",日本侵略军的这些防范措施,根本防不住具有3年游击战争经验的四支队健儿们。9月17日,新四军四支队七团三营第二次在棋盘岭伏击日军,毙敌7人,摧毁敌铁甲车2辆,缴获马步枪20多支及其他一批军用品。

棋盘岭上埋伏击敌的四支队战士

11月初,新四军四支队命令手枪团派两个手枪班和七团三营(缺七连)插到安合公路桐安一线捕捉战机,狙击敌人,破坏敌人交通。接受任务后,手枪团政委汪少川、七团副团长顾士多、政治处主任胡继亭等率领部队开赴桐城陶冲驿。经侦察得知,高(河)桐(城)线敌兵力部署:桐城驻日军齐田部队步兵200余人,骑兵20余人;杨西桥驻敌40余人,配炮1门;新安渡驻敌60余人,配炮1门;高河埠驻敌100余人,骑兵70至80人;并获悉桐安公路每天有敌人汽车数辆甚至数十辆、百余辆通过。连日来,由于屡遭新四军袭击,交通屡遭破坏,驻桐城日军每天派遣2辆装甲车、1个步兵中队(140余人)在桐(城)新(渡)公路上来回巡查。在探得桐新段一线敌情后,汪少川、顾士多、胡继亭立即率部沿大山脚转至挂车河西小村庄,待机出击。11月9日凌晨2时,伏击部队从挂车河出发,天亮前进入棋盘岭伏击区。新四军《棋盘岭战斗详报》记载:"约在11时,敌第一辆装甲车已经进入伏击区内,我指挥所发出枪声信号,敌车闻声中途停止于北端险路口上,当即被我便衣班之手榴弹击毁,炸死敌人10余名,接着第二辆亦急驰而来,自相撞击,敌人仓皇下车,快跑退向路侧凹地,利用地形与我对抗,我连续投掷手榴弹50余颗,杀伤敌人甚多。"之后,新四军与日军处于相持状态。考虑到久战于己不利,汪少川、顾士多立即调整兵力部署,以期尽快结束战斗:"一方面北端之排,将轻机枪转移阵地到便衣班的位置,发挥高度火力压制敌人,相持约8分钟,是时南端之排,由胡继亭主任指挥,从右侧迂回敌后,敌接战仅10余分钟,即向洪家山退却……我跟踪猛追,直扑堤岸,敌人大部分消灭,残敌30余人,向杨西桥溃窜。另一方面我警戒班对南来的敌骑,以轻机枪猛烈射击,阻止其前进,坚持半小时,敌骑下马作徒步战,与下车增援的300余步兵相配合,向我采取两面包围进攻,我乃退至预备阵地,仍坚持约30分钟,此时我追击部队,已由东侧撤回西侧,其后尾留置小部队作掩护。"

棋盘岭抗日伏击战纪念碑文

经70余分钟的激战,四支队予敌以重创。"敌亡军官4名[内联队长、中队长各1(名),分队长2(名)],士兵80余名,伤6名,毙马4匹,毁装甲车2辆。我缴三八式步枪38支、日式盒子手枪5支、左轮枪2支、机枪匣子2个、日旗12面、小战旗2面、钢盔30余顶、指挥刀5把、大衣10余件、子弹2000发、皮干粮袋150个、雨衣6件、汽车油布篷6顶、文件1担、相片神符1大包、日本钞票数千元、药品1箱、皮鞋17双、军用品无数。"在此次伏击战中,"我亡指战员4(名)[副排长1(名),班长2(名),战士1(名)],伤6名[副排长1(名),班长1(名),战士4(名)],消耗手榴弹80余颗,子弹2000余发"。

七、椿树岗伏击战

椿树岗坐落在六安城东南约25公里处。这里是典型的丘陵地带,舒城至六安的公路经这里蜿蜒通过。敌人为了进攻武汉,日夜在安合、合六、舒六公路上运输军用物资。

1938年10月9日是个阴天,秋风瑟瑟,浓云密布,刚近黄昏天差不多全黑了。四支队七团一营在营长艾明山的带领下从舒城西南部的中梅河出发,向六安东南部的舒六公路上椿树岗一带活动,伺机打击敌人。吃罢晚饭,指战员们就踏上了征程,经过一夜急行军,到达了目的地。

地处公路边的椿树岗,备受敌人的糟蹋,房屋早已被焚为灰烬。一营到达时,看不到一星灯光,听不到一点人声,黑暗中只有几堵断壁残垣还依稀可辨。面对这一幅凄凄惨惨、荒荒凉凉的景象,战士们心中又增加了对日本人的仇恨。

艾明山迅速观察了一下地形,发现公路东有一条长250米左右,深、宽各1米多的干沟,沟东一路斜坡上去有一块高地,这是一个很好的制高点。他命令二连迅速占领高地,向北警戒,掩护在公路两侧;集上倒塌的土墙边埋伏着一连、三连战士。

一营刚刚部署就绪,忽然听到从东南方向传来隐隐约约的汽车马达声。大家抬头一看,果然发现了在黑暗中显得特别炫目的汽车灯的亮光。舒六公路路面早已被战士们破坏了,坑坑洼洼,敌人的汽车犹如乌龟爬坡,笨拙缓慢;又如醉鬼上山,摇摇晃晃,慢慢吞吞地向一营伏击圈驶来。原来这是敌人的一个汽车运输队,车厢上没有盖篷布,借助车灯的光亮可以隐约看到每辆车上都有十几名押运的士兵。

艾明山果断决定截击敌人车队的尾部。战士们情绪高昂,立即做好了战斗准备。黑暗中,大家都两眼直盯着从面前慢慢爬过的一辆接一辆的敌人的军车,恨不得把它们全部报销。汽车一辆接一辆过去,指挥员的枪声还没有响,许多战士心急如焚,耐着性子静候着战斗命令。当敌人汽车大部分开了过去,尾队进入一营伏击圈时,乓乓两枪,负责战斗信号的二连指导员张本科的枪终于响了。顷刻间,带着仇恨的手榴弹一颗接一颗地从公路两边飞向敌人,炸毁了最后5辆汽车,熊熊燃烧的大火把大地照得通亮。火光中,战士们看到,有3辆汽车被炸得斜躺在公路上。有一辆翻到了路边的干沟里,马达还在哼哧哼哧地直喘气。还有一辆被炸得翻了身,四个轮子朝天,依然轱辘辘地转个不停。

5辆汽车上的大部分日军被一营消灭了,没有被炸死的日军哇哇乱叫,爬到公路边疯狂向一营扫射。

一连的一个战士投出一颗手榴弹,炸毁了敌人一挺机枪,敌人更加慌乱。艾营长抓住战机,指挥部队向敌人发起冲锋。战士们像猛虎下山一样冲上公路,与敌人展开了激烈的肉搏战,把敌人杀得尸横遍野。被围困的日寇企图向合肥方向逃窜,但被包围到一个水塘边的稻田中,陷在烂泥里,被歼灭。剩下几名敌兵四散逃窜,有的藏到田坎下,有的钻进涵洞里,有的一下跳进了粪坑内,粪水四溅,臭气熏天。战士们跟踪追击,仅用20分钟就将残敌全部消灭。

当战斗开始,敌人队尾汽车被炸时,先过去的敌人妄图掉头救援。但由于一营二连战士早已占领路东的制高点,用密集的火力封锁,援敌无法靠近,又不知虚实,加之路面狭窄、不平,汽车难以掉头,只好仓皇逃窜了。

在打扫战场时,二连副连长吴高升突然被一个装死的敌人紧紧抱住,在地上翻滚起来。吴副连长在红军时代作战时失掉了左臂,是个独臂汉子。他被敌人紧紧抱住不放,急得大声喊叫。张本科指导员听到声音及时赶去,见他正被敌人压在身下,情况十分危急。张本科举起枪托,狠狠地朝敌人砸去。枪托重重地落到敌人左肩上,敌人这才松了手。张本科眼疾"腿"快,一脚踢到日兵头上,和战士们一起活捉了这个敌人。原来这家伙还是汽车队的小队长呢。

这个日军小队长被俘虏时,很不老实。他先是企图顽抗,后又想要自杀,但被战士们紧紧按住手脚而没有得逞。于是他就耍赖,硬是躺在地上不走。一连长李文斌只好命令战士把他捆在破木板上抬走。到达营地后他不吃不喝,十分顽固。一营营部书记张国政是立煌县铁冲乡的青年学生,学过几句简单的日语,就用不熟练的日语向他宣传新四军优待俘虏的政策。他似懂非懂地听着,态度开始有所变化。后来,张国政发现他粗识几个汉字,就把新四军的政策写给他看。一个多星期后,他态度逐渐好转。当张国政带人把他送交四支队司令部时,他还显得恋恋不舍,连声用日语向他们说"谢谢"。

战斗打了整整两个多小时,结束后一营迅速打扫战场,扛着、抬着、挑着战利品,乘着夜色,踏着寒露,兴高采烈地转移到距椿树岗5里多路的刘老庄宿营地。撤离时艾明山命令,张本科带领一个班在椿树岗东北的一个小高地上掩护。直到午夜以后,他们才看到敌人派来援兵。但敌人不敢远离公路,生怕再遭伏击,胡乱地放了一通枪,沮丧地往汽车上搬运尸体,然后掉头开回合肥去了。

八、奇袭运漕镇

沿着新四军首战的蒋家河口处的裕溪河往东向长江进发，航行40公里，就是运漕古镇。清康熙《含山县志》记载："运漕镇在县南八十里东七都，地临大河，上通巢湖，下接长江，居民稠密，商贾辐辏，旧设巡司。""过街木楼石板路，青砖小瓦马头墙"是古镇典型的建筑风格，镇上原有三十六条大街、七十二条小巷和三元观、万年台、东岳庙、西来庵、贞烈祠、正觉寺、藏书楼等名胜古迹。古往今来，商贾云集，贸易发达，是和县、含山、无为三县交界，方圆数十里的商品集散中心。水上运输发达，又扼巢湖出江之咽喉，上游的合肥、舒城、六安、庐江、无为、巢湖等地粮食及农副产品出江必经此地，历来是商业重地。淮南铁路通车后，巢县东关火车站距离运漕镇只有10多公里。这里白天商船穿梭，商客不断；夜晚渔火连绵，渔舟唱晚。明代以来便是安徽省江北八大重镇之一，含山县首镇。早在1927年，旅居运漕经商的"徽州同乡会"筹集股金1.5万银圆，创办运漕"圆明电灯有限公司"（又名"圆明电灯厂"），用柴油发电照明，开含山县内用电之先河。所以，这个小镇不仅水陆交通方便，经商的、贩运的，应有尽有，而且热闹繁华，税源滚滚。它在军事上也占有重要位置，便守易逃，不利于强攻。

日军攻占含山后，运漕地区的亲日分子夏余堂、陆玉松等人甘当亡国奴，纠合了当地的反动分子组成了伪军大队。他们依仗运漕河这个天然屏障和优良的日式武器装备，盘踞在此，占镇为王，收税抽厘，为虎作伥，阻挠和破坏抗日救亡活动。他们把大量粮食、棉花等收来后倒卖资敌，拒绝卖给新四军。

为打击盘踞运漕的敌人，粉碎他们的黄粱美梦，保护民众利益，支队部决定，由七团副团长顾士多率领黄庭仁的二营消灭这股敌人。9月中旬，顾士多在地方党组织的帮助下，先后两次派人送信给运漕伪军大队司令夏余堂，奉劝他改邪归正，掉转枪口抗日，自动站到抗日统一战线一边来，不要继续与人民为敌。但夏余堂反动透顶，置若罔闻，不但不接受新四军的善意劝告，反而认为新四军没有力量与其抗衡，因此加剧破坏活动，妄图顽抗到底。他们助纣为虐，凡是和新四军交往的，就绑票勒索。有时候大白天掳掠奸淫，使运漕镇鸡飞犬吠，一幅悲惨景象。人民群众对这伙强盗恨得咬牙切齿，迫切要求歼灭他们。

9月下旬的一天,在地方党组织的积极配合下,团参谋长高昆亲自带领3名连级干部,化装成卖稻谷的农民和收鹅毛的小贩,走进古镇,对敌人的兵力部署、活动规律及我军准备开进的路线进行了反复侦察,并在此基础上周密地研究了袭击方案。

运漕镇的伪军大队编为3个中队,共200人。其中少数是被迫参加的乡村农民,大部分是土匪流氓地痞分子,战斗力不强。运漕南临裕溪河,东靠小埂禾田,北面有两条圩埂和旱地,西面是一条大埂。二营几个月前在蒋家河口首次对日军亮剑,旗开得胜,得到这一带老百姓的夸赞。二营营长黄仁庭是农民暴动中成长起来的优秀指挥员,他和教导员李士怀分析了各方面的情况,决定以奇袭方法歼灭敌人。

战斗部署是,部队分成两个梯队,黄营长带六连由北向南直插伪军司令部,教导员李士怀率四连从东向西攻击,五连以一部分兵力配置于漕河南岸,防止敌人逃跑,主力则在三元观两侧河堤一线待命。各连队受领任务后,立即进行了深入的战斗动员,并在出发前与地方党组织派来的向导周详地研究了行军路线,确定了联络的信号和协同的方法。

9月27日下午7时,二营指战员在黄营长、李教导员的率领下由蒋家庙出发,经王田埂沿着小道搜索前进。战士们士气高昂,求战心切,尽管山路坎坷曲折,但未影响行军速度,几十里山路很快就走过去了,于28日凌晨2时赶到王港村。这里有一条大河,先头部队早已同地方党组织联系好了,用十几条大船把队伍安全地运过河。渡河后,部队趁着朦胧的月色进至运漕镇东三元宫地区待命。骄横麻痹的敌人对我军的行动毫无察觉。

28日早晨4时许,各连队按预定的攻击位置行进。四连在行进中遇到一位去赶集卖豆腐的中年老乡,李教导员跟他说明来意后,他非常高兴,紧紧握住教导员的手说:"我知道,蒋家河口的日本鬼子就是你们打死的。我们早就盼望着你们去打夏余堂那些坏东西啦,这伙土匪可把老百姓害苦了。"他搁下担子,热情主动地给部队带路,并抄近道向运漕东面前进。四连前卫排在镇东头发现了伪军的巡逻哨兵。排长立即扑上去,一把捂住敌人哨兵的嘴,缴了他的枪。接着,四连长带领部分战士轻手轻脚地潜入敌人的街头碉堡。战士们端着枪,对着正在被窝里睡大觉的敌人高喊:"我们是新四军,不准动,举起手来,谁不老实就打死谁!"愚蠢的敌人还没来得及穿上衣服,就光着身子披着被褥当了俘虏,2挺机枪和大量枪支弹药被我缴获。这样,全连迅速地包围了镇东的守敌。经喊话,展开政治攻势,迫使镇东之敌向我军投降。战斗中,四连有一个叫小石匠的战士表现得特别突出。他叫叶年春,祖祖辈辈是石匠,家里穷得叮当响,所以大伙叫他小石匠。他英勇无畏,第一个冲进敌人的屋子卸下了敌人的枪栓。这些伪军个个都是怕死鬼,有的光着身子只穿一条短裤,就趴在地上磕头如捣蒜,口口声声哀求:"新四爷饶命,新四爷饶命!"有的说家中有七八十岁的父母,有的说家中有生病的老婆孩子,只要留他们一条命,叫他们干什么都可以,全部都乖乖地举手投了降。我军未发一枪一弹,就轻而易举地占领了镇东的阵地,俘敌100多人。

在右翼和四连并肩作战的六连借着朦胧的月色,悄悄且迅速地摸到距伪军大队司令部大门口以西的2米处,指导员和二排长一个箭步向前,还没等警戒哨兵发问,就猛扑上去,将哨兵刺死。全连指战员趁机冲进敌人司令部。战士尹小毛从被窝里揪出敌警卫排长,用枪抵着他的胸口,他只好命令全排乖乖投了降。由于是深夜,房子里伸手不见五指,伪军大队司令部的少数敌人趁混乱之际四散溃逃,有的钻到镇南街口的碉堡里面继续顽抗。战士郭记仁、夏大耿抱着集束手榴弹匍匐前进,将手榴弹投入碉堡内。紧接着,他们勇猛地冲进碉堡,将敌人全部消灭。

黄营长从俘虏口中得知,夜间0时有伪军两个中队计150余人从含山开抵运漕,进驻运漕西北角发电厂。他立即同六连长率部队赶到发电厂。28日凌晨4时50分,六连向发电厂内的伪军发起攻击。黄营长带着通信员、号兵从正面攻击。他和通信员连续向厂内投掷手榴弹,号兵端起机枪猛烈扫射,疯狂的敌人顿时慌了手脚,立即集中火力正面射击。六连长率一排战士从敌侧翼突然开火,一颗颗子弹、一枚枚手榴弹像雨点般地落入敌阵。敌人陷入了一片混乱之中,纷纷逃窜。激战半个多小时,毙俘敌人2个中队。至此,运漕镇的守敌除匪首夏余堂带少数残敌逃往巢县东关火车站日军的据点外,大部被歼灭。

此次战斗,击毙伪军50余人,俘160余人(内伪军副司令1人、大队长2人、中队长4人、分队长6人),缴获步枪150支、轻机枪6挺、驳壳枪21支、日式盒子枪3支、左轮枪7支、小手枪10支、马枪4支、军用品一批。救出被关押群众140余人。新四军无一伤亡。

九、无为有为

借着国民党安徽省政府电令,七团、手枪团和特务营在这一年10月乘机讨伐了无为、庐江两县勾结日军、破坏抗日的原县长及其反动武装。

安徽省动委会成立后,民主人士胡竺冰应章乃器、朱蕴山、周新民电邀,赴省动委会任文化委员会委员,开始从事全省范围内的抗日动员工作。是年夏,日机两次轰炸无为,国民党县长韦延杰惊恐万状,置全县人民于不顾,带着常备队逃往无为西南乡。一路上还大肆搜刮抢掠,老百姓骂他们是"官家的土匪"。一时间全县境内土匪横行,盗贼猖獗,民怨鼎沸。中共舒城中心县委、无为县委通过省动委会知名爱国人士,敦促省府撤销韦延杰职务,并推荐胡竺冰担任县长。省府迫于形势,于同年9月任命胡竺冰为无为县长。

胡竺冰,1883年出生于无为县江坝胡家瓦屋,早年毕业于安庆法政专门学校,受五四运动影响,在安庆任教期间加入中国国民党,参与"六二"学潮和反对军阀的贿选斗争,并创办了《清议报》。1923年返回家乡创办了青年读书会,传播革命真理。北伐军第七军三师进军无为,他带头解散了无为县政府,夺了反动县长高寿恒的大印,成立了无为县临时行政委员会。接着,蒋介石发动"四一二"政变,他遭到国民党当局的残酷迫害。家被抄,门被封,他被迫离开无为。后辗转武汉、枞阳,到达上海,在上海交通大学教务处为党组织做宣传和联络工作。在交大工作时,他继续从事反帝反蒋拥共活动,并先后参加中共外围组织的社联、左联和世界语学会等革命团体,与鲁迅、沈钧儒等时有来往。

无为县六洲暴动失败后,共产党人张恺帆等遭到通缉,先后转至上海。胡竺冰设法帮助他们解决生活困难,并利用各种条件保护他们。他用尽了所有积蓄,不惜卖掉御寒衣服,以致积劳成疾,患上严重的胃病和肺病。卢沟桥事变后,胡竺冰抱病再返无为开展抗日救亡活动。张恺帆、桂蓬等人从国民党监狱出来,胡竺冰把他们接到胡家瓦屋居住,调养他们在狱中历尽折磨的身体,一起研究抗日救亡工作,组建抗敌后援会、青年救亡协会等抗日组织。在无为和周边几县,胡竺冰广有影响。

厚颜无耻的韦延杰却抗拒交接,他还命令县常备队固守无城、襄安两地,以武力相威胁。四支队司令部决定派军队武装护送胡竺冰接任。支队参谋长林维先亲率手枪团、第七团随胡竺冰到庐无边界,传信正告韦延杰遵命交接。韦仍然向襄安增兵,林维先遂率部攻克襄安,再逼无为城,韦携带金银细软逃至无城北门时,被其卫兵枪杀并打劫。新四军又乘胜消除了各地匪患。

10月8日,胡竺冰就任县长,亲自拟定《告民众书》,以稳定局势,受到各界人士的热烈欢迎。在中共无为县组织的帮助下,胡竺冰力除反动势力,安排共产党员胡德荣、张世荣、阮振础等参加县政府各个部门的工作。他以原无为县自卫总队二中队、七中队为基础,建立了有千余人的"无为县抗日人民自卫军",并兼任司令,共产党员张学文为副司令,中共舒城中心县委书记桂蓬为政治部主任,军内建立了秘密党组织。他改组县动委会,并兼任主任,魏今非任指导员,胡德荣任组织部长;他还任命吕惠生为县政府秘书,主持日常公务;任命周光春主持县税务、贷款工作,为新四军筹措了大量经费;停办1年多的城乡小学和无为中学也恢复招生。无为县党政军及一些进步团体的权力完全控制在共产党人手中,社会安宁,人心舒畅,抗日运动蓬勃开展。党组织迅速发展,全县党员发展到700多人。

韦延杰的手下不甘失败,他们从县城到省会到处散布"胡竺冰成共产党了""无为完全赤化了"。10月下旬,省长廖磊即以"擅起兵端,破坏合作抗日"为由将胡竺冰革职查办,派马炯接任县长。胡竺冰在任仅20余天,对革职他早有思想准备,但未想到来得如此之快。趁马炯未到无为,他和吕惠生等人封锁了省府革职文件,一面继续履行县府职权为党工作,一面从人民自卫军中挑选一批优秀青年和较好的武器,全部移交给新四军四支队,编成一个游击大队。

在党组织和章乃器等人的保护下,胡竺冰免遭查办,廖磊为了限制他的活动,遂任命他为省府参议员。他识破这一企图,拒不到位,请留无为担任县财经委员会主任。他在此任中仍继续为共产党和新四军做了大量工作。

攻克无为后,七团所部向庐江进发。特务营、七团(欠二营)沿开城桥、盛家桥、二十里铺,进抵庐江。特务营部署在西关,七团一、三营分别部署在北门和东门;手枪团从襄安出发,经黄姑闸,进至庐江城南埋伏;新兵营乘船运输军需弹药。

11月2日上午,七团团部写信给庐江县旧县长李志强,阐明七团奉省府命令护送新县长上任,不得抗交,协商和平解决。李志强不搭理并将保安团千余人收拢到城内进行顽抗。于是,部队于深夜12时发起攻击,特务营首先从西关突破,敌人反冲击,营长陈克明负伤。七团一、三营相继从北门和东门攻入城内,进行激烈的巷战,经10小时的激战,占领县政府,活捉警备司令,旧县长李志强从南门化装潜逃,战斗胜利结束。新县长翟宗文(日本留学生,进步人士)上任,我军从缴获武器中分拨步枪50支组建了县中队。除七团一营留在庐江担任警卫外,其余部队陆续返回原驻地。

无为、庐江战斗胜利结束,共歼顽固武装2800余人,缴获枪支1600余条。所缴来的武器大部分运回舒城西港冲支队部,为组建淮南抗日游击纵队解决了部分武器补给不足问题。

十、里应外合战全椒

1938年8月八团从舒城西汤池出发,在合肥西穿越六合公路进入皖东寿县地区。他们一边休整,一边调查了解情况;9月穿越淮南铁路进至合肥梁园以东地区,在石塘桥与东北流亡抗日挺进队会合。

经过几个月的活动,东北流亡抗日挺进队在皖东各县威名大振。人们看到它是真正的抗日部队,因此对它表示衷心的拥护,并寄予无限的希望。许多青年纷纷参加挺进队,进行抗日救亡斗争。当时,有的群众在田里生产,见挺进队一来跟着就走。有的三五成群地去找挺进队,要求参军。一些具有进步思想的原国民党地方武装也集体参加挺进队的抗日活动。如含山县抗日自卫军仙踪区队副薛汉昭,不满原含山县长范国瑛的统治,带领区队六七十人(枪),集体参加了挺进队的抗日活动。

参加挺进队抗日活动的还有冯文华、张恺帆领导的巢县黄山抗日游击大队。

冯文华1909年生于巢县夏阁镇竹柯村。幼年读私塾,1924年进入西北军军办小学学习,后又入西北军军官学校。曾任西北军见习参谋、排长,冯玉祥组织的抗日同盟军警卫连连长、营长。1935年加入中国共产党。次年初,由冯玉祥保送到国民党军官学校高教班受训。在军校里,他得知西安事变消息后,喜形于色,遭到国民党当局禁闭,并被开除。他虽受到打击,但绝不为国民党威权所屈服,毅然回到冯玉祥身边。七七事变后,冯文华向冯玉祥要求到抗日前线去,未获允许,遂只身离去,跋涉到河南,协助赵敬先开展民运工作。后到达延安,进入中国人民抗日军政大学学习。位于邢台的中国人民抗日军政大学陈列馆,有他的事迹陈列。

从延安抗大毕业,冯文华在竹沟经中共河南省委军事部部长彭雪枫的介绍,到皖中与新四军四支队联系。途经家乡时,正值日军攻陷巢城,他与李世农等在天齐庵开会,决定组织难民西撤,建立敌后抗日武装。接着,他和张恺帆、马忍言、舒正海等以抗日干部训练班学员为骨干成立巢县抗日游击队,当日夜间开赴西峰庵。这支游击队在冯文华和张恺帆的领导下,伏击日军,袭击粮站,组织群众扒粮。队伍迅速发展到近200人,遂正式命名为巢县黄山抗日游击大队,冯文华任大队长。

此处的黄山位于巢县与含山县交界处,据史料记载,黄山"苍深隐秀,产黄精百药",俗传唐人李百药曾在此采药。山并不高峻,海拔在100米左右,主峰233米,但地形复杂,巢县民谚有"巢湖三百六十汊,黄山三百六十洼"之说,便于开展游击战。一天,一群妇女在小芙岭砍草,被日寇发现,六七名妇女遭到日寇奸污。为了打击日寇,冯文华两天后带领十几名战士,怀揣短枪利刃,身着女装,头上扎了花毛巾,扮成妇女在小芙岭砍草。果然,有三个鬼子又来逞凶。当他们靠近时,战士们突然出击,打死两个鬼子。另一个鬼子听到枪声,甩掉枪支,拔腿就逃。这一仗,夺得敌人3支步枪。

黄山抗日游击大队还在夏阁镇、西山驿等地多次打击鬼子和土匪,很有影响。不久,经上级党组织的批准,巢县黄山抗日游击大队被编入东北流亡抗日挺进队,为第二支队,由冯文华任支队长、张恺帆任教导员。很快,二支队在巢县东山口伏击了一支由巢县向北进犯的日寇,打死打伤日伪军数十人,缴获军马2匹和一批军用物资。

在此之前,挺进队在全椒赤镇收编了刘子清的土匪武装,这时,挺进队已发展到相当规模,总人数约1000人。到了7月,挺进队开到巢县黄山休整,总部设在巢县小殷洼村。挺进队送信到庐江向四支队领导汇报,要求派干部加强领导。四支队接信,派原九团政委高志荣和时生、文明地、周利人等同志到挺进队工作,并决定将挺进队改名为"东北流亡抗日挺进纵队",下设三个支队。其组织序列:纵队司令韦郁周,政委刘冲,政治部主任高志荣;第一支队(由原东北军成员组成)支队长张浩洲,教导员周利人;第二支队(由原巢抗组成)支队长冯文华,教导员张恺帆;第三支队(原刘子清全椒县赤镇区后备大队武装)支队长刘子清,教导员文明地。

挺进纵队还正式建立了纵队党委会,高志荣任党委书记,刘冲、张恺帆等为党委委员。时生负责地方党的工作。纵队党委下设三个党支部,支部书记张恺帆。韦郁周被发展为特别党员,随后又转为中共正式党员。此时,党员约100人。

这个时期,挺进纵队除继续抗日和剿匪以外,为了便于发动群众、筹集粮饷,就在巢县尉子桥建立了巢县县政府,委托地方士绅李季康任代理县长,派挺进纵队袁佑农(中共党员)任县政府秘书。不久,我党通过统战关系,由省政府正式任命倾向革命的进步人士马忍言复任巢县县长。巢县政府在人力、财力、物力方面给予抗日大力支持,实际上,此时挺进纵队已在黄山地区建立起具有根据地性质的小后方。

一天,全椒县抗日自卫军政训股股长王永来到巢县、黄山,向挺进纵队领导报告:全椒县顽县长王宗正(群众称为"王疯子")拥有两个常备大队、六个中队、1000多条枪支,不仅不积极抗日,反而镇压"刀会",焚烧会堂,屠杀无辜,收缴民枪,扩充个人势力。而且,王宗正亲自布置兵力在古河设防,监视挺进纵队活动。毗邻的滁县政府地下党组织因与挺进纵队党组织有关系,王宗正即派兵攻打滁县政府,砸烂了滁县政府电台。据此,挺进纵队研究决定采取"里应外合"的办法,打掉全椒王宗正的顽固武装。双方议定,第二天立刻行动。

挺进纵队除留少数人员坚持黄山后方外,由刘冲、韦郁周、高志荣、时生等带领700多人,从赤镇搭浮桥过滁河,兵分两路,一路由陈家浅方向攻进全椒县城,另一路到东王集解决东王乡后备中队的问题。这一天,田国祯、张士孝率领两个中队以演习为名,将部队拉出县城到华兴集集中。全椒地下党员和进步青年王永、何若人、童苏群、罗应生做内应。挺进纵队一鼓作气地冲进城内,顽县长王宗正闻讯后,逃往古河,后即被国民党第五行政区督察公署关了起来。东王后备中队长是王宗正的亲信,拒不缴械。中队的政训员卢其农做内应,将反抗的中队长击毙,其余人员、武装均被收编。此战缴获1000余条枪支,其中重机枪7挺,轻机枪20多挺、高射机枪1挺。至此,挺进纵队已发展为近2000人(枪)的队伍。

东北流亡抗日挺进纵队在皖东屡建战功,部队日益壮大,因而引起了国民党顽固派极大的震惊。其时设立在古河的安徽省第五行政区督察公署的专员赵凤藻一方面暗中调集各县地方武装,伺机"围剿"挺进纵队;另一方面派人打入挺进纵队内部，收买了刘子清。刘子清系三番头子，土匪出身，原任全椒县赤镇区后备大队大队长，因与全椒县县长王宗正有矛盾，怕被王宗正"吃"掉，故伪装进步，投靠挺进纵队，以寻求保护。由于挺进纵队领导人放松警惕，让其整建制存在，以致刘子清利用抗日名义，使自己的队伍发展壮大起来。

挺进纵队在收缴全椒常备大队的1000多条枪支以后，全椒的地下党员和进步青年建议，各区、乡后备大队的枪支不要收缴，留给地方维持治安，并建议选派全椒县长，继续领导全椒人民抗日斗争。这些意见，刘冲均未采纳，还要继续收缴各区、乡后备大队的枪支。四支队派来的时生，原是全椒小学教师，抗战爆发后和王永一起前往延安，进入抗大三期，时生在七队，王永在九队。毕业后，时生被分配到四支队工作。时生向刘冲提出正确意见，刘冲不仅听不进去，反而要关押他。文明地只好将时生送回四支队去。时生走后，刘冲仍然坚持要全部收缴全椒县后备大队的枪。马厂区余德洋后备大队不愿缴械，刘冲就亲自带兵去攻打，结果受到了挫折，刘冲更加责怪全椒的地下党员和进步青年。全椒的地下党员和进步青年王永、柏青、何若人、卢其农、田国祯等连夜离开了挺进纵队，有的奔赴延安抗大学习去了，有的就地隐蔽起来了。至此，挺进纵队在全椒失去了依靠力量，使自己孤立起来。

周利人以前是河南大学学生，1937年7月，日寇全面侵华战争开始，他满怀抗日救国热情，参加开封学生抗日救亡活动，并加入学生抗日义勇队。11月，毅然投笔从戎，奔赴河南确山竹沟镇参加新四军，第二年就加入中国共产党。他文化水平很高，政治能力很强。周利人到一支队后，几乎同每个干部、战士都谈过心，同他们很快交上了朋友。经过一段时间的了解，周利人觉得一支队的干部和战士大多数是好的，抗日很坚决。但是军队纪律不够严明，内部不够团结，对共产党管理军队的一套做法不太适应。掌握了这些情况后，周利人从狠抓军纪开始，整顿部队作风，提高部队战斗力。

以前给东北流亡抗日挺进队的政策是自筹粮饷，整编为抗日挺进纵队后，为了执行抗日统一战线政策，不允许随便打土豪、吃大户，挺进纵队就向八团要粮饷。但八团当时供给也很困难，没有多余的粮饷给挺进纵队。结果，挺进纵队的干部特别是一支队的官兵对八团的意见很大，误以为是八团克扣了他们的粮饷。为了解决这个问题，周利人做了大量的思想工作。

这时，发生了一件令周利人意想不到的事情。三支队队长刘子清借着新四军打了几个胜仗的影响，私自在地方上招募地痞无赖，扩充他的势力。这事被教导员文明地发现，反映到刘冲和韦郁周那里。司令员韦郁周听之任之，政委刘冲扬言要撤刘子清的职，却迟迟没有行动。这引起了刘子清的恐慌，再加上新四军的生活十分艰苦，他就暗中同国民党专员赵凤藻谈条件，策划把队伍拉到国民党顽固派那里去。

一天傍晚，政治部主任高志荣找到周利人说，刘子清最近表现有些反常，对三支队很不放心，想去查一查。当时，三支队教导员文明地在八团汇报工作，不在三支队。周利人对高志荣说："我也有点感觉不对。不过，万一刘子清真要叛逃，你去太危险，也会惊动他。不如我先去三支队看看，就说是通知他来团部开会。"这样，周利人当晚就一个人去三支队找刘子清。

三支队的驻地离一支队五六里，周利人走进三支队驻扎的村子后，就感觉气氛很紧张。来到支队驻地，周利人见门口岗哨很多，就问道："你们支队长在吗？"哨兵认得周利人是一支队的教导员，犹豫了一下说："在里面开会，我去通报一声。"说话时神情有些紧张。周利人感觉不对，只好在门外等着。不一会儿，从里面出来几个人不由分说地把周利人的枪缴了，然后把他拉到村外的树林里，绑在树上，还派了一个小战士看守着。夜已经很深，周利人见没有人，就同看守他的小战士聊起来，终于说动了那个小战士放了他。捆绑周利人后，刘子清匆忙把队伍拉走了。刘子清到了赵凤藻那里，被委任为国民党的保安团长，成为皖东反共的急先锋。1942年，刘子清投降日寇，当了汉奸。刘子清率部叛逃，使刚刚发展起来的挺进纵队遭受了重大挫折。

8月，顽专员赵凤藻指使和含抗日自卫大队500余人，在全椒小集一带突然围攻挺进纵队司令部。挺进纵队虽经奋力抵抗，击破了敌人的围攻，但部队受到了一定的损失，加之刘子清公开叛变，于是挺进纵队离开全椒，回到巢县陆家碛进行休整。

新四军四支队八团东进，在肥东石塘桥与挺进纵队会合，鉴于挺进纵队的具体情况，四支队决定将挺进纵队改名为"东北流亡抗日挺进团"。全团总兵力约800人，有重机枪5挺、轻机枪10多挺，装备好，战斗力也比较强，但当时处境很困难。因此，四支队决定挺进团由八团统一指挥，挺进团基本上跟随八团活动。八团的武器装备不足,挺进团支援八团几挺机枪和一部分武器弹药。八团为加强对挺进团的领导,先后从八团抽调班排连干部30多人,派到挺进团,挺进团从机关到连队都有八团派去的骨干。

挺进团领导曾提出要和八团联合起来把刘子清部歼灭掉,八团未接受这一意见,挺进团的一些领导人不大高兴。随后挺进团未能执行八团的统一命令行动,仍回到巢县去活动。开始,挺进团和县长马忍言的关系很好,巢县政府帮助挺进团解决粮饷;挺进团又派了一个班的武装给县政府做警卫工作。但不久,由于冯文华提出离开挺进团回到巢县地方工作,一些巢县籍战士也纷纷离开挺进团。因为马忍言此时建立了巢县抗日自卫军,挺进团中有不少巢县籍战士认为,与其跟着挺进团,将来不知打到什么地方去,不如投奔马忍言,便纷纷开小差参加了巢县抗日自卫军。

脾气暴躁的刘冲以为是马忍言唆使巢县籍战士开小差,去找马忍言理论,狠狠地打了他一个耳光。马忍言即到八团告了挺进团的状。随后八团将挺进团调到全椒大马厂,驻山根李村,与八团团部驻地山根王村相邻。

11月初,八团突然采取行动,缴了挺进团的全部武装;最后,八团将挺进团主要领导人刘冲、韦郁周、高志荣、张恺帆的武装解除;其次,将排以上干部集中到一起开会,进而召集全体战士开会,解除了全部武装;最后,宣布取消挺进团的番号,愿干的留下来,不愿干的就回家。八团的这种做法,遭到挺进团广大干部、战士的反对,当时就有数百名战士愤然离去。刘冲、韦郁周被缴械后,回到延安去了。有一部分同志留下来参加八团教导队学习,后被编入八团。高志荣担任八团政治处副主任,周利人也随即调到八团政治部担任民运股股长。

八团之所以要缴东北抗日挺进团的枪,是因为得到了情报,说"东北流亡抗日挺进团要投奔国民党东北军五十七军"。八团向四支队军政委员会副主席戴季英报告,得到"可以自行处理"的暗示后,在没有报告高敬亭和司令部的情况下,于11月在政委林恺、团长周骏鸣的主持下,在大马厂强行缴了东北抗日挺进团的枪,取消挺进团番号。后来才发现,情报是假的,是国民党特务造谣的。

关于这件事,1984年春,时任中共巢湖市委党史办公室副主任的吴直英,曾在上海原东海舰队副司令员高志荣的寓所采访过他。他回忆道,显然,东北流亡抗日挺进团领导人刘冲在全椒、巢县的工作是有错误的。谈到缴械,高志荣说:

"但是，不能因为刘冲的错误而把挺进纵队说成是一支反动的军队，非缴枪解散不可。"

我认为，东北流亡抗日挺进纵队是我党、我军领导下的一支抗日队伍。在日寇疯狂进犯皖东时，他们首先挺进皖东，积极进行抗日宣传，动员人民抗日，打击侵略者和汉奸、卖国贼，发展革命武装，壮大人民力量，其主流是好的。尽管刘冲等违反了党的一些政策，有着这样或那样的缺点、错误，但可以改造，不应缴枪解散。主要理由有以下几点：

第一，这支部队在被日本侵略军打垮以后，不去找国民党，而来投奔共产党，参加新四军，开赴前线开展抗日活动，这是进步的表现。同时这支队伍里有我们党的比较完整的组织（我到挺进纵队后任党委书记，下面有党的支部），部队是在共产党的领导下进行抗日的，特别是当部队发展到1000多人时，挺进纵队的负责人不仅没有忘记党的领导，还主动派人到西港冲找四支队汇报情况，要求派干部去加强领导。同时，他们在同八团会师后，主动提出接受八团的领导和指挥，要求八团派干部去，还抽调十几挺轻、重机枪和一些子弹给八团。这些都是很好的嘛！

第二，这支部队自到巢县、全椒等地以后，积极开展抗日斗争，宣传动员人民抗日，支持抗日的县政府开展工作，不断打击汉奸、土匪，维持社会秩序，保护人民的利益。对破坏抗日的反动的全椒县政府，挺进纵队坚决斗争，彻底打垮了它。这些行动对抗日救亡工作都是有积极贡献的，是符合当时党中央关于新四军向东发展，积极开展敌后抗日游击斗争的指示精神的。

第三，挺进纵队的主要领导人，除了温景贵副司令和一个姓张的营长、一个参谋等几个人比较坏，其他的都愿服从党的领导，坚持抗日。后来的事实也证明了这一点。在部队被缴枪遣散以后，他们自愿到延安去学习，并在学习毕业后分别回到东北、华东我军部队从事革命斗争。下面的同志大多数也是很好的。缴枪后，他们当中有不少人仍愿留在新四军中工作，继续投身抗日救亡斗争，后来都成为我党、我军的好干部。[①]

[①] 《江淮文史》1993年第2期。

关于这一段历史,后来曾经担任解放军二十四军政治部主任的时生也曾在《我与东北流亡抗日挺进队》中回忆说:

> 不久,挺进队所剩人员不多,被老八团整编了。整编时宣布,愿留者留,不愿留者可以走,同时,把刘冲、韦郁周送到延安去学习。此事发生后,在干部中有不同的反应,我认为挺进队领导刘冲同志不断违反党的政策,使部队受到损失,同时又因为东北军要开到合肥,为防止发生意外,整编是有道理的。当然也可以采取其他方法,如对该部进行改组改造,或派得力骨干加强领导,等等。总之,这是一个历史的经验教训问题。

东北流亡抗日挺进纵队在皖中、皖东地区活动近9个月,打击了日伪军,开展了抗日救亡活动,发展了抗日武装,点燃了抗日烽火,为开辟皖东津浦路西抗日根据地做了奠基工作。

卷三　江淮河汉今属谁

一、克服王明右倾错误

1938年3月,中共中央派任弼时去莫斯科,向共产国际交涉"军事、政治、经济、技术人才"等问题,说明中国抗战和国共两党关系的情况,以使共产国际更多地了解中国的实际和中共的政策,争取共产国际的支援。任弼时4月到达莫斯科后,和王稼祥会合。

王稼祥1925年后曾在苏联留学5年,马列主义理论功底扎实,号称"红色教授"。他是一个实事求是的人,在遵义会议上坚定支持毛泽东,挽救了中央红军,功莫大焉。

1933年4月,王稼祥在第四次反"围剿"战争中身负重伤,一直没法彻底治疗。1937年6月,由于伤情严重,他被送往莫斯科治疗。11月,王明回国后,他接替王明,任中国共产党驻共产国际代表。他很熟悉苏共和共产国际的情况。任弼时到达莫斯科后,王稼祥和任弼时一道向共产国际和斯大林详细而又具体地说明了中国抗日战争的发展过程和国共两党的关系,以及中国共产党坚持独立自主的抗日民族统一战线、实行全面持久战的方针和策略。1938年4月14日,王稼祥和任弼时向共产国际提交《中国抗日战争的形势与中国共产党的工作和任务》的书面报告大纲。5月17日,王稼祥又和任弼时一同出席共产国际执行委员会主席团会议,由任弼时对报告大纲做了口头说明和补充。当时共产国际许多代表乃至领导人,由于过去深受王明的影响,不了解或不甚了解中国革命的形势和中共的抗战政策。王稼祥、任弼时努力地做工作,各国代表终于扭转了以往的认识,了解了以毛泽东为首的中国共产党在抗战实践中探索出的成功经验,尤其是消除了共产国际领导人和斯大林之前对中共中央的很多误解和成见,使他们正确认识了中国的实际情况和中国共产党的主张,承认并同意以毛泽东为首的中共中央的政治路线。季米特洛夫这时也称颂中国抗日民族统一战线是在当时条件下团结中国人民的一切力量,反对日本帝国主义的"最好"的办法,赞扬中国共产党"已经成为共产国际最好的支部之一"。

6月11日,共产国际执委会主席团经过认真讨论,通过《关于中共代表团报告的决议案》和《共产国际执委会主席团的决定》。这两个文件都认为"中国共产党的政治路线是正确的","完全同意中国共产党的政治路线"。这就有利于在中共党内较快地克服王明的右倾错误。

王稼祥伤病已治愈,中共中央决定让他回国,由任弼时接替其工作。7月初,在王稼祥离任回国之前,共产国际领导人季米特洛夫会见王稼祥和任弼时。季米特洛夫对王稼祥和任弼时说:"应该告诉大家,应该支持毛泽东同志为中国共产党的领导人,他是在实际斗争中锻炼出来的。其他人如王明,不要再去竞争当领导人了。"

带着共产国际的新指示,8月初,王稼祥回到延安。9月8日,《新华日报》全文刊载了《共产国际执委会主席团的决定》中译文。

9月14日至27日,中共中央政治局举行会议。当中共中央通知王明速回延安参加政治局会议时,王明竟给延安回电,让王稼祥去武汉,向他透露共产国际讨论问题的细节和传达文件内容,甚至要毛泽东等主要领导来武汉或到西安召开会议。中央断然拒绝了王明的狂妄要求。王稼祥在给王明复电中明确而严肃地指出:"请按时来延安参加政治局会议和六中全会,听取传达共产国际重要指示。你应该服从中央的决定,否则一切后果由你自己负。"

王明被震住了!他从电文的措辞中看出王稼祥对他态度的转变,由此便想到,他在中央的地位可能起了变化,这才不得不打点行装来到延安。

出席政治局会议的有毛泽东、张闻天、王明、周恩来等人。会议首先由王稼祥以《国际指示报告》为题,传达共产国际的指示和季米特洛夫的意见:中共一年来建立了抗日民族统一战线,尤其是朱德、毛泽东等领导了八路军,执行了党的新政策,政治路线是正确的;中共在复杂的环境和困难的条件下,真正运用了马克思列宁主义;在中共中央领导机关中,要以毛泽东为核心解决统一领导问题,中央领导机关要有亲密团结的空气。"

季米特洛夫的话在中央政治局成员中产生了很大震动。李维汉回忆说:"季米特洛夫所说的'在中共中央领导机关中,要以毛泽东为核心解决统一领导问题,中央领导机关要有亲密团结的空气'的话在会上起了很大的作用。从此以后,我们党就进一步明确了毛泽东的领导地位,解决了党的统一领导问题。"

毛泽东先后两次发言,强调党内团结,并论述统一战线中统一与斗争的关系。他特别指出:共产国际指示是这次政治局会议成功的保证,同时又是中共六届六中全会和第七次全国代表大会的指导原则,指示最主要的点是强调党内团结。

中共六届六中全会主席团成员合影。前排左起:康生、毛泽东、王稼祥、朱德、项英、王明;后排左起:陈云、博古、彭德怀、刘少奇、周恩来、张闻天

9月29日至11月6日,中共六届六中全会在延安桥儿沟召开。参加会议的中央委员和党中央各部门、全国各地区的领导干部共55人,这是党的六大以来到会人数最多的一次中央全会。在六中全会开幕式上,王稼祥又一次传达了共产国际的指示,对当时统一全党思想和确保行动一致发挥了重要作用。会上,六中全会主席团决定,以毛泽东的名义写信给蒋介石。信中说:"敝党中央六次全会,一

致认为抗战形势有渐渐进入一新阶段之趋势。此阶段之特点,将是一方面更加困难,然又一方面必更加进步,而其任务在于团结全民,巩固与扩大抗日阵线,坚持持久战争,动员新生力量,克服困难,准备反攻。"毛泽东的这封信,由周恩来在10月4日当面交给蒋介石。10月12日下午,毛泽东代表中共中央政治局在六中全会做政治报告,题目是《抗日民族战争与抗日民族统一战线发展的新阶段》。13日下午、14日下午和晚上,继续做报告。报告指出,在敌占武汉、广州后,必达一个战略进攻的终点,抗日战争将过渡到一个新阶段——战略相持阶段。在抗日战争的新阶段中,抗日民族统一战线必须以一种新的姿态出现,这种新姿态就是战线的广大的发展与高度的巩固。国共两党要以长期合作支持长期战争,以至合作建国。报告还提出要加强党的思想建设,强调全党要普遍地深入地学习和研究马克思列宁主义同中国的具体特点相结合,反对教条主义。

鉴于王明在主持长江局的半年多时间里,大搞"独立王国",并对中共中央政策方针反其道而行之,会议批判党内在统一战线问题上的关门主义和投降主义偏向,着重批判了"一切经过统一战线""一切服从统一战线"的错误主张。毛泽东在总结中指出,革命的中心任务和最高形式是武装夺取政权,是战争解决问题。在中国,离开了武装斗争,就没有无产阶级和共产党的地位,就不能完成任何革命任务。会议决定,党的工作重点是在战区和敌后,要独立自主地放手发动群众、武装群众,开展游击战争,建立抗日根据地。批判了那种把抗战的胜利寄托于国民党军队,寄托于在国民党统治下搞合法运动的错误。为了提高全党对抗日游击战争重要性的认识,毛泽东论述了游击战争在抗日战争中的重要战略地位,指出:"游击战争虽在战争全体上居于辅助地位,但实际上占据着极其重要的战略地位。抗日而忽视游击战争,无疑是非常错误的。"会议根据敌后游击战争的发展情况和经验,确定了"巩固华北,发展华中"的方针。

会议一致通过了《抗日民族自卫战争与抗日民族统一战线发展的新阶段》,在政治上基本克服了以王明为代表的右倾投降主义,并针对王明的一系列错误,制定了一系列党的组织纪律原则的文件。如《关于中央委员会工作规则和纪律的决定》等,分别规定了从中央到地方各级党部工作的任务、职责范围和纪律。针对王明在长江局工作期间,对抗中央、破坏党纪的行为,会议重申了党的民主集中制,重申了个人服从组织、少数服从多数、下级服从上级、全党服从中央的原则。

强调每个党员必须遵守民主集中制原则。规定中央委员没有受中央委员会、政治局及书记处的委托,不得以中央名义向党内发表宣言与文章,不得在中央委员会以外对任何人发表与中央委员会相关的意见。

为了保证党的政治路线的贯彻,会议决定撤销长江局,重新设立南方局,以周恩来为书记,董必武为副书记,负责领导南方各省及国统区的工作。并新设立中共中央中原局,以刘少奇为书记,代替长江局领导华中地区的抗战工作。这样,就结束了王明对华中地区的错误领导,基本上克服了党内以王明为代表的右倾错误,进一步确定了毛泽东在全党的领导地位。从此以后,长江流域各省的斗争便在南方局与中原局的领导下,在抗战新阶段,开始按中共中央的部署进行,江北新四军与华中根据地获得迅速的发展。①

会议结束的第三天,中央政治局即发出通知:"兹特决定:以胡服、朱瑞、朱理治、彭雪枫、郑位三为中央中原局委员,胡服兼中原局书记。所有长江以北河南、湖北、安徽、江苏地区党的工作,概归中原局指导。"中央在通知中所说的"胡服"就是刘少奇,这是他1936年1月17日受中央派遣去北方局工作时使用的化名。之所以用"胡服"来称呼刘少奇,是因为考虑他从延安到华中,要长途跋涉,经过大片敌占区和国统区,是为了保护他的安全。

1938年11月23日,刘少奇离开延安,奔赴华中。与其同行的有朱理治、李先念、郭述申等人。他们到西安后,朱理治等各自带了一些干部,直接前往中原局所在地竹沟。刘少奇沿途还要了解情况,传达六中全会精神,也有一些统战工作要做,遂在河南渑池、洛阳、南阳等地做了停留。

1939年1月28日,刘少奇栉风沐雨,到达竹沟。

中原局宣告成立,刘少奇在此之前就曾主持在延安的相关人员召开过会议,决定撤销湖北、河南两个省委,成立豫鄂边、鄂豫皖、鄂中、鄂西北等4个省级区党委。刘少奇到竹沟之前,豫鄂边区党委就于1938年12月24日在竹沟成立,朱理治任书记,李先念、陈少敏、王阑西等为委员。1939年1月至2月,也就是刘少奇到竹沟中原局驻地前后,其他3个区党委先后成立。

刘少奇住在镇北的一个四合院里。他主持中原局根据中央确定的向敌后发

---

① 中共中央党史研究室著:《中国共产党党史》,北京:中共党史出版社2013年版,第519—524页。

展的方针,规定了目前的任务:在沦陷区,建立、恢复和发展党的组织,发动群众,武装群众,开展敌后游击战争,创建抗日根据地;在未沦陷区,开展党的工作和群众工作,积蓄力量,准备抗日游击战争,支援敌后抗战。

在听取了朱理治和有关负责人关于豫鄂边区工作情况的汇报后,刘少奇强调贯彻六中全会精神特别要注意两点:第一,在发动群众抗日斗争中,要着重建立共产党领导的人民武装;第二,在执行抗日民族统一战线政策中,要严格坚持独立自主的方针。党的各项工作,应针对不同地区采取不同的方法和策略,以适应不同的形势。

1939年11月,中原局书记刘少奇(化名胡服,二排中)抵达定远,其后召开三次中原局会议(前排右一为罗炳辉)

位于河南确山竹沟中原局旧址内的刘少奇故居

在竹沟期间,刘少奇领导中原局在统战工作方面取得了显著的成就。他创造性地提出了统战工作的对象和政策。他提出了在友军工作中的军官路线,即在友军上层军官中开展抗日民族统一战线工作,扭转了过去在国民党军队工作中的单纯士兵路线,使统战工作取得了很大的成效。在此期间,中原局先后同国民党十三军军长张轸、五十一军军长于学忠、六十八军军长刘汝明、七十七军军长冯治安等建立了秘密的统战关系。他还指示中原局要对第五战区长官李宗仁做统战工作。他亲自选派刘贯一前往襄樊第五战区司令部去做李宗仁的统战工作,并向刘贯一指明:一要争取李宗仁同情抗日,二要争取李部协同八路军、新四军共同作战,三要建立李宗仁处与延安的秘密联系。在此期间,刘贯一每周六与李宗仁会面一次,向他宣传中国共产党的抗战主张、合作开展抗日游击战争等政策。在刘少奇的悉心指导下,中共同李宗仁部的统战关系得到了很大的加强,此举也为延安方面及时了解蒋介石方面的信息、动态提供了便利。

与此同时,刘少奇在竹沟也对国民党的地方行政专员和县区级地方政权积极开展统战工作。他带领中原局的同志亲自调查和了解国民党地方政府和周围驻军形势状态,要求各地党组织积极开展同国民党地方政府和地方实力派的统一战线工作。他多次派遣工作人员去做国民党汝南专员、南阳专员以及附近各县政府的统战工作,以期建立长期的统战关系。在刘少奇的指导之下,中共在中原地区的统战工作卓有成效、成绩斐然。上自国民党高层军官,下至国民党的地方政权,中共都与之建立起了统战关系。

由于要回延安参加会议,3月18日,刘少奇把中原局的工作交给朱理治代理,起身回延安。3月底,刘少奇回到延安。

4月12日,中共中央书记处召开会议,刘少奇做了关于华中工作问题的报告。毛泽东对刘少奇领导下的中原局的工作非常满意,在会上给予了充分肯定。他指出:六中全会决议发展华中的方针是正确的,现有党员2万名,军队将近2万人,这是大的成绩,比华北的发展更大。现在全国共产党与游击战争的主要发展方向是华中。

4月21日,中央书记处发出关于发展华中武装力量的指示。24日,又发出《关于建立皖东抗日根据地的指示》,对发展皖东提出了具体详尽的要求。[①] 此时的中原局依然驻扎于竹沟,这个指示是用电报发给在竹沟的代理书记朱理治的,同时也发给四支队八团。八团当初就是由周骏鸣、林恺率领,从竹沟出发,东进皖东的。此时,他们已经到达皖东定远藕塘地区。这一时期,皖东根据地创建发展的步子很慢,局面老是打不开,中央是很焦虑的。

---

① 中共中央党史和文献研究院编:《刘少奇年谱》第一卷,北京:中央文献出版社2018年版,第267—280页。

二、中央点将张云逸

新四军四支队自 1938 年 3 月至 11 月初,在皖中地区开展敌后游击战争,积极打击日寇、汉奸和伪军,剿匪安民,取得了很大战绩。同时还广泛开展抗日救亡运动,群众抗战热忱空前高涨。新四军纪律严明,深受群众爱戴。各级领导注意社会调查,积极开展统一战线工作。对于各地游击武装,正确地执行了团结、争取、扶助发展和逐步改造的方针,先后在庐江金牛地区发展了何泽洲大队,在庐江柯家坦、大凹口地区发展了叶雄武大队,在柘皋、千人桥地区发展了陈友亮大队,在三河与白石山之间的林家圩发展了林宗圣大队,在潜山王家河发展了张春宴大队。由于积极打击敌伪,大力发动群众,开展统战工作,皖中敌后的抗战有了一定发展。

据新四军秘书处 1939 年 1 月统计,与 1938 年 4 月 12 日比较,新四军 4 个支队总共增加兵员 4523 人,其中第四支队兵员为 6941 人[1939 年 3 月 20 日,叶挺、项英致电毛泽东、刘少奇:"高(敬亭)部有 6700 人。"——笔者注],增加 3805 人,占增员总数的 84.12%,是新四军 4 个支队中兵员增加最快、最多的一支部队。但由于受王明"一切经过统一战线""一切服从统一战线"的影响,新四军丧失了大好机遇,没有勇往直前地东进皖东,更没有放手发动群众,建立抗日根据地。而深入敌后的八路军于 1938 年 10 月,则建立了晋察冀、晋绥、晋冀豫、晋西南和山东等大块抗日根据地,开辟了广大的敌后战场,部队发展到 15 万余人,成为华北抗战的主力军。相对于八路军,新四军的军队发展、根据地建设等工作显然还要加强,华中敌后抗日领导和指导思想应该都要有所改变。

中共中央六届六中全会结束不久,毛泽东、王稼祥、刘少奇于 11 月 10 日联名致电项英:"现在安徽中部最便利我军活动,新四军可否派两个至三个营交张云逸同志率领过江?"

中共中央直接点将,要张云逸过江,是从他的自身特点考虑的。张云逸 16 岁考入广东陆军小学堂,早年加入中国同盟会,参加了黄花岗起义、辛亥革命,1926 年加入中国共产党,领导过百色起义,历任红军第七军军长、中央军委副参谋长、粤赣军区司令员、红军总司令部和红一方面军司令部副参谋长兼作战部部长,参

张云逸

加过长征，具有卓越的军事指挥才能，堪当重任。此时的安徽江北地区属第五战区管理，由桂系控制。张云逸过去曾在广西国民党军队任过职，安徽省政府主席廖磊等都是他的熟人，便于开展统战工作。另外还有一个原因，就是高敬亭一直自以为是，留恋大别山区，消极执行中共中央的指示。徐州沦陷后，中共中央长江局派董必武到舒城，做他的工作，让他尽快东进皖东。他当时表示想通了，要听从党中央的指示，但四支队主力七团等部还是一直在皖中活动。派张云逸这样的军事领导前往宣传、贯彻中央的方针，对推动第四支队东进应该是有力度的。

11月下旬，张云逸率军部特务营两个连以及一部分干部，从皖南抵达舒城西港冲，向高敬亭传达军部指示，要求四支队东进皖东地区，建立自己的支点，袭击日军。他召开了四支队干部会议，会上他反复地说："在民族敌人入侵的形势下，在敌人占领的地区，我们有广大的群众基础，皖东丘陵和平原地区照样可以打游击，而且还能摆脱国民党的限制，更加自由地放手发动群众，壮大我们的力量。"

关于东进皖东问题，上半年董必武来做高敬亭的工作时，他是答应的。但他很快发现第四支队在皖中战场和日本鬼子交锋时，国民党桂系第五路军却正源源不断地开向大别山。高敬亭立即致电军部，要求在大别山建立根据地。原因之一是自己长期生活、战斗在大别山，对大别山相当熟悉，也十分留恋；原因之二是他觉得大别山地处中原，南濒长江，北临淮河，自古就是兵家必争之要地。更何况第四支队土生土长于大别山，对地形熟悉，群众基础好，在此建立根据地更可谓得心应手。高敬亭的意见未被采纳。

桂系军队在大别山站稳脚跟后，态度也发生了变化。他们一面拖欠和克扣新四军第四支队的薪饷，限制第四支队发展；一面大肆扩充反动武装，与我争夺皖东地区。这样，高敬亭领导的第四支队陷入了桂系部队和日军的两面夹击之中。斗争形势发生了重要变化，第四支队应该立即东进，挺进敌后，开辟敌后抗日根据地。经过张云逸的说服、解释，与会干部提高了认识，纷纷表示要执行中央的东进指示。

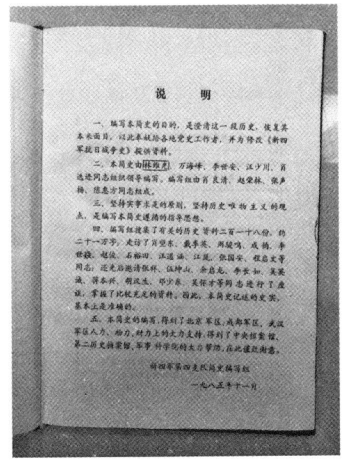

林维先、万海峰等组织编写的《新四军第四支队简史》

1939年元旦，张云逸和戴季英等来到立煌县，他们带来了第四支队在作战中俘虏的3名日军和缴获的军马，同省主席兼桂系第二十一集团军总司令廖磊谈判，商定新四军江北部队作战区域和军需给养问题。经过谈判，廖磊同意新四军第四支队开赴皖东，跨越津浦路，深入敌后抗战。

在立煌，张云逸获悉廖磊为扩大自己的实力，计划在安徽全省成立12支区域性的地方游击队，便不失时机地向他提出，要求给新四军一个纵队的番号，结果也得到廖磊的同意。

张云逸还应邀在立煌群众大会和干部训练班上发表演讲,宣传国共合作和抗日民族统一战线的重要意义,争取了更多人对中共和新四军的同情与支持。

张云逸从立煌回到西港冲后,趁热打铁,整编成立新四军江北游击纵队。他从军部带来的特务营两个连、第四支队所属江北第二游击纵队、皖中一带的地方游击队成为纵队的基本力量。

三、皖东路西游击击敌

据《新四军第四支队简史》所述,此前的1938年12月,高敬亭从舒城来到庐江,并在东汤池召开会议,会议决定:七团东进到皖东,以合肥青龙厂为中心开展抗日斗争;派汪少川、梁从学组建淮南抗日游击纵队,并尽快开赴淮南铁路下塘集、朱家巷一带活动;恢复九团建制,原七团二营和三营的一个连及团机关部分人员调出,与林宗圣大队、何泽州大队、叶雄武大队合编组成第九团,团长詹化雨,政委胡继亭,驻庐江东汤池地区;将支队新兵营编为七团二营,支队学兵连和陈友亮大队编入七团三营;撤销手枪团,改为教导大队,大队长李世安,政委江岚;八团仍在全椒大马厂一带活动。

会议还讨论了在舒桐庐一带创建抗日根据地的问题。大家一致认为在这里建立根据地,条件是很好的:一是形势有利。日军西侵,国民党军队向西溃退,这个地区陷于敌手,四支队英勇抗战,收复了这个地区,得到了人民的衷心拥护。二是地形有利。这个地区属大别山余脉,地形险要,进可攻,退易守。三是党的基础好。地方党组织工作活跃,并掌握武装。四是群众条件好。有光荣的斗争传统。五是人民生活富裕,是我们赖以斗争和生存的好地方。六是有利于我军各部的联系配合。与军部,李先念、彭雪枫部和江北游击纵队连成一片,鼎足大江南北。

张云逸和戴季英从立煌返回舒城支队部,即令参谋长林维先将庐江防务交给安徽省保安七团,林率七团一营返回舒城西港冲。戴季英向高敬亭汇报了立煌谈判达成协议的情况:第一,要四支队开进津浦路东来安、天长、盱眙地区;第二,工作人员全部撤走,皖中地区由皖中专员李本一接管;第三,国民党的一七六师进驻皖中地区;第四,四支队立煌兵站撤销;第五,江北游击纵队在无为、庐江一带活动。此后,除七团已向皖东开进外,高敬亭又令在怀宁一带活动的特务营返回舒城,向皖东滁县进发。

1939年2月20日,有人告发杨克志、曹玉福率七团一营打周家老圩时缴获很多钱财,杨、曹没有全部上交,而据为己有。因此,高敬亭责令七团从定远调回舒城干汊河休整一周,处理杨、曹问题。干汊河是三国时吴国名将周瑜的家乡,周瑜少时生活和练兵习武都在这里。高敬亭召开军政委员会会议,戴季英、林

林维先

维先、吴先元、胡继亭都参加了会议,会议决定撤销杨克志七团团长、曹玉福七团政委职务,由秦贤安、李世焱接任。后因军情紧急暂缓执行。于是又让杨克志、曹玉福带七团去皖东活动。3月1日,七团一营在淮南铁路的桥头集夜袭伪维持会,俘获该地著名的"维持会"会长,敌甚恐慌,互相射击,彻夜枪声不绝。2日,又在淮南铁路的太平巷袭击敌据点,敌甚恐慌,终夜枪声不息。接着攻打寿县朱龙镇的伪军,又到定远打颜家圩的叛军,后返合肥青龙厂打谢家圩的反动武装。

4月24日,七团三营在蚌埠南40公里之南岳庙,夜袭伪维持会10余名武装力量,缴获步马枪6支,俘伪维持会人员6名,蚌埠之敌乘8辆汽车赶来增援,行至秦家桥又遭三营伏击,敌伤亡甚重,很快仓皇逃去,三营安全返回无伤亡。26日,一营在蚌埠南马头城夜袭敌伪军30余名,战士们猛投手榴弹将敌全部击溃,敌施放催泪性毒瓦斯,一营部分战士中毒,有1人牺牲。营长指挥大家一面撤退,一面将中毒人员运走。此次缴获步马枪17支。5月6日,敌伪步兵300余名配合淮河海军50余名,向七团二营驻地进攻,因二营早得报告,转移至敌包围圈外,使敌之企图落空。在敌大部退返之际,二营向其中一路猛击,毙敌6名,缴获步枪3支、手枪1支,炸毁敌汽船1艘,俘伪警4名,我亡排长1名。20日,七团一部在怀远西南黄疃窑袭击敌汽艇1艘,击沉1艘,敌兵20余名全被淹毙,其余4艘汽艇

狼狈驶去，我无一损失。23日，一营在淮河附近袭击敌汽艇3艘，毙敌10余名，伤5名，缴获鸡蛋40担、伪票160元及其他军用品甚多，一营无损失。

八团缴械东北抗日挺进团不久，组建了警卫营。11月16日，八团在巢县庄集附近袭击出扰之敌百余人，敌不支逃窜，毙敌12名，伤敌23名，并破坏铁路一段，八团伤4名、亡5名。12月10日，八团一部在巢县北按子夜袭该县伪维持会，毙该会书记1名，炸伤该会会员2名，八团轻伤1名。15日，八团袭击龙城汉奸葛传江、杨建舟部700余人。八团猛烈攻击，将敌全部击溃，俘敌46名，内中队长1名，毙伤敌30余名，缴获步枪46支、手枪3支、马3匹，八团伤4名、亡3名。26日，再次袭击盘踞梁园、石塘桥、马集、龙城头集一带之残匪葛传江部，该匪部毫无斗志，未经抵抗即四散无踪，八团俘匪7名，获步枪2支。1939年1月11日拂晓，八团一部在合肥东北磨店子袭击伪维持会200余人，将其全部解决，俘敌100余名。匪首刘孟乙及其父均被生擒，缴获步马枪100余支、机枪1挺及其他军用品甚多，我伤1名。1月24日，八团二营便衣队在淮南路的大兴集，击毙守敌1名，缴获步枪1支。2月4日，八团一部夜袭淮南路桥头集守敌，敌固守顽抗，八团即破坏铁路8里；10日夜又在该地破坏铁路3里；15日夜再次破坏该地铁路5里。

2月19日，日军1000余人乘我军民欢度春节之际，分两路偷袭八团，一路由合肥出动袭击梁园八团团部和警卫营驻地，另一路经昂集偷袭柘皋以东之东山口一、二、三营驻地。偷袭梁园之敌，遭我警卫营痛击后退至大刘岗（距梁园5里）与我对峙，八团团长周骏鸣亲率精锐分队向敌反击，敌不支退去。偷袭东山口之敌，在团参谋长赵启民的指挥下，一营正面迎敌，打得顽强；二营占领高地侧击敌人；三营武器虽差，但靠土造步枪、大刀、手榴弹英勇反击敌人，打退敌人多次进攻。在游击大队分头堵截的配合下，敌混乱不堪，伤亡惨重，毙100余名，伤230余名，我亦亡38名、伤54名。3月16日，八团一部在滁县常山岭袭击汉奸武装余弼臣部步兵50余，匪首当场为我击毙，余匪大部被消灭，缴获长短枪40余支、马10匹，我无伤亡，民众甚为欢喜。23日，八团一部在津浦路管店至三界车站段破坏铁路4里，完成任务后安全返回。

4月24日，八团在全椒大马厂扩编为两个团，以八团一营为基础，加上警卫营，编为挺进团，团长成钧，政委祝世风。挺进团6月2日在怀远南马头城夜袭该地伪军步兵百余人,将敌击溃,敌伤5名、毙8名,我伤4名、亡6名,缴获步马枪22支、子弹百余发、手榴弹20余枚。5日,再次袭击该地伪军300余名,将敌全部击溃,敌伤亡20余名,八团伤9名、亡5名,缴获步马枪19支及其他军用品甚多。8日,在淮南车站袭击敌之守备部队人员50余名,因敌凭坚固工事顽抗未奏效,故以猛烈火力予敌杀伤。同时,挺进团另一部袭击车站西之伪军,将其全部击退,毙伤敌8名,俘敌4名,挺进团伤1名、亡3名。6月7日,挺进团一部夜袭滁县城郊之敌200余名,敌不支退守城中,因城防坚固八团未强攻,仅将敌人在城郊卖米粮的三家店铺焚毁。8日,挺进团在滁全公路徒岗村附近伏击敌运输汽车14辆,战约1小时,因敌增援,我即撤退,此次敌伤亡20余名,挺进团伤亡各2名。9日,挺进团在滁县东北肖家岭(腰铺附近)伏击敌巡路队队员30名,激战后因敌增援,八团即撤退,敌伤亡20余名,挺进团亡排长、战士各1名,伤战士21名。14日,挺进团一部夜袭蚌埠附近伪军40余名,敌一击即溃,被挺进团全歼,缴获步马枪23支,俘敌8名,挺进团伤2名。

九团自恢复建制以来,除担任江北指挥机构的警卫任务外,还积极出击敌人。5月3日,九团一部夜袭淮南铁路南段东关车站守敌50余名,激战2小时,毙敌13名,伤10余名,俘"维持会"副会长及办事员共5名。因敌军增援,九团遂撤离,牺牲指导员、排长各1名,破坏铁路6里。6日,在怀远关帝庙将伪维持会武装20余名全部消灭,缴获步马枪14支、手枪1支,俘伪队长1名。28日,二营在合肥以西将军岭,遭遇由岗集出扰之敌,九团先敌开火,将其击溃,毙伤敌10余名。6月21日,一营在全椒四屏山袭击该地守敌40余名,指战员们猛投手榴弹,毙敌15名、伤4名。

支队特务营先在怀宁,后东进到滁县、寿县地区积极打击敌人。1939年3月中旬,特务营越过淮南铁路挺进滁县一带活动。3月20日,特务营一部在津浦路担子街车站附近,遇敌伪军步兵百余名,特务营立即向敌猛冲,敌即退守车站,特务营遂撤离,敌伤亡20余名,特务营伤3名。同日,特务营一部在滁县城郊游击,适伪军一队正集合民工修筑铁道,特务营突然袭击,敌溃退城中,战士们缴获步马枪3支及其他军用品甚多,毙伤敌各10余名,俘敌3名,特务营伤5名。26日,特务营一部在滁县北天河夜袭守敌,毙伤敌10余名,因滁县敌军增援,特务营随即撤离。同日特务营另一部夜袭沙河镇守敌,敌仓促应战,毙7名、伤9名,战至拂晓,特务营安全撤离。31日,特务营在副营长的率领下,在滁(县)全(椒)公路的陡岗北埋伏,适有敌汽车3辆,载步兵百余,由滁县向陡岗前进。当敌进至特务营伏击地区时,特务营突然袭击,敌下车顽抗,约战3小时,敌不支退去。特务营毙敌30余名、伤20余名,毁敌汽车3辆,缴获步枪5支。特务营牺牲2名、伤5名。4月3日,特务营在滁县南滁全公路一带游击,至三岔路时,适遇敌载兵汽车2辆,特务营当即予以伏击,毁敌车1辆,缴获军用品甚多,敌亡2名、伤3名,特务营伤2名。

从1938年12月高敬亭主持召开东汤池会议,到1939年4月底,四支队各部进入了皖东津浦路西,开展游击战,分散击敌,进行大小战斗近百次,积小胜为大胜,沉重地打击了日伪军。

四、叶挺立马东汤池

武汉失守后,抗战很快进入战略相持阶段。这时,国民党桂系军队也从大别山向东伸展,企图把新四军挤出皖中、皖东地区。在此形势下,协调和统一指挥新四军江北部队就十分重要了。

3月29日,叶挺致电蒋介石,要求在江北设指挥部或办事处。

30日,叶挺、项英致电毛泽东、刘少奇,提出"我们为调整江北部队及发展工作计,拟设指挥部或办事处于江北"。中共中央迅速批准叶、项的建议,并发出关于发展华中武装力量的指示,指出:"蒋已批准新四军在华中成立指挥部,我应利用此机会来作发展的布置","新四军在江北指挥部应成为华中我武装力量领导中心,除指挥我原有武装外更有建立及发展新的队伍之任务","新四军在江南者现尚仅万余人,而发展前途又大受限制,许多大员仅指挥数千人,实不符合其才能之发展的方针,希望东南局及新四军领导同志顾全全国局势及华中之重要,抽调大员及大批干部到江北",并提议由项英或陈毅直接主持指挥部。

中央书记处4月24日再致电东南局并中原局转八团,发出《关于建立皖东抗日根据地的指示》,指出:"目前,我党我军在皖东的中心任务是建立皖东抗日根据地(目前在一切敌后的任务都是建立根据地)。这是我们一切工作的中心和目的,也是一切友党、友军、政府及全体人员共同的任务。因此,固然不应空喊这一口号,但也不必把这任务秘密起来,而应当主要努力去做。""但依皖东目前情况,必须我们长期努力进行统战工作,坚决打击汉奸和顽固分子,尽力扩大党和群众运动,推动地方进步,才能达到建立根据地任务。""军事上的目的是坚决消灭汉奸土匪部队,打击日寇的战斗中,迅速扩大和巩固我军民为皖东抗日武装的主力,并积极向东、向北发展,建立后方,而不是单纯地以控制两条铁路为目的。"电文在这一句话后面,特地加括弧做了说明:"因为控制两条铁路,对我们工作无大帮助,也控制不了。"中央书记处电报中要求:"要迅速扩大我军,大力发展地方党,开办教导队与党的训练班,分派干部到每一县、区去建县委、区委,发展地方武装与民众运动。""要特别注意推动地方政府进步,与行政人员合作,努力求得同志及进步分子去做县长、区长、联保主任,并保持严格的秘密。但对坚决反对我党、我军的顽固分子,必须实行坚决斗争,不要轻易让步。"对于项英在电报中提出的对江北部队改编的建议,电报中没有涉及,从后来形势的发展看,中央是采纳了他的意见的。

为了贯彻中共中央指示,加强江北部队的统一领导和指挥,迅速开创皖东抗日战争的局面,5月3日,叶挺军长率军政治部副主任邓子恢,第一支队副司令员

叶挺(左一)、赖传珠(左二)、罗炳辉(左三)等在东汤池新四军江北指挥部

罗炳辉,军参谋处处长赖传珠、三支队五团团长孙仲德、五团参谋长桂蓬洲等和二支队四团一营由皖南出发,渡江北上。5月5日到达庐江东汤池,与军参谋长张云逸会合。

罗炳辉是在张云逸离开皖南泾县云岭军部的前一天赶到云岭的,他从延安带来了一批干部,充实了皖南新四军。1939年1月,他被派到苏南,担任第一支队副司令员。两个多月后,军部又把他调回云岭,跟随叶挺北渡长江。

东汤池镇位于庐江县西部,始建于明朝成化年间,因境内有温泉而得名。汤池温泉,古称坑泉,清顺治《皖志·庐江部》载:"庐江城西北五十里有汤池温泉,与舒城西汤池相对应。"明清时期,这里为舒城、庐江、桐城三县关驿古道,街头有走递公文的马铺舍,街面不大,但车来人往,酒旗招展,甚是繁华。镇域西南环山,山岭险峻,是西进大别山的要道,军事上可攻可守,进退自如。经实地察看,叶挺等人将新四军江北指挥部设在东汤池西南3里处的严家松园。

2019年夏天,我到严家松园采访,见到年逾八旬的严德胜老人,他告诉我,小时候父亲常常跟他讲叶挺军长率部进驻东汤池的情景。

严家属于东汤池望族,人口众多,全族居住地长满苍松翠柏,高大挺拔,所以叫严家松园。听说新四军要来,严氏族人连夜商量,一致决定腾出占地10亩许、有7栋大房子的严氏祠堂,给新四军江北指挥部机关使用。周边群众也纷纷让出房子,送粮送菜送草,还主动给新四军介绍地形风貌。看到参谋长赖传珠洗澡没有澡盆,严德胜父亲把大澡桶送到指挥部给他用。部队撤走时,赖参谋长把澡桶还了回来,并亲自感谢。

盛夏时分,一名新四军战士在玉米地边站岗放哨,炎日当头,口渴难耐,顺手掰了两根玉米秆子咀嚼,充饥解渴。第二天,部队知道这事后,将这名战士捆绑,要严厉处理。群众闻讯纷纷前来,请求宽恕这名战士。政治部主任邓子恢深受感动,在赔偿群众损失后,释放了这名战士,并对其严加教育。

入秋时节,东汤池一带疟疾流行,许多群众病倒,不能忙农活,严重的甚至有性命之忧。指挥部卫生部部长宫乃泉带领医务人员深入群众家中,送医送药,还不收任何费用。严德胜说,战争年代医药稀缺,可新四军宁可部队缺医少药,也要想方设法帮群众把病治好。一时间,方圆数十里的群众都来看病,大家无不感谢亲人新四军。

张云逸有一匹白马，跟着他转战长江南北，没有在战场上受过伤，不承想在东汤池挂了彩。原来，张云逸将白马拴在群众严德甲家的厢房里，被因年久失修而倒塌的土墙砸伤了马腿。严德甲慌了神，没想到张云逸反过来安慰他。第二天，严德甲用荷叶包着中药和盐巴敷在马腿上。经过数日精心照料，马腿伤口痊愈。张云逸非常高兴，硬往严德甲怀里塞了两块银圆。

一天，叶挺带着赖传珠及副官一行5人到战士驻地巡视，看到松园小学操场上整齐的操练队伍，听到好汉坡上战士们练兵的喊杀声，看到百姓给新四军送米送柴的感人场面，甚是激动。他与众人登上打鼓尖岭，目睹汤池山郁郁葱葱，想到汤池的父老乡亲与新四军战士的鱼水情深，随即让副官拿来纸笔，挥毫写道：

云中美人雾里山，
立马汤池君试看。
千里江淮任驰骋，
飞渡大江换人间。

5月中旬，新四军江北指挥部在东汤池成立，由张云逸兼指挥，邓子恢兼政治部主任，赖传珠任参谋长。同时成立了党的江北指挥部前委，张云逸兼书记，统一江北部队的领导和指挥。在严家松园召开的联合大会上，叶挺发表了热情洋溢的讲话，号召全体军民加强团结，反对分裂，站在一条战线上，打倒日本鬼子。

5月9日，叶挺、张云逸到舒城西港冲向高敬亭传达中共中央军委和新四军军部关于江北部队的指示，动员高敬亭率第四支队继续东进皖东。5月11日在西港冲召开的第四支队连以上干部会上，叶挺重申中共中央的方针，命令部队限期开进皖东敌后地区。会上全体指挥员一致表示执行中央和军部的命令。高敬亭迫于大势，也举手表示同意。会后，高敬亭却在行动上迟迟不下达出发命令。于是，叶挺直接下令第七、第九团东进。

正当部队开始东进的关键时刻，高敬亭又擅自下令第七、第九团停止东进。九团团长詹化雨和政委胡继亭抵制高的停止东进指令，并向军部报告。5月20日，七团团长杨克志、政委曹玉福借着部队开拔的机会，带着侵吞打周家圩子获得的金银，携两个班武装投靠国民党桂系，并在《皖报》上发表反共声明。杨克志、曹玉福在红二十八军时期分别为高敬亭的秘书和警卫员,他们被提拔担任主力第七团团长和政委,自恃有高敬亭做靠山,平日里骄横跋扈,欺上压下,已引起下级干部不满,此时叛逃,舆论更加哗然。

五、错杀高敬亭

叶挺、张云逸已抵达肥东青龙厂,听说杨克志、曹玉福叛逃,他们十分愤慨。5月底,第九团、特务营和淮南抗日游击纵队进入青龙厂地区。高敬亭得知杨、曹叛逃的消息后也大吃一惊,虽说他们叛逃与自己无关,但他们毕竟是自己一手提拔起来的,他觉得自己也有责任。于是,高敬亭遵照叶挺的命令,率司令部后方机关和教导大队进入青龙厂,参加反杨、曹的斗争。

高敬亭万万没有料到,等待他的是杀身之祸。

四支队改编进入皖东以来,高敬亭的确有不少错误。叶挺没有过江时,中原局代理书记朱理治在向中共中央和刘少奇的报告中,对处理高敬亭就提出过三条建议:"推动他到延安学习或择地养病为上策;给以副指挥名义,四支队改为纵队,由其他同志带为中策;与廖磊谈高敬亭支队,戴仍留在高部,或以不执行省府命令,撤销高的职务为下策。"显然,朱理治的建议还是从治病救人的角度来考虑的。

河南新县的高敬亭故居

高敬亭的警卫员、曾任四川军区司令员的万海峰上将在1997年回忆道:"高司令带着我们20多名警卫战士,前往指定地点。我们一到青龙厂,军部的黄副官和唐参谋告诉我们,叶挺军长在褚家圩子等着呢。当高司令员带领3名警卫战士马不停蹄赶到褚家圩子时,等待他的却是一队荷枪实弹的战士,他立即被缴械关押。与此同时,我们留在青龙厂的战士,也被缴械关押起来。高敬亭被连续批斗了三天。诸如'山大王''想当土皇帝''招兵买马''反对党中央在武汉的领袖(指王明)''破坏统一战线',一顶顶大帽子和莫须有的罪名都压下来。"

原来,在戴季英的主持下,在对杨、曹的斗争中又揭发出高敬亭的一些山头主义和抵制东进的问题,并错误地认为杨、曹的叛逃是得到高敬亭的默许,高敬亭也有叛逃的意图。项英得到这个报告后,便指示开展对高敬亭的斗争。2004年第2期《纵横》杂志曾经发表夏明星的《名将高敬亭被错杀的前前后后》一文,写道:

1939年6月20日,项英以反党、反中央和可能率部投敌的罪名,同时分别向中共中央和国民党军事当局发出了"拟枪决高敬亭"的电报。

蒋介石接到这份项英要杀自己一虎将的电报,半信半疑,怕是其中有诈。卫立煌他们17万正规军,打了3年,都抓不到这个高敬亭,现在共产党却自己送上门来了,真是不可思议!

当蒋通过情报部门得知王明、项英与高敬亭在建立大别山根据地的问题上产生分歧的内情时,当即给项英、叶挺回电:"所请将高敬亭处以枪决,照准!"

从6月21日开始,有近千名指战员参加的斗争高敬亭大会在合肥青龙厂附近的一个大树林里连续3天召开,邓子恢主持大会,会上决定对高处以死刑并报国共两党中央批准。大会宣布高敬亭重大罪状有四:"一、不服从军部领导;二、排挤延安干部;三、山头主义;四、宗派主义。"高敬亭根本就没有想到,军部领导会发动对他的斗争。他始终认为:坚持留在大别山是正确的,而放弃大别山"东进"则是错误的;对坚持反共立场的蒋介石,就是要"闹独立性"。他坚持自己的工作虽有缺点,甚至也可能有错误,但绝对不是"反革命",更谈不上"破坏抗战"。

6月24日,在被宣布"枪决"后,高敬亭坦然面对:"死对共产党人无所畏惧,我没有罪,既然你们硬要我死,必须死在红地毯上!请代转史玉清同志(系高敬亭爱人),孩子送给人民抚养。我是忠于工农革命的军人!"然后,他端正地戴上军帽,向叶挺军长敬了最后一个军礼,叶军长庄重地还了军礼,十分感慨地说:"你是一位真正的革命军人!"高敬亭闻言泪下,然后在警卫战士的"护送"下,朝荒野走去……

高敬亭被枪决后,中共中央的回电才到。电文中说:"对高采取一些过渡办法,利用目前机会由军部派遣一得力干部到四支队工作,以帮助四支队之改造与整理。"至于高,中央准备调他去延安学习。可是,历史的遗憾已经铸成。事后,主要当事人叶挺、张云逸、邓子恢都严肃检讨了自己的责任。在得知中共中央曾有"对高采取过渡办法"的指示后,叶挺心情十分沉痛和后悔,一再说:"迟了!迟了!"在一次新四军军部会议上,当讨论到高敬亭问题时,张、邓二人都主动承担了责任,诚恳地表示悔恨。

高敬亭罹难后,江北指挥部又对四支队进行整顿,将"反高斗争"引导为"肃清高敬亭余毒",过分打击了一些人,引起部分干部的恐慌,这对四支队乃至江北新四军的壮大发展造成了巨大损失。当时,第四支队一片混乱,有些指战员甚至被迫离队,局面差点失去控

合肥市青龙厂新四军东进抗日纪念馆内的高敬亭雕塑

制。后来,原第四支队被一分为二,变成了新第四支队和第五支队,分别由徐海东、罗炳辉任司令员。

作为新的第四支队当家人,徐海东认为杀高是极其错误的。讲起这件事,后来的十大将之一徐海东总是很激动地说:"高敬亭同志坚持3年游击战争,把鄂豫皖苏区的红旗扛下来,是有功的。他虽然在'肃反'扩大化等方面有严重的错误,但这是执行错误路线的错误。他的问题主要是思想问题,是认识问题,绝不是什么反革命问题。"

1977年4月27日,中国人民解放军总政治部根据毛泽东生前的批示,宣布给

予高敬亭平反,平反文件明确指出:

> 高敬亭同志参加革命后,在毛主席党中央领导下,在坚持鄂豫皖地区的革命斗争中是有功的,虽在四支队工作期间犯有严重错误,但是可以教育的,处死高敬亭同志是错误的。遵照伟大领袖和导师毛主席的批示,中央军委决定对高敬亭同志给予平反,并恢复名誉。

1980年4月19日,高敬亭骨灰安放仪式在安徽省合肥市举行,4月25日《安徽日报》对此作了长篇报道。1983年10月30日,国务院民政部发文追认高敬亭为"革命烈士"。

六、战地服务团点燃路东

1939年5月19日晚,新四军四支队八团二营朱绍清部和四支队战地服务团汪道涵部,在津浦路东临时前委书记方毅的率领下,从驻地全椒周家岗出发,借着夜色,越过皇甫山,经曲亭、大柳,从嘉山县张八岭南面山地跨过日伪封锁的津浦铁路,一路向东,黎明时分来到嘉山、滁县、盱眙、来安4县交界处的自来桥镇。他们是最早越过津浦铁路进入皖东路东的新四军队伍。

津浦路东临时前委是中共苏皖省委根据抗战形势发展成立的。日军打通津浦、淮南铁路线后,国民党势力纷纷退入大别山及其以西地区,除新四军第四支队领导的东北流亡抗日挺进队在和县、含山、全椒、合肥一带进行抗日游击活动外,淮南铁路沿线及皖东地区几乎成了真空地带,中国共产党在这一地区的政

作者(右)在全椒县马厂镇岗杨村二胡冲杨中共皖东工委旧址前采访

治力量非常薄弱，迫切需要党在淮南线以东地区动员组织民众恢复党组织，发展党员，开展敌后游击战争，建立抗日根据地。1938年8月，中共中央长江局决定成立中共皖东工作委员会，任命刘顺元为皖东工委书记，李世农为组织部部长，喻屏为宣传部部长，谭光廷为民运部部长。皖东工委成立后，主要活动在淮南铁路和津浦铁路之间的津浦路西地区，包括巢县、全椒、定远、滁县、含山、和县和寿县、合肥一部分地区。

1939年元旦过后，皖东工委由巢县转移到全椒大马厂二胡冲杨，设在该村杨姓住户家。中共中央发出《关于建立皖东抗日根据地的指示》后，为适应形势发展的需要，中共中央中原局决定撤销皖东工委，成立中共苏皖省委，仍由刘顺元任书记，李世农、喻屏、谭光廷、郭述申、方毅、祁式潜、苗勃然为委员。此时，刘顺元正率领皖东工委机关和四支队八团，离开二胡冲杨北上定远与新四军江北指挥部会合的途中，接到中央的指示和中原局的决定，当即决定在定远县大薛家村召开会议，讨论苏皖省委面临的任务。刘顺元考虑到新四军和皖东地方党组织的活动，局限于津浦铁路以西的地区，而幅员更为广阔、更加靠近南京的路东地区，还处于空白状态。他提议立即成立津浦路东临时前委，由省委委员方毅任书记，率部进入路东，侦察了解情况。

自来桥镇位于明光东南约40公里的群山之中，原属于盱眙县，1932年和明光等乡镇一起被析出，新成立嘉山县。所以，这里也算是汪道涵的故乡。自来桥得名缘于镇中的一座古桥，桥面系一块巨石，长约1丈2尺，宽近5尺。清《盱眙县志》记载："自来桥为滁州、来安大路，桥石系大水流至，故名。"此桥采用拱圈砌法，桥洞类似券门，其建筑为元代风格，显然是人工砌筑的。至于桥面巨石系"大水流至"，为民间传说，已无可考。

这里还曾留下北宋杨家将的传说，当年杨六郎、孟良、焦赞等在此剿过匪、屯过兵。太平天国林凤祥、李开芳率领太平军北伐也曾在此驻扎过。这些传说表明，自来桥这个地方军事价值显著。方毅带领新四军到此后，朱绍清和汪道涵随即分开行动。朱绍清主要负责侦察各地方武装情形，为开辟和武装保卫抗日根据地做准备。汪道涵的主要任务则是，在盱（眙县）来（来安县）嘉（嘉山县）之间做群众工作，组织抗日救亡活动，宣传国共合作、团结一致、枪口对外的统一战线政策，反对妥协投降，坚持抗战到底，教育各阶层和广大群众坚定抗日必胜的信念，唤起广大民众抗日救国的爱国热忱。与此同时,在盱来嘉三县边缘地带发展党组织,成立党支部,筹备建立敌后抗日根据地。

新四军第四支队战地服务团是 1938 年 3 月在七里坪成立的。当时,七里坪有一个鄂豫皖特区党委办的青训班,学员是从全国各地来的青年学生和知识分子。

位于自来桥镇的嘉山县抗日民主政府旧址(一)

3 月上旬,四支队政治部将青训班第二期学员留下一部分,与新招收的第三期学员以及林岗教导队中的一部分学员组合在一起,成立了新四军第四支队政治部战地服务团,男女团员 40 余人,专门进行党的政策和抗战宣传。服务团团长先由刘明凡担任,不久改为程启文担任。从延安陕北公学毕业的汪道涵到来后,被任命为副团长。高敬亭对服务团十分重视,主张由军事干部来当团长,因为服务团不仅是宣传队,遇到敌人也要战斗。

战地服务团成立后立即随四支队出征,团员们都揣着慷慨悲歌上战场的豪情。1938 年 5 月,服务团在桐安公路两侧活动,一次夜行军遭

位于自来桥镇的嘉山县抗日民主政府旧址(二)

到日军袭击。当时正下着大雨,行军困难,程启文团长镇定自若,指挥果断,大声说:"同志们,不要慌,跟我走,我们一定能突围!"顿时大家精神振奋,跟着程团长冲过公路,人员未受损失。之后团员范达夫还写诗记事:"持枪疾走夜深阑,涉水翻山过小关。任尔强虏枪林急,游击健儿岂畏难。"

四支队从大别山一路东进,不停转战,战斗频繁,几乎每天都要行军打仗。战地服务团必须配合行动,才能发挥鼓舞斗志、争取胜利的作用。当部队休息的时候,服务团不顾连夜行军的劳累,借道具、架幕布、点汽灯,排演节目。部队休整训

练时,服务团的同志深入群众中去宣传抗日,做群众工作。皖西山区交通闭塞,有的山民不知道抗日是怎么回事,服务团的同志认真给他们讲解,教群众唱抗日歌曲,如《救中国》《打倒日本》等。

战地服务团在皖西活动时,紧密配合支队开展扩大武装的斗争。1938年夏天,汪道涵等人将国民政府抗日自卫军300余人收编为四支队先遣一大队。1938年秋冬进入霍山县两河口山区,服务团又主动请命,在这里动员组建了抗日游击支队,有1000多人(枪),团长程启文兼任司令员,副团长汪道涵兼任副司令员,郑时若任参谋长,曹俊梧任政治部主任。许多团员到连队当指导员、副指导员,连长、副连长。这1000多人的队伍成分较复杂,有不少是民团武装,也有个别连长不习惯革命队伍的管理,带一部分人走了,但最后还是有一个团的人马留了下来。服务团还建起了一个强有力的警卫连,连长胡洲,指导员钟剑平。这支部队经过一段时间的整训,正式归建到四支队。程团长、汪副团长等又回到战地服务团领导开展抗日宣传工作。

青年汪道涵

从岳西、霍山、六安、舒城,一直到无为、庐江、合肥,最后到皖东地区,战地服务团每到一处,访贫问苦,街头宣传,召开抗日动员大会。大会一般都是由地方抗日人士先上台演讲,服务团领导讲话后再进行文艺表演。在无为,有一次演出活报剧《东北一角》,讲的是日本鬼子占领东北,只允许十家用一把菜刀,老百姓还是用菜刀杀死了日本鬼子的故事。

演出时,服务团团长程启文、副团长汪道涵都扮演角色,效果很好,结束后就有许多青年主动要求参加新四军。后来担任海政文化部副部长、海政歌舞团团长的胡士平,1938年才14岁,是无为的一个初中学生,四支队战地服务团来到后,他参军进入战地服务团。他在战地服务团接触文艺,跟随汪道涵副团长学会读谱和音乐指挥,结识了抗战歌曲创作者孟波。在他们的影响下,胡士平16岁时开始了作曲生涯。在战火纷飞的创作环境里,胡士平勤奋练习并开展实践。部队需要什么,他就创作什么,用心泉浇开了一朵朵"战地黄花":《保卫路东向铁的党军前进》《模范战士》《人民子弟兵》《消灭还乡团》等等。这些歌曲鼓舞士气、振奋人心,在部队和战地引起强烈反响。中华人民共和国成立后,他创作的歌剧及电影《红珊瑚》中的经典唱段《珊瑚颂》更是蜚声神州大地。在无为与胡士平一同参加四支队战地服务团的还有赵定,他当年16岁,后来跟随刘少奇东进盐城。20世纪50年代,赵定曾经担任过南京师范学院党委书记。

肥西县程店乡17岁女青年侯静波,高小毕业,父亲是乡间绅士,较为开明。她看了战地服务团的演出后,就向父亲提出,要参加新四军。同年5月,她随战地服务团从肥西县中派乡马郢出发,到庐江县的柯家潭后,被编入第四支队第八团。和侯静波一起被编入第八团的,还有庐江县矾山镇的19岁革命青年陈志凡。他前一年就在家乡参加抗日运动,看了战地服务团演出,坚决要求参加新四军。

1983年11月,时任上海市市长汪道涵接受嘉山县地方志办公室王齐家等人的访问,曾经回忆过这段历史。当时国民党嘉山县政府就设在自来桥镇镇南,盱、来、嘉一带有国民党盱眙县县长秦庆霖、嘉山县县长周少藩及来安县县长张百非的部队活动,铁路两边是日、伪的势力范围,还有多股土匪武装出没。他们你方唱罢我登场,抢劫、敲诈百姓财物,搞得百姓经常一夜数惊,跑反不止。当地老百姓对中国共产党了解很少,不知道新四军是什么样的队伍,对朱绍清的二营和汪道涵的战地服务团不敢多接触,认为反正也是"兵",离"匪"不远。新四军干什么,大家都远远地看着。

针对上述情况,汪道涵把20多名战地服务员分到各村,从发动基层群众入手,而与国民党县长周少藩的合作工作则由他亲自做。周少藩是来安屯仓人,是抗日1年多来嘉山县的第四任县长了。1937年底,嘉山县城三界被日军占领,国民党嘉山县县长杨杼弃职逃走,他把县政府大印交给县财务委员会主任蒋鸿飞保管,蒋鸿飞带着大印回到老家桥头镇蒲子岗。嘉山县遂处于无政府状态。第二年,国民党安徽省政府委派李蒸为嘉山县代理县长,县政府设在明光北大街。听说日军一个中队已进驻明光,李蒸慌忙带人往韩大山撤退,日军其余部队随即就进了明光。李蒸是黄埔四期毕业的,带领的县常备大队有200多人(枪),武器很差。撤退中和60多个日军相遇,双方互相射击,李蒸手下阵亡6人,日军1人死亡。李蒸明确感受到,县常备队不是日军对手,又带领手下逃到女山湖南岸一带。国民党政府正式委任他当县长后,他带人来到桥头镇蒲子岗,找蒋鸿飞索取了县政府大印，将部队开到自来桥，在镇南驻下，挂起了嘉山县政府的牌子。

李蒸几百人的队伍，自然要吃要喝还要花钱，周边老百姓穷，他就以保家卫国为名，让周围的财主、富户给粮给钱。白沙王村的地主陈济棠一毛不拔，李蒸率队攻打白沙王，陈济棠带领手下武装抵抗，李蒸无法取胜，只好退回自来桥。为了扩充势力，李蒸通过封官许愿的方式，收编了张浦郢一带的土匪武装孟金奎部。不久，孟金奎与李蒸刀枪相向，李蒸被打死，孟金奎自己当起了县长，住进县衙。这下子，孟金奎更加肆无忌惮，打大户、攻围子、拉肥票，搞得周边几县不得安宁，老百姓都称他为"土匪县长"。

夏天，来安县屯仓镇大地主周少藩率部开进自来桥。他是青帮"大"字辈人物，在皖东算是高辈分，徒子徒孙众多，很有实力。他一面通过盱眙县县长秦庆霖联系国民党安徽省政府，一面自封为嘉山县县长，并利用青帮的关系，让孟金奎归顺自己，交出大印。孟金奎的实力不如周少藩，只好勉强答应。孟原先想，周少藩要是好合作，就合伙干，要是不行，也像解决李蒸一样，干掉他。但没想到，当天晚上，周少藩摆下丰盛的酒席，把孟金奎喝得双眼睁不开，当即就处死了孟金奎。得到大印，收编孟金奎的人马，周少藩雄赳赳、气昂昂地当起了嘉山县县长。嘉山县政府的混乱和权力之争，是皖东当时政治混乱情形的缩影。

汪道涵是嘉山人，和家乡人自然容易沟通。他把了解到的周少藩的情况向方毅做了汇报后，就前去和周少藩会面。汪道涵向周少藩宣传了共产党和新四军的救国救民方针，宣传统一战线政策，鼓励他合作抗日。周少藩是个老江湖，早就听说过共产党、新四军，但并不了解，相信眼见为实。他见来到路东的新四军号称一个营，其实只有两个连，战地服务团就20多人，而国民党盱眙县县长秦庆霖却有一个旅，3000多人马，他觉得共产党没有什么力量。所以当汪道涵提出服务团人员生活费用暂时困难，请给予支持时，周少藩马上叫苦连天地说："汪团长，兄弟我这个县长是说着好听，其实完全是个空架子，也就是自来桥周边这些地方能收个仨瓜俩枣的。我手下有400多号人，饭都难吃饱，要不是盱眙秦县长帮衬着，这队伍早就散了。对不住，县里实在是没有钱来支持你们。"

周少藩的这种态度，在汪道涵的意料之中。周少藩是秦庆霖的故交，秦庆霖是个顽固派，非常害怕共产党、新四军到路东发展。受秦庆霖的影响，周少藩不可能给新四军什么支持。但因为他是国民党的县长，在国共合作期间，到了路东，总得要和他联系才是。与周少藩交涉了几次,合作抗日方面,周少藩答应得很爽快,但收效甚微。汪道涵针对自来桥周边的具体情况,把20多名战地服务团成员分散到各村,发动民众起来抗日。

皖东的老百姓喜欢赶集,每逢集日,服务团的成员就在集市边找一块空地,敲起锣鼓家伙,表演独唱、快板、独幕剧等。汪道涵是大学生,口才好,会讲课,能识谱,教唱歌、指挥唱歌都内行。他利用当地百姓熟悉的秧歌调,编写新词《万众一心打东洋》。肥西入伍的战地服务团团员侯静波每逢集日就登台演唱:

月儿弯弯影儿长,
逃难的人儿想家乡。
问你家乡在哪里?
长城外,大道旁,
村口正对松花江。
莫非就是王家庄?
……
日本鬼子动刀枪。
日本鬼子怎么样?
怎么样,赛虎狼,
奸淫烧杀又抢粮。
……
万众一心打东洋!
打东洋,打东洋,
定把鬼子消灭光!

据胡士平回忆,他们在小集镇上运用过很多宣传手段:

当时有几首歌,如《救中国》,一共就几句:"救、救、救中国,大家一起来,努力呀,努力呀,努力呀,努力呀,一起来奋斗。"又如,根据《打倒列强》改的《打倒日本》也只两句:"打倒日本救中国,坚持抗战到底齐奋斗。"因为短小,一教就会,很快流传。

别看这些短小的歌曲,其宣传鼓动作用十分巨大。由此我们知道,凡作宣传,一要通俗,二要短小,才能使被宣传者在短时间内迅速接受,产生效果。青年爱交谈,抗日热情高,不断有青年要求跟我们去抗日,我们队伍因此越走越大。①

一个月下来,服务团成员在各乡村做群众思想工作,取得的成绩很大,群众对共产党、新四军从不知道到听说,从听说到接触,从接触到有所了解。很多青年在演出结束后,都会找到服务团的成员,要求参加新四军。汪道涵在召集战地服务团团员的碰头会上,听了各人的汇报后十分满意。为了扩大宣传,汪道涵以服务团成员为骨干,发动当地进步青年组织起洪山戏剧团。

洪山戏流行于皖东,是传统地方戏曲之一,韵味独特,乡土气息浓郁,深受百姓喜爱,很多人都能哼上一段。它起源于明末清初的"傩",从"傩"发展到香火戏。到了清代中叶,在香火戏的基础上形成了洪山戏。香火戏是香火会请神祈祷时演的戏,分内坛与外坛两派,外坛做会时称"五岳",内坛唱戏名"洪山",洪山戏从内坛得名。

成立洪山戏剧团,汪道涵还真费了一番工夫。自来桥原本有一些唱洪山戏的艺人,汪道涵通过战地服务团组织他们,正式成立了洪山戏剧团,演员有30多人,洪山戏高手金业勤任团长。剧团成立后除演出一些传统戏剧外,还配合抗日战争自编自演了大量抗日文艺节目,路东的抗日烽火被迅速点燃。

汪道涵自己也走村串户,宣传党的主张,发展党员。通过调查摸底,他发现自来桥的金石、周正渭、刘仲民等几个进步青年忧国忧民,具有正义感。他们曾于1938年初在自来桥成立"青年抗日协会",组织抗日救亡活动,号召广大青年农民行动起来投身抗日。周正渭家在街边开了一家杂货店,汪道涵以买洋火为名来到杂货店,店里只有周正渭一人。汪道涵闲聊几句,就开始讲中国共产党在抗日战争中的主张、政策等。这些,周正渭以前多多少少也听说过,但从没有像今天听得这样系统。有些不明白的,他就问,汪道涵必答。到后来,周正渭热血沸腾,听汪

---

① 胡士平:《东进抗日宣传队》,见六安地区新四军历史研究会编:《驰骋江淮战旗红》,皖非正式出版字(98)第114号。

道涵说要让他为共产党新四军做点事时,忙问:"汪团长,你就直说吧,你让我上刀山都行。"

汪道涵满意地点点头,他让周正渭多联络进步青年,向他们讲述中国共产党抗日民族统一战线政策,号召大家树立抗战必胜的信念。很快,周正渭家杂货店成了进步青年的聚会点。汪道涵又分别和刘仲民、金石、梁化农几位进步青年谈话,他们和周正渭一样,个个都充满着爱国热忱。自来桥镇的抗日宣传发动工作进行得十分顺利,每逢三、六、九集日时,金石、刘仲民等都要组织抗日宣传演讲,印发抗日宣传传单。经过半个多月的实际考验,汪道涵觉得金石、刘仲民、周正渭等符合加入中国共产党的条件,就分别通知金石、周正渭到刘仲民家集合,带他们学习了《中国共产党党章》,然后让他们填写入党申请表。十多天后,还是在刘仲民家,汪道涵在墙上挂上党旗,带领几位青年对着党旗宣誓。这是汪道涵领导的战地服务团开进皖东山区以后发展的第一批中共党员。其后,经新四军五支队党组织批准,在自来桥正式建立嘉山县第一个中国共产党支部,金石担任支部书记,刘仲民任组织委员,周正渭任宣传委员。

与此同时,汪道涵把抗日宣传工作做到了邻近的来安县舜山、屯仓和县城一带。他派战地服务团成员赵定为服务团民运工作组组长,负责来安、屯仓一带的民运工作。与赵定一起开展工作的,还有服务团的女战士侯静波。

侯静波到屯仓负责石固集一带民运工作。石固集一带属于来安北部的二十里长山,群山连绵,与外界只有羊肠小道相通。这里直到清末才有山东移民前来开垦,所居人口70%以上是山东籍贯。他们在山林间开垦荒地,主要耕种小麦、玉米、山芋等旱粮。由于人烟稀少、交通闭塞,所以土匪横行,恶霸猖獗。这些反动势力听说新四军的民运工作组进驻石固集,就互相勾结,狼狈为奸,对新四军民运工作人员不断进行骚扰,恐吓当地群众远离新四军民运工作人员。因而,新四军民运工作开展难度很大,群众难以发动。为了防备敌人偷袭,在这里工作的同志往往一天要转移好几个地方。

置身于这样险恶的环境中,侯静波和其他工作队员的斗志丝毫没有减弱,他们不分昼夜地深入群众访贫问苦,宣传共产党的抗日主张,号召人民起来抗击日本侵略军,发动群众开展减租减息斗争。侯静波经常身穿一套灰色的新四军军装,精神抖擞地出现在群众面前。由于她口齿清楚、语言流利,说起话来有条有理,每次宣传都能收到很好的效果。为了和群众建立起亲密的关系,在群众中间扎下根来,她常常帮助群众锄地、剥玉米、烧锅做饭,同时深入细致地了解情况、耐心地讲解抗日救亡道理。时间不长,群众便把她看成了自己家里人。老年人只要一提起她,就会满怀深情地说:"静波这姑娘真好!"

在侯静波等工作队员的积极努力下,群众很快发动起来,不到半年,这里便建立起了农抗会、妇抗会和民兵组织,入会人数超过80%。

赵定也在屯仓打开了局面,他发展了进步青年朱鸿宾、陈国华、高文章、宋维帮等加入中国共产党,同时建立来安县第一个党支部,赵定任党支部书记。同年7月,民运工作组又在来安舜山发展了唐笑宜等人加入中国共产党,建立了舜山支部,唐笑宜任党支部书记。

在战地服务团的努力下,路东的抗日烽火被点燃了。

中共津浦路东临时前委书记方毅和八团二营营长朱绍清带领两个连继续东进,越过来安二十里长山,到达天长张公铺一带侦察了一个多月。通过实地侦察,方毅觉得路东地区非常有利于我军发展。日寇占领南京后,因要进攻武汉,自去年6月起,主要兵力已从这里撤走,只是在县城和重要据点、交通线上留有少数守备力量。国民党韩德勤军队和李宗仁广西军都未到过,共产党方面,只有少数地下党在活动。在这块空白区,地方各界人士惶惶不安,一些受到我党影响的进步青年,尤其是从陕北延安等地归来的徐速之、周原冰等天长人,则正在自发地宣传和组织抗日活动。

路东地区仅有一支名义上属于国民党的杂牌部队,相当于团级建制,团长叫陈文,民间称为陈部队。这支部队是自行发展起来的抗日力量,很有爱国热情,受到老百姓的支持。方毅委派夏云亭、肖明山进入陈部队,以政训员的公开身份,做调查联络工作,帮助搞军训。一个多月摸清情况后,他们离开,跟随方毅返回路西,向新四军江北指挥部和中共苏皖省委汇报。此时,新四军第五支队已经成立了。

七、安子集第五支队成立

新四军江北指挥部成立后,根据党中央的指示和军部决定,对江北部队进行全面整编。整编后,新四军江北指挥部下辖第四、第五支队和江北游击纵队。

第四支队司令员徐海东(兼),政治委员戴季英(后郑位三),副司令员林维先,参谋长谭希林,政治部主任戴季英兼任(后何伟),副参谋长赵俊,政治部副主任张树才,下辖第七、第九、第十四团和教导大队。七团团长秦贤安,政委徐海珊,参谋长李占彪,政治处主任余明(后邓少东);九团团长詹化雨,政委高志荣,参谋长高昆,政治处主任吕清;十四团由原支队特务营和淮南抗日游击纵队(欠一个大队)等部组成,团长梁从学(后谭希林兼),政委李世焱,参谋长杜国平,政治处主任陈辛仁。

第五支队是以原四支队老八团扩充出的第八团(又称新八团)和挺进团两个团为基础成立的,先是确定了中共第五支队委员会,由郭述申任书记,罗炳辉、周骏鸣、方毅、赵启民、林恺等人为委员,以八团团部为基础组建第五支队司、政、后机关。7月1日,第五支队在定远县安子集

新四军第五支队领导(从左至右):郭述申(政委)、张劲夫(政治部主任)、罗炳辉(司令员)、周骏鸣(副司令员)

正式成立,司令员罗炳辉,政治委员郭述申,副司令员周骏鸣,参谋长赵启民,副参谋长冯文华,政治部主任方毅(后张劲夫),副主任林恺(后龙潜)。在保留第八团的基础上,挺进团改编为第十团,第三游击纵队(不含军部特务营)改编为第十五团。第八团团长周骏鸣(兼),政委陈庆先,副团长罗占云,政治处主任祝世凤;第十团团长成钧,政委徐祥亨,参谋长宋文,政治处主任王善甫;第十五团团长林英坚,政委刘景胜,参谋长谭知耕(后胡定千),政治处主任方中立。原八团教导大队改为五支队教导大队,大队长张翼翔,教导员文明地(后王敬群)。支队进到津浦路东后,又成立了一个特务营,营长李世安,教导员程启文。

江北游击纵队司令员孙仲德,政治委员黄岩,参谋长桂逢洲,政治部主任黄育贤(桂蓬),下设三个大队。

为了保证党对军队的绝对领导,使党中央发展皖东抗日根据地的战略意图得以实现,江北指挥部在抓部队整编和战略部署的同时,加强了对部队的思想政治工作,建立健全了各级政治机关,充实了政治工作干部。皖南军部也调进了大批干部,分配到江北各部队,加强了各级军政领导力量。

　　整编后的第四支队,根据江北指挥部的部署,先在合肥青龙厂整训,接着在淮南津浦路西展开,在定远、凤阳、滁县、全椒等地与日伪顽军作战。四支队两个月发动群众,连续斗争,开辟了以定远藕塘为中心的皖东津浦路西游击根据地。

　　第五支队刚一成立,罗炳辉即准备向皖东津浦铁路以东地区挺进。在开拔前夕,他深入各团,狠抓部队训练。因为第五支队新成立,新兵多,正规化训练少,所以要强化。

　　后来曾任解放军总政治部副主任的朱云谦回忆,当时他从第十五团调任支队政治部组织科长,到任不久,由他带领政治部的同志出早操。大刚透亮,蒙蒙雾霭和袅袅炊烟弥漫在安子集上空,他带队来到村头的打谷场上,刚跑了两圈,就看到从对面支队司令部驻地村子方向走来一个身材魁伟的中年军人。他站在操场上背着手朝队伍看了一会,转身向身后的警卫员指指点点了几句什么,又跑步来到朱云谦的位置上,和善地冲他笑笑,说:"你站到排头去,我来替你一会。"随即他便放开嗓门喊起口令来:"一、二、三、四!……坚持抗战,反对妥协!……坚持团结,反对分裂!"有着百十人的队伍大声呼应着,雄壮的口号声在广阔的田野上空回荡。

　　他是谁？朱云谦默默地想着:听这一口浓重的滇边乡音,他会是……朱云谦从十五团调来之前,曾听说第五支队罗炳辉司令员是云南人。朱在排头位置上不便向身旁同志打听,只好照他的口令跑着。又跑了两圈,他将队伍带出操场,朝野地里的一道约2米宽、1米多深的排水沟跑去,眼看就到水沟跟前了,他还不下达"立定"或是"转弯"的口令。朱云谦立刻明白了他的用意,到了沟边,一瞧不足2米宽,沟里水也不深,于是一纵身带头跳了过去。同志们看了,纷纷跟着跳,虽说有个别同志掉到沟里,溅了两脚泥和水,但终究都过去了。接着,他又命令队伍绕回来。朱云谦这才发现,他的警卫员不知什么时候已把一根碗口粗的木头横担在沟沿上,架起一座独木桥。朱云谦对这种训练并不打怵,又带头走了过去。但一些学生出身、参军不久的同志没经过这阵仗,在沟边思思量量地不敢过,只听他大声喊道:"莫怕！拿出胆量来,大不了是掉落沟里湿湿鞋!"说罢,自己便大步在独木桥上走了一个来回。

趁这空隙,朱云谦悄声问身边的同志:"这首长是谁?""罗司令。"果然是他,朱云谦心中顿时充满敬意！大热的天,罗炳辉着装整齐,裹绑腿,扎腰带,左腰上挂支左轮手枪,那身影,那嗓音,那风度,整个标准的军人范！

队伍回到操场上,罗司令员放开嗓门讲评道:"今天的早操,我的评价是:及格！下一次如果还是这么个水平,那就不及格喽！我们支队不久就要继续东进,那里的环境要比这里的艰苦得多,政治干部光会宣传鼓动摇笔杆子就不够了,军事上也得有点真功夫！艺高人胆大,功夫全靠练。野外训练也是一样,练多了,熟能生巧,巧能壮胆。'胆'就是真功夫,有了这个'胆',环境再艰苦,也是'张飞吃豆芽——小菜'！同志们,我说得对不对呀！"

"对！"大家高声答着,好像要把一时间周身猛添的劲儿都在这个"对"字里喊出来。

队伍解散后,罗司令员叫住朱云谦,说:"小伙子,你的军事素养不错呀,看得出,是从部队调来的吧？多大了？在政治部做什么工作？"

朱云谦说:"20岁,任组织科长。"

"噢。"罗司令员笑呵呵地看着他,又问,"原来在什么部队？"

"新四军军部特务营。"

"噢,是去年底随张云逸同志第一批过江的,哈哈,你在江北的资格比我还老哩。"

罗司令员亲切幽默的话,说得朱云谦有些不好意思,朱云谦笑着说:"司令员,你是今年春上和叶挺军长一起来江北的吧！"

"是啊,你看,不到半年时间,形势发展多快！可是,这跟唱戏一样,才仅仅开了个头,好戏还在后头呢！只要我们坚决贯彻执行党中央的方针政策,依靠群众,坚持东进,华中的抗战就有希望了。"

这一天,路东临时前委书记方毅从路东侦察回来,向张云逸、刘顺元等汇报皖路东情况后,即来履职第五支队政治部主任。他和罗炳辉、郭述申、周骏鸣等人研究了路东情况,制定了行动方案。8月,罗炳辉、郭述申率八团一营、二营,十五团和支队司令部机关相继挺进津浦路东。10月,十团也进到路东地区。

罗炳辉率队出发前，只身深入路东的周利人也传回了情报，报告了他在路东联系地方抗日积极分子、发展党组织的情况。

八、周利人只身入天长

高敬亭被错杀后，跟随高敬亭当参谋的周利人被关押了一段时间，审查中没有发现他有什么错误，很快就解除了看押。随着中原局成立，地方党组织发展很快，干部十分紧缺，大批新党员急需培训，苏皖省委决定从部队抽调一些党性强、理论水平高的同志担任教员。这样，周利人被调到皖东省委党校，担任政治指导员兼党训班支部书记，负责党员干部的培训工作。

一个月后，省委负责人刘顺元找到周利人说："省委决定派你去路东开展工作。深入天长、盱眙、高（邮）宝（应）、仪征一带，了解情况，发展组织，做好陈文部队的争取工作。你一人先去，以后有干部再派去。工作开展起来以后，可以成立党的秘密工作委员会。"此时，省委秘书周大姐将一张小纸条交给周利人，上面写了6个进步青年的姓名：欧鲁川、陈舜仪、田由、王良才、周原冰、徐速之。这6个人都是天长青年抗日救亡团成员，周原冰、徐速之在抗战爆发后去过延安，在云阳镇吴安堡接受了"战时青年短期训练班"的培训。这个培训班是中共中央青年部和西北青年救国联合会主办的，培训内容都是关于抗日救亡的。陈舜仪等人则留在天长，自发发动群众抗日。

周利人

周大姐帮周利人把纸条缝在长衫的衣缝里。对于这6个人的具体情况，省委的人无一交代，要他自己去了解考察。到天长怎么走，也要他自己探寻。谈话后，周大姐把司务长叫来，从仅剩的"伙食尾子"的5角钱里拿出3角钱，交给周利人，作为路费。

组织上要周利人单枪匹马去完成如此艰巨的任务，真有点像京戏里唱的《单刀赴会》。领导同志什么也没有交代,他心里忐忑不安。同来的八团统战股股长任一力说:"我可以给你写一封介绍信,请滁县第五区区长蔡家璋协助你通过津浦铁路。"第五区区公所是国民党滁县政府领导,在滁县西北珠龙镇上,蔡家璋是地下党人。

第二天清晨,周利人脱下军装、草鞋,换上长衫、布鞋,化装成一个教师,夹着一把黑色的弯把洋伞,就上路了。临走时,省委机关秘书周大姐特地赶来送行,并带了几块老乡给的山芋,当作路上的干粮。

走一路问一路,周利人在太阳快落山的时候,找到了滁县第五区蔡区长。蔡区长很热情,为他安排了食宿。第二天又派一位老乡护送他到达铁路边。据带路的老乡说,每天下午四五点钟以后,铁路上就没有什么人了,鬼子、"二黄"(伪军)和土匪往往要到晚上才出来活动。谁知这天的情况变了,正当他们要穿越铁路时,忽然枪声大作,邻近村子的老百姓携老带小,纷纷迎面奔来。周利人只好混在人群中一起往回跑。那位护送他的老乡,在混乱中因害怕而溜走了。等到半夜时分,才有人开始向铁路走去,准备回村探听情况,周利人乘机随着这些人一起混进了铁路边的一个小村庄。这里大部分民房被烧了,村子里空空如也,人都跑光了。周利人找到一个回村打探消息的老乡,悄悄地对他说:"我有个亲戚在铁路那边住,被鬼子打死了。我想到他家帮助料理丧事,请你想个办法把我送过去。"经他再三请求,老乡才答应。他们越过铁路以后,又传来一阵枪声,老百姓纷纷出逃。后来才知道,这次是土匪来抢东西。骚动平息后,他随着那位老乡摸黑出了村子,踏上了去半塔集的土路。

天亮以后,周利人来到来安城郊,只听枪声、炮声不断。这一次是鬼子出来"扫荡"了。他三步并作两步,跑到一个山洼子里,找到一个孤茅棚,征得茅棚主人同意后,进里面休息。两天紧张的赶路,实在太累了。他躺在麦草上,一觉睡到下午两点多才醒。醒来后,不敢耽误,飞快向前。傍晚时,赶到了半塔集。

刚进半塔集外围,周利人就被哨兵盘查。他说:"我是盱眙中学的教师,曾教过大田郢田大太爷的大少爷。这次来是因学校放假,田大太爷带信叫我替大少爷补课。"哨兵搜了他的身,什么也没有搜到,就把他送到排长那里。后来又送到连部。对着连长,周利人又重复了刚才对哨兵说的话。大田郢在半塔集东北面,属于半塔集管辖。连长随即派两个勤务兵送他去大田郢。

周利人来到大田郢,一见到田由,就悄悄告诉他:"新四军派我来找你和欧鲁川。"田由听了,立即将周利人拉进厢房,先安排他洗了个澡,然后向他介绍了家里的情况。从田由的谈话中,周利人知道他和欧鲁川是姨表兄弟,他父亲读过很多古书,在地方上是个有名望的士绅,只是现在抽上了大烟。后来田由领周利人去见了他父亲。他父亲听说周利人是田由的先生,非常尊重。晚上,父子俩办了一桌丰盛的酒席,宴请周利人。

周利人因为急于去找欧鲁川,第二天就由田由陪同去张公铺。张公铺在天长境内。田由的父亲为了旅途的安全,备了2匹马,又派4个家丁替他们带路。路经大李庄时,碰上了一个土围子,费了不少周折,才让他们通过,因此到张公铺时天色已黑。

欧鲁川得信后,亲自出来迎接。吃过晚饭,欧鲁川把王良才也找出来了。王良才此时的身份是地主李仲乔的家庭教师。他们几个人谈了一个晚上。欧鲁川告诉周利人,他父亲和田由的父亲(即欧鲁川的姨父),基本上是一个类型的,但欧家士绅地位比田家高,学识也比较深。欧鲁川在上海交通大学读书时,参加共青团,曾被捕过,是他父亲出钱保出来的。他父亲怕再出事,从此不让他出去,所以对外来的生人也很敏感。欧鲁川嘱咐周利人,次日跟他父亲见面时要特别小心。他们两人说定是上海交大的同学。接着,欧鲁川向周利人介绍了天长的政治情况和各界群众的思想动态,并说,最近,天长城里的日寇常出来扫荡,风声很紧。欧鲁川和田由还谈到了陈舜仪、徐速之、周原冰、纪念、纪元、梁明仁等人的情况。

在欧鲁川家停留了两天,根据欧鲁川和王良才的建议,周利人决定去何庄找几个进步青年,并通过他们设法与陈舜仪、徐速之、周原冰等人取得联系,以便着手进行争取陈文部队的工作。

何庄距汊涧不远,庄上的进步青年何大启、许嗣宗等人正在组织汊涧青年抗日协会,还办了一张小报。见了周利人,他们都很高兴。但他们都不知道陈舜仪等人现在在什么地方。至于陈文部队,听说是在天长和高邮的交界处,高邮湖西塔儿集一带活动。一时没有陈舜仪的消息。

陈舜仪1912年2月出生于天长县城南门街,后全家迁居杨村务农。他先是就读于杨村初级小学,毕业后转入县城私立志成小学高级班。他勤奋好学,成绩优异,深得同辈敬佩。小学毕业后,入天长县立初级中学,不久又转入扬州中学学习。后因家境窘迫,陈舜仪辍学回家,先后在仁和、张铺、铜城小学任教师,秘密阅读了不少有关马克思主义哲学、政治经济学的书,受到了革命理论的熏陶。1935年春,天长一批青年创办了"今天学社",陈舜仪被推选为理事。1936年春夏之际,他又参加了"行知学社",组织成立了"青光学社"。他通过学社在龙岗、沂湖、杨村一带团结不少失学、失业的知识青年,秘密阅读革命书籍,传播革命思想,开展抗日救亡活动。由于他政治上成熟早、沉稳忠厚,很自然地成为天长青年运动的核心人物。

卢沟桥事变后,陈舜仪与杨村乡乡长、开明人士夏雨宜一道组织团练,保家抗日。同年秋,他又与行知学社成员参加了在县城组织的军事训练,立志走武装抗日的道路。南京失守后,行知、青光等学社成员主张成立统一的天长青年抗日救亡团,陈舜仪被推为筹备人之一。不久,天长一批青年奔赴延安,他决定留在家乡,就地组织群众抗日。1938年4月,部分赴延安的青年返回天长,他与周原冰、徐速之等一道发起组织天长青年救国会,任理事,同时举办天长青年战时训练班。是年夏,天长县民众总动员委员会成立,陈舜仪任总干事。他利用自己国民党后备二营副营长的合法身份,积极发展群众武装,举起了武装抗日的旗帜,使杨村成为抗日救亡活动的重要基地。陈舜仪广泛结交各方面人士,特别是积极争取、团结了朱雨江、夏雨宜、董筱川、胡贡球等地方中上层人士共同抗日。陈文部队进入天长后,他立刻和陈文取得联系,积极争取与之通力抗日。

得不到陈舜仪的消息,周利人就到汊涧周边和天长南乡地带暗访打听。陈舜仪家住杨村,在地方上小有名气,当地群众称他"陈四先生"。周利人在何大启的陪同下到杨村去找他,一到陈家,只见一个十二三岁的小孩放牛回来,他是陈舜仪的外甥周庆生。周利人说:"我是陈四先生的朋友,请你帮我找一下他。"放牛娃很机灵,眼珠骨碌碌地转,就是不开口。在周利人的再三恳求下,他才带周利人找大舅舅陈国祥。

陈国祥开始也是一问三不知。后来,周利人急了,干脆说:"我是新四军派来的。"

陈国祥一听,惊讶地看了看周利人,又看了看何大启。何大启郑重地点点头。陈国祥这才兴奋地说:"我晚上带你们去见他。"

当晚,在村外一个看瓜的棚子里,周利人见到了陈舜仪。他们彻夜长谈。

经过一段时间的工作和多方面的了解考察,周利人首先吸收陈舜仪入党,继之发展了纪元、姚卿贤、梁明伦等人入党。根据苏皖省委关于在敌后发展秘密武装的指示,通过陈舜仪的好友、杨村乡乡长夏雨宜,以杨村乡公所为基地,组织了一支小的武装。然后又通过各方面的努力,争取陈舜仪当上了国民党天长县铜城区区长,胡贡球为石梁区区长。他俩均兼抗日后备团团长。同时,徐速之、梁明伦也担任了区员。这样,天长一部分地下党同志就挂着国民党的牌子,拿他们的钱,做共产党的工作,对掩护天长抗日各项工作的开展起到积极的作用。

　　天长县抗日民众动委会下设工作团,有数十名专职青年干部。周利人说服并争取邵涤非等上层人士,再通过他们保荐周原冰为动委会副主任(县长为主任)。周原冰担任动委会副主任后,工作团又以公开招考录取的方式,把地下党组织输送来的30余名进步青年和党员吸收进来。此时,新四军第五支队已经开进路东,但主要力量尚未进入天长。中共路东工委派周铸(真名陈德钧)前来,协助周利人工作。周铸以工作团团员的身份在动委会里面宣传党的抗日主张和政策,发展党组织。

　　很快,中共路东工委又派陈志方、王谊夫妇到天长工作。他们组织了秘密的中共天长县工作委员会,开展天长以及高(邮)宝(应)、仪征、盱眙的工作,由陈志方为书记,周利人和周铸为委员。周利人负责组织、武装及民运工作,周铸负责青年工作。陈志方的妻子王谊为组织干事。工委设在天长、盱眙交界处的大通镇,对外是一个小杂货店,陈志方化装为店老板,王谊为老板娘,周利人为伙计,经常到各方活动。1939年冬,组织上调陈志方夫妇到新四军五支队教导处工作,同时决定成立天长中心县委,周利人被任命为书记,周铸、陈舜仪为委员。周铸负责宣传及组织工作,陈舜仪负责统战及行政工作。

　　这一时期,天长工委(中心县委)秘密发展的党员有100多人。除了陈舜仪,从延安回来的周原冰、徐速之等都入了党;当地青年缪文渭、何大启、朱连友、田力、姚卿贤等也入了党。先后成立了杨村支部,负责人为缪文渭;张公铺支部,负责人为朱连友;何庄支部,负责人为何大启;龙岗支部,负责人为田力、姚卿贤;铜城镇支部,负责人由周铸兼;石梁支部,负责人为梁明伦;铜城区委,负责人由周利人兼。仪征县的支部负责人为董筱川,高宝一带的支部负责人为姚卿贤。在盱眙县发展了陈谟等人为党员。

这批力量,无论在地下党时代,还是在新政权建立以后,都起了骨干作用。

周利人、周铸在国民党县府职员中也做了不少工作,其中包括争取了文书祁鼎九。根据周利人半个世纪后回忆:"此人表现很好,在半塔保卫战中,向我们提供了很多重要的军事情报。"

党领导的抗日武装也发展为 800 余人(枪)。路东新政权建立后,即以此为基础迅速建成路东独立第四团,不久即上升为主力部队。

九、枪决向国平

罗炳辉、郭述申带领第八团一营、二营,第十五团和支队部机关越过津浦铁路,进入路东继续向东。9 月,罗炳辉率领五支队司令部进驻半塔集南七里苏郢的冯治安家,政委郭述申率领政治部驻冯郢的冯伯阳家。冯郢距离苏郢约 2 里,与李世农带领的皖东津浦路东工委只相距 1 里多。李世农是先于罗炳辉、郭述申来到半塔集的,他和津浦路东工委住在陈家洼子,这里离土匪出没的 20 里长山很近,便于进山做土匪武装的工作,争取他们到抗日队伍中来。10 月,第十团也进到津浦路东地区。罗炳辉、郭述申把路东地区分为五个区域,兵分五路,开展敌后游击战争。一路是八团三营在来安、滁县,二路是八团一营、二营在天长、扬州,三路是第十团在盱眙、嘉山,四路是第十五团在仪征、六合,五路是支队部和直属队在半塔地区。

半塔集原名白塔集,其西北角的光山(今塔山)上曾有一座白塔寺,《来安县志》记载:"白塔集有一砖塔,雷电摄击三层,遗于泗州优虎山,今存半塔,刻有'赤乌元年(238)'字样。""赤乌"是三国时期吴国孙权的年号,南朝梁武帝因在白塔镇大败魏兵,认为这是佛力所为,乃重修"白塔"。明朝以前,塔身基本完好。明朝初年,因雷击三层,仅存半个塔,故名半塔。这里是苏皖两省来安、盱眙、六合(现南京市六合区)、天长(1993 年 12 月改为天长市)、嘉山(1994 年 5 月改为明光市)五县的交界地,五县的县城距半塔集都有六七十里路,交通极其不便,消息闭塞。集镇当时是来安县和盱眙县的交界地,一条东西走向的长街,西小街以西是来安县的,街道、房屋相连的东小街以东是盱眙县的。盱眙县半塔乡乡公所在东小街上,而来安县半塔乡乡公所在半塔集西南约 7 里的尚家洼子。

此时半塔集是国民党盱眙县县长秦庆霖部的管辖范围。在这里设有岗哨,还驻扎一个连的兵力。罗炳辉派教导大队进驻半塔集,教导大队每天天不亮就操练,虎虎生威。秦庆霖的那个连担心被缴械,悄悄地溜回盱眙县城了。

五支队为了打开工作局面,成立了民运科,隶属政治部,科长是余纪一。据晓植在《倔小姐》一书中记载,民运科派了大批民运工作组到半塔集街上和周边农村开展宣传工作。罗炳辉的夫人张明秀先是被分配到来安县屯仓乡任工作组副组长,不到1个月,又调到盱眙县半塔乡任工作组组长兼党总支书记。

罗炳辉(右)与张明秀

半塔乡工作组有20多人,除了张明秀之外都是学生,有一部分是广西的学生军。他们长期在部队工作,没有做过地方工作,就先了解群众对新四军、共产党的看法。很多人根本不知道共产党,有的人知道有共产党、八路军、新四军,但是干什么的就不知道了。

每到逢集的时候,民运工作组就在街上搭个大台子,向群众宣传抗日救国的道理,散发宣传品,教唱抗日歌曲,听的人越来越多,有时连路都挤得走不通。同时,民运工作组同志还深入农户家里开展谈心,启发觉悟,特别是找那些贫穷的、帮大工的农民谈心。见新四军很亲切,不少人愿意起来进行抗日,但很多人都害怕向国平知道。

向国平是国民党盱眙县半塔乡乡长,吃人不吐骨头,平时鱼肉乡里,肆意欺压民众,无恶不作。他把穷人看得还不如自家养的一条恶狗。

为了看家护院,向国平养了一条大狗,这是一条恶狗,经常在外乱窜,咬伤无辜民众。开始,有被咬的百姓找向国平讲理,向国平竟然说:"我家的狗不咬好人!咬你,你就是贼!"借着自己有势力,他曾经把一个被咬的佃户关到盱眙县大牢里去了。后来,被狗咬的人害怕向国平报复,不敢反抗,只能咬碎牙齿往肚子里咽。那些年在半塔集,百姓们一度谈"狗"色变,平常走路都是提心吊胆的,生怕碰到他家的恶狗。

1934年6月的一天,黄郢农户郑一贤的儿子郑竹青像往常一样到村南小树林里打猪草,向国平家的恶狗突然向他冲去,对他疯咬了起来。郑竹青非常害怕,被扑倒在地的他被迫与恶狗搏斗,侥幸用手中的割草镰刀将恶狗脖子割伤,恶狗流着血逃跑了。

恶狗得到了应有的报应,逃离现场没多久就死在了村西处的一个林子里。第二天清晨,路过的村民郑一奇、刘延德等发现死狗。在那个物资匮乏的年月,无主的死狗对于贫穷的百姓来说,就是不可多得的一大块肉。于是他们将死狗抬回家中,褪毛、开膛,卸下一条狗腿,放上辣椒、粉丝烩上一锅,让周边的邻居都来吃狗肉。

而得知自己的爱犬死后,向国平暴跳如雷,先是把已经被开膛破肚的残余狗尸抢回来,又派人去抓郑竹青给自己家的狗偿命。听到消息的郑竹青害怕不已,知道要大祸临头了,不敢耽搁,当夜就辞别双亲,逃往江苏六合,躲过了向国平的报复。

跑了和尚却跑不了庙。向国平没有抓到郑竹青很不甘心,于是把气撒在了郑家人身上。他派人将郑竹青的父亲郑一贤抓来,将其按倒在地上,拳打脚踢,又破口大骂:"老狗,你知道打死我家的狗是要偿命的,今天你交出人来则罢,不然,我要灭你的九族!"

最后经过别人的说情,向国平没有再喊打喊杀,郑家人躲过了灭族之祸。但是向国平也没有轻易放过郑家人,说是"死罪可免,活罪难逃"。向国平强逼着郑一贤为自己的狗"出殡",而且要求一定要符合规矩,扶灵、哭堂、披麻戴孝等郑家先人才能享有的殡礼一个都不能少。

听到这一极具羞辱性的要求后,年过七旬的郑一贤当场气昏过去,但无可奈何,因为向国平是当地的乡长,土皇帝一般的人物,平民百姓如何反抗?

即使这样,还不算完。等到郑一贤从昏迷中醒来后,向国平竟强逼着郑一贤给他的狗做一副棺材。郑一贤准备了很多年,积攒一些好木材,打算做一副好棺材留自己死后用。结果,他只好把准备多年的木材拿出来,另外还要把家中唯一的一床被子铺在棺材里,给狗盖上。

恶狗入殓后,向国平又让郑家人在家中供奉"狗灵",敬"狗牌位",披麻戴孝,守灵三日，日夜给狗烧香烧纸。到了给狗"出殡"那天，向国平强迫郑一贤身穿"孝服"，端着"狗牌位"，拿着"孝棒"，就好像是给自己的父母长辈送殡一样。

这对郑家人来说实在是侮辱太甚，因此，这件事结束后不久，郑一贤便一病不起，没几日就撒手人寰，含冤吐血而死。他的老伴也郁郁而终，含恨死去。郑家至此家破人亡，只剩下躲到外地的郑竹青一人活着。

向国平使郑一贤一家受尽羞辱，家破人亡之后，还觉得不够满足，不够威风，又指使他的儿子向南祥，带领家丁到吃过狗肉的郑一奇、刘延德等农民家里打砸一番，不让他们过正常日子，强迫这些村民为自家的恶狗立碑，恐吓说："如不照办，我要你们倾家荡产。"

这几家人也是普通百姓，根本无力与向国平抵抗，讲理不听，打又打不过，最后也只能忍气吞声凑钱，在7月份的时候给恶狗立了碑，碑上刻有向国平所要求的"遭祸冤狗碑记　民国二十三年七月立"的字样。

民国狗碑拓片

向国平对新四军虚与委蛇，两面三刀，是仗着自己有秦庆霖这个靠山。秦庆霖是国民党陆军少将，1938年4月接任盱眙县县长。他按照安徽省政府的要求，成立盱眙县抗日人民自卫军。向国平马上跑到盱眙城，送上一笔厚礼，秦庆霖送给他10支汉阳造步枪，让他在半塔成立民团，更让他抖了起来。按照秦庆霖的"旨意"，他纠集四五十个地痞流氓组织自己的武装。新四军五支队进入半塔集，向国平表面上应付新四军和民运工作组工作，暗地里却私通日伪军，指使地痞流氓破坏新四军工作，恐吓贫苦群众；同时屯集粮食运到敌占区去卖高价，对新四军实行粮食封锁，实际上就是"资敌"。民运工作组设的盘查哨就曾几次查获向国平向敌占区偷运粮食。因此，向国平已经是新四军在半塔地区开展革命工作的一大障碍。

为了发动群众抗日，打击顽固势力，新四军五支队决定扫清开展革命工作的障碍。1940年2月初，五支队缴了向国平全部武装的械，并把向国平抓起来，以新四军五支队的名义在半塔集召开群众公审大会。会上列举向国平种种罪恶，贫苦农民纷纷主动上台揭发控诉向国平的罪恶。其中，一个十几岁的姑娘跑上台，不由分说就给向国平两个大耳光子,并高喊"打倒向国平!枪毙向国平"。这个姑娘叫刘家乐,是刘延德的女儿。2003年,她已经八十高龄,我走访她时,她对这一段还记忆犹新,她说:"那时候,什么也不懂,就是心中有一股子仇恨,要把狗坟扒掉,把狗碑推倒!"

公审大会宣布对向国平执行枪决。枪毙向国平后,群众就像开水锅揭开了盖子,很快就发动起来了,其他地主、地痞、流氓也老实多了。

半塔中心区群众运动如火如荼,五支队开辟的路东其他地区也都有新的发展。进入皖东的盱眙、嘉山地区的第十团是挺进团改编的,团长成钧,政委赵启民。他们一连击溃了日军的两次"扫荡"。凭着两次胜利的余威,成钧当机立断,指挥十团将当地的维持会和汉奸、土匪武装一扫而光。

然而,困难还是来了。部队的吃饭问题得不到解决。成钧找国民党盱眙县县长秦庆霖交涉。秦庆霖说:"请贵军出示省府行署的公文,我们遵照办理。"秦庆霖的回话,是存心不给粮食。他清楚国民党政府不承认新四军还有一个什么第五支队。

断粮的问题还没解决,部队里又流行一种难以医治的怪病。十团出现了大逃亡、大减员的情况。成钧同赵启民商量:"关键是弄到粮食!"赵启民提出向地主借粮的建议,向地主借粮是无奈之举,开明的地主好说好借,但对那些不肯"拔毛"的地主,就得使用一种惩罚的办法,才能搞到粮食。就这样,十团又勉强过了些日子,但还是老为粮食问题打转转。

这时,一位姓宋的地主带儿子宋恩光找到成钧,问能不能让他的儿子当个游击队队长,队伍由他自己拉起来,他能从宋家圩子里筹集3000担稻谷给十团。成钧一了解,原来是宋地主老吃县长秦庆霖的亏,便想让儿子加入游击队,好让自己的腰杆挺直一点儿。既然如此,为什么不能让地主的儿子当队长呢?赵启民同意了。于是,成钧对宋恩光说:"你把队伍拉起来!"

没几天,宋恩光真的拉起了一支五六十人的队伍。成钧正式委任宋恩光为游击队队长。

粮食解决了,还让地主的儿子当了共产党的游击队队长,这可是件新鲜事。消息很快传开了。一时间,盱眙、凤阳、嘉山地区冒出了好多大大小小的游击队,他们都愿意接受新四军领导。

成钧知道，这些一哄而起的游击队，像大海里的潮水，来得快，去得也快。成钧与赵启民商量，采取"酵母发面团"的办法来稳定这些队伍。于是，成钧把十团的5个连队分成10个连队，让10个连队同游击队合编，游击队队长一律当连长，原先的连长一律当副连长，原先的班排长、共产党员、老战士也打散，同游击队混编在一起。事后证明，这是一个高招。当时许多部队没有这样做，在反摩擦斗争中，不少游击队都叛变了，而成钧发展的游击队，全部掌握在共产党人手里。十团从大减员后的不足500人迅速发展为1500多人。成钧开始整训部队。

十、罗炳辉三打来安城

来安县城是南北长、东西窄的长方形地块，位于津浦铁路南段的东侧，是苏皖边境上敌我争夺的一个军事要点，屡被日军侵占，城里老百姓受尽蹂躏。听说新四军来到江北，百姓都希望他们快点冲到来安城里，狠狠地打击敌寇！罗炳辉进入来安地界后，就积极寻找攻打来安城的战机。

无政府状态下的来安城，日本人刚退出，一支打着"忠义救国军"旗号的韩德勤顽军就进来了。大队长韩桂友暗中和日军勾结，副大队长叶品山和他有矛盾，受不了他的气，就偷偷派人找到新四军，表示想弃暗投明，说要拉一大队人马、百十条枪过来加入新四军。此时，原五支队战地服务团团长程启文已经转任五支队游击第二大队大队长兼教导员，罗炳辉命令他前去收编叶品山。

程启文带着委任叶品山为新四军游击第二大队大队长的委任状，找到叶品山时，叶品山咧着嘴笑得合不拢，点头哈腰地说："程长官，我把弟兄们全叫来交给你。"接着，他叫道："出来，都出来。"很快，对面房子里出来30来个小痞子兵，拿着十几条杂七杂八的枪。

程启文心中的火直往上蹿，不是说有一大队人马、几百号人吗？怎么就这么点人、十几条破枪？叶品山这龟孙子，为了骗官做，竟不说实话。面对程启文的质问，叶品山说："还有些弟兄本来是要投奔的，但听说新四军太苦，吃饭尽吃山芋稀饭，不愿来了。"事情汇报到了罗炳辉处，罗司令员还是委任叶品山当游击队大队长！程启文很不理解，对着罗炳辉司令员生了好一会儿闷气。

不承想，罗司令员不气不恼，还笑眯眯地拍着程启文的肩膀，叫他坐下来谈：

"叶品山不讲真话,这是我早就料到的。"

"既然料到,你还给他当大队长?"程启文更生气了。

"是不是让你把大队长让出来,你觉得委屈?"

"没有。革命军人一切行动听指挥,我没有委屈。我只是觉得,我们上了叶品山的当!"

"叶品山带过来的人的确少,但他愿意接受我们的收编,这就是可利用的条件。我们争取他过来,是要分化、瓦解敌人。有些人当土匪、当伪军,都是被迫的。对叶品山这样的人,我们高看他,会影响许多人。"

程启文听了这话,气马上消了。

"我们把叶品山的这点人争取过来,不在乎他的枪多少、人多少,只要能改造过来,就可以用他们做火种,打游击,搞扩军,小队伍也可以发展成大队伍呀!再说,顽固势力少一个人,就减少一分摩擦,减少一分抗日的阻力啊。"

程启文有些不好意思了:"嘿,罗司令员……"

"报告!"派出的特务营战士侦察回来了。

听说新四军到达了路东,驻滁县的日军大佐坐不住了,他们想乘新四军立足未稳,一举消灭掉。日伪军数百人从滁县向来安方向进犯,企图一举歼灭在来安活动的新四军,切断我路东与路西的联系,逼迫新四军退回路西。罗炳辉听了侦察战士的汇报后,立即组织支队干部研究,决定乘敌人立足未稳,先发制人。

当天夜里,部队遵照罗炳辉的部署,进至城北舜山集附近的梁庄。第二天中午,阴沉沉的天空下起蒙蒙细雨,罗炳辉又命令部队在来安西南、西北的大路两侧设伏,占据有利地形,准备迎击敌人。下午3时,从张八岭出动的日军一个大队、伪军两个大队七八百人,打着"膏药旗",趾高气扬地向来安进发。当日伪军进入我伏击区时,罗炳辉一声令下:"打!"顷刻间枪声四起,日伪军陷入我方严密的火力网中,纷纷跳进路边的小沟。训练有素的日军很快组成战斗队形,向我军脚下山头猛扑过来。我机枪连的三挺重机枪同时开火,子弹如急雨般飞向敌人。伪军开始撤退,但日军仍号叫着向战士们疯狂扑来。偏在这时,有一挺捷克式重机枪突然卡了壳,机枪手急得满头大汗。数十名日军杀气腾腾地冲了上来。60米、50米、40米……日军离战士们越来越近。在这紧要关头,罗炳辉大喝一声:"看准了打!"伏在丛林、乱石中的战士们一齐开火,日军哇哇乱叫,抵挡不住,退下山去。

此时已至黄昏,雨越下越大,天渐渐黑下来。这时,罗炳辉下达了"全面出击"的命令。风雨潇潇,军号激越,战士们如猛虎扑食冲下山岗。敌人已丧失斗志,丢下一路的尸体,向来安城狼狈逃窜,连夜躲进了城里。

半夜时分,司令部搬到来安城北面5公里处的一个村庄。罗炳辉跨下马背,脱去浑身湿透的衣服,一刻也没有休息,又开始紧张地看着地图做标记,听汇报,部署攻城战斗。他命令十团侦察排夜袭来安城。30多名侦察员,身着便衣,携带短枪,星夜摸进城里,在日伪军驻地袭扰了一阵,然后迅速撤出。日伪军白天惊恐未息,晚上又遭到偷袭,吓昏了头,惊破了胆,谁也不敢轻易出动,竟自相交起火来,急促的枪声、小炮声响了一整夜。

第二天上午,一位骑兵通信员跑来报告:"滁县日军又出动了,增援来安。"罗炳辉微笑着点点头,敌人的这步棋完全在他的预料之中。他已命令八团驻守八石山,阻击敌人增援部队,切断来安与滁县之间的联系。通信员走后,罗炳辉来到司令部附近的一座山头。这里离来安县城只有3里多,他手拿望远镜,观察着城内日军的动静。

下午2时许,来安城内忽然腾起一股浓烟,接着又有四五处同时冒出黑烟,烟浓风紧,霎时整个来安城笼罩在沉沉烟雾之中。

"城里起火了!"罗炳辉举起望远镜仔细地观察了一阵,猛地放下望远镜,向参谋一挥手,"立即追击,敌人弃城逃跑了!"

原来,在舜山集受到严重打击的日军,逃入来安城后,又中了我侦察排的计,如惊弓之鸟,军心惶惶。增援部队又迟迟不到,最后竟狗急跳墙,点起几把大火,弃城向滁县逃窜。敌人刚溃退到八石山,早已等在那儿的八团就把密集的火力射向了他们。追击部队和八团前后夹攻,把日军打得落花流水。从滁县出动增援的敌军,听到来安的同伙已溃退时,吓得掉转屁股,又缩回滁县去了。

在这次战斗中,还发生了一件惊心动魄的事情。在击退日伪军的反扑后,大家都舒了一口气,紧张的神经开始松弛。突然,只听到罗炳辉大喊了一声:"卧倒!"随着喊声,罗炳辉把正站在自己身边的政治部主任方毅一掌推出了1丈多远,自己也顺势倒地滚到一边。与此同时,一枚炮弹正好落在了他们刚刚所站的位置,一名警卫员来不及躲避光荣牺牲。1979年9月12日,时任中共中央政治局委员、国务院副总理的方毅,在与来访的罗炳辉家乡的同志谈及这件事时,仍充满感情地说:"那可真是千钧一发呀!就差那么一点点,我就该去见马克思了。是罗司令救了我一命,否则今天我就不能坐在这里与大家说话了。罗将军在千百次战斗中练就了一双神耳,他能够从炮弹在空中飞行的声音中准确判断炮弹的着落点、与自身的距离有多远,所以他能多次躲过炮弹,从没负过重伤。没有千百次的战斗生活的积累,没有高度的警惕和敏锐,会做出这么准确的判断吗?"

来安城下,新四军路东首战告捷。从此,罗炳辉威名远扬,令日伪军胆寒。国民党制造的"新四军游而不击"的谣言不攻自破。这是罗炳辉一打来安城。

第二天,罗炳辉带着部队开进来安城。县政府里空无一人,县长张百非早在日本人进来安之前就躲开了。罗炳辉一面命全体官兵立即帮老百姓救火,一面找来政治处组织部科长朱云谦:"小朱啊,给你个特殊任务。"

朱云谦听说有任务,还是特殊的,以为又有仗要打,兴奋得一个立正敬礼:"报告司令员,请下命令!"

"给你一个连,去把县长张百非找回来。让他还来当县长,把县政府搞好,为抗日出力。"

朱云谦听说是去找国民党县长,头就低了下来,也没有答"是"。

罗炳辉看出了他的心思:"这任务没有打冲锋痛快,是吧?我们党的统一战线政策要会执行,对日伪军要敢打,对中间力量要会拉。来安是新区,我们建立县政权的条件还不成熟,张百非这个人,民愤不大,把他拉过来,能影响一大片中间势力,对我们新四军非常有利。找他回来先干着,他搞团结,我们欢迎;他搞摩擦,我们不怕。反正他这个县长是我们网里的鱼。"

朱云谦明白了司令员的用意,一直赶到离城北30里的屯仓,才找到这位国民党的县太爷。朱云谦对张百非说:"张县长,我们奉罗炳辉司令的命令,前来接你回县城,县长的位子还是你来坐。"惊魂未定的张百非听说新四军非但不杀他,还重用他,心里感激不尽,连声答道:"谢谢!谢谢罗司令器重!"他急忙集合手下队伍,但集合起来的人只有10多个,他的县常备大队原先有100多个人,听说日本人要来,大多数跑了。这个张百非在当来安县长之前,曾在天长当过一段时间县长,所以老百姓讥笑他是"天长不长,来安不安"。

见到罗炳辉,张百非第一句话就是:"久闻罗司令大名,今日一见,实乃三生有幸!贵军赶走日军、伪军,为民除害,救了县城黎民,本县长我称赞又感激,望罗司令日后多多关照,我张某愿为抗日效绵薄之力……"

"那好,"罗炳辉顺水推舟,"你愿意抗日我们非常欢迎。我们支持你当县长,第一,要你把县政府恢复起来,安定民心,维持地方秩序,让百姓过上太平日子;第二,把县常备大队组织好,不许骚扰百姓,要配合新四军抗日;第三……"

"是、是、是,"张百非点头如捣蒜,"我明白,我一定尽力去做,这第三就是为贵军筹办军粮和钱款。我马上召集城里士绅开会,号召有钱的出钱,有粮的捐粮。"张百非一本正经地接着话头。

冬天来了,皖东大地万木萧疏。鬼子和伪军听说新四军的主力在半塔集以北一带活动,就组织了日军一个小队和伪军400多人,乘机侵占了来安城。这次敌人也学乖巧了,怕挨新四军的打,抢先把主力放到城西南10多里的八石山上埋伏起来。

罗炳辉根据侦察到的情报,对敌我双方的情况作了认真的分析和比较,决定将计就计,绕开敌人主力,直捣空虚的来安城。傍晚,风裹着细雨扑面而来,罗炳辉带队开到来安以北五六里的小村茅庄。冷雨中夹着雪花,战士们浑身湿透,又冷又饿,西北风一吹,上下牙直打架。司令部设在农民的茅屋里,摇摇晃晃的饭桌上,蜡烛的火苗跳动着,罗炳辉比照着地图,思索着明天攻城的战斗计划。敌人现在把主力布置在八石山一带,城里敌人兵少武器好,光迫击炮就有3门,还有轻重机枪十几挺。我军没有火炮,只有3挺轻机枪、1挺重机枪,接火以后,既要防止滁县和八石山两个方向的日伪军回援来安,又要将来安守敌一举歼灭,兵力和武器都难与敌人抗衡。因此,扬长避短是上策,不能强攻,只可智取。城里敌人占据着豪绅们的大瓦房,但他们对周围情况不熟,不敢轻举妄动。而我们有了上次打来安的经验,了解地形,可以趁黑夜拆开一段城墙,从这个豁口进入城内,打他个城内中心开花。来安拿下后,再集中兵力狠打八石山的敌人!

这一方案,立即得到支队其他领导同志的赞同。按照罗炳辉的部署,五支队经过猛烈攻击,一举攻占了来安城。埋伏的日伪军慌了手脚,企图回援,在遭到我方增援部队的痛击后,丢下数十具尸体,仓皇向滁县逃窜。

这是罗炳辉二打来安城。

到了第二年初夏,罗炳辉又三打来安城。

初夏时节,麦子快要黄了。日伪军又出动2000余人,第三次侵占了来安,并带来汽车30余辆及其他运输工具,准备抢夺夏收的粮食。

当时正率领部队开辟高邮湖西根据地的罗炳辉,闻讯后立即召集干部研究应对策略。在讨论会上,罗炳辉分析说:"根据各方面的情报,敌人数量比我们多,仅日军就有600多人,加上几十门炮、十几挺重机枪,若是把他们放出城来展开攻势,还真不好对付!可敌人是几处拼凑起来的,又没有发现我们,所以戒备不严,这就好像笼子里的老虎打盹,好制伏。如果我们能先下手,打他个措手不及,就有把握取胜。"

接着罗炳辉交代了任务:八团一、二营和十团一营负责攻城,八团三营和特务连在来安至八石山及来安至新集大道之间设伏,以阻击滁县方向来犯的增援之敌和堵截来安城溃逃之敌。司令部设在距城东北方向1公里的村庄。

初夏的皖东,夜色温柔,习习的凉风轻轻吹过大地,偶尔传来几声鸟鸣,夜变得更静了。一张铁网在这深深的夜色中悄悄地向来安城撒开。部队趁着月光,从西、北、南三个方向向来安运动。战士们迈着轻捷的脚步,默不作声,一个紧接着一个。八团一营由祁家岗向来安城分组前进,第二梯队向双塘子前进,第三梯队进至朱庄后停止待命。

29日凌晨1时,八团一营首先突入城内,将驻扎日伪军的院子团团围住。拥挤在屋内的日伪军遭到突然攻击,顿时晕头转向,仓皇应战,退居到几个四合院里顽抗。

四合院的周围筑有围墙,又高又厚。由于没有火炮,一时难以拿下,眼看天快亮了,仍然消灭不了院中的敌人。八团一营的战士们急中生智,往炸药包里塞进硫黄,或将炸药包外面用破布、稻草捆扎,然后浇上煤油,投入敌阵后爆炸燃烧。这种火攻的办法很奏效,并迅速传播到其他各营。转眼工夫,日军占据的院落火光四起,烈焰腾空,瓦片乱飞,墙倒屋塌。日军在火焰里,鬼哭狼嚎,争相逃命,有些刚冲出火场即被击毙。就这样,数百名日伪军连同他们的"扫荡"计划,随着一场大火而灰飞烟灭。率领部队指挥战斗的罗炳辉风趣地说:"日本侵略者喜欢火葬,这次是真的'火葬'了!"

三打来安城,新四军打出了军威。路东日本兵对新四军畏惧三分,其他伪军就更不用说了。

十一、中原局东移皖东

1939年6月15日，中共中央书记处致电新四军军部："中央决定派徐海东去皖整理四支队，担任副指挥兼四支队司令员，不日由延安同胡服一道赴皖。"

9月15日，刘少奇偕同徐海东等40多名军政干部，离开延安，向中原进发。

徐海东也是从黄麻起义中走出来的著名红军将领。他从鄂豫皖长征到陕北后，担任十五军团军团长。他家七代都是窑工，斯诺访问过他，在《西行漫记》中称他为"红色窑工"。新四军四支队的老底子就是鄂豫皖红军游击队，中央决定免除高敬亭的职务后，决定由徐海东继任，是考虑到他在鄂豫皖边区的威望，更加便于领导四支队。6月下旬，高敬亭被错杀后，四支队更是需要徐海东这样有威望的司令前去率领。

统一战线的形势此时已经发生了变化，自国民党五届五中全会制定"溶共""防共""限共""反共"的方针，严密限制共产党和一切进步势力的言论和行动后，两党关系逐步紧张起来。为防不测，中共中央报请国民政府和蒋介石批准：徐海东以国民革命军第八路军——五师三四四旅少将旅长的身份，奉命去中原检查新

徐海东（中间坐者）在皖东路西根据地太平集与警卫战士在一起

四军工作。徐海东身着少将服,肩佩少将领章,率"检查组"出发。有着丰富白区斗争经验的刘少奇不便公开露面,于是,他依旧用"胡服"的化名,以徐海东的中校副官身份隐蔽随行。

据徐海东女儿徐文惠回忆,1939年9月,徐海东接到了毛主席直接下达的任务,赴华中任新四军江北指挥部副指挥兼任四支队司令。同时徐海东还有一个任务在身,就是护送刘少奇及40名干部前往华东新四军驻地,开展工作。于是徐海东的妻子带着3岁的徐文伯和4个月大的徐文惠随军前往华东。行军中,两个孩子用筐子挑着,一头一个。"当时,刘少奇伯伯要调去中原局当书记,蒋介石不让他去。那时正值国共合作时期,我父亲被国民党授予少将军衔,刘少奇伯伯就化装为我父亲的秘书,叫胡服。两辆大卡车,我母亲抱着我跟少奇伯伯坐前面的车,父亲在后面。一路上比较顺利,一直到了洛阳的关卡,有士兵要求检查,我爸就吼了一声,自报家门。士兵一听是'徐老虎'的名字,立刻就退下了。"

徐海东没有什么文化,常常说自己是个粗人。他会打仗,富有传奇色彩。此次前往安徽,刘少奇是他的直接领导。一路上,作为"主官",徐海东很不习惯,可"秘书"刘少奇却做得很自然,一路上给徐海东拿衣服、递文件、提帽子。他不断提醒徐海东同志:"在这种条件下工作,必须机智,要跟演戏一样,越像越好。……要注意身份,这就像演戏,我俩要演好!"后来徐海东回忆说:"那些天,我白天当首长,晚上就是小学生了。"白天,徐海东当"首长",刘少奇当"秘书",拜会国民党将领与地方绅士,宣传国共合作共同抗战,积极做好统战工作;夜晚,刘少奇是首长,徐海东向他请教党的理论,学习研究抗战方针政策、战略战术,为他巡查岗哨,聆听动静,做好警戒,确保安全。

过西安时,国民党的军政人员纷纷出来迎接、拜见,各色人物都有。这样一来,徐海东既担心刘少奇的安全,又感到难以应付。刘少奇凭着自己在白区多年工作的丰富经验,指点着徐海东,告诉他什么场合讲什么话,哪些人该见,哪些人不该见。刘少奇跟着他寸步不离,不知内幕的人,还真以为这位穿粗布灰衣的人就是徐海东的秘书呢。

有一次,刘少奇发现有人盯着他,就伸手把徐海东的帽子接了过来,做得真像秘书的样子。事后,徐海东心中很不安,对刘少奇说:"我可从来没用过你这样的秘书,今天差一点露了馅!""看来,你这个人还要多看看演戏呢!我不是和你说过吗？和敌人作斗争，有的时候就得跟演戏一样。"刘少奇笑着跟徐海东说。

到了洛阳，刘少奇不打算公开露面了。他仍然住在贴廊巷，专门听取了豫西特委书记兼八路军驻洛阳办事处主任刘子久的汇报。根据当时形势，他指出豫西的党组织，要以巩固为主，实行隐蔽精干、长期埋伏、积蓄力量的方针，把已经暴露身份的干部和党员，分别撤回延安或派往敌后抗日根据地去工作、学习。

徐海东外出向卫立煌进行了礼节性拜访。第二天，一战区司令长官部参谋长郭寄峤到八路军办事处回访。进了门就往里面冲，正好碰上刘少奇在场。郭寄峤恭恭敬敬地向刘少奇行过礼，说："不知道刘先生也在这里。今晚在西工啸余庐舍间备了几杯薄酒，请刘先生一同去。"事到如此，刘少奇只好去赴宴。到郭家赴宴不先去见一见郭的顶头上司卫立煌不好，于是，他提早去西工拜访卫立煌。

这已是第三次会面了。两人谈得很是欢洽。刘少奇对卫立煌说，延安方面对于卫立煌一直和八路军的友好合作，非常钦佩，竭力支持他担任现在这样重要的领导职务。新四军有一部分接近一战区的南部，希望一战区像对八路军一样，多给一些帮助。卫立煌则说，他能够做到的都尽力去做，也希望新四军有机会打胜仗。

郭寄峤在家里盛情地款待了刘少奇和徐海东，席间气氛融洽。刘少奇借机谈了一些国共合作共同抗战的问题，郭寄峤频频点头，表示同意。

出了洛阳，到叶县；再往南，要经过舞阳和遂平县境，沿途都是丘陵山地。刘少奇晓行夜宿，于9月21日到了竹沟。

竹沟是中原局机关所在地。在延安的时候，中央已经有了将中原局机关东移安徽的计划。扩大华中抗战局面，需要指挥机关更深入敌后，而竹沟附近的形势日益严峻，也要求中原局及早转移。

10月12日，刘少奇向中央书记处报告了撤离的工作计划：朱理治率竹沟大部工作人员及武装和教导队去信阳、应山、随县、桐柏交界地的四望山，集中开展敌后地区工作。主要任务是巩固现有部队，创建根据地筹措给养；竹沟留守处缩小，主要办理后方勤务及交通；调刘子久来竹沟主持河南及鄂西北秘密党的工作；建议中原局委员兼鄂豫皖区委书记郑位三最好能设法转到鄂东，依靠第五、第六大队，主持鄂豫皖边区工作；从河南地方党中调一批优秀党员到部队工作，到敌后创立根据地；派人带电台及指示信去第五、第六大队。接着，中原局根据中央指示,将中共豫南省委、豫西省委合并成立河南省委。刘子久任书记,危拱之任组织部部长,王国华任军事部部长,王恩九任统战部部长。

10月下旬,刘少奇率中原局领导机关及干部300多人,离开竹沟。同志们陪送他,从东河街走出东城门,一直过了大沙河,才依依不舍地同他告别。他再三叮嘱王国华等留守干部,应该做些准备,以防国民党部队的进攻;一旦有事,要注意东门的守备。

几天后,朱理治率留守处600余人,南下四望山,同李先念、陈少敏会合,创建鄂豫边区抗日民主根据地。王国华则领导第三批人马就地坚持。

当刘少奇转移到豫皖苏边区涡阳北部的新兴集时,"竹沟惨案"发生了。11月11日,国民党第三十一集团军总司令汤恩伯派其少将参议耿明轩为总指挥,纠集信阳、确山、泌阳、桐柏四县保安队和一战区豫南游击司令戴民权部2000余人,围攻竹沟。刘子久、王国华等率部突围成功。后来,刘子久辗转到了华中,王国华则一直就地坚持。新四军伤病员、家属、印刷厂工人等未能突出重围的同志,连同当地群众200多人,惨遭杀害。敌人占据竹沟,群众在惊扰中被搜查,所有的贵重衣物被敌人抢走。敌人连续在竹沟外围大肆搜捕革命群众和干部家属。新四军第四支队八团团长周骏鸣在集老庄的财产,也被抄掠一空。

义愤填膺的张云逸致电国民党第一战区司令长官卫立煌道:"窃以本军部队参加抗战期近二载,牺牲奋斗,何有负民族国家?乃前线血战方酣,而后方家属及留守人员,屡遭杀戮,朝不保夕,是何居心,殊难索解。苟不从严惩,至惨案继续扩大,则本军豫南抗战官兵家属及留守人员将无噍类矣,有功不赏犹可作罢,有冤不伸实难忍默,故此除将本案报告本军叶军长、项副军长外,特再呈恳钧座允予所请各节,以昭冤屈,而遏乱萌。素仰钧座明达识远,顾全大局,伏祈饬电,严惩凶手,抚恤死伤,并保障今后我军人民生命财产之安全。"

11月21日,刘少奇致电朱理治并中共中央书记处,提出了关于这次惨案的交涉条件,我们的一切行动,以争取交涉胜利,在政治上占优势,不给顽固派以借口为目标。主要是严惩凶犯,确山、信阳、泌阳三县的县长撤职查办,处惩率部进攻竹沟的国民党军队长官;抚恤死伤人员及其家属;赔偿损失;释放被捕人员;恢复新四军竹沟留守处,并保证留守处人员及新四军家属的安全。

刘少奇一行在安徽涡阳北部的新兴集,检查、指导豫皖苏边区工作,并向中共

刘少奇在新四军江北指挥部中

豫皖苏边区党委和新四军游击支队,传达中共六届六中全会提出的方针、政策,介绍中央部署发展华中的重要任务。11月23日,刘少奇与徐海东电告中共中央书记处:"我们已到涡阳,因天雨停住。为使路东工作之开展,刘瑞龙须去路东组织军政委员会,路东八路军部队须归彭雪枫指挥。因此,须再有一较强的干部来帮助雪枫。"几天后,在彭雪枫部队的护送下,刘少奇照顾着患病的徐海东,率中原局领导机关工作人员东渡淮河,经颍上,顺淮河,走正阳关、寿县、淮南至定远县的炉桥。随后,他们经过定远的严涧、能仁、西卅店、斋朗、南店、朱马等地,到达藕塘,进入新四军江北指挥部山黄家村,受到张云逸与邓子恢等热烈欢迎。中原局与新四军江北指挥部会合,刘少奇很快迁到瓦屋薛居住。①

新四军江北指挥部部分人员是在10月22日随张云逸进入皖东定远的。刘少奇等人到达皖东时,参谋长赖传珠率领的指挥部直属机关、教导大队、特务营等依然驻扎在庐江东汤池。

---

① 中共中央党史和文献研究院编:《刘少奇年谱》第一卷,北京:中央文献出版社2018年版,第291—296页。

卷四　吴头楚尾血潮翻

一、瓦屋薛：第一次中原局会议

刘少奇刚刚入驻瓦屋薛，新四军江北指挥部就接到了国民党军事当局要江北新四军撤回江南的电报。刘少奇在紧急调查了解的基础上，向中央书记处发电报告说：

（一）我到皖东已数日，情况大体了解。海东已去四支队兼任司令，戴季英任政委兼主任。四、五支队减员很大，人数均不充足。地方工作薄弱，建立根据地的观念甚微弱。

（二）我近胃病大发，尚未开会讨论和报告，国民党则在反攻津浦路口号下，调集相当大的兵力到皖东向我压迫，命令我们过江南。

此间详情，以后再电告你们。[①]

早在1939年9月，为限制新四军在江北的发展，蒋介石就下达了要求江北新四军撤回江南第三战区的命令。廖磊病故（1939年10月23日）前，也曾要求在安徽境内的新四军撤回江南，遭到张云逸的拒绝。这次，蒋介石不仅要求江北新四军南撤，而且集中了桂系军队、安徽国民党地方武装及鲁苏战区副总司令兼江苏省政府主席韩德勤部等近二十个团的兵力，从东、西、北三面向皖东新四军合围，企图用武力压迫新四军过江南。在此形势下，刘少奇、张云逸和徐海东于12

[①] 中共中央党史和文献研究院编：《刘少奇年谱》第一卷，北京：中央文献出版社2018年版，第294页。

月 11 日致电中共中央书记处及项英："我们的对策是以包围打破包围,并控制东进道路。"①

所谓"控制东进道路",就是控制东进苏北的道路。关于发展苏北,刘少奇在 11 月 11 日给中共中央的电报中,就提出了"在一二月后,主力部队及省委干部抽调一部即越过津浦路东,华中下一步的发展方向是创造苏北根据地。在苏北我们活动的可能性更大,更可放手"。11 月 19 日中共中央致电刘少奇、项英等："整个江北的新四军应从安庆、合肥、怀远、永城、夏邑之线起,广泛猛烈地向东发展,一直发展到海边上去,不到海边决不应停止。一切有敌人而无国民党军队的区域,均应坚决地尽量地但是有计划有步骤地去发展。""为此目的,新四军军部应指导张云逸、徐海东、罗炳辉(罗如可留,以留他不走为宜)、周骏鸣诸同志,使他们明确了解上述任务。"②

瓦屋薛是皖东滁县皇甫山西麓的一个自然村庄,1939 年 4 月 24 日中共皖东工委驻此。同年 7 月中共苏皖省委从全椒县马厂乡二胡冲杨村移驻至此,宣传抗日,发展革命武装。刘少奇来到这里,住在乡绅薛宗元家的西厢房。薛家的房子是青砖黛瓦的四合院,在这一带少有,村庄的名字瓦屋薛就是因为这座四合院而来。当年刘少奇居住过的西厢房现在还在,除墙、屋面等曾修整外,门、窗、桌子、灯具均保留原样,新四军召开会议的演讲台(依地势而设)、水塘、古井遗址尚存。2004 年,滁州市人民政府公布其为第二批市级重点文物保护单位。

1939 年 12 月第一次中原局会议期间,刘少奇在瓦屋薛的故居

---

① 中共中央党史和文献研究院编:《刘少奇年谱》第一卷,北京:中央文献出版社 2018 年版,第 293 页。

② 中国人民解放军历史资料丛书编审委员会:《新四军·文献》(1),北京:解放军出版社 1994 年版,第 132 页。

为实现中共中央关于发展华中的战略计划,1939年12月中旬刘少奇在瓦屋薛主持召开了第一次中原局会议。参加会议的主要是华中在皖东的军政领导人,有张云逸、郑位三、邓子恢、徐海东、郭述申、李世农、刘顺元、戴季英等人。刘少奇传达了党的六届六中全会精神以及关于向华中敌后发展的方针,号召新四军江北部队冲破顽军阻挠,实现中共中央东进的计划。徐海东回忆说:"会上宣布我、张云逸为中原局委员。少奇还分析了新四军存在的问题:发展方向不明确,坚持抗日统一战线失去原则,没有抗日根据地等。会议批评了右倾错误,布置了华中的工作,解决了组织问题,确定了发展方向。"①正如徐海东回忆,这次会议主要解决了两个问题,一是组织问题,二是新四军的发展方向问题。

关于组织问题,为加强对皖东工作的统一领导,加快发展华中的步伐,刘少奇针对中原局委员只有他和郑位三、郭述申三人在皖东的实际情况,于12月31日致电中共中央书记处并项英,建议增加张云逸、徐海东和中共河南省委书记刘子久为中原局委员,并请示中原局到皖东后,江北前敌委员会是否需要存在。1940年1月4日,中共中央书记处复电中原局并告项英:"同意增加云逸、海东、子久三人为中原局委员","前敌委员会改成皖东军政委员会,以统一党、军领导,属中原局指挥"。皖东军政委员会的建立,结束了江北新四军属于新四军军部领导,而皖东中共地方组织又属于中原局领导的"两张皮"现象。

关于新四军的发展方向问题,刘少奇在第一次中原局会议上详细分析了华中地区敌、我、友三方的情况。40多年后,参加会议的中共苏皖省委书记刘顺元还清楚地记得,刘少奇在会上分析了华中地区的形势,指出:在华中地区,存在着三种力量(日伪的力量、国民党顽固派的力量、共产党领导下的人民力量)、三种地区(敌占区、国民党统治区、我们占领区)。要坚持持久战,就要削弱日伪的力量,缩小敌占区;发展共产党领导下的人民抗日力量,扩大我占区。为此,必须冲破国民党的阻力,深入敌后、动员群众、组织群众、武装群众,建立抗日民主政权。对于新四军东进北上的战略任务,刘少奇陈述说:豫皖苏边和皖东地区都是面向日伪,背靠国民党顽固派。如果我们向西发展,将会同国民党第一、第五战区发生冲突,受到他们的限制,且不易取得中间势力的同情。苏北地域辽阔,全属敌后,我们有

---

① 《刘少奇在皖东》编审委员会编:《刘少奇在皖东》,北京:中共党史出版社1990年版,第102页。

驰骋回旋的广大地盘。国民党江苏省政府主席韩德勤暗中勾结日伪,积极反共反人民,人民恨之入骨,群众迫切要求我们前去领导他们进行抗日斗争。向东发展,政治上、军事上对我们都有利。因此,苏北是我们的战略突击方向,应集中力量向这一地区发展。①

新四军的主要发展方向确定后,刘少奇与张云逸、邓子恢等就如何发展苏北进行了具体研究。从当时的情况看,发展苏北有两个最佳选择:一是由新四军第四、第五支队从淮河以南的皖东向苏北发展,二是由彭雪枫率领的新四军游击支队从淮河以北的豫皖苏边地区东进苏北。但第四、第五支队立即向苏北发展确有困难:首先,韩德勤部的六个团已深入盱眙、天长一带,如第四、第五支队东进,他们必然向东跟进;其次,如果新四军在皖东不能建立巩固的根据地,东进苏北的部队就得不到供给保障;最后,如果第四、第五支队东进苏北,则难以与后方保持联络,皖东即会丢失,并且新四军对苏北地区情况不熟,不一定能够立足。据此,他们研究认为,第四、第五支队在皖东尚未建立起巩固根据地的情况下即挥师东进有些冒险;相比之下,由彭雪枫部从皖东北地区向苏北发展则比较稳妥,并可与山东八路军取得联系。

这样,刘少奇与张云逸、邓子恢等研究了一个由第四、第五支队抽调部队到淮北,配合彭雪枫部发展苏北的计划:一是由刘少奇、徐海东、罗炳辉、郭述申和邓子恢等率第九、第十、第十四、第十五团北渡淮河,在皖东北整理后即配合彭雪枫部向苏北发展。二是由张云逸、戴季英和周骏鸣等率第七、第八团和江北游击纵队在皖东坚持,联系江南与淮北;与此同时,由管文蔚、叶飞率新四军挺进纵队一部从苏南北渡长江,在扬州、六合地区活动。三是新四军到苏北后首先在淮阴以北发展,立定脚跟后,再向南发展,配合第七、第八团及江南部队向东、向北发展。四是为实现上述计划,先派谭希林率一个团去凤阳津浦路两侧侦察淮河沿岸情况,准备渡河条件,一旦确定北渡淮河的具体日期,即令彭雪枫率部南下予以策应。12月19日,刘少奇将与张云逸、邓子恢研究的这一计划报告了中共中央书记处并项英和彭雪枫。12月27日,中共中央书记处致电刘少奇、项英:"在华中方面以淮北之皖苏地区为主要发展方向,从四、五支队酌抽部队过淮河是很对的;淮河

---

① 《刘少奇在皖东》编审委员会编:《刘少奇在皖东》,北京:中共党史出版社1990年版,第112页。

以南地区除巩固原有武装及阵地外,绝不放松一切机会去求发展。因此,应从江南酌派部队及干部去增强之,以便胡服能从四、五支队抽四个团过淮河。但在江南部队未到达以前,胡服处似不宜抽得太多。""皖南方面抽一部分干部,要武装过江北,发展和巩固津浦(路)南段地区。""陈毅方面抽有力部队过江,发展扬州以东。"①这样,中共中央把刘少奇与张云逸、邓子恢等研究的发展苏北的计划,发展为由江南加强皖东、由皖东加强淮北、由皖东北向苏北发展的计划。

为落实发展苏北的计划,刘少奇和张云逸、邓子恢等以中原局的名义于12月26日致电中共中央书记处转山东分局并告彭雪枫、张爱萍:陇海路以南、津浦路以东的皖东北及苏北地区"现经中央划归中原局管理,且指定为新四军发展的主要方向","故在该地区活动之八路军部队及其他一切党所领导的部队,如黄春圃纵队等,须统一归彭雪枫同志指挥","党在该地区成立苏皖边区军政委员会,以张爱萍为书记,金明、黄春圃等诸同志参加,以统一党与部队及民运、统战工作等领导"②。黄春圃即江华,时任八路军山东纵队所属之苏皖纵队司令员兼政治委员。27日,刘少奇与张云逸、徐海东、邓子恢致电项英、袁国平并中共中央书记处:彭雪枫部已发展为10多个团,故彭部番号仍用游击支队名义太小,且汉奸部队接头反正,亦不便委以较大名义,近雪枫来电要求将支队名义改为纵队,我们已复电同意。30日,刘少奇、徐海东又致电彭雪枫,要求该部争取在半年内发展至2.5万人(枪)。1940年2月1日,根据新四军军部的命令,彭雪枫部正式改番号为新四军第六支队。

与此同时,刘少奇等还就李先念部的工作作出部署。由李先念等领导的新四军豫鄂独立游击支队,到1940年1月初已发展到9000余人,在豫鄂边区建立了抗日游击根据地。刘少奇、张云逸等认为,李先念部活动的地区有进一步发展扩大的可能。为此,他们要求该部在半年内发展到2万人。为加强对鄂中、鄂东新四军的统一领导和指挥,1940年1月3日,刘少奇与张云逸、徐海东、邓子恢致电朱理治、李先念:"所有在鄂中、鄂东活动皆党所领导的部队,统归你们指挥节制,

---

① 中国人民解放军历史资料丛书编审委员会:《新四军·文献》(1),北京:解放军出版社1994年版,第139—140页。
② 中共中央党史和文献研究院编:《刘少奇年谱》第一卷,北京:中央文献出版社2018年版,第294页。

部队番号改称挺进游击纵队。"[①]据此,李先念部于1940年1月上旬在湖北京山改称新四军豫鄂挺进纵队,李先念任司令员,朱理治任政治委员。其后,该部根据中原局的指示挺进平汉路以东的大小悟山地区开展抗日游击战争。

第一次中原局会议的最大意义就是确定了新四军的发展方向,为此,刘少奇牵头,张云逸等协助制订了发展苏北的计划。但是,随着形势的发展,这一计划在实施过程中一波三折。

二、徐海东挥兵周家岗

实施这一计划的第一个变数是日军发动了对皖东的第一次大"扫荡"。

当时的皖东抗战形势极其严峻,日伪顽匪犬牙交错,各方势力都有。由于王明"一切经过统一战线"的消极影响,尽管新四军四支队八团和战地服务团进驻周家岗、大马厂等地后,在我方占领区陆续建立了农抗、青抗、妇抗自卫队和儿童团等群众团体,开展了轰轰烈烈的抗日救亡运动,但没有建立抗日民主政府。时任四支队九团团长的詹化雨后来曾经回忆说:"1939年五六月间,我们在青龙厂参加反高斗争大会。在高敬亭被错杀之前,我们九团就调到大马厂。驻下以后,才听说高敬亭被处决了。邓子恢和郑位三等同志都到九团来开会并传达了这个问题。记得当时天气很热,邓子恢同志边谈话边摇扇子。我们在大马厂驻了好几个月,主要是休整。当时我们不懂得要建立根据地,马厂街上还是国民党占领着。我们只住在离马厂有五六里路的山根王。没饭吃就找当地士绅筹借,借了很多粮食。当时如果我们懂得建立根据地的重要性,把马厂一带

抗战初期的徐海东

[①] 中共中央党史和文献研究院编:《刘少奇年谱》第一卷,北京:中央文献出版社2018年版,第297页。

占领着,国民党就进不来了,马厂这个地区就是我们的了。那时李本一在古河没有什么军事力量,只有一个营广西军。李经常到大马厂来。记得有一次他还请我们吃过一顿饭。"

周家岗地处滁县、全椒两地交界处,从这里向西 20 来公里,就是瓦屋薛。此时是新四军四支队七团的驻地。这里虽然没有正式建立抗日政权,但随着新四军江北指挥部进入藕塘,新四军的影响力越来越大。新四军四支队战地服务团率先进入的周家岗,在中共皖东工委的领导下,群众的抗日热情空前高涨,成为新四军占领区路西地区重镇,也成了日军的眼中钉、肉中刺。1939 年 12 月中旬,日军第六师团长谷寿夫抽调南京、明光、蚌埠等地日伪军 2000 余人并配上山炮 10 余门,分别集结于滁县、沙河集、全椒等地。19 日夜起,日伪军兵分三路,从东、南和北面,准备合围"扫荡"新四军的占领地周家岗,企图趁新四军在皖东立足未稳而一举歼灭,同时驱逐和消灭这一地区其他抗日力量。残忍的日伪军一路上逢村必屠,遇人必杀,制造了骇人听闻的无人区。

敌人的进攻计划,在集结时已经被中共地下党组织侦知。为粉碎敌人的"扫荡",刘少奇和张云逸、徐海东等研究了反"扫荡"的战法,并决定由徐海东指挥作战。徐海东根据刘少奇、张云逸关于"避敌锋芒,击其弱翼,精心捕捉战机,充分利用有利地形,出敌不意在运动中给以歼灭性打击,以缩小'扫荡'范围,缩短'扫荡'时间,减少人民的损失"[①]的指示精神,从第四支队司令部所在地滁县太平集迅速赶到第七团团部,向参战的第四支队各部传达了中原局和江北指挥部的决心、部署,要求广大指战员做好充分准备,

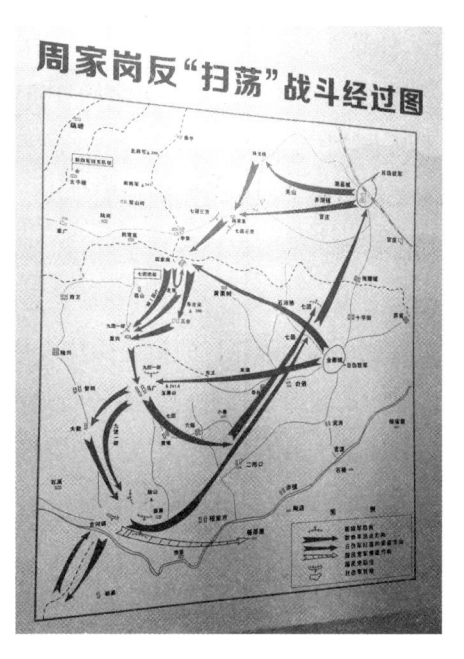

周家岗反"扫荡"战斗经过图

---

① 中国人民解放军历史资料丛书编审委员会:《新四军·回忆史料》(1),北京:解放军出版社 1990 年版,第 349 页。

打好这一仗。

距全椒县城北25公里的周家岗与复兴集之间一个叫陈郢子小村的后山有条狭窄山沟,擅长观察战场的徐海东发现,此处正是伏击日军的绝佳场所。他察看地形后,部署秦贤安第七团三营两个连在周家岗西北之常山岭一线构筑阵地,防止敌人西犯,保证藕塘中原局和第四支队司令部的安全;詹化雨第九团主力在周家岗以南复兴集、玉屏山一线布防,先以火力强悍的小股部队伪装成支队主力阻击大马厂之敌北进,隐蔽接敌后边打边撤诱敌深入,待进至枣岭集和施家集两路日军汇拢后,主力再全线出击;第七团两个主力营外加一个加强连埋伏在周家岗至复兴集间的陈郢子后山丘陵地带,居高临下布设口袋状伏击区,待敌入瓮后予以痛击;最后派遣多支便衣队埋伏在日军可能溃退的大路与乡间阡陌上,乘胜袭击溃逃残敌。

21日拂晓,从全椒出动的700余名日伪军进占大马厂,一路杀红了眼的骄横日军继续北犯。途经玉屏山时,九团以3个连兵力,依托有利阵地,节节顽强阻击,使敌寸步难行,经数小时激战毙伤了大量日伪军。敌人以为遇到四支队主力不敢恋战,匆匆退缩至复兴集固守待援。我军将敌围困于复兴集后,以零星火力不断袭扰围而不攻。21日上午,进占至施家集和枣岭集的两路千余日军合击新四军路西根据地的前哨阵地周家岗,结果却扑了个空,没见到一个人,连一粒粮食都没捞到。恼羞成怒的日军,得知新四军四支队就在复兴集附近,两路日军立即掉头增援,妄图聚歼新四军主力于复兴集。下午4时30分,饥饿疲惫的日军毫无防备地进入严阵以待的第七团伏击区。时值严冬,北风呼啸,寒气逼人。隐蔽在山麓中的新四军战士们目不转睛地注视着敌人,屏住呼吸,生怕发出丁点声响。当日军的大队人马快要过去,后面的一群伪军还夹着一些挑夫和骡马的运输队鱼贯开进时,第七团团长秦贤安高声下令:"同志们,狠狠地打!"刹那间,战士们一齐开火,一颗颗愤怒的子弹射向敌人,一枚枚手榴弹如同腾空飞起的麻雀,在敌群中炸响。敌人像刀割韭菜一样一排排地倒下。空旷的山谷里,枪炮声、手榴弹爆炸声响彻云霄。敌人猝不及防,被炸得晕头转向、血肉横飞,缓过神后龟缩在石头缝间负隅顽抗。我伏击主力随即吹响嘹亮的冲锋号,新四军战士们端起刺刀跃出战壕,一顿猛打猛冲,迅即将敌截为数段,使其首尾不能相顾,进退维谷。被打蒙了的敌人死伤累累,且战且退,趁着月色退守至半山腰的一个小村庄中据险死守。

徐海东预测日军天亮后定会向复兴集逃窜,令七团除以一部兵力趁夜袭扰敌人外,其余兵力连同预先设伏的便衣队依次潜伏在通向复兴集的道路旁。22日上午,突围日军果然向复兴集溃逃靠拢。溃逃日军沿途遭到我军痛击,元气大伤,各路日伪军连遭败绩,士气沮丧,被迫于23日上午全线撤退。

四支队1939年12月21日至23日《周家岗反"扫荡"战斗详报》记载:"七团方面,俘日军分队长1名、伪军4名,毙敌100余名;缴获炮弹及子弹14箱、指挥刀1把、钢盔5个、防毒面具1个,其他大衣、洋镐、风衣、腰带、皮包、罐头等胜利品甚多。我负伤6名,牺牲4名。

九团方面,毙敌官2名(1名毛高千穗),敌兵伤亡60余;缴获炮弹3箱、步枪弹300余发、大衣2件,其他日本旗、敌符号、食品等1部。我伤连长1名、战士15名,牺牲6名。"

周家岗无名烈士之墓

《战斗详报》中还记载了"胜利影响":1.粉碎了敌人"扫荡"皖东的迷梦,巩固了我军在皖东的阵地,更加强了我军的战斗情绪,扩大了我政治影响。

2.收复周家岗、复兴集、大马厂、古河等地方,完成了保卫皖东民众的任务,提高了我党我军在群众中的威信,振奋了广大群众,获得了他们的拥护与慰劳。

3.这次反"扫荡"的胜利,为我进军皖东后的第一次。敌兵力优于我,来势凶猛,友军不敢对峙,我则能以少胜多消灭敌人一部,驱逐敌人回全椒。友军在群众中威信降低,不能不敬仰我军。同时提高其坚持敌后胜利的信心。

为配合对周家岗的"扫荡",驻巢县日军于21日也出动近千人的兵力经含山县向全椒西南的古河镇发动进攻。古河为国民党军李本一部驻守。李本一是广西容县人,出身穷苦人家,18岁入伍,靠着战功逐级提拔。由于他打仗勇猛,右手的中指、无名指、小指均被打断,身上也是弹痕遍布,此后在军中得了一个"死打烂打"的名声。他作为新桂系中的后起之秀,得到白崇禧的赏识,并被保送到南宁军校深造。

全民族抗日战争爆发时,身为第七军第一七一师五一三旅一〇二六团上校团长的李本一随部参加了淞沪会战。一开始李团是幸运的,因为他不是先头部队,先到战场的那几个团几乎都被日军打残了。等到李团赶到战场时,已经接近了会战的尾声。于是,第七军乃至于第二十一集团军主力是否能安全撤出战场的使命,落到了李本一的肩上。为了保障主力的安全转移,李团坚守嘉兴,全团无一退却,在战至仅剩 200 余人的情况下终于接到了撤退的命令,途中率全团残部 200 余名桂兵,游过富春江归队。

第七军奉命转移到大别山打游击后,李本一来到皖东,先后担任过安徽省第五行政区督察专员、皖东游击司令、第五战区第十游击纵队司令,是国民党在皖东地区最高的行政长官和军事长官。此时的李本一,对打鬼子已经没有热情,一门心思地限制共产党。

日军到达古河前,李本一率主力跑到和县善后集躲了起来,只派桂系第四十八军第一三八师一部防守,致使古河陷落。国民党军的作战计划虽然失败了,但在新四军的英勇抗击下,日伪军于 23 日开始撤退。新四军乘胜追击,不但收复了周家岗、大马厂、复兴集等地,还收复了古河。

占领古河的是秦贤安的七团。九团团长詹化雨后来回忆说:"敌人被我们追到古河以后,就迅速撤离古河,往全椒方向溃逃,接着就窜回滁县去了。我们九团未进古河,在附近一个村庄驻下。这时李本一又跑回古河。随后徐东海同志赶到了,就在我们驻的村子开了会。我和九团政委都参加会议,国民党方面有两个保安团长也参加了会议。他们来时还带了一个警卫连。徐海东同志看了很生气。因徐海东同志的军衔比李本一他们大,当场痛骂了他们一顿:'鬼子来了你们跑,我们占领了古河,你们又回来要。你们来开会还带兵,干什么?是不放心,还是想打仗?'骂得他们没有一个敢吭声。最后只好把警卫连撤走了。开完会以后我们就撤到大墅去休整,徐海东同志到古河去了。"

为团结李本一共同抗日,刘少奇和张云逸等研究决定,让徐海东率部撤出古河。

在第四支队进行周家岗反"扫荡"作战期间,赖传珠根据张云逸和刘少奇的指示,除留少数人员外,率驻庐江东汤池的江北指挥部留守处、特务营、教导队向皖东开进。周家岗反"扫荡"胜利后,赖传珠率部赶到定远藕塘镇,12月24日到达山黄家村与张云逸等会合。与此同时,留在东汤池的中共鄂豫皖区委机关一部分人员也一同迁到藕塘镇。中原局鉴于鄂豫皖区委已远离大别山,不便领导那里的工作,就撤销了该组织,区委领导成员及所属干部重新分配工作。

周家岗反"扫荡"的胜利,扩大了新四军的影响,为建立皖东抗日根据地创造了有利条件。但张云逸等人知道,日军绝不会就此罢手,必然会对新四军实施报复,对皖东发动更大规模的"扫荡"。皖东的严重敌情,使原定的从皖东抽兵北上淮北以配合彭雪枫部向苏北发展的计划暂时难以实现。

三、山黄家:第二次中原局会议

影响原定发展苏北计划的第二个原因是,国民党顽固派发动第一次反共高潮后,皖东形势严峻。新四军刚取得周家岗反"扫荡"的胜利,张云逸就接到第四支队确山竹沟留守处主任王国华发来的关于王恩久等人被害的报告。在一个多月的时间里,国民党顽固派在确山就相继制造了两起针对新四军的流血摩擦事件。这不能不引起刘少奇对国内抗战局势的高度关注。周家岗反"扫荡"胜利后,接替廖磊出任国民党军第二十一集团军总司令兼安徽省政府主席的李品仙和江苏的韩德勤,正率部向皖东地区推进,摩擦形势日渐紧张,使皖东新四军难以分兵他顾。

影响原定发展苏北计划的第三个原因是内部意见不统一。中共中央虽然同意新四军集中力量突击苏北的计划,但项英强调非独立行动坚持江南不可,对刘少奇从江南抽兵到江北的意见表示"确难遵行"。[①] 中共中央考虑到皖南的情况,同意皖南暂不再调兵到江北。

由于上述三个原因,新四军集中力量发展苏北的计划暂难实现。这样,在大力发展苏北前,建立皖东抗日根据地就成为首先需要解决的问题。为此,刘少奇于1940年1月在定远县山黄家村召开第二次中原局会议。

山黄家村位于藕塘镇南面、瓦屋薛西面,地处永宁集、得胜集、安子集之间,周

---

① 刘树发主编:《陈毅年谱》(上卷),北京:人民出版社1995年版,第264页。

围岗峦起伏,是个隐蔽、秀丽的小山村。原先这里有十几户人家,现在因村庄合并,原来的房屋都已拆迁,村庄变成了良田和森林,林间有一块碑,上书"中共中央中原局第二次会议会址"。这块碑是中共定远县委员会1995年9月所立的。当年因为村庄小,住不下很多人,所以刘少奇在这里住了几天后,又迁到瓦屋薛了。但张云逸和新四军江北指挥部的同志依然住在这里。

位于定远县永宁集山黄家村的中共中央中原局第二次会议会址纪念碑

位于定远县永宁集山黄家村的中共中央中原局第二次会议会址纪念碑碑文

时间已经进入了1940年1月中旬,天气奇寒。在村中一户人家的大草房内,树根部燃起的火冒着缕缕青烟,几个山芋贴在树根旁烤着,房间里热气腾腾。在刘少奇的主持下,张云逸、徐海东、邓子恢、郭述申、戴季英等人出席了会议。

刘少奇针对新四军第四、第五支队"在领导思想中有原则的缺点,没有坚定而明确的发展自己力量的方针,在建军与精兵主义口号下,放松了发展。在统一战线中对同盟者顾虑太多,常不肯超出同盟者意志之外去行动和发展,因此放弃了许多发展的机会",以及"创立根据地的思想弱,不具体了解没有用心去进行地方工作和解决部队的给养,因此,部队每月虽然有数万之津贴,仍是很困难"[1]的情况,批判了"一切经过统一战线"的口号,提出要独立自主地放手发展人民抗日武装力量,并针对有人批评所谓"招兵买马"的"人、枪、款主义"指出,有兵为什么不招?有马为什么不买?发展革命武装,应当多多益善嘛!他还强调,新四军不仅

---

[1] 中共中央文献研究室编,金冲及主编:《刘少奇传》(上),北京:中央文献出版社2013年版,第335页。

要有人,要有枪,还要有"家",这个"家"就是抗日根据地和人民政权,从而提出了"建家"思想。他说:有了根据地和政权,我们就可以招兵、征粮、收税;有人、有粮、有钱,开展游击战争就有了可靠的依托。针对有人担心国民党不批准新四军建立政权及新四军建立政权是否会破坏统一战线的问题,刘少奇指出:我们共产党人干事要国民党批准干什么? 有利抗战,人民批准就可以干。抗日民族统一战线应该统一于抗日,统一于救国,只要有利于抗日救国,就符合统一战线的原则。① 对此,张云逸回忆道:"少奇来后,首先,传达了中央的正确指示,批评王明右倾错误的苦力政策,指出不发动群众,不发展武装,不建立政权,完全做国民党的工具是不对的,但没有指出这是犯了右倾错误,因为当时中央还没有做正式结论。当时少奇还指出:抗战主要是枪杆子,什么群众工作都要发展武装;第二,强调要有家——建立根据地,使党和群众统一领导起来。最后,少奇还介绍了华北工作的经验。"②主要介绍了游击战争和抗日根据地的建立。刘少奇还耐心地讲解了抗日民族统一战线中又团结又斗争的方针,决定建立根据地,确定对顽固派的斗争策略,决定对李品仙、韩德勤区别对待。

刘少奇作的这些指示,解决了许多干部内心存在的需要解决而又无法解决的问题。经过刘少奇的耐心解释,中原局、江北指挥部和第四、五支队的领导干部统一了思想。1940年2月7日,中原局发出《关于建立苏北、皖东北根据地的指示》,指出:

> 八路军、新四军及党的组织,必须独立去发展自己的力量,自立自主地去组织游击队、自卫军和民众,不必等待任何人的允许,不必与任何人商定所谓共同纲领,应完全依照我党历来的主张,独立地去进行。对于盛子瑾、李明扬及其他一切进步分子加强统一战线工作,目的是求得他们暂时不反对我们去进行工作和我们力量的发展,并尽可能求得他们对我们的某些帮助。我们绝不要去依靠他们,绝不要放松自己的工作与发展去和他们妥协,绝不要拘束

---

① 《刘少奇在皖东》编审委员会编:《刘少奇在皖东》,北京:中共党史出版社1990年版,第106页。
② 《刘少奇在皖东》编审委员会编:《刘少奇在皖东》,北京:中共党史出版社1990年版,第96页。

自己在他们允许的范围内。

在今年六月底,要在苏皖边建立与发展党所领导的武装至三万人枪,组织不脱离生产的自卫军三十万人,普建农抗、工抗、青抗、妇抗。并须注意部队的困难及筹措给养与自卫军的训练。①

刘少奇这些明确的思想通过各级党组织传达并贯彻下去,有效地解决了困扰华中各级党组织多年的思想路线问题,振奋了干部和群众的精神。放手发动群众、扩大部队、建设根据地的工作,都以前所未有的规模,大刀阔斧地开展起来,呈出现了蓬蓬勃勃的新气象。以往那种"寄人篱下"、因屡受挫折而造成的抑郁心情一扫而空。

四、湾杨村:第三次中原局会议

根据第二次中原局会议的决定,张云逸和刘少奇等制定了扩军方案,计划在1940年6月以前使皖东新四军扩大到3.5万人。为便于此后配合第四、第五支队建立皖东抗日根据地,张云逸和刘少奇等报请中共中央批准后,于1940年1月撤销了中共苏皖省委,并以津浦铁路为界,另组织以刘顺元为书记的中共皖东津浦路西省委(简称路西省委)和以张劲夫为书记的中共皖东津浦路东省委(简称路东省委)。

在中原局的领导下,部队建设和地方工作取得了突飞猛进的发展。在扩军方面,至1940年2月,新四军第四支队由减员后的4000余人发展为6000余人,除原有的第七、第九、第十四团外,另新组建了特务团;第五支队由减员后的2000余人发展为6000余人;江北游击纵队则由原来的1500人发展为约3000人,并组建了教导大队。3月,根据张云逸的指示,江北游击纵队将和县、含山、合肥、寿县、无为等地中共地方组织领导的游击队编入该部,并将第一、第二、第三大队分别扩编为新七、新八、新九团。至此,江北指挥部已由成立之初的6个团9000余人发展为10个团1.5万人。在地方工作方面,由中共皖东地方组织和新四军第四、第

---

① 丁星、郭加复主编:《新四军辞典》,上海:上海辞书出版社1997年版,第123页。

五支队组织与领导的游击队也已发展到约 5000 人,拥有各种枪 2000 余支(挺);群众运动正在有条不紊地进行中,中共地方组织和党员的数量也普遍得到增加。

与此同时,第五支队第八团于 1940 年 1 月中旬在六合县竹镇地区,与江南指挥部派到江北活动的由陶勇(即张道庸)、卢胜率领的苏皖支队胜利会师,从而沟通了江北指挥部与江南指挥部之间的联系。随后,第八团与苏皖支队协同作战,在天长、六合地区连续取得对日伪军作战的胜利,进一步扩大了新四军在皖东敌后的影响。为加强苏皖支队的力量,2 月间,江南指挥部派梅嘉生、张震东率新四军挺进纵队第三团主力由江都地区西进,与苏皖支队合编,仍称苏皖支队,陶勇任司令员,卢胜任政治委员。不久,苏皖支队也奉命开到路西,参加了反击桂顽的斗争。

刘少奇领导江北新四军独立自主地放手发展人民抗日武装力量,令国民党顽固势力极端恐慌,他们蠢蠢欲动,决定制造摩擦,以限制人民抗日武装力量的发展。此前,国民党安徽省政府主席廖磊因脑溢血在任上病逝,他曾一定程度上同中国共产党保持合作。而同属桂系的李品仙继任后,马上积极反共。李改组省动员委员会,解散一切进步团体,召集县长会议讨论镇压共产党,将 7 名动委会工作人员秘密处死,企图消灭新四军第四、第五支队,或逼迫他们退往江南。原先在大别山区工作的进步青年和民主人士备受打压,纷纷逃离第五路军。

中原局第三次会议旧址。位于定远县大桥镇湾杨家自然村,三面环水,偏僻宁静。刘少奇、罗炳辉都曾经在这里生活、战斗过

鉴于这种情况,刘少奇于 2 月 20 日向中央建议:在华中应立即成立抗大分校或新四军干部学校,吸收因李品仙压迫而逃往新四军的大批青年学生学习。24 日,中共中央军委回电:"华中青年学生因受李品仙压迫,大批跑来新四军。华中应立即成立抗大分校或新四军干部学校,吸收华中大批青年学生。"这一指示为天长龙岗抗大八分校的成立,提供了思想准备。

李品仙打压进步力量,使得原先在大别山的皖东专员李本一及各县长在会后立刻发动反共摩擦。2月下旬,桂军第一三八师一部及游击第八纵队季农部开抵吴山庙、青龙厂四支队驻地夺防,第一三八师另一部及保安六团前往皖东北解决新四军第六支队和同第六支队合作的盛子瑾部。

位于湾杨村的罗炳辉故居

湾杨村刘少奇故居管理员杨维林在故居内向作者展示刘少奇当年用过的灯笼(内芯)

面对这种骤然变化的严峻局势,在党内首先必须解决的认识问题是:敢不敢针锋相对地开展有理、有利、有节的反摩擦斗争。根据这个要求,2月下旬,刘少奇决定主持召开第三次中原局会议,统一认识,坚定信心。

此时,刘少奇和江北指挥部已经转移到藕塘西面大桥集附近的湾杨村。湾杨村是一个四面环水的村落,东、西、南、北四面各有一条河,冬天枯水季节河面不宽,河沟很深,便于防守,也便于转移。村中的大户人家是杨寿松、杨寿柏兄弟,他们家有36间瓦房,前后三进院落。今天到湾杨村,还能看见那些老房子。当然,有部分房屋是后来修复的。门头上挂着刘源将军题写的"中共中央中原局会议旧址"的匾牌,这是2011年旧址纪念馆开馆前,定远县"红色旅游办公室"的同志到北京请他题写的。

杨氏兄弟都是开明人士,他们痛恨日本侵略者,也痛恨不抗日、欺压百姓的"广西猴子"(皖东老百姓对桂顽的蔑称),对在周家岗打击日寇的新四军无比敬重。杨寿松的大儿子杨维朴后来进入天长龙岗抗大八分校学习,成为一名人民教师。杨氏兄弟非常欢迎抗日救国的新四军入住自己家。刘少奇和张云逸、徐海东都住在杨家大院的最后一进院落,刘少奇居东,张云逸、徐海东居西。罗炳辉、谭希林等住在旁边的农民家里。他们居住过的草房,至今还立在那里,充满沧桑。

徐海东在回忆录中说:"这次会议的主要内容是确定反摩擦方针,决定对北取攻势,对南取守势,强调了在抗日民族统一战线中,要坚持独立自主的原则和又团结又斗争、以斗争求团结的方针。"会后,刘少奇、张云逸、彭雪枫、郑位三联名致电中共中央书记处:"我们的方针是决不向进攻我之顽固势力让步","在一三八师部队及季部如向我进攻时,我们准备给以坚决回击,消灭该部及李本一部。一三八师系正式国军、李品仙主力,和我冲突是李品仙直接和我冲突,因此我们准备借此肃清皖东顽固武装,以便进一步巩固我们阵地,建立政权"。[①]

五、反攻占领定远县城

3月初,国民党顽固派在皖东发动的反共摩擦日益加紧。李品仙又召集干部会议,决定集中力量袭击新四军江北指挥部及第四支队司令部。他们派被称为国民党军事委员会游击队党务主任委员的李春初,率领1000多人的武装说要路过新四军江北指挥部及第四支队司令部门前。另有两路人马也同时进逼。刘少奇等看出李春初所走路线不对,拒绝其通过。但皖东专员李本一率领第十游击纵队六个团北上,已到皖东拱园;第一三八师一部越过淮南铁路,配合地方顽军皖北行署主任颜仁毅第十二游击纵队、保五团和定远县常备队等5000余人,分三路进攻驻合肥东北青龙厂一带的新四军第四支队和驻定远县东南大桥附近的新四军江北指挥部。3月8日,南北两支部队已经会合。

此时,在津浦路东地区,韩德勤部不断向第五支队挑衅,占据盱眙的秦庆霖部不仅无理限制、阻挠五支队活动,甚至在旧县(女山湖)杀害第十团政工队长,在津里采取突然袭击的手段缴了十团某部一个班的枪。六合、天长等县的国民党地方武装也不断袭击第十五团。3月10日,国民党嘉山县县长周少藩在县政府驻

---

① 中共中央党史和文献研究院编:《刘少奇年谱》第一卷,北京:中央文献出版社2018年版,第302页。

地朱山港将前来做统战工作的新四军第五支队战地服务团团长汪道涵扣压起来，捆绑后弃于柴房，遂率县政府及常备队北窜盱眙投奔秦庆霖，公开与新四军对抗。

皖东上空战云密布，一场大规模的武装冲突已在所难免。

对长江以北的新四军的指挥问题，中共中央书记处此时致电项英并转东南局各同志："同意四、五支队归中原局指挥，但在苏北扬州一带的部队，则仍归项英、陈毅同志指挥。"

桂军李品仙部正气势汹汹地猛扑过来。皖东工作经过几个月的努力虽已有起色，但时间毕竟还短，地方工作仍很薄弱，部队粮食补给极为困难，没有钱，也没有政权的支持，皖东一些地方武装还同顽固派联合起来进攻，几乎得不到其他进步分子和中间势力的帮助。在这种相当孤立的形势下，刘少奇3月9日致电中共中央书记处并项英、彭雪枫：

> 我拟采取坚决手段首先打击与肃清地方顽固势力，对新来之桂军采取和缓统战的态度，派人欢迎桂军，请他调解，到处并贴欢迎五路军及新四军与五路军联合打日本的口号，对民众中因我军纪律上所有受损失者承认错误，并发传单，愿意赔偿，对俘虏均优待，称为友军兄弟。因桂军分南北两路，在皖东及过去工作之缺点，目前我们在政治上、军事上、经济上均暂时处在困难地位。我们只有谨慎地尽力之所及克服一切困难。

中央随后回电：

> 你们的决心及布置，均是正确的，望坚决执行。在这种坚决方针之下，发动新四军全部官兵的积极性，发动凤阳、定远、合肥、无为、含山、全椒、和县、滁县、嘉山、来安、盱眙、天长、江都、六合、江浦等十五县数百万民众的积极性，肃清反共势力，建立民主政权，争取中间势力，争取一切进步的及中间的国民党，并极力讲究作战方法，就能各个击破反共势力的进攻，并在这种艰苦斗争中巩固这个战略上极端重要的抗日根据地。

但是，桂军李品仙部对这次进攻蓄谋已久，丝毫不见缓和，而是步步进逼。李本一部占领拱园,连日捕杀新四军干部和家属百余人,手段十分残酷。局势已发展到忍无可忍的地步。为了反击国民党顽固派军队的进攻,刘少奇调原在路东的新四军江北指挥部副指挥兼第五支队司令员罗炳辉率领第五支队主力和苏皖支队陶勇部,星夜赶到路西,支援第四支队。同时,致电新四军各部,指出:"皖东顽固势力向我作大规模之武装进攻,我若不肃清皖东顽固武装,即不能在皖东存在。现在我已占领定远城并向皖北行署武装进攻,斗争已入紧急关头。我应不顾一切地坚决彻底地消灭一切顽固武装及伪政权,坚决建立进步的抗日民主政权,坚决向顽固分子进攻;同时,争取一切中间分子尽可能中立他们。在这一紧急关头,如果对顽固派进攻不坚决,如果动摇,就要造成绝大的罪恶。"①

大桥战斗街景复原

为了有理、有利、有节,张云逸以新四军江北指挥部总指挥的名义,给李宗仁、白崇禧发电,揭露、控诉李品仙等人的罪行:

德公长官、健公主任钧鉴:

　　桂林聆教,忽已三年,每忆丰仪,殊深驰念。别后云逸即率部在大江南北从事杀敌,时与燕农(廖磊字燕农)兄往来,军政配合,素称融洽。燕农兄不幸逝世,鹤龄(李品仙字鹤龄)兄接主皖政,不知何故,情势突变。五区专员李本一自从立煌归后,即召集县长会议,声言要打新四军,而滁县县长樊公纯,即于上月底率领警备队向本军部(队)进攻,缴我枪十余支,屡经交涉退还,均然不理。李本一部并继续捕杀本军人员数十人,及地方优秀青年数百人。即合肥梁园一地亦有青年数十人被捕,枪决三名,并绑捉青年女学生裸体游街示众,均以该青年等参加共产党,及接近新四军为名。又没收我军布

---

① 中共中央党史和文献研究院编:《刘少奇年谱》第一卷,北京:中央文献出版社2018年版,第298页。

匹财物价值数千元,抄没捕杀我军官兵家属数十人,并不断向我军进攻,以至于本月七日李本一指挥该部千余人,配合皖北行署颜仁毅部千余人,定远县长吴子常部五六百人,分三路进攻我指挥部,企图造成比平江、竹沟更大之惨案。当南路李部首先向我后方机关进攻时,我发觉,当与抵抗,始得牺牲数十人后即将该部击溃。近日以来,冲突更加扩大,以至无法收拾。云逸对此横逆之来,始则再三忍让,要求和平解决,并将我七团从滁县调开,又多次派人交涉,乃李则得寸进尺,进袭不已,并将我派去之代表王科长扣留。闻大别山之五路军部队人已动员,不断向皖东开进,准备与我军冲突到底。云逸曾将历次事件之经过详情,电请鹤龄主席制止,但鹤龄兄置之不理,无一回电,致使云逸不知所为,并迫使本军各部队,亦不得不起而自卫。但念大敌当前,似此自相残杀,痛心不已。不独皖东摩擦加剧,近从立煌逃来本军青年学生数十人均请求我军保护收容,云逸曾劝其回返立煌五路军工作,彼等则声泪俱下,不允回去。在逃来之人多系政府公务人员,据彼等所称:安徽省动委会已被改组,动员工作已取消,《大别山日报》《文化月刊》已被迫停刊,各工作团解散,青年均武装押解到立煌军训,并有青年及公务人员数百人被逮捕捆杀,顽固倒退恐怖之现象,弥漫全皖。因此前参加五路军工作之青年,逃走者二三千人云云。是则情势恶化,尚不止皖东也。本军自来皖东驻防抗战将近两年,与敌大小数百战,伤亡巨大,但不敢言功,然对国家民族,可告无罪。而对友方行政系统向极尊重,每次收复失地均请皖省府委派行政人员,即一乡保长云逸亦从未委派。对友军亦素本合作互助之旨,冀建亲密关系,因而对目前恶劣形势之造成,云逸诚百思不得其解,素仰我公明达敢披胆直陈、恳电饬鹤龄主席迅即通令所属制止对本军之敌对行动,并严惩挑拨内争破坏抗战国策之少数顽固分子,以固团结,坚持抗战,是不特本军之幸,亦五路军与民族之大幸也。临电不胜迫切待命之至!张云逸叩号①。

3月4日,新四军江北各部队展开英勇反击作战。北线,在戴季英、谭希林的指挥下,第四支队十四团于3月11日一举攻克定远城,全歼县常备队,顽县长吴

---

① 电报日期代码,即二十日。

子常趁乱逃跑。皖北行署主任颜仁毅率第十二游击纵队向大桥进攻，闻定远县城失守即率部仓皇回援，在高塘铺遭从定远南下的第十四团截击。第十四团在第九团协同下，将其大部歼灭，颜仁毅残部败退寿县。这一仗，俘虏了皖北行署第一支队副司令，并搜获很多文件，证明桂顽进攻江北新四军是有一套完整的长久的计划的，人证、物证都表明，他们是要消灭张云逸和彭雪枫部的。南线，刘顺元、秦贤安和徐世奎指挥第七团将占领界牌集的第十游击纵队击溃，歼其700多人。随后，第七团在王子城与桂顽一三八师一部遭遇，将其击溃。

曾经担任中共路东省委书记的刘顺元与夫人鲍有荪去世后在半塔的合葬墓

作者（右）采访刘顺元之子刘晓浒

3月7日，罗炳辉、陶勇率第五支队主力和苏皖支队驰援津浦路西，在滁县施家集全歼顽滁县常备大队等两个大队700余人，在全椒县管家坝击溃顽军一个营，将第十游击纵队李本一部赶回古河。9日，部队在王子城与第七团会合，反击桂顽一三八师一部，于八斗岭激战两昼夜，将顽军击退。

与此同时，江北游击纵队新七团袭击了含山、和县县城，新八团在肥东青龙厂歼顽保安团一部和谢黑头土顽百余人。

津浦路西反顽战役经界牌集、定远县城、高塘铺、施家集、王子城等战斗，于17日全面打退来犯顽军。战斗取得了丰硕的战果，从现存的当年3月4日至10日的《定远战斗经过与述评（即路西大摩擦）》档案中能清楚地说明问题：

五、战役结果

（一）得失

1. 定城战斗：

缴获轻机枪2挺、步枪300余支、驳壳枪30余支、子弹18万发、电话2架、电台1架、手提机枪4架、子弹带200余条，其他军品1部，法币7000余元，俘房70余（有一部分已化装逃跑），顽伤27人、亡16人。我伤17人，亡5人。

2. 高塘铺战斗：

十四团缴获轻机枪4挺、步枪170余支、驳壳枪5支，子弹万余发，俘顽支队副以下90余人。我伤亡41人。

特务营缴获轻机枪1挺、步枪20余支、驳壳枪1支、子弹2000余发，顽伤亡200余。

九团缴获轻机枪15挺、步枪600余支、驳壳枪30余支、子弹万发、重机枪1挺，俘顽480余。我伤亡70人。

3. 松树刘战斗：

缴获轻机枪2挺、步枪57支、驳壳枪2支、敌伤10人，亡6人，我伤3人。①

据统计，路西反摩擦歼顽军2500余人，其中俘顽支队副司令以下1000余人，缴获轻重机枪30多挺、长短枪1000多支、子弹19万余发。桂顽被打得很长一段时间不敢惹新四军，他们只好同意我方提出的以淮南铁路为界，淮南铁路以东为新四军区域，淮南铁路以西有桂顽区域的分区抗日的倡议。

六、缴械盛子瑾

正当皖苏国民党顽固派大举进攻皖东地区新四军时，国民党安徽省第六区专员盛子瑾带着队伍来到了路东半塔。

---

① 宋霖、罗新安主编：《罗炳辉将军在淮南抗日根据地》，合肥：安徽人民出版社1990年版，第262页。

盛子瑾是安徽和县人，黄埔军校六期毕业，精干，有胆识。曾参加中共，后脱离关系。九一八事变后，曾在东北参加抗日义勇军，担任大队长，所部因缺少弹药粮草而被迫撤往苏联，后绕道返回故乡，担任香泉区国民自卫队队长。1937年盛赴上海经商，经戴笠表妹杨文蔚介绍与戴笠建立联系。1938年，在武汉与杨文蔚结婚，成为军统人员。回到安徽后，被任命为六安县县长，因其率部从日本侵略者手中收复六安县城而声名大振。1938年11月，盛子瑾调至皖东北任安徽省第六行政督察区专员公署专员兼泗县县长及第五战区第五游击区司令。中共安徽省工委（不久改为鄂豫皖区党委）派共产党员江上青、赵敏、周邨、吕振球等随省动委会直属第八工作团到盛子瑾部工作。

盛子瑾在六安时，就曾打着抗日进步的旗号，吸引了一大批热血青年。受排挤到皖东北后，他从个人利益出发，感到必须依靠共产党和老百姓，否则将无立足之地。因此，他对江上青等动委会派来的青年知识分子以礼相待，委以重任，江上青被任命为专员秘书兼民运科长。盛子瑾为了培植自己的势力，以武力巩固他在皖东北的统治地位，不断扩充第五游击区兵力，仅3个月时间，第五游击区就扩充为6个团，另有1个教导团。有了这样一支武装，盛子瑾拥兵自重，很快成为皖东北呼风唤雨的头面人物。1939年春，盛子瑾开办了皖东北军政干部学校，自兼校长。7月，中共豫皖省委书记张爱萍等到皖东北地区，与盛子瑾达成合作抗战协议。8月，八路军、新四军皖东北办事处在泗县张塘成立，张爱萍任处长。盛子瑾每月供给军费1万元。国共合作局面在皖东北地区形成。

皖东北抗日民族统一战线建立后，八路军、新四军顺利进入这一地区活动，使国民党顽固派和反动地主豪绅异常恐惧，他们纷纷向国民党安徽省政府控告盛子瑾通共产党。国民党安徽省政府看到以共产党为核心的进步力量迅速发展，对盛子瑾极为不满，"反盛""驱盛"之声日高。

国民党顽固派、灵璧县县长许志远企图杀死盛子瑾取而代之。8月29日，当盛子瑾偕江上青等巡视灵璧，晚间返回行至泗县刘圩东小湾子时，遭许志远反动地主武装的突然袭击，盛子瑾只身逃脱，江上青壮烈牺牲，是为"小湾子事件"。1940年1月，李品仙下令免去盛子瑾皖六区专员、保安司令等职，改任国民党第二十一集团军总部少将参议。同时派国民党第十四游击纵队司令马馨亭率千余人来皖东北，以武力威逼盛子瑾交权。中共苏皖区委决定"拥盛驱马"，张爱萍指挥皖东北地区的八路军、新四军部队,经大柏圩战斗赶跑了马馨亭。李品仙恼羞成怒,以"勾结奸匪,抗命称兵"等罪名,下令通缉盛子瑾。盛子瑾迫于压力准备出走。张爱萍等人多次说服盛子瑾留在皖东北,共同抗日反顽,但盛子瑾不听劝阻,仍于2月29日带领嫡系三个支队近3000人南渡淮河离境。

罗炳辉司令员派司令部秘书长张恺帆到盛子瑾部做统战工作。张恺帆后来回忆说:

我在盛部住了两天。盛找我谈心。

盛说:"我属苏鲁皖边游击军李明扬总指挥统辖。但我至今没能去接受任务。我想到泰州去一次,张秘书长看走哪条路好呢?"

我问:"你带多少人去?"

盛答:"只带一个连。"

我说:"太巧了。我不久前专去泰州,拜访过李总指挥。一路上没有遇到任何危险。除了瓜洲到仙女庙有一道封锁线外,全是我们新四军的地盘。你打算何时动身?"

盛说:"不久就去。我在此坚持没有问题。我想把妻子送到后方去,免去后顾之忧。"他又说:"到时候,我要向贵军借路呢!"

第二天,我要到张爱萍同志处去,盛子瑾派了四匹马武装警卫护送我。过了一道河,到了半城。半城是张爱萍总队所在地,但张爱萍不住半城。我继续北去青阳镇。集镇虽小,但很整齐。特别是大街两边的房屋都有骑楼,行人雨天上街也淋不到雨,这在别处是很少见的。赵汇川支队长带了几百人,驻扎在镇上。张爱萍住在离青阳还有七八华里的李家大圩子里,我在赵汇川处稍休息了一下。赵陪我出青阳,过一大桥西行,到了张爱萍住处。相见之下,十分亲热。

我在张爱萍处住了两天。已进入三月了。一天,我正与爱萍同志谈话,忽然电话来了,报告:"盛子瑾在调动部队,不知道想干什么。"我说:"他曾和我谈过,他要带一个连去见李明扬,顺带把老婆送到后方去。他再三向我表示愿与你并肩战斗。这次调兵是不是护送他到泰州去?"

没有一会,电话又来了,报告盛部动态。张爱萍对我说:"我们一起去青阳看看。"于是,我们到了赵汇川处。张爱萍同志还命令部队集中,要我给战士们讲话。

电话不断地打来,说盛子瑾不是带一个连,三个支队全部出动了。正在这时,刘玉柱同志来了,我与他是首次见面,他刚刚从盛子瑾处来,说:"张秘书长前脚走,我后脚就到了盛处。盛态度蛮好,表示要和张总队长并肩战斗。"我此时却是疑虑重重:"盛说带一个连去见李明扬,怎么三个支队都动了呢?"刘玉柱是个大好人,连说:"不会有什么事的,不会的。"

电话越来越急促,报告不断:盛部一支队现在在哪？二支队在哪？三支队在哪？盛的老婆坐在轿子里。盛部全部过河了。还带走了我们派去当指导员的赵敏(解放后任湖北省总工会主席)、石青。

气氛紧张起来。张爱萍问我:"你有何看法？"我说:"盛亲口跟我说只带一个连走。现在三个支队人马齐动,不正常。"张又问我:"他们会走哪条路？"我说:"盛曾问过我,到泰州走哪条路比较安全,我告诉他走半塔、仪扬,那一带都是我军的防地,是安全的。别处估计他不敢走。"

张爱萍思考了一下,说:"以我们两人名义打电报给罗司令,打他个埋伏,你看好不好？"我说:"好。"当下草拟电文,给罗炳辉、郭述申,要他们迅速布置,在涧溪、仇集、半塔一带山区埋伏。结果,盛部全数被五支队缴械,盛子瑾被抓,五支队大大地发了一笔财。

电报发出后,我告别爱萍同志南归。走到仇集,见到赵启民,我急问:"电报罗司令收到了没有？"赵高兴地答道:"收到啦,解决啦。"埋伏很成功,盛也没有抵抗,不然他近三千人,五支队总共才两千人,想全部缴械是困难的。[①]

盛子瑾被缴械后,五支队以礼相待,还给他保留了一支数十人的小卫队,并安排盛子瑾夫妻住在半塔以西十几公里的高营一户大地主家里。五支队的郭政委、副司令员周骏鸣等对他喻以大义,希望他参加新四军。张恺帆回半塔去见他,他连声说:"误会了,误会了。"张恺帆说:"你明明跟我说只带一个连,怎么全部出动了呢？"他很尴尬,无言以对。

[①] 张恺帆口述,宋霖记录整理:《张恺帆回忆录》,合肥:安徽人民出版社2004年版,第212—214页。

半塔保卫战后，新四军江北指挥部参谋长赖传珠于4月11日上午约见盛子瑾，进行了一次长谈，再次做说服教育工作，挽留盛子瑾，但盛子瑾去意已决，选择了离开半塔的道路。不久，五支队派人护送盛子瑾和夫人到滁县乘火车去上海。此系后话。

缴械过后，五支队对俘虏的盛部官兵，按照他们的志愿和要求做了妥善处理。许多志愿参加新四军的俘虏补充到了各个部队，各单位武器装备焕然一新。程启文领导的游击二大队是缴械盛子瑾的重要力量，奉命扩编为支队特务营，下辖四个步兵连、一个重机枪连，每连一百七八十人，兵强马壮。此时，韩德勤所部顽军蠢蠢欲动，路东的留守部队都投入紧张的训练中，又一场反摩擦大战来临了。

七、半塔保卫战

1940年3月21日凌晨，残雪覆盖着大地，东方刚刚破晓，茫茫大雾弥漫着半塔集。教导大队大队长黄一平正带领全队在光山头出操，突然从东门口传来了急促的枪声。通信员小赵气喘吁吁地跑来报告："大队长，顽军从东、西、北三面向我军进攻了！"

黄大队长立即命令一个军事队奔赴龙潭河一线，控制通往苏郢、冯郢指挥部的要道，其余两个军事队和两个学生队立即赶到东、南、北三门阻击敌人。一个妇女队组织发动群众，构筑工事，通信员小赵飞报指挥部留守处。

密集的枪声渐渐稀落下来，黄大队长把一切安排停当，疾步赶到东门口。张排长见大队长来到，喜悦地站起来说："报告，敌人的第一次冲锋被我们打退了！"

"好，狠狠打，决不能放进一个敌人！"黄大队长边说边用望远镜观察敌情。只见顽军在桃园塘一带蠢蠢欲动，便命令加固工事，防备顽军反扑。

雾气渐渐消散的时候，顽军的小钢炮又轰轰轰地响了起来，几处民房被炮弹打着了火，滚滚的青烟追着雾气，使半塔的天空显得更加昏沉。敌人又要进攻了。这时，指挥部警卫连已经奉命赶来，并带来指挥部给黄大队长的信。信上说："情况已向罗师长汇报，路西战场战斗正在激烈进行，恐怕一时抽不出力量来援，先派警卫连前来参战。要发动群众，誓死守住半塔。"黄大队长看后，一面把信递给教导员唐克，一面迅速向警卫连雷连长交代任务。警卫连刚走，模范队大队长张明禄跑来报告:"八个乡的模范队全已赶到!"

"多少人?"

"七八百!"

"好!把会打猎的神枪手留下统一使用,其余的分到部队,一个战士带三个模范队员!"

"是!"

不久,顽军大群地向东门口扑来。黄大队长卷起衣袖,高喊一声:"神枪手瞄准了打!"猎户神枪手瞄准后一起开火,敌人一下子倒下去一排。很快,猎户们又瞄准了第二枪,大家一起扣扳机,又一排敌人倒下去了。这一来,敌人纷纷卧倒,在地上转回头,连滚带爬地逃下阵地。抗日战争史上著名的半塔保卫战,在黄一平的拂晓抗击中拉开了帷幕。

黄一平是广西贺县黄田镇新村人,1925年入党,后参加百色起义,参加红军。在红七军中担任营教导员、团政委和军前委委员,1932年4月,因联络点遭破坏,黄一平只身逃出,与组织失去联系。直到1938年6月,黄一平与新四军参谋长张云逸取得联系,奔赴皖南抗日前线。他自愿到教导队当学员,后任班长,继而任排长、中队长、副大队长,新四军政治部于1938年11月批准他重新加入党组织。张云逸从皖南军部来江北时,他跟随北上,进入第五支队,担任教导队大队长。教导队虽然学生军居多,但在黄一平的带领下,学生军每天都刻苦训练,战斗力上升很快。顽军以为,第五支队主力离开津浦路东去路西了,偷偷摸摸好不容易来到半塔,原来是想一阵偷袭,打进集市里吃早饭的,没想到碰到了教导队这个硬茬了。

前来偷袭的是国民党江苏省政府主席兼鲁苏战区副司令韩德勤纠集的顽军,总兵力有万余人,装备远比新四军优良。他的兵力部署:独六旅3个团驻半塔东及东南方向约20公里之汊涧、东王庙、马集一线;盱眙县县长兼常备旅旅长秦庆霖部2个团驻半塔北及东北方向约22公里的盱眙城、河稍桥、马坝一线;一一七师2个团驻半塔东北20余公里的张公铺一带。另有六合县常备团、国民党特务武装忠义救国军和嘉山、来安、天长、仪征等县的常备大队。

留守在路东的第五支队后方机关、部队及地方游击队仅有2000余人,其部署:第五支队司令部、政治部和部分直属队驻苏郢和冯郢,教导大队驻半塔集,第十团团部及2个营活动于仇集、涧溪一带,第十五团2个连活动于竹镇、雷官集一带,特务营一、四连及机枪连一部活动于四十里桥、西高庙一带,三连驻半塔南边的高山集。

半塔保卫战分为两个阶段:3月21日至27日为防御阶段,3月29日至4月8日为全线反击阶段。

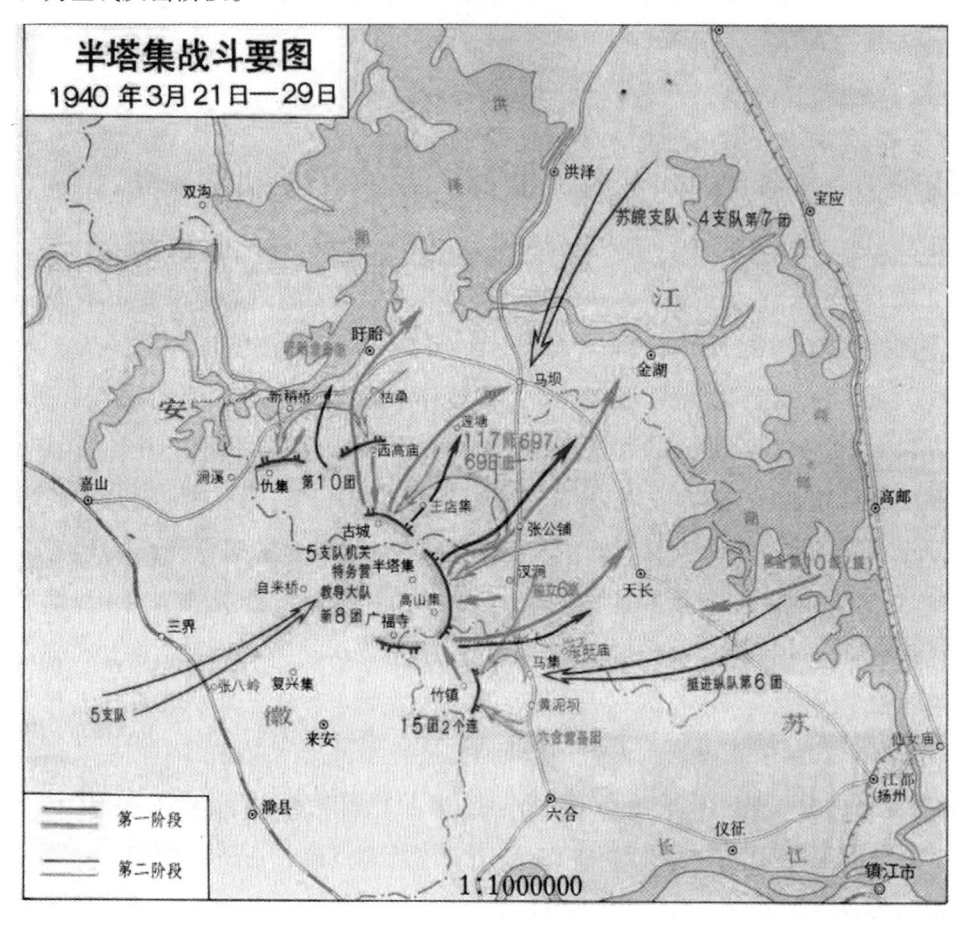

半塔集战斗要图

教导大队在大队长黄一平和教导员唐克的率领下,打退了顽军两次进攻,守住了阵地。顽军两次进攻失败后,当日中午又集中两个连在密集的炮火掩护下,先抢占了半塔西北制高点光山,接着将半塔紧紧包围,并用火力封锁半塔和苏郯间的道路,企图全歼半塔守军。在十分危急之时,五支队副司令周骏鸣当机立断,决定首先夺回制高点,以解半塔之围。他亲自率领陈启文特务营二连从光山后面隐蔽接近顽军,并令坚守半塔的教导大队从正面配合。顽军两面受到夹击,四处逃窜,二连夺回光山。在一日之内,半塔留守部队击退顽军三次进攻,牢牢地控制了半塔周围所有制高点,保住了半塔与苏郢的通路。

夕阳西下,暮色降临。尽管经过了一天激战,战士们仍然精神抖擞,抓紧修固工事,擦拭武器。模范队队长张明禄正和几个模范队队员在架子母炮(一种土炮,装上火药和碎铁片,能打500多米远,杀伤面积十六七平方米),一些老乡在一旁敲砸碎铜烂铁,一片紧张而又热烈的战斗气氛。

半夜,顽军又从北门发起攻击。早已等待着的土火龙、子母炮、步枪、手榴弹一齐开火,顷刻间,火光映红了半边天。土火龙在敌群中燃烧,子母炮在敌群中开花,打得顽军鬼哭狼嚎。

次日,顽军又多次发动进攻,但都被我军民打退。为了节省弹药,黄大队长把神枪手猎户分布在东、南、北三面,严密监视敌人。只要顽军一露头,神枪手们就弹无虚发,打得顽军连头都不敢抬。

顽军攻城不下,便企图切断我通往后方指挥部的要道,企图将我四面包围,困死在半塔集。我军得到情报后,派张明禄星夜带领200多名队员增援警卫连一排。他们沿着龙潭河南侧奔向小李郢,迅速占据有利地形。不一会,顽军沿河岸向小李郢扑来,神枪手陈兆祥透过月光,对准走在最前面那个骑马的就是一枪,那人应声落马。顽军见指挥官被打死,顿时乱作一团,新四军战士和模范队乘机开火,打得顽军狼狈逃跑。

第三天,顽军又企图从石头山、小李郢两面合击我军。黄一平命张明禄,带一个班新四军战士和一个乡模范队,坚守石头山;命杨延德带工抗会100多人支援小李郢。

石头山山势险要,乱石满坡,张明禄发动大家在石头山上垒石头、扎草人以欺骗敌人。天刚麻麻亮,两个连的顽军向石头山爬来。这时,我军已离开主峰,埋伏在山坡两侧。顽军在朦胧中见山顶有人,便开起火来。打了好半天,顽军见没有动静,以为我军被打垮,便沿着山凹蜂拥而上。当顽军接近我阵地时,张明禄一声令下:"打!"战士们一齐开火,模范队队员们把早已堆积好的石头奋力推下山去。顿时,山崩地裂,枪声、石头的碰撞声、顽军的哭叫声混成一片。顽军措手不及,有的被打死,有的被砸伤,剩下的连滚带爬地向山下逃去。进攻小李郢的顽军见石头山没有拿下,慌忙逃走了。

第五天,顽军恼羞成怒,同时从东、南、北三面向我军发起猛烈攻击。黄一平、张明禄和唐克各把一面,指挥战斗,东门的战斗打得最激烈。敌人不断蜂拥而上,大多数聚积在东桃园塘里,黄一平便指挥子母炮射手:"对准桃园塘,放!"炮弹在塘里开了花,顽军倒下一大片,剩下的只好装死,伏在地上,一动也不敢动。后面的顽军见势不妙,连忙退走。南、北面的顽军攻得也很厉害。张排长抱着机枪,往返两门,猛烈地扫射。神枪手不停地射击,打得顽军不敢前进,只好躲在麦地里胡乱放枪。战斗一直持续到天黑。

天黑后,黄一平、唐克、张明禄检查完阵地,发现弹药不多了。

黄一平边走边说:"我们开会研究一下,得想办法搞弹药!"这话被在一旁修工事的教导队傅班长听到,他霍地站起身来:"报告大队长,我有个办法!"

黄一平停住脚步,转过身来:"噢,你有什么办法?"

傅班长指着东桃园方向说:"到敌人死尸上去拿!"

"对!"雷连长走过来说,"我派小分队出击一下!"

黄一平征求了唐克、张明禄的意见后,对雷连长说:"好!但是动作要快!"

黑黢黢的夜刮着凉飕飕的风,天阴了下来,天空飘起蒙蒙细雨。午夜,傅班长带着一个班的战士向东桃园塘方向摸进。刚到塘边,便听到塘里传来哼哟哼哟的声音,仔细一看,原来顽军正在拖伤员。傅班长说声"打",战士们同时开火,顽军丢下伤员拔腿就跑。傅班长和战士们立即跳入塘内,搜捡弹药。这里大多是尸体,只有少数敌人还在哼叫着。战士们顾不得许多,捡起枪支弹药就往回跑。这一夜,小分队分几处出击,缴获了许多枪支弹药。

几天来,半塔集外围的战斗依然激烈。第五支队十五团2个连在韩顽独六旅十八团重兵围攻之下退出竹镇,在石涧子构筑工事,抗击顽军。次日下午2时,顽军投入十八团全团兵力,并以第十六团做预备队,向石涧子发起进攻。因众寡悬殊,第十五团2个连在完成任务之后撤出阵地。占据四十里桥之顽军2个营和盱眙之顽军4个营,分两路向西高庙进攻,企图攻占西高庙之后直取半塔。为了牵制顽军,五支队特务营顽强抵抗、英勇战斗,守住了西高庙阵地。

中共中央中原局和新四军江北指挥部密切关注半塔守备战情况,在命令教导大队坚决守住半塔的同时,还调整了作战部署。命令半塔外围部队向半塔靠拢,将撤出石涧子的第十五团2个连和当地2支游击队调至竹镇和苏郢之间,相机袭击进攻半塔之顽军,以保证半塔和支队部右翼的安全;急令在涧溪、仇集一带活动的第十团2个营星夜赶至古城待命。

根据命令,第十团21日赶到古城,并配合古城游击队击退了顽嘉山县周少藩的常备大队和秦庆霖常备旅一部对古城的进攻,歼顽军1个排。23日,第十团赶到半塔。

战斗进入第三天,占据竹镇之独六旅第十八团向半塔东南10公里之乔王村进攻。驻乔王村民运工作组及当地游击队40多人,在民运组组长兼游击队女教导员刘洁的带领下,凭借坚固的工事,与顽军激战一天一夜,牵制了顽军1个团的兵力。后顽军闻新四军增援部队到达,遂弃攻绕道撤退。

经过3日激战,顽军屡遭失败,锐气大减。从24日起,新四军掌握了半塔地区作战主动权。

新四军江南指挥部获悉韩顽围攻半塔地区,急令叶飞率挺进纵队火速增援。挺进纵队4个营23日从江都吴家桥出发西渡运河,横跨天(长)扬(州)公路,星夜驰援半塔。跨越天扬公路时歼灭日军1个小队和几十名伪军。24日,又歼灭国民党顽军忠义救国军行动总队大部。27日,在竹镇东马集与韩顽独六旅第十三团、第十六团遭遇,激战3个多小时,歼其1个营。挺进纵队行动迅速,作风勇猛,5日内连打三个胜仗,对顽军震慑很大。

近一周的战斗,韩顽在半塔及其附近地区均无进展。为转变其不利局面,韩顽又从三河北岸调来常备十旅妄图再次发动进攻。但此时挺进纵队已到达六合县境内马集一线,直接威胁着进攻半塔顽军的侧后。路西回援部队在江北指挥部指挥张云逸、第五支队司令罗炳辉的率领下,也于27日到达半塔西南20公里的张山集。韩顽见新四军援军云集,已对其形成夹击之势,28日晚仓皇撤退。

在新四军江北指挥部的统一指挥下,新四军各部从3月29日开始全线反击。中路,罗炳辉率第五支队主力,陶勇率苏皖支队,直插半塔东北王店集、莲塘、张公铺一线,追击从半塔溃退之顽军。在莲塘、岗村一线,与前来掩护半塔顽军撤退的常备十旅激战,将其击溃后,并一直追到三河南岸观音寺以西一线。

西北路,第十团追歼顽军秦庆霖部至涧溪,与其激战,全歼盱眙常备旅1个营,攻取涧溪,并乘胜占领秦庆霖巢穴盱眙城。从路西东返的第十团二营于四十里桥击溃周少藩、秦庆霖两部,秦庆霖部向东溃逃。

东北路,第四支队第七团越过铁路后,直插盱眙县马坝,在马坝以北截住敌尾,俘顽军50余人。接着,攻占永丰镇,俘顽军需处处长以下10余人,并向铜城方向追击顽军至金沟镇。

东南路,叶飞率领挺进纵队从六合县马集发起追击。第十五团二营的2个连与游击队在竹镇消灭六合县常备队一部,占领竹镇,接着同东返的一、三营会合后攻打浮山,顽军狼狈溃逃,全团向铜城方向追击至三河岸边。

半塔保卫战,新四军共歼灭顽军有生力量千余人,缴枪约千支,还歼灭了津浦路东地区的全部土顽武装,顽政权均告瓦解。我亦伤亡数百人,五支队参谋长赵启民、十团团长成钧负轻伤。

半塔保卫战的胜利,具有十分重大的意义。首先,由于守住了半塔,争取了时间,保证了津浦路西对桂顽作战的胜利,实现了集中主力先反击桂顽、后反击韩顽的战略意图,从而粉碎了韩、桂两顽实行东西夹击,把新四军赶出皖东,消灭新四军江北部队的阴谋。其次,半塔保卫战是以少胜多、以弱胜强的范例,它开创了固守待援、打守备战的经验。陈毅曾说,半塔保卫战是固守待援的范例,在华中先有半塔,后有郭村,有了半塔才有黄桥。最后,半塔保卫战的胜利为建立皖东抗日根据地创造了条件。

张云逸大将撰写的《半塔烈士纪念碑记》

1940年4月10日,刘少奇就半塔保卫战情况致电中共中央书记处称:"韩德勤部在我全体官兵英勇反击之下,已全部退过淮河北面,我已扼守淮河各要点,本地顽固武装已大部退走,淮南运河以西、津浦铁路东之顽固武装已不多,再加肃清,即冲开了建立民主根据地的大道。"①

八、皖东各县抗日民主政权的建立

1940年4月1日,刘少奇和张云逸、赖传珠率中原局机关和新四军江北指挥部,从定远湾杨村出发东进,经过滁县曲亭、盈福寺,4日夜穿越日伪军严密封锁的津浦铁路,于5日晨到达来安县的复兴集。第五支队政委郭述申安排他们暂住屯仓盛郢老中医盛乐明家。清明时节的屯仓,山清水秀,参谋部几个参谋看到老中医眉清目秀、慈祥可敬,就跟老中医说:"我们有一个人会画像,叫他为您老画一张像,怎么样?"

老中医欣然答道:"好啊!"一会儿,一幅形象逼真的人物画像就画好了。老中医连连称道:"像!像!太像了!"

参谋说:"就挂在中堂上吧。"

老中医说:"好!"几个工作人员七手八脚地挂好了。刘少奇也站在一旁看热闹,老中医若有所思地端详了一会说:"还缺少一副中堂对联,能不能请首长帮着写一副?"

"好!"刘少奇很高兴地答应了。他铺纸提笔,略微沉思片刻,写下了"深山隐高士,盛世期新民"的中堂对联。这副字,在1958年党史资料征集时被南京军区征集去了。

经过短暂的休整,刘少奇又率中原局机关正式进驻到半塔集北的大田郢。在大田郢期间,刘少奇也经常到半塔集街上小住,第五支队就安排他住进半塔集街上唯一一栋小楼——朱家小楼。在这里,刘少奇开始抓紧部署皖东抗日民主政权的建设工作,创建根据地。

在津浦路西地区,3月11日,第四支队十四团攻占定远县城,顽县长吴子常逃跑的次日凌晨2点,新四军江北指挥部统战科科长魏文伯正在永宁集一老百姓家休息,刘少奇的秘书刘彬来通知他:"要你去做官,当县长。"他跟随刘彬去见了刘少奇与郑位三、彭康。刘少奇跟他谈了三点:第一,革命要夺取政权,现在我们

---

① 中共中央党史和文献研究院编:《刘少奇年谱》第一卷,北京:中央文献出版社2018年版,第310页。

夺取了政权。第二,要全面发动群众,武装群众。第三,要抓税收,同时取消苛捐杂税(指国民党的捐税);要征粮,保证军政人员的给养。

少奇谈完后,郑位三和魏文伯坐在房中的稻草铺上接着谈,主要是讲了红军建立根据地的经验,如何帮助人民了解抗日民主政权的性质。天亮后,魏文伯提出两点要求:一是要干部,二是要吃饭。郑位三都答应了,还给戴季英、谭希林写了信,请他们帮助落实。

第二天刘少奇即致电中共中央书记处称:"我们拟于即日将定(远)嘉(山)来(安)等县顽固武装一起剿完,并立即委派县、区乡长。"并与郑位三、彭康研究决定立即成立定远县抗日民主政府,委派新四军江北指挥部统战科科长魏文伯到定远县当县长。3月13日,刘少奇又指示第四、第五支队等部:"坚决消灭顽固政权,并派进步人员任区乡长,扩大部队,发展游击队……路东五支队应即委派来安、嘉山、天长三县长,并立即改组区乡保甲政权……"[①]

根据中共中央中原局和刘少奇指示,津浦路西地区各县抗日民主政权先后建立。

3月17日,皖东地区第一个抗日民主政权——定远县抗日民主政府——正式成立。早晨,魏文伯带领程式、陈京和黎竞平等人进入定远县城,并找到了第四支队十四团团长谭希林,十四团发给魏文伯等人300元钱经费,同时还给他们派了2名警卫员,配了2支驳壳枪。新成立的抗日民主政府一切开支暂由十四团供给。很快,定远县政府门口就贴出了两张布告:一张内容是新四军江北指挥部政治部委任魏文伯为定远县县长,另一张内容是魏文伯县长到任就职。同时,还让几个保丁在城内敲锣吆喝,在县城几个重要地点张贴布告。上午,在曲阳小学大操场召开了定远县抗日民主政府成立大会,魏文伯在大会上讲话,宣布定远县抗日民主政府正式成立,宣传我党我军的抗日主张,并揭露国民党顽固派制造"摩擦"的阴谋和破坏抗日的种种事实,说明新政府是抗日民主政府,是为人民服务的政府。到会的主要是藕塘中心区群众代表、城内的开明士绅,也有少数国民党统治区的群众。

3月至6月,凤阳、滁县、全椒等地抗日民主政府相继成立,裴海萍任凤阳县

[①] 中共滁州市委党史研究室著:《淮南抗日根据地史》,合肥:安徽人民出版社2014年版,第66页。

县长,蔡家璋任滁县县长,刘鸿文任全椒县县长。

为适应形势发展的需要,统一对津浦路西各县的领导,4月中旬,定远、滁县、凤阳三地联防办事处成立,魏文伯被推选为主任。8月1日,津浦路西各县联防委员会办事处正式成立,黄岩任办事处主任,魏文伯任副主任。9月中旬,合肥东南各区联合办事处、和(县)含(山)巢(县)各区联合办事处成立。至此,津浦路西地区共建立了6个县级抗日民主政权,以藕塘为中心的津浦路西抗日民主根据地正式建成。

在津浦路东地区,3月中旬,在新四军第五支队的帮助下,来安县抗日民主政府成立,爱国民主人士郑伯川出任县长。

来安县抗日民主政府建立后,津浦路东地区的政权创建工作迅速展开,新四军第五支队和津浦路东省委派出大批干部深入基层动员民众,开展政权创建工作。在此前后,嘉山、六合、盱眙、天长、仪征、高邮等县都相继成立了抗日民主政府,汪道涵、贺希明、余纪一、陈舜仪、周爱民、胡扬等分别任县长。4月18日,皖东津浦路东各县联防委员会办事处成立,贺希明任主任。8月20日,津浦路东第三次联防委员会会议改选邓子恢为主任,方毅为副主任。

随着县级抗日民主政权的建立,皖东地区区乡抗日民主政府也相继成立,同时县、区、乡抗日武装和自卫队迅速发展,工、农、青、妇等抗日团体普遍建立,到1940年7月,皖东地区形成拥有200万人口的抗日根据地。皖东抗日根据地东起运河,西至淮南铁路、瓦埠湖,北临淮河,南濒长江,面积约2万平方公里。

在根据地建设过程中,中共中央中原局和新四军江北指挥部对从大别山和皖中地区撤退到皖东的1000余名干部、党员和进步青年进行短期集训后,派到县、区、乡作为政权建设的骨干,这批同志为皖东抗日根据地的区乡基层政权建设做出了贡献。

皖东抗日根据地是华中地区最早建立的根据地,它的建立初步改变了新四军原来在华中所处的极端困难局面,为华中其他抗日根据地的建立起了示范作用,是发展华中的重要转折点。皖东抗日根据地的建立,创造了新四军向苏北发展的有利条件,为华中抗日根据地的建立奠定了基础。

九、平叛和抗日新局面

皖东抗日民主根据地的建立,使日伪和国民党顽固派既恐惧又仇恨。日伪军加强了对抗日根据地的"扫荡",顽军乘机进逼,妄图将我赶走。我江北部队在中原局、刘少奇和江北指挥部的领导指挥下,坚决反击了日伪军的"扫荡",粉碎了顽军的军事进攻。

1940年5月,日伪军先后出动3000余人侵占了定远县城,并四处"扫荡"路西地区,奸淫掳掠,无恶不作。新四军第四支队击退日伪军在路西"扫荡"的同时,日伪军以1000余人兵力对路东地区进行"扫荡",被第五支队粉碎,新四军第三次收复了来安县城。6月上旬,驻滁县的日伪军1000余人又侵占路西周家岗、全椒一线,被第四支队打击后,逃回了滁县。

日伪军对路西地区的"扫荡"刚被粉碎,桂顽乘机又发动进攻,以一三八师一部和第十游击纵队进占合肥东北的古城集、青龙厂等地。6月中旬,第四支队在古城集展开猛烈反击,第五支队一个多团在肥东栏杆集,江北游击纵队一部在含山县仙踪、和县善厚集配合作战,打退了桂顽的进攻。古城战斗后,为加强江北游击纵队,江北指挥部决定,将第四支队十四团调给江北游击纵队,支队特务团改称第四支队十四团。

路西地区作战期间,路东几个县的反动地主在国民党特务的策动下,秘密串通,相互勾结,收拢地痞流氓和封建帮会组织小刀会,在韩顽两个团和"忠义救国军"800余人支援下,于7月发动了武装暴乱,捕杀我地方党政干部和群众,企图推翻抗日民主政权。

当时,抗日根据地基层政权虽已建立,但大多只是形式,缺少实际内容,有些地方的基层政权仍把持在旧的乡保长手中。如来安屯仓乡乡长孙乃聪、乡中队长蒲金龙,屯仓区游击队队长余宗海都是被留用的旧政权的人。在基层,党领导的武装力量还很薄弱,反动地主手里还掌握不少武装。受恶霸、反动地主控制的帮会、红枪会以及暗藏的汉奸和国民党特务也常常进行破坏活动,他们残害基层干部,袭击基层政权。

7月1日,来安县屯仓区中队(40余人)在孙乃聪、蒲金龙的策动下叛变,抓走

侯静波烈士负伤被捕的竹园　　　　位于屯仓水库边的陈志凡烈士墓

来安县驻屯仓工作队 5 位同志。7 月 3 日，屯仓反动地主"余大胖子"（余宗邦）、余宗海纠集百余暴徒武装暴乱，残酷杀害屯仓区区长牛致远、屯仓乡指导员陈志凡、山头乡女指导员侯静波等多位同志。与此同时，天长县大通镇恶霸李彦夫、吴敬修，泥沛乡恶绅周跃忠、张景贤、施学顺，国民党盱眙县马坝区区长叶一舟等互相勾结，串通 70 名武装匪徒攻打泥沛乡政府，杀害乡长等 4 名干部。盱眙县的暴乱分子先后杀害了开明人士肖石臣和嘉山县保安分处主任；嘉山县戴港反动武装杀害了大郢乡乡长丁长坦；盱眙县永兴乡帮会头子惠绍先父子纠集一批暴乱分子一夜杀死 9 位乡保长。暴乱很快蔓延到六合、仪征地区。路东周围的顽军从四面八方向根据地压过来。韩顽派出 2 个团偷渡三河，奔袭盱眙马坝和观音寺；盘踞在高邮湖西岸和长江沿岸的特务武装"忠义救国军"分别向金沟、黎城地区和仪征、扬州进攻，桂顽也派出武装特务数十人窜到来安、六合地区策应暴乱。他们相互勾结，紧密配合，在路东卷起阵阵恶浪。

这次反动地主武装暴乱前后历时半个月，范围波及全路东。因屯仓位于路东根据地中心地区，其影响和危害性更甚于其他地区，所以这次路东反动地主暴乱又称"屯仓暴乱"。

7 月 1 日这天，中原局和新四军江北指挥部在半塔大田郢召开的纪念中国共产党成立 19 周年大会上，刘少奇作了《做一个好的党员，建设一个好的党》的报告，理论结合实际论述了党的战斗历程，批评了在大好形势下产生的还处在萌芽状态的不良倾向，指出怎样才能做一个好的党员。第一，要尽心负责地为党工作，爱护党的每一事物，如自己的事物一样。共产党员是为共产主义与人类解放事业而奋斗的,是为了大众的利益与解放而牺牲自己的。而在某些党员中存在的个人主义与本位主义,是一种旧社会的私有观念的残余,必须改正。第二,为党的与劳苦大众的公共事业而牺牲。克服在某些党员中滋长的享乐人生观和对艰苦生活的厌倦心理,树立一心一意为了党和人类解放而坚决奋斗的坚定信念,吃苦在前,享乐在后。第三,要终生做一个好党员,就是要为党的利益、无产阶级的利益亦即人类最后解放的利益而奋斗到底。只有我们大多数党员努力工作,努力学习,努力提高增进自己的品质,努力前进,才能建设一个好的党。刘少奇的报告及时给大家敲了警钟,这对加强党的建设,对我江北部队和根据地的巩固与发展具有重要的意义。①

接到路东反动地主暴乱的消息,刘少奇指示新四军江北指挥部和津浦路东省委、路东联防办事处迅速行动,动员各地党、政、军、民联合起来,坚决镇压暴乱的首恶分子,争取受欺骗、被胁迫的群众,粉碎敌人的阴谋。为此,第五支队集中相应的兵力与地方武装、保安部门相配合,镇压暴乱。

第五支队十团首先击溃了配合暴乱的韩德勤部2个团,歼灭七八百名侵入金沟、龙岗地区的"忠义救国军",接着攻下黎城附近的季家圩子,消灭地主季兴桥暴乱武装100余人,活捉一批组织暴乱和继续顽抗的反动地主、刀会头子,并在群众大会上处决了首恶分子。7月7日,第五支队教导大队在新四军江北指挥部参谋长赖传珠的指挥下,攻打屯仓暴乱分子盘踞的高邮余家圩子,激战两日攻克该圩,活捉了余宗邦、余宗海。第十团在盱眙地方武装和保安部门的配合下,迅速平定了大通永兴、泥潭等地的暴乱。独二团在仪征、六合击退了东沟、奶山刀会的反动武装数千人的进攻,摧毁了付营等地的反动会堂,打垮了渡江北犯的"忠义救国军"。其他各地参加暴乱的反动武装在新四军强大的军事压力和政治争取中也土崩瓦解。

平定这场反动地主武装暴乱,大大削弱了日、伪、顽在路东的社会基础,坚定了人民群众保卫和建设根据地的信心,使根据地得以巩固和发展。

1940年8月以后,为了进一步粉碎韩顽和桂顽东西夹击皖东地区,巩固皖东抗日根据地,全力创造发展苏北的条件,江北指挥部根据中原局和少奇同志的指

---

① 中共中央党史和文献研究院编:《刘少奇年谱》第一卷,北京:中央文献出版社2018年版,第310页。

示,除组织部队保卫皖东抗日根据地外,还抽调部分兵力配合兄弟部队,执行向东、向北发展,开辟淮(阴)宝(应)地区等任务。8月初,罗炳辉、周骏鸣、张劲夫、冯文华等奉命组成指挥部集中第五支队两个团和第四支队一个团进到淮宝地区,与南下的八路军五纵队六八七团配合作战,歼灭了韩顽秦庆霖旅一部、三十三师两个团大部,并平息了小刀会的骚乱,建立了淮宝县政权。淮宝地区的开辟,为陈毅、粟裕部队进军苏中腹地,黄克诚纵队东进苏北,作了战略性策应;它沟通了皖东、皖东北抗日根据地,使皖东、皖东北和苏北根据地连成一片。

9月,日军又向我路东地区发动了规模空前的大"扫荡"。它调集第十五、第十七师团、江都警备司令铃木部队和伪军一部1.7万余人,在20多架飞机和20多艘小炮艇的配合下,分7路向路东地区进攻,妄图在1个月内摧毁我路东根据地,消灭我江北部队主力和指挥机关。吴头楚尾,血潮滚滚。面对这种严重局面,刘少奇和江北指挥部调集四支队第七、第十四团,五支队第八团和路东4个独立团共7个团的兵力,在广大群众和民兵的配合下,以内线游击袭扰,打击疲惫敌人,与外线向敌占城市和交通线进攻相结合打击敌人,经过12天65次大小战斗,粉碎了这次"扫荡",毙伤日伪军600余人。日伪军用九牛二虎之力做动员准备,兴师动众实施"扫荡",结果只增建了一个孤立无援的盱眙县城据点,其他一无所获。津浦路东9月反"扫荡"的胜利,保卫了根据地,进一步打开了皖东抗日新局面。

一支人马强又壮
——淮南新四军的发展和龙岗抗大

卷五 抗战新声更展眉

一、抗大溯源

半塔保卫战胜利后,皖东抗日民主根据地建立,经济、文化、教育等工作都在紧锣密鼓地开展。军队的正规化建设,同样也刻不容缓。这一切,都需要干部。为适应形势发展的需要,做好干部队伍的建设工作,办好干部学校,培训干部,提高干部队伍的军政素质,就提到了重要议事日程上。

早在半塔保卫战之前的1940年2月20日,刘少奇就曾向中央建议:立即在华中成立抗大分校或新四军干部学校,吸收因受李品仙压迫而逃往新四军的大批青年学生学习。24日,中共中央军委复电同意。由于皖东根据地还没有建立,没有校舍,供给奇缺,不具备办学条件,抗大分校当时没有成立。

1939年6月1日,毛泽东(左一)、刘少奇(右一)等领导人出席抗大三周年纪念大会,检阅学员队伍

抗大是中国人民抗日军事政治大学的简称,开始创办时被称为"中国人民抗日红军大学",简称"红大"。校长林彪,政治委员由毛泽东兼任。

九一八事变后,日本侵略者在东北扶植所谓"满洲国",接着把侵略的魔掌伸向华北,炮制了《塘沽协定》,提出"分离华北",使华北特殊化的政策。日本军队又先后制造"察东事件""河北事件"和"张北事件",胁迫南京政府批准北平军分会代理委员长何应钦与梅津美治郎达成的条件,即《何梅协定》,及察哈尔代理省主席秦德纯与土肥原签订的《秦土协定》,接受日军提出的取消冀、察两省境内的国民党党部等多项要求,使河北、察哈尔两省的主权大部丧失。日本吞并中国的速度加快,中华民族危机日益加重。

1935年8月1日,中国共产党驻共产国际代表团草拟了《中国苏

毛泽东在为抗大学员讲课

维埃政府、中国共产党中央为抗日救国告全体同胞书》(即《八一宣言》),10月1日以中华苏维埃共和国中央政府和中国共产党中央委员会的名义在法国巴黎出版的《救国报》上发表。宣言号召全国人民团结起来,停止内战,抗日救国,组织国防政府和抗日联军。这个宣言对推动抗日统一战线工作和抗日救亡运动起到了积极作用。1935年12月25日,中共中央在瓦窑堡召开政治局会议,分析了由于日本帝国主义的疯狂侵略,民族矛盾已上升为主要矛盾,引起了国内阶级关系和国际关系很大变化的形势,科学研判内战终将停止,抗日民族统一战线必将形成,新的民族革命高潮即将到来,中国正处于一个伟大的抗日民族革命战争的前夜。面临这个伟大的历史转折,党中央作出了《关于目前政治形势与党的任务决议》,明确提出:"必须大数量地培养干部。党要有成千成万的新干部,一批又一批地送到各方面的战线上去。"决定恢复长征前创办的红军大学,定名为"中国人民抗日红军大学",并着手进行筹备工作。

红军大学的前身是1931年创建于江西瑞金的中国红军学校,1933年扩建为红军大学,1934年随中央红军长征,改称"干部团"。红军长征到达陕北后,"干部团"在瓦窑堡改为中国工农红军学校。瓦窑堡会议后,中共中央决定以中国工农

红军学校为基础,创办了中国人民抗日红军大学。1936年5月14日,毛泽东在陕北延川县大相寺村召开的团以上干部会议上强调指出,应利用全面抗战开始之前的时机,抽调大批干部,从军团领导到连排基层干部,进红军大学学习,并要求各部队党委必须把选送干部入学作为一项战略任务,保质保量地把优秀干部选送到学校培养训练。会后,各军团立即行动,几天时间就把干部选送到红军大学,6月1日,学校举行开学典礼。

开学典礼在瓦窑堡米粮山上一座作为红大校部的旧庙堂门前的空地上举行。空地上临时堆起一个土台,放上一张长方桌,摆上几张木条凳,悬挂起写有"中国抗日红军大学开学典礼"的横幅,庙墙上贴满红绿标语,整个会场显得简朴而又隆重。毛泽东、周恩来、张闻天等党中央领导同志出席大会并讲话。毛泽东首先指出:我党创办抗日红军大学,是为准备迎接民族革命战争的到来。为了适应新情况,解决新问题,需要培训干部,提高干部。因此我们的干部需要重新学习,重新训练,以便将来出校后,能够独当一面地去工作。接着他又鼓励大家说:"第一次大革命时有一个黄埔。它的学生成为当时革命的主导力量,领导了北伐成功,但到现在它的革命任务还未完成。我们的红大就要继承着黄埔的精神,要完成黄埔未完成的任务,要在第二次大革命中也成为主导的力量,即要争取中华民族的独立解放。"

第一期学员编为三个科。第一科1个队,科长陈光,政治委员罗荣桓,主要训练红军团以上高级干部,共38人。人数虽少,但质量很高。埃德加·斯诺1936年6月到10月在西北根据地曾采访了这一科。在《西行漫记》中有《红军大学》一节,描绘这一科"平均年龄是二十七岁,平均每人有八年作战经验,受过三次伤"。学员有罗瑞卿、谭政、彭雪枫、杨成武、刘亚楼、张爱萍等人。第二科2个队,科长周士第,主要训练营、连干部,共225人。第三科6个队,科长周昆,政治委员袁国平,主要训练班、排干部和部分老战士,共800人。三个科共计9个队,学员1063人,全部来自中央红军和红十五军团,大多数是经过二万五千里长征锻炼的骨干。当时由于校舍和物质条件困难,学校分驻两地:第一、二科驻陕西省安定县(今子长县)的瓦窑堡,又称一校。第三科驻甘肃省环县本钵寺,又称二校。

红大开始创办的时候,内战尚未结束,西征战役正在进行,陕北根据地还受到国民党军队的包围,因此办校规模较小。1936年6月21日,国民党第八十六师高双成部队突然袭击瓦窑堡,红大即随中央机关撤出瓦窑堡,于7月3日迁到了保安县(今志丹县)县城。那时的保安县,地瘠人稀,物产不富,交通不便,广大群众生活极端贫困。加之连年军阀混战和土豪劣绅盘剥,县城遭到严重破坏,当地群众流传一首歌谣:"保安穷山窝,破庙比房多,菩萨比人多。"《西行漫记》关于这一段历史,斯诺是这么描述的:"以窑洞为教室,石头砖块为桌椅,石灰泥土糊的墙为黑板,校舍完全不怕轰炸的,这种'高等学府',全世界恐怕就只有这么一家。"

"西安事变"和平解决后,历时10年的内战基本停止了,抗日民族统一战线开始形成和发展,全国进入一个准备全面抗战的新阶段。此时,各方面都迫切需要大批干部去开展工作,因此,根据中央军委的命令,第一期学员就在1936年12月底毕业,分赴红军主力部队及全国各地,担负起"巩固国内和平,争取民主政治,实现对日抗战"的新任务。

第二期于1937年1月20日开学,8月间毕业,历时7个月。后来进入新四军工作的赖传珠、罗炳辉、戴季英、周子昆、肖望东等都是这一期的学员。这时,全国抗日救亡运动风起云涌,山西、甘肃、宁夏的阎锡山、马鸿宾、马鸿逵等国民党军阀看到统一战线已是全国民心所向,大势所趋,不得不做出一番"抗日"的姿态,放松了对我陕甘宁边区的封锁。所以,全国各地的革命知识青年,尤其是参加过"一二·九"运动的平、津等各大城市的学生以及东北流亡学生中的一部分救亡运动的骨干和先进分子,就利用这个空隙奔向延安,寻求抗日救国的真理。这就向我们党提出了教育培养更多知识青年的新任务。

根据党中央和毛泽东的指示,中央军委为适应形势发展的需要,1937年春,决定把抗日红军大学正式改名为"中国人民抗日军事政治大学",除继续培养红军干部外,把培养革命知识青年、向全国招生作为抗大的一项重要任务,校部也由保安县迁到党中央所在地延安。2019年7月底,我在河北邢台浆水镇前南峪村中国人民抗日军政大学陈列馆采访,说到抗大命名的情形,馆长杨树对我说:"红大无二期,抗大无一期。"表述得非常准确。

4月,毛泽东为抗大制定了八个字的校训:"团结、紧张、严肃、活泼。"这八个字的校训,既熏陶和锤炼了抗日军政干部的优秀品格风范,又养成了他们良好的精神状态,也因他们的传播和感染,后来成为人民解放军的优良传统。

第二期开学正值红军第一、第二、第四方面军会师之后不久。由于全国红军大会合于西北,第一次把红军第一、第二、第四方面军及西北红军的干部会集在抗大学习。西北红军的干部会集在抗大学习,这就有可能在党中央直接领导下,总结和交流10余年来各地红军和革命根据地的斗争经验,并通过总结、交流经验,进一步肃清"左"、右倾错误的影响,特别是肃清王明"左"倾冒险主义和张国焘分裂主义错误的影响,从思想上统一和提高认识,增强全党全军的团结。

1937年3月27日至30日,党中央在延安召开了政治局扩大会议(延安会议),批评张国焘的错误。31日,中共中央政治局作出《关于张国焘错误的决定》,系统地分析了张国焘错误的性质、内容、根源及其危害,号召第四方面军的同志团结在党中央周围,与张国焘的逃跑主义、分裂主义错误作坚决的斗争。抗大根据党中央政治局的决定精神,开展了对张国焘错误的批判。这是一次极为生动、深刻的马列主义教育。这次教育在认真学习中央决定和有关文件的基础上,紧密联系历史实际,运用回忆、对比的方法,认识、分析、揭发、批判了张国焘的错误,统一了思想。

为了总结土地革命战争时期的经验教训,从思想上进一步肃清王明"左"倾冒险主义及其主观主义、教条主义错误的影响,毛泽东特地到抗大讲授《辩证唯物论》。每星期二、四上午来讲课,每次讲4个小时,下午还参加学员讨论。从5月份一直讲到七七事变以后,历时3个多月,讲课110多小时。毛泽东运用马列主义唯物论和辩证法,总结了党的历史经验和教训,揭露了"左"、右倾错误,特别是王明"左"倾教条主义的错误实质,用辩证唯物主义的世界观和方法论武装干部的头脑,使大家认清王明的主观主义、教条主义思想方法对革命事业的危害,端正思想路线,树立实事求是、一切从实际出发的思想,学会正确的领导方法与工作方法,大大提高了学员的思想水平和工作能力。

同时,这一期教学,抗大第一次接受教育培养外来知识青年的任务。在抗大全体教职员的共同努力下,这一期先后吸收了609名男女知识青年,经过教育培养,毕业时共有427人达到共产党员的标准,被吸收入党,约占总数的70%,这是一个很大的成绩。

"卢沟桥事变"发生,抗日战争全面爆发后,第二期大学部学员立即结束学习,于8月毕业,奔赴抗日战争的各条战线。毛泽东在学员毕业证书上题词,要求毕业同学要"勇敢、坚定、沉着向斗争中学习,为民族解放事业,随时准备牺牲自己的一切"。

第三期是 1937 年 8 月 1 日开学的。此时,正处于全国性抗战开始全面展开的新阶段。开学以后,各地知识青年还是一批批接踵而来。前文描写到的全椒时生和王永就是这样的青年。随着国内抗日战争形势的飞速发展,中国共产党迫切需要大量干部去宣传、组织、武装群众,开展抗日游击战争。因此,抗大第三期的中心任务便是努力提高红军干部的军政素质,团结教育好知识青年,培养造就更多的抗日骨干,以适应抗日战争形势发展的需要。时生和王永的到来,可谓正得其时。

这一期共招收学员 1272 人,其中知识青年 477 人。根据该期的教学任务,全校编为 3 个大队。第一大队为军事大队,辖第一、第二、第三队,韩振纪任大队长,王赤军任政治协理员。第二大队为政治大队,辖第四、第六队(五队空缺)及一个女生队,苏振华任大队长,穰明德任政治协理员。第一、第二大队除女生队是红军女干部与知识青年混编外,其余 5 个队均为红军干部,共计 616 人。罗炳辉的夫人张明秀就是这一期女生队的学员。第三大队为知识青年大队,辖第七至第十四队,刘忠任大队长,李干辉任政治协理员。

1941 年刘少奇(左)和陈毅(右)与在新四军工作的奥地利医生罗生特(中)在苏北盐城

抗日战争形势的发展迫切需要大批文武兼备的抗日骨干。抗大从这一实际出发,在搞好政治教育的同时,特别强调加强军事教育,严格军事生活,以培养大批适应抗日战争需要的军政人才。教学计划中加大了军事教育的比重,内容包括步兵战术概则,游击战术,军事地形学,单兵和班的战术动作,排、连、营、团战斗的组织指挥以及队列、射击、投弹、刺杀、爆破、伏击等训练,力求使学员多掌握一些本领,以便为部队输送合格的指挥干部。

1938 年 3 月 5 日,毛泽东为抗大同学会题词:"坚定不移的政治方向,艰苦奋斗的工作作风,加上机动灵活的战略战术,便一定能够驱逐日本帝国主义,建立自

抗大教员在备课

抗大旗帜

由解放的新中国。"1939年5月26日,毛泽东在《新华日报》上发表《抗大三周年纪念》一文,将"坚定不移"改为"坚定正确",其后,"坚定正确的政治方向,艰苦奋斗的工作作风,机动灵活的战略战术"就一直是抗大教育方针。

为激励抗大学员们努力学习,肩负起抗日救国的重任,1937年11月,毛泽东让中共中央宣传部负责人凯丰为抗大谱写一首新校歌。凯丰接受任务后兴奋不已,望着一群群从海内外而来,会聚于宝塔山下,寻找抗日救国真理的热血青年,他心潮澎湃,很快写出了从心灵深处流淌出来的歌词:

黄河之滨,
集合着一群中华民族优秀的子孙,
人类解放,救国的责任,
全靠我们自己来担承。
同学们,努力学习,
团结紧张严肃活泼,我们的作风;
同学们,积极工作,艰苦奋斗,
英勇牺牲,我们的传统。
像黄河之水,汹涌澎湃,
把日寇驱逐于国土之东!
向着新社会前进,前进!
我们是抗日者的先锋!

凯丰把歌词交给时年二十七岁的青年作曲家吕骥。吕骥反复吟诵着歌词,以歌曲中黄河的形象完成音乐构思,将抗日的激情表现了出来,而后当场唱给时任抗大副校长的罗瑞卿等领导听。罗瑞卿听后激动地说,他听过不少校歌,但他最喜欢的还是这首。

从此,"像黄河之水,汹涌澎湃,把日寇驱逐于国土之东!向着新社会前进,前进"的声音在宝塔山下回荡,随着抗大的歌声而传唱,更被毕业的学员带到全国各地。在战火纷飞的抗日年代,它成为凝聚全民族力量的号令,引领无数热血青年踊跃上前线,谱写了一首首救亡图存的壮士之歌。抗日烽火渐行渐远,抗大校歌却历久弥新,其以振奋人心的感染力传唱至今,并成为国防大学的校歌,激励着一代又一代青年昂扬进取,奋勇报国。

抗日烽火越来越炽烈,1938年4月16日,抗大第四期正式开学。到12月,学员陆续毕业,历时8个月。这一时期,华北地区以国民党为主体的"正面战争"已告失败,以共产党为主体的游击战争占据主要地位。在这种形势下,为挽救民族危亡,我们党领导八路军、新四军在华北、中原和江南展开了更加广泛的抗日游击战争,创建了大量抗日根据地,钳制向中原和西北进攻的日寇,威震大江南北,声誉空前提高。

抗大学员在训练走天桥　　　　延安抗大校门

根据招生的实际情况,这一期学员先后被编成8个大队43个队,人数5562人。其中训练八路军、新四军和白区地下党派来的干部有7个队,907人;训练知识分子的男生有31个队,4001人,女生1个大队,下辖5个队,654人,共有知识分子学员4655人,占全校学员总数的83%。此外,还抽调在职干部和教员成立了教员训练班、政工干部训练班、区队长训练班和参谋训练班,以培养教员和机关工作人员。

女生大队是这一期的亮点。过去几期女生数量较少,一般单独组成区队,然后编入各个学员队。这一期女生大量增加,有600多人,所以学校于11月13日单独成立一个女生大队(第八大队)。女生大队举行成立典礼那一天,毛泽东、贺龙、徐特立、谢觉哉等 30 多位领导同志和来宾出席了大会,毛泽东还专门作了讲演。①

位于河北省邢台市浆水镇前南峪村的中国人民抗日军政大学陈列馆

1938 年 10 月下旬,广州、武汉相继沦陷,中国的抗日战争开始由战略防御转入战略相持阶段。党中央、中央军委开始考虑深入敌后创办抗大分校,就近为八路军、新四军培养训练干部。为了完成在新阶段培养大批干部的任务,根据抗日战争形势的发展和全党工作重点放在战区和敌后的需要,中共中央决定改变抗日军政大学的建制,把抗大分散到各地方去,以便冲破日、伪、顽对陕甘宁边区的封锁,到敌后办学,培养大量干部,带领群众,开展敌后游击战争,扩大、发展和建设抗日根据地。1939 年 1 月 28 日,第五期开学后,抗大总校先后在晋冀鲁豫、晋察冀办学,并开始在山东等抗日根据地建立抗大分校。到了 1940 年初,在八路军创建的根据地中,抗大第一、第二、第三分校陆续开办。新四军中,彭雪枫所部在豫皖苏边根据地创办了抗大第四分校,并于 3 月 18 日在安徽涡阳县北麻塚集举行开学典礼。

在皖东,刘少奇提出建立抗大分校,就是基于上述形势和皖东的实际需要考虑的。

---

① 本节内容参见李志民著:《革命熔炉》,北京:中共党史资料出版社 1985 年版,第 5—65 页。

二、从教导队到江北军政干校

先前,新四军第四支队干部培训主要是靠教导队。1938年8月,第八团为了适应独立行动的需要,组建了团教导队,队长张翼翔,政治指导员郎清荣(后为文明地),支部书记刘铁华(后为王善甫),第二期副政治指导员胡炜。教导队随团部行动,先后驻庐江县西汤池、全椒县大马厂、滁县于家圩子等地。共办两期。第一期于1938年8月开学,11月结业。有学员100多人,大多数是部队的班、排长,培训后分配到部队任连排干部。第二期接着第一期学员结业开办,有学员140多人,编为4个排,其中部队干部3个排,主要培养连排干部,还有一个地方青年学生排。

为了适应抗战形势的需要,到了12月,第四支队领导决定,将支队手枪团改为支队教导大队,大队长李世安,政委江岚,驻舒城县西港冲。教导大队有学员400多人,编为4个分队,都是从部队调来的营、连、排级干部。学员边学习边宣传,组织民众抗日。1939年春,部分学员分配工作后,合并为3个分队。同年6月,四支队教导大队由舒城县西港冲东移到合肥东北部的青龙厂,兰祥任大队长,江岚仍为政委,杜国平任副大队长。到八九月,学员全部分配到部队工作,教导大队遂告结束。

1939年7月,新四军第五支队在组建的同时,以四支队八团教导队为基础,扩建为五支队教导大队,大队长张翼翔(后为黄一平),教导员王敬群(后为唐克),仍驻滁县于家圩子一带。第一期开办3个队,其中1个连排干部队、2个地方学生队。1939年9月,五支队教导大队随支队部迁到来安县半塔集后,又开办了第二期,约500名学员,编为6个队,其中3个军事队、2个学生队、1个女生和少年队。这期学员作为主力参加了半塔保卫战,坚守半塔集7昼夜,为夺得路东反摩擦的彻底胜利做出了重要贡献。路东反顽战役结束后,为建立皖东根据地,学员分配到地方和部队工作,第五支队教导大队即行停办。

江北指挥部成立后,很快完成了对新四军江北部队的整编和战略展开的任务。为了适应形势发展的需要,1939年7月,在庐江县东汤池成立了江北指挥部教导大队,大队长由赖传珠兼任,副大队长谢祥军,教导员刘毓标,学员编为2个队。同年八九月,教导大队随江北指挥部迁到合肥东北部的青龙厂,次年1月又迁到滁县太平集。

1939年11月,以江北指挥部教导大队一部为基础,又组建了江北游击纵队教导队,队长丁亚,指导员钱跃武,驻皖中无为县丁家牌楼。教导队主要为部队培养基层军政干部,共有学员100余人,编为3个区队。学员是从江北游击纵队的部队中选调来的,也有一部分是刚入伍的地方知识青年。1940年2月这期学员结业后,教导队即改为江北游击纵队教导大队,仍驻丁家牌楼,大队长丁亚,教导员钱跃武。下设2个队,有学员200余人。一队队长王民,二队队长贺心奎,指导员傅奎清。1940年4月,教导大队参加照明山反顾战斗后,遂撤销,学员分配到部队工作。

此外,为了培训地方武装的基层干部,1940年下半年,四支队司令部和路西联防司令部共同举办了教导队。

抗大分校暂时未能创办,但在教导大队的基础上,1940年5月,新四军江北指挥部军事政治干部学校在太平集正式成立,由张云逸兼任校长,赖传珠兼任副校长,谢祥军为教育长,刘毓标为政治处主任。不久,校址由滁县太平集迁到了天长县汊涧镇,驻东园大觉寺。

三、江北军政干校师生的反"扫荡"

大觉寺又名"大觉禅林",是苏皖边区著名的千年古刹。唐开元年间住持僧飞来仿杭州寺院规模募建,历10年而成,有藏经楼及客堂40余间。禅林分前、中、后三进,庭院宽阔,古木参天。江北军政干校校部的训练处、校务处等就驻于此。而学员队分散驻在该镇中石街和镇附近的西园、秦西庄、香佛庵等地。

江北军政干校一成立,就招进学员近千人,主要是来自部队的基层指战员,也有一小部分是各地来的知识青年。全校学员分2个大队,计9个中队。每个中队有3个排,每个排有3个班。第一大队,大队长严昌荣;第二大队,大队长朱茂绪。一中队为上干队,是团、营级军政干部队;二、三中队是干部队;四中队基本是学生队;五、六、七中队主要是班、排干部队;八中队是女生队;校部机关学员为直属队(九中队),其与上干队、女生队统属校部直接领导。每个中队有队长、指导员、驻队的政治教导员、军事教员、文化教员和教育干事,有党支部和青年突击队(相当于后来的共青团)。排里有排长等干部,班里有班长、学习组长。

江北军政干校政治教学内容和军事教学内容并重。开设的课程有:社会发展史、中国革命的基本问题、党的建设、统一战线、民运工作、军事理论、兵器常识、队列教练、战斗勤务,以及射击、刺杀、投弹、土工作业四大技术和班、排战术,还有为军事服务的自然科学常识课程,如星座识别、气象分析、地理位置等。干校还安排了日语喊话等教程。教学活动是在学校统一计划下,基本上以中队为单位进行的。有军政首长来作报告,学员就一起上全校性的大课了。班级学员还按文化程度高低搭配,编成了互助学习小组。

这里的生活是军事化的。每人发一支枪、数发子弹、一两颗手榴弹。一律着新四军的灰布军服,打绑腿,还学打"革命鞋",也就是布草鞋。干校的给养有一定的困难,特别缺乏蔬菜,有段时期几乎全靠黄豆做菜,煮黄豆和黄豆芽是传统"名

抗大八分校学员在打草鞋

吃",但学员们的学习情绪始终是很高的。校部还办有《迈进报》,1940年七一前夕,为了纪念中国共产党诞生十九周年,刘少奇应该报及其他有关单位的请求,把为庆祝建党9周年撰写的文章《作一个好的党员,建设一个好的党》,刊登在《迈进报》上。

同年8月,干校第一期学员结业。在结业典礼大会上,刘少奇作了报告。接着第二期学员进校,这期学员招收1100人左右,分为3个大队。学员入学不久,日军对我皖东根据地及淮宝地区开始了"9月大扫荡"。在新四军江北指挥部和刘少奇、张云逸的统一领导和指挥下,原留路东的十四团和地方4个独立团与人民群众密切配合,实行了空室清野,灵活机动地在内线游击袭扰打击敌人,在外线向敌占城市和交通线伏击与进攻,相机打击敌人,使敌人到处挨打。江北军政干

校学生在江北指挥部的指挥下,全程参加了反"扫荡"战斗。他们始终和主力部队并肩战斗,勇猛顽强。学员第七中队罗队长身负重伤,教育干事李伟在汊涧大桥争夺战中不幸牺牲,校部有一林姓炊事员也在战斗中牺牲。二期学员陶熔在《陶熔回忆录》中写道:

> 9月上旬日军对淮南路东地区"大扫荡",从六合、天长两路侵犯,江北军政干校奉命配合五支队承担保卫江北指挥部和中原局的艰巨任务。9月7日(起)军政干校与天长一路来犯之敌在汊涧地区硬碰硬阻击拼斗了3天。
>
> 当时学校还有九个队学员和校部工作人员,先由五、六、七队在汊涧南执行阻击任务,保证机关首长和学员转移。敌人遭阻击后用机枪、小钢炮远距离射击。我们撤到大觉寺附近的汊涧大桥,利用有利地形进行阻击,并在大桥上展开激烈的争夺战。我们用密集的火网封锁敌人的多次进攻,这场战斗又进行了3个多小时,我们才撤退,敌人半天都不敢进镇。我大队人马从汊涧北向西撤往半塔方向(时属盱眙),10日晚到半塔附近,因得知来安日军要进攻我们的情报,连夜又向北盱眙山区转移,部队在黄天集宿营。这是个小集镇,千余人大部分在野外露天宿营,正如张诚回忆文章说的,在汊涧附近的七里岗天王营和莲塘山坡峻岭上都有我们同志与敌人搏斗的血迹。农历中秋节我们转移到泥沛湾一带,夜晚听农民放鞭炮,敬月亮。当时敌人从汊涧向大通方向"扫荡",离我们驻地只有10多里地,我们一路与敌人"捉迷藏"。从泥沛到葛家巷路上指挥部传来命令,不准叫首长名字,只准叫胡服(刘少奇)的代号一〇三首长。少奇同志和我们一起步行,他的警卫员牵着一匹马,驮着很多伤病员背包。9月20日我们全体学员和首长在葛家巷休整三天,敌人从汊涧到张公铺—大通—铜城武装游行一通就龟缩回天长。9月27日(起)我们与敌人周旋了十几天又回到汊涧镇,学校成了一片焦土,大觉寺被毁为平地。

路东秋季反"扫荡"胜利后,江北军政干校重返汊涧镇,与第五支队在汊涧西南磨盘庄举行反"扫荡"和苏北黄桥大捷双胜利庆祝大会,江北指挥部邓子恢主任在大会上作报告,并提出今后工作和作战任务。

四、抗大八分校进龙岗

1940年10月,新四军苏北部队在陈毅、粟裕的指挥下,取得了黄桥决战的伟大胜利,华中敌后抗日民主根据地呈现了一个崭新的局面。中共中央和中央军委决定成立华中新四军、八路军总指挥部。刘少奇率中原局和新四军江北指挥部的部分干部于10月21日从淮南前往苏北盐城。自1939年11月底到达皖东,刘少奇在皖东已工作了10个多月,彻底地扭转了皖东抗日的被动局面,建立了抗日民主根据地,抗日武装力量得到了空前的发展。

为配合刘少奇东进盐城,成立华中新四军抗大总分校,江北军政干校除留下第三大队外,校部大多数和第一、第二两个大队600余人由谢祥军、刘毓标率领,随同刘少奇前往盐城。校部和第一、第二两个大队随后同苏北指挥部干部学校、皖东干部学校合并,筹建抗大第五分校。1940年11月,抗大第五分校在盐城正式开学,陈毅兼任校长和政治委员。到了1941年10月,盐城抗大第五分校改为华中抗大总分校。新的抗大第五分校则由新四军三师开办。原江北军政干校部分机关干部和第三大队学员500多人,在留下来的政治处主任徐祥亨、副教育长冯文华的带领下,转到天长县张公铺继续办学,仍称江北军政干校。大队长朱绍清,副大队长杨元三。下辖4个队,其中营级干部队1个(简称上干队),连排级干部军事队和政治队各1个,地方干部队1个。教员有政治、文化主任教员各1名,政治、文化教员各4名,军事干部3名,政治干部2名。

12月13日,中共中央书记处致电刘少奇,指出:"你们的学校应尽量招收上海及苏北的广大青年职工、青年学生、知识分子及半知识分子,准备办两万人的大学校。不分男女、信仰、党派、阶级,只要稍有点抗日积极性的一概招收,来者不拒。不要怕反动分子混入,让其混入一些,然后再加淘汰。学期亦短,两三个月一期,学校便有了教员。大量招收上海、苏北原有教职员参加办学。一切不反共的旧军官,凡愿来的一概收留。开办大规模学校是你们开展工作的中心一环。"[①]办两万人的大学校,是一项艰巨的任务,仅靠盐城的第五分校,和后来改建的华中抗

---

① 丁星、郭加复主编:《新四军辞典》,上海:上海辞书出版社1997年版,第136页。

大总校是难以完成的。抗大八分校的建设就提到议事日程上了。

皖南事变后,中共中央在1941年1月20日发布重建新四军军部的命令,任命陈毅为代理军长,张云逸为副军长,刘少奇为政治委员,赖传珠为参谋长,邓子恢为政治部主任。1月25日,新四军军部在苏北盐城成立,随即将坚持在华中敌后的新四军、八路军各部,统一整编为7个师和1个独立旅。

根据中共中央军委的命令,活动在江北皖东地区的新四军江北指挥部及其所属部队改编为新四军第二师。2月18日,中央军委发布新四军各师领导干部任命,副军长张云逸兼任第二师师长,罗炳辉任副师长,郑位三任政委,周骏鸣任参谋长,郭述申任政治部主任(未到职),张劲夫任政治部副主任,胡弼亮任供给部部长,宫乃泉任卫生部部长。第二师下辖3个旅9个主力团,2个联防司令部,总兵力2.4万人,其中主力部队1.5万人、地方武装9000人。

新四军江北指挥部军政干部学校也改为新四军第二师军政干部学校,张云逸仍兼任校长,罗炳辉兼任副校长,教育长冯文华,政治处主任刘仁和。二师军政干校招收了一部分学员,全校扩大到6个队。

抗大八分校全体学员、教员合影

据《中国人民抗日军事政治大学史》记载,1941年4月12日,中共中央中原局书记、新四军政委刘少奇致电中央军委:为了号召外地知识青年来根据地受训,需要扩大干校,因此,提议将现有的二师军政干校改为抗大分校。不久,中央军委复电同意皖东设抗大第八分校,归第二师直接领导,同时与抗大总校建立联系。遵照中央军委的指示,二师军政干部学校于1941年5月改为抗大第八分校,并充实干部,扩大招生。张云逸兼任第八分校校长,罗炳辉兼任副校长,冯文华任教育长,高志荣任政治部主任,何泽洲任副主任,黄一平任军事训练处处长,王淑明任副处长(后王淑明任处长,杨采衡、王泰然任副处长),翁行茂任供给处处长。各处下设科或组,校机关下设队列科、总务科、油印室以及俱乐部、医院、政工队、实验剧团、报社等机构。

学校的这个领导班子,是针对快速培养人才设立的。张云逸校长和罗炳辉副校长平时不在学校,在学校负责的是教育长冯文华,政治部主任高志荣、军事训练处处长黄一平等配合。他们自新四军进入安徽以来,都可谓战功赫赫,声名响亮。冯文华曾入延安抗大四期培训,此前担任江北军政学校副教育长,有抗大教育的直接经验,也有战场作战经验。冯文华在担任五支队副参谋长时,有一次奉罗炳辉命令在前线指挥作战一天一夜,腿负伤了,但没有伤到骨头。罗炳辉非常内疚,对张恺帆说:"这怪我,不该让他在前线阵地这样长时间,太久了会出问题的。"冯文华能文能武,罗炳辉对他非常厚爱。高志荣是新四军对日寇第一战的直接指挥者,创造了历史。黄一平在半塔战斗后已经升任八团团长,跟随罗炳辉开辟淮宝抗日根据地后返回路东,会同兄弟部队参加反"扫荡"战斗,取得胜利。他们都是二师里的杰出人才,让他们来负责八分校,可见张云逸、郑位三、罗炳辉等师首长对这所学校的重视。

抗大第八分校开始选址在天长县张公铺。校部设在李钟乔家,各直属机构、学员和教工人员分散住在镇上的永昌、永泉、裕丰等商号和附近农民家里。

5月底,抗大第八分校刚开学不久,日军对淮南津浦路东地区发动大"扫荡",学校撤出张公铺,经葛家巷、曾家营、铜城等地,几经辗转,于同年秋天迁到了天长县东北部的龙岗镇。龙岗镇坐落在高邮湖西面,紧邻江苏,三面环水,车马难行,货运和出行多靠行船,且河汊众多,是一个宁静、隐蔽的去处。这里土地广袤,民风淳朴,人民生活较为殷实,自古有"穷铜城,富龙岗,闵家桥的银子动船装"之说。20世纪40年代,全镇300多户人家,有200多家商行和作坊,店铺林立。潘恒盛、谢博记、恒泰昌、文心阁、桂云阁、广生堂、元复新、得生源、隆顺堂、万春堂、三元坊等,黑匾金字招牌闪亮,尽显商业繁盛。铜龙河码头聚散八方货物,沿古镇四周建有真武庙、五神庙、关帝庙、城隍庙、吉祥庵、三圣庵、普度庵、净缘庵、观音寺、龙象庵等十余座庙宇,香火鼎盛,殿宇空旷,便于部队办学和居住。加上出过戴门一状元、韦门两探花、陈门四进士，文风亦鼎盛，是办学的好地方。

当年抗大八分校学员队居住的真武庙门廊，新中国成立后一度作为乡文化站。现已经恢复第八分校原貌

"吃菜要吃白菜心，当兵要当新四军。"新四军深入皖东建立抗日民主根据地，打日伪，清匪帮，在人民群众中早已经留下美好的印象。听说新四军要在镇上办学校，龙岗乡政府早早就组织镇上的20多家砻坊和磨坊突击加工军粮，为学员们准备好充足的粮食。很多人家让出自家的堂屋或厢房给学员们居住。于是，校部设在了戴树春家，政治部设在了舒澄家的舒祥源商号，训练处设在了戴之炎家，供给处设在戴之栋家，俱乐部设在戴宗曾家，医院设在戴之坤家。处下面的各科、组及学员和教工人员分别驻扎在镇上的关帝庙、五神庙、真武庙、城隍庙、三官殿、白果庵等寺庙。镇上居民家中住不下，少数学员就住在镇北头的农户家里。镇上各家和周边农户，把自家的长条凳和多余的门板拿出来借给学员做床铺。设在戴宗曾家的俱乐部里有各式教学挂图、书报、乐器和球类用品。镇上有浴室，学员可轮流洗澡。小镇上的民众，朴实儒雅，心地善良。抗大教员中的饱学之士，可在镇上找到"知音"谈玄论道；文化低的学员可请房东当"小先生"，帮助补习功课；许多女学员和房东大妈情同母女；镇上的年轻人都愿意和抗大学员交朋友；学员们衣服破了，房东大妈悄悄补好，晚上训练回来，有热水等他们洗脚……这些经受过战火和颠沛流离之苦的抗大学员，在龙岗找到了"亲人"，找到了"家"。

镇中心阙门上建有司号台，学员们听号令按时作息，学习、训练井然有序。分校组织学员开荒种菜、养猪、养鹅鸭，县抗日民主政府在高邮湖边划出土地（今龙岗社区南星组）给八分校种粮食。尽管当时根据地生活艰苦，但是根据地军民鱼水情深，人民群众总是千方百计保障抗大学员的基本生活。

虽然镇上的老百姓很热情,但由于没有专门的教室,学员上课多在寺庙的大殿里进行,若是晴天,也在树林中进行。

五、预科和本科

抗大第八分校在张公铺开学时有 6 个队,1 个营级干部队、2 个连级军事队、1 个连级政治队、2 个排级军事队,学员近 400 人。由于日军"扫荡",学校在转移途中坚持办学。每到一地,都有青年学生要求参加学习。八分校移驻龙岗时,沿途招收的本地和外地的青年学生数量可观,于是又增设了第七队,叫排级文化队,又称学生队,学员有 600 多人。抗大第八分校的学员时有变化,根据部队的需要,有时抽调一批学员提前结业,分配到部队,中途也有新学员来插班学习。

这一期在龙岗的教学分预科教育和本科教育。预科阶段大体按学员文化程度编为 7 个队:第一队有学员 58 人,男女生各编一个排,男生排的文化程度均在初中以上,编为军事预科,女生排的文化程度参差不齐,行政生活由队统一管理,但分开上课;第二队有学员 170 人,为初中肄业程度;第三队有学员 120 人,为高小毕业程度;第四队有学员 105 人,识汉字 1000 个左右;第五队有学员 140 人,识汉字 600—800 个,该队原为第二师参谋训练班,为保证教学质量并入抗大第八分校,单独编队;第六队有学员 94 人,识汉字 600 个以上;第七队有学员 140 人,识汉字不到 600 个。

预科学习国文、历史、地理、自然常识、算术等 5 门课程。每一门课按学员的文化程度分为甲、乙、丙 3 个组,使用不同的教材。由于课程多,涉及面广,学习时间又紧,学员对所学的内容不易接受和消化,所以,分校在教学中尽量采用直观教学的方法,使用挂图等辅助手段。为此,分校购买了 18 张一套的小学自然常识挂图和动物解剖图。学员们十分珍惜这难得的学习机会。教员认真教,学员认真学,大家互帮互学,掀起学文化的热潮。

2000 年,我曾经采访过这一期的学员柴庭凯,他是大别山红军的后代,父亲和叔叔先后牺牲。红军长征后,他流浪异乡,以帮工、讨饭为生,饱受苦难折磨。1938 年 8 月,他在庐江境内遇到了东进抗日的新四军第四支队。他听说这就是当年的红军,是共产党领导的队伍,就毫不迟疑地参了军。他政治立场坚定,军事素质过硬,第五支队挺进津浦路东时,他已经是重机枪连的班长了,操纵七九马克辛重机枪很熟练,平常还特别爱翻杠子,身体素质好。不久,他和史达夫一起被选作罗炳辉的警卫员。在罗炳辉身边,首长首先教他学文化,对他说:"不识字就不懂得科学,不懂科学就成不了优秀的革命战士。你每天学5个生字,3年以后就能达到中学以上的文化程度了。"首长特地给他和史达夫订了本子。那一年柴庭凯已经十九岁了,史达夫比他小两岁,他们都是爱动不爱静的人,不想学文化。罗炳辉就苦口婆心地开导他们说:"我在滇军的时候,为了学文化,帮人家洗一件衣裳人家方肯教我2个生字,哪有你们这个好条件?你们每天必须学会5个生字!今天学的,明天要写出来!"认识有800个字了,罗炳辉又送柴庭凯到参谋训练班和抗大八分校学习。因为有了一定的基础,柴庭凯此时学习文化的热情很高。当时课本很紧张,有人从淮北新四军四师到二师来,带了一本新民主小学教科书《高级国语》第一册,这是淮北行政公署教育处编写的油印本,罗炳辉看了,觉得很好,送给了柴庭凯。柴庭凯如获至宝,每天都对着学习,预科读完后,识字2000多个,达到了高小毕业水平。

那一段时间,罗炳辉要是到学校来,肯定要检查柴庭凯的文化学习情况。

预科学习后,转入军政本科教育时改为6个队:营以上干部队、连级军事队、连级政治队、排级军事队、支部书记培训队和青年学生队。第八分校利用龙岗环境安定、驻地相对集中、军民关系良好等有利条件进行正规化办学,坚持以教学为中心,不断提高教学质量。

军政教育内容、课程设置、时间分配以及教学方法,与其他分校大致相同。军政教育的教材,除毛泽东著作以外,还使用了抗大总校、华中总分校以及华中党校的一些教材,第二师机关和分校也编印了一些补充教材,如《党的政策》《党的建设》《政治工作》等。军事教育则紧密结合淮南地区的斗争形势和学员的思想实际。一方面,对学员进行游击战的作战训练,学习毛泽东关于游击战的思想,着重领会"敌进我退、敌驻我扰、敌疲我打、敌退我追"的十六字诀;另一方面,针对敌军作战的特点,进行正规的攻防战术训练,营以上干部侧重学习营团战术,连以下干部侧重学习连排战术。训练中,从学员文化程度普遍较低的实际出发,着重于实地演练。大家感到这样学习,形象生动,效果较好。罗炳辉自从担任五支队司令员起,就注重亲自培训学兵连。到了抗大八分校时期,学兵连有时也给八分校学员做示范教学。教育长冯文华带兵严格,一丝不苟,亲自给学员们示范投弹、射击、刺杀、劈刀、翻越障碍等基本军事技术。分校还组织学员进行长途行军和实战演练,最长的一次历时半个月,走遍了路东根据地。

政治教育的内容分为时事政策教育、政治理论教育和军队政治工作。时事政策教育,主要由师和校领导作报告、上大课。陈毅、张云逸、邓子恢、郑位三、张劲夫等都到校作过时事政策报告。政治理论教育,主要讲社会发展史和中国革命史。社会发展史,从"猴子变人"讲起,讲到资本主义社会代替封建社会、社会主义社会代替资本主义社会的社会发展规律。中国革命史,着重讲解中国革命的目标。通过教育,明确当前的政治方向和未来的奋斗目标,了解党的方针、政策,提高革命的自觉性,增强革命胜利的信心和决心。军队政治工作,主要讲政治工作的性质、任务和战时政治工作。政治队对这门课程的学习比较系统,其他各队则比较简略。总的要求是使所有干部都重视和参与政治工作。为保证以教育为中心,校领导采取"一竿子插到底"的工作方法,强化行政管理,注重日常生活习惯的养成教育。队列操练,要求动作准确、认真;军容风纪,做到整洁一致;起居作息,令行禁止,雷厉风行。为做好应付紧急情况的准备,分校经常进行夜间和拂晓的紧急集合,注意培养处置紧急情况的能力。

八分校学员在野外拉练结束回到龙岗

八分校的教员配备是逐步充实和加强的。1942年以前,主要依靠部队自身选拔培养,也靠抗大总校和皖南军部教导总队输送。王淑明、袁幕华、易惠群等同志原来都是教导总队的主任教员和政治教员。1942年下半年的材料显示,全校有军事教员、军事教育干事14人,其中延安来了3人,皖南盐城军部教导总队来了3人,国民党友军来了3人,部队培训选拔了5人。政治教员、政治教育干事13

人,其中军部教导总队来了4人,部队调来了5人,由学员中提拔了3人,从地方调来1人。文化教员、文化教育干事16人,其中抗大总校来了3人,师宣教部来了3人,部队抽调了9人,地方调来了1人。

　　1943年初,抗大华中总分校停办。军部从总分校抽调了几十名教员和干部加强八分校。其中有政治主任教员方克,政治教员朱长风、吴义琛,政治指导员吴凡吾等。这批干部和教员绝大部分来自抗大总校,他们是1940年总校为了支援华中举办抗大分校而组建的第二华中派遣大队的成员,1941年6月初到达苏北盐城,被分配到抗大五分校工作。后来,有一部分留在华中总分校,后又被派到八分校。由于他们有较为丰富的教学和管理经验,又注意将总校的校风带到华中分校,他们调到八分校极大地加强了教学和领导力量。

1941年,新四军抗大第八分校文化队毕业纪念留影

　　尽管当时部队指战员生活都很艰苦,但新四军二师和八分校的领导对担负教育工作的同志还是尽量设法在各方面予以照顾。举例来说,1942年,无论干部还是学员,每人每日伙食费4角5分,教员每月加菜金3角,教育科科长另加菜金5角。每月的津贴费,团以上干部5元,队长一级4元,排级3.5元,管理排长(事务长)、文书3元,医务人员5—9元,学员2.5元,教员12元,教育干事8元。今天看来,几元钱似乎微不足道,在当时的战争环境里,这确实体现了党和军队领导对知识分子的关心爱护。

　　尽管当时根据地的经济非常困难,但学员的生活还是能得到保证。规定粮食每人每天1斤半米,如果是小麦则为2斤半,5钱油(16两制)。早餐稀饭馒头,中晚餐干饭。每个队有一个食堂,开饭时以班为单位,先集合唱歌,然后开饭。吃饭限时,时间到,哨子响,立即停止。学员自己开荒种粮种菜、养猪、养鹅鸭,以改善伙食。

学员津贴费很少,有时要靠从节余的伙食费尾子中省点零用钱买纸张、牙刷等学习、生活用品。在艰苦的条件下,分校的思想政治工作和文化活动却开展得丰富多彩。每天早晨出操,晚饭后再开展体育

抗大八分校教员在狭小的办公室里备课

活动。闲暇时,有的在俱乐部看书报,有的以班为单位编排文艺节目。第八分校办自己的《抗大校报》,实验剧团经常演出。出操、上课,开饭前、看文艺演出前,各队都要唱歌、拉歌。当年的龙岗歌声荡漾,充满朝气。

周日,各班党组织进行活动,这是雷打不动的。

六、党指挥枪

2010年1月中旬,罗炳辉研究专家、云南师范大学西南联大博物馆的龙美光在旧书网站上淘到一本书——油印版的连队《支部工作提纲》,这本书是抗大八分校训练处1941年编印的。这本《支部工作提纲》64开,68页,面目沧桑,但刻写人员写的工整清秀、蝇头般大小的文字,和铅印书报的铅字一样精细工整,透露着战争年代特有的一股精气神。根据龙美光发给天长博物馆原馆长钱玉亮先生的《支部工作提纲》一书的照片,作为连队支部工作的指导手册,这个油印本的第一面是《连队支部工作、目录、授钟点(党员)配表》,一共有22条,其中:"一、什么是支部"等15条为2个钟点,"十三、开发党员"等5条为4个钟点,"二十、支部的民主范围"等2条为6个钟点。这是一本严肃、科学的中共支部工作指导教材,从中能很切实地感受到当年抗大八分校的党建工作的扎实。党指挥枪在这里有着最完美的体现。

一支人马强又壮
——淮南新四军的发展和龙岗抗大

《支部工作提纲》封面

《支部工作提纲》目录

《支部工作提纲》带插图内页

《支部工作提纲》中空白页上的手抄"入党誓词"

以下是从《支部工作提纲》摘录的内容：

第一节 什么是支部

一、支部是党的最下层最基本组织

支部是按生产单位组织起来的，直接地领导党员，是最接近党员的。同时全支党员大会是支部最高领导机关，党员大会闭幕时，支委会即是支部最高领导机关，他们有处理在支部范围内党的一切问题。

二、支部是党的团结群众的核心

党是群众中的一部分，党必须和群众密切联系着，支部是最接近群众，党员只有依靠支部在群众中的宣传和组织工作，才能使广大群众团结在党周围。

三、支部是征收党员的机关

为了克服困难,战胜敌人。共产党必须扩大其组织,使之成为伟大的带群众性的政党。要扩大党组织,就要依靠支部在党员中进行征收新党员教育,使征收党员成为每个党员经常的重要工作,支部领导机关领导经常检查与督促党员去发展新党员。

四、支部是教育党员的学校

党要经常地教育党员,改造党员的质量,也主要依靠支部,在组织生活中监督党员遵守党纪,利用一切工作中经验教训来教育党员并有计划地以共产主义的基本教育来坚定党员的革命人生观。

五、支部是连队的堡垒

连队的一切工作要经过支部,支部要领导和保证连队一切任务的完成。

支部要保证些什么?

(1)保证党在军队中绝对领导;

(2)保证军政命令的彻底执行和军政工作人员高度威信;

(3)巩固部队灵魂与纪律,提高部队战斗力。

讨论题

1. 支部为什么是党的最下层基本组织?

2. 军队中支部要保证些什么?

这里关于中共支部的定义、工作职责、在军队中的作用,都说得清楚明白。回过头来看,我们今天的支部工作和它是一脉相承的。发展新党员当年叫作"征收",很明显,有支部主动选拔的意思,具有战争年代的特色。后面所列的两道讨论题,内容就在第一节中,明了而简约,非常适合战争年代的节奏。

《支部工作提纲》中所列的支部书记及其工作、组织委员的工作、宣教委员的工作等和今天的支部领导分工职能差别不大,但其中的"青年委员的工作"是今天的党支部工作所没有的。

第六节 青年委员的工作

一、了解青年队员及部队所有青年的情形

深入了解每个青年队员的来历、出身、意识、生活行动各方面,特别要了解其尚未入党的原因,对部队其他青年要了解其过去来历与现在的表现,及其尚未加入青年队的原因。

二、在党内应经常提关于青年队工作意见,使党注意对青年队领导,支委会应经常讨论青年工作,并把支部的决议与口号向青年队解释,鼓动其完成

三、领导参加青年队的党员起领导作用

支部应指定一部分比较优秀的青年队员参加青年队,青委应随时了解其青年队内工作与活动情形,鼓动他们切实起领导作用。

四、注意青年队中的发展党员工作

应在青年队中积极地、有计划地培养对象,把具备了入党条件的青年队员,向支部提供意见,吸收到党内来。

青年委员,原则上兼任青年队长,但须经过青年队员大会民主选举,如落选时,则另选人充任。如兼青年队长时,则除青委本身工作外,还须直接领导和进行青年队组织与活动,青年委员在青年队中可以分开。

同样,在这一节的后面,也留了两道讨论题:

1. 青委如兼青年队长,要做些什么事?
2. 青年党员在什么条件下参加青年队?

由此可以看出,当年新四军对青年工作是十分重视的。支部有青年委员,能及时做新入伍的青年工作。

在"支部的民主范围"一节,则从民主集中制的基本原则与目的、支部民主范围与具体运用、反对两种倾向(过分集中和极端民主)两方面作了详细指导。提纲指出:"民主集中制是党的结合的具体形态:A.党是矛盾的统一体;B.民主集中制的目的,是为了保证党思想上一致和组织上统一",因此,民主集中制的原则是"个人服从组织、少数服从多数、下级服从上级、全党服从中央、党内不容许有小组

织与派别的存在","除上述原则规定外,还加上纪律上的约束"。提纲对家长制度或官僚主义的过分集中、自由主义或无政府主义的极端民主进行了剖析,提出了克服以上两种倾向的办法:"①提倡领导方面的民主精神与民主作风,正确地发扬党内自我批评;②提高党员文化理论水准;③从理论上厉行集中指导下的民主生活,如支部遇事要拿出办法,建立领导中枢,支部决议要谨慎,不要太随便,一成决议便坚决执行,对极端民主现象要随时做教育。"

由于处在战争时期,《支部工作提纲》的最后一条是"战时支部工作"。这一条对战时支部工作的特点与工作方式等做了专门说明。关于战斗中支部的领导,提纲指出:"在任何困难危急存亡之时,党员应不顾一切牺牲作最后奋斗,不仅自己英勇作战进攻在先,退却在后,而且应当率领群众与各种不良倾向做斗争。"这就需要:①勇敢作战,以身作则做模范;②与逃亡叛变及一切反动者作斗争;③每一个战斗胜利,都应利用鼓励士气,即是最小的胜利,也应注意利用鼓励士气,使战斗意志巩固下去;④挫折困难时忍耐坚持,并激励同伴克服困难;⑤重伤不哭,轻伤不下火线,不遗失一个伤员;⑥指导员伤亡,按级自动代理,保证指挥不致中断;⑦党员要严格地保证战场纪律的执行,一级服从一级指挥;⑧自动参加火线上对敌宣传工作,严格执行俘虏政策。

在这本油印小册子第36页第13小节后附贴着的一张纸的背面,有一页上是蓝色钢笔字抄写的入党誓词内容:

> 我誓以至诚自愿加[入]中国共产党,今后愿在中共直接领导之下,争取民族彻底解放实现最高理想——共产主义社会,而流最后一滴血。现誓愿(1)遵守党的纪律;(2)严守党的秘密;(3)服从党的决议;(4)按月缴纳党费;(5)按时到会上课;(6)愿意牺牲个人;(7)努力为党工作;(8)永不叛党和脱党。若有违反上列誓言,愿受党纪严格处分,谨此宣誓。×××宣誓。

龙美光考证后说:"无疑,这是革命战争年代保留至今的中国共产党早期入党誓词之一,其史料价值不言而喻。更令我惊奇的是,这份手抄的入党誓词,字迹是那样熟悉。这让我很自然地联想起罗炳辉将军!于是,我很快翻阅《罗炳辉》(画册)、《罗炳辉文集》及中国国家博物馆、中国人民革命军事博物馆等重要馆所珍藏的罗炳辉日记手迹,经与这些手迹进行仔细比对,发现这些手写文字的书写手法与罗炳辉将军一贯的书写风格,特别是1948年出版的《新华文摘》上刊登的罗炳辉将军手迹高度吻合。翻阅其他页码,发现有不少类似的手迹。这就意味着,我在无意当中,竟然获得了罗炳辉将军的墨宝真迹!"

这是中国人民抗日战争特别是苏皖地区的抗战文献,也是中国共产党早期部队党建工作的一份重要文献。由于上面有罗炳辉将军的手迹,这份文献又具有更高的文物价值。这本连队《支部工作提纲》的全部内容,龙美光已拍成照片分享给天长市抗大八分校纪念馆,使这份文献成了爱国主义教育的生动课本。

七、操场田操枪

军事训练需要场地,龙岗水乡,所有地块都是种庄稼的良田,没有空地。开

抗大学员自己动手织布,解决穿衣问题。图为当年的织布厂旧址

抗大八分校学员自己动手制作肥皂等日用品。图为当年的肥皂厂旧址

抗大八分校定期抽调学员,到位于天长铜城的新四军二师飞马卷烟厂劳动。图为当年的飞马卷烟厂旧址

抗大学员经常到八分校附近(高庙)的军工厂帮工。图为当年的军工厂旧址

抗大八分校学员教学实践活动遗址

始，第八分校借用龙岗小学的操场作为训练场地。尽管学校有大小两处操场，但只能容下 100 多人。学员们为了训练，只好利用夜里排班进行。针对这一现状，地方政府也想不出解决办法。训练处处长黄一平为了寻找场地，差不多把龙岗里里外外都转遍了。他的焦虑，让房东年轻的少爷戴之炎看在眼里。戴之炎原在

操场田上抗大八分校学员的篮球时光 　　操场田上抗大八分校学员在单杠上锻炼

抗大八分校学员在练习跨越障碍

天长县城读书，因为日本人占领天长，一直辍学在家。他思想进步，对新四军非常敬佩。黄一平住进他家后，经常和他谈"天下兴亡，匹夫有责"，中国人民只有团结一致，舍生忘死，才能赶跑侵略者，求得民族解放。戴家是龙岗镇有名的地主，有五六百亩土地，戴之炎做好父亲的工作，主动献出自家位于真武庙东北、张锡五家路东连片的 100 多亩农田，作为第八分校的训练操场。在抗大学员精神的感召下，戴之炎后来参加新四军，成长为解放军的一名军职干部。此系后话。

田块定下来后，龙岗乡副乡长姚卿才陪同第八分校的领导找到农抗理事长陈善洪，要他尽快组织民工平整场地，以期早日投入使用。陈善洪找来陈子福、周之福、董连才等 40 多个民工，又借用 20 多头耕牛，先人工平整好土地，后用牛拉石磙子将场地压实，再按黄一平等训练处领导的要求，在场地上挖、砌、埋、铺，设置

了许多障碍物，又架起了7个篮球架。大家苦干了5天，终于将操场修好。当天下午，八分校政治部主任高志荣请所有民工到校部开座谈会，对他们支持抗大在龙岗办学、平整操场表示感谢。会后，冯文华、高志荣、黄一平一起请民工吃饭。陈善洪带着40多个民工看着几桌丰盛的饭菜，半天不敢动筷子。陈善洪说："多少年来，当兵的抓夫是家常便饭，没想到校领导还请我们吃饭，陪我们喝酒。"

操场上，有7个篮球架子，每队1个，供学员打篮球用。另有高墙、矮墙、独木桥、沙坑、壕沟、单双杠等，供学员们出操、练习投弹、射击、刺杀、翻越障碍用。根据课程安排，冯文华、高志荣、黄一平都会给学员上训练课，近战刺杀、劈刀、夜战、投弹、翻越障碍等各种示范演练，几位首长都是手到擒来。从此，全校学员早晚出操、军事训练、休息时间打篮球都是在这里进行。广阔的操场上，抗大学员训练时生龙活虎的景象深深印在苏皖两省边区人民的心里，学员们龙腾虎跃，"杀"声震天，龙岗民众和附近的农民常来驻足观看。

沧海桑田，岁月兴替，80年过去了，如今这里早已经没有操场的痕迹。尽管紧靠龙岗镇街，但由于区划的调整，当年的操场如今已经是江苏省金湖县金南乡车洪村的地界。去年夏天在这里，葱茏的秧田边，随着乔国荣手指的方向，我看到了路边立的一块石碑，碑的上款是"中国人民抗日军事政治大学第八分校"，中间是"操场旧址"四个大字，下款是"龙岗乡抗大八分校遗址管理处立"，时间是"1996年"。见我们在一旁观看，有几个老者围上来，他们仍把这里称为"操场田"，讲起"操场田"的历史，他们个个如数家珍。

这块操场田，著名作家艾煊在《湖滨大学》一文中提道："龙岗镇外，有一片100多亩地的大操场，是全校军事教育的场地。罗炳辉曾带着他的学兵连，在这里做过军事示范表演。大操场上，筑了一套半永久的军事障碍设施专作教学用，一道注了水的壕沟、一道不许翻越必须跳过去的土墙、一道独木桥、一道三四米高光滑的城墙等等，需连续翻越七八道障碍。我们部队武器比日本人差，必须依靠近战，依靠技巧来战胜对手。学校的教育长冯文华，参加过察北抗日同盟军，担任过冯玉祥的警卫营长，西北军出身的军人，训练部队顽强苦斗的战斗作风是有些办法的。"

艾煊还说，龙岗镇东有片郁郁葱葱的乔木林，是全校用来开大会的露天大会场。龙岗镇南门外边，有一条西来东去的清水河，一直流到高邮湖，水深且清，成了全校的天然浴场。

抗大第八分校学员徐征发在回忆里也说到了操场田："校部选了一块十几亩荒地（由于年代久远，徐征发的记忆不太准确）做大操场，为每个星期六早晨会操用。会操其实是比赛，除了比赛各种队列动作和进行间转步法外，更重要的是比赛劈四式刀，刺四路花枪和东北刺。在比赛中，跳木马、翻平台和单、双杠一般人人都能过。难度最大的课程是全副武装爬障碍、深水池里走梅花桩，通过12厘米宽的独木桥，一不小心就掉进半人深的冷水池里。"徐征

到处都是我们的教室。抗大八分校在龙岗街边教学

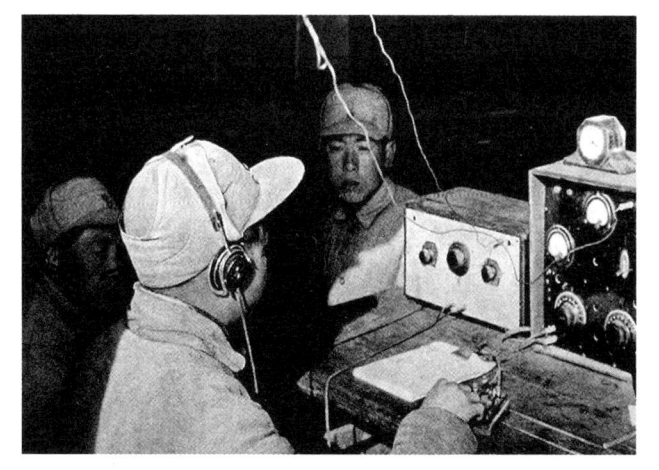

报务人员在练习收发报

发还回忆道，冬天时抗大八分校学员最喜欢跑步、行进间各种转法与步法，特别感兴趣的是劈刀刺枪、东北刺和老式四路花枪，爬障碍，翻平台，练单、双杠，因为这些动作可以取暖。学员最怕原地进行的课程，如立正稍息姿势要领、停止向四面转法，特别是立姿射击预习举枪瞄准，枪口上放一枚铜板，击发时掉落加罚10分钟瞄准，学员们在寒风中冻得直打哆嗦。

八、罗炳辉案例教学

罗炳辉开始是第八分校副校长，1942年2月以后担任校长。他治军极严，常

说:"战场乃立尸之地。平时宽容,战时就要付出血的代价。"他提出:"要练得眼珠子淌汗(指累得流泪)!"他因地制宜地制订练兵方法,野外操练,设置"五大障碍":独木桥、短墙、铁丝网、水沟、壕堑;要求每个人必须掌握"五大技术":射击、投弹、拼刺、劈刀、土工作业。他经常组织大比武、大会操。他要求指挥员善于谋略,熟练掌握麻雀战、回旋打圈、狙击技术、化零为整和化整为零、改造地形、埋伏、摸哨、诱敌、打援等游击战术;要求灵活掌握,讲求实效,绝不允许搞花架子。

五支队刚成立的时候,部队军事素质很差。大多数战士是刚拿起武器的农民,从来没有经受过系统的正规的军事训练,有的战士枪卸擦后不会复原,有的连子弹都不会装,更谈不上掌握并运用战术了。部队的政治素质也亟待提高。国共合作抗日的新形势和国民党反共顽固派的不断挑衅,既使新四军面临着与日、伪、顽三方作战的极其复杂的局面,又给新四军提出了与国民党友军既团结又斗争,保证做到有理、有利、有节的艰巨课题。罗炳辉首先倾注极大精力抓部队的整训和军政素质的提高。他要求道:"我们首先要会打仗。生死之间仅容一发。战争

抗大八分校学员在进行队列训练

的目的就是消灭敌人,保存自己。不会打仗的军队是连一天也存在不下去的!"他根据部队的具体情况,制定了一整套训练方案,并亲自抓实施,有时几乎是超极限的强化训练。从简单的立正、稍息、转身、持枪、队列操练抓起,一直到教授各种单项军事技术、战场须知、战术知识,每一个环节都绝对不容许有一丝一毫的马虎。在平时,他平易近人,和蔼可亲,但是一上了操练场,他就变得非常严厉,一点差错也不放过!他常常亲自带操,呼喊口令声如雷鸣,有一股逼人的英气。他虽然身为司令员,但并不满足于发号施令和言传口授,而是身体力行,亲做表率,和战士们一起摸爬滚打,冲锋腾越。一招一式地手把手地教,直到战士熟练掌握为止。对勇敢的战士,他大张旗鼓地予以表扬奖励;对训练不力的,他严厉批评,毫不姑

息宽容,待有了进步,还会及时地补上奖励。

根据游击战的特点,罗炳辉撰写的《指挥员熟用手册》《碉堡作战》《村落作战》《民兵战术》《关于三角式据点构筑和守备之要领》《几打几不打》,丰富了中国抗日战争军事理论宝库。这些文字,都印成了小册子,发给学员们作为军事教材学习。

因为工作繁忙,罗炳辉担任副校长、校长期间,到第八分校的时间不多,但他只要带学兵连过来,就会在操场上给学员们授课。

罗炳辉授课有几个特点:

第一,言传身教,重视演练。他向学员们讲战术动作时,讲完如何防止敌人突然袭击以后,马上现场举例,敌人从某个方向打来了,并手拾土块摔在学员身边,表示敌人的炮弹爆炸了,要学员采取处置措施。学员跟随着他的讲解,卧倒、翻滚等完毕后,他又做出详细讲评,给学员们以很大教育和启发。他住在龙岗,夜里会让冯文华突然吹响集结号,将学员们拉出去训练。黑夜行军走出几十里,他会突然考问:"过了几条河、几座桥?经

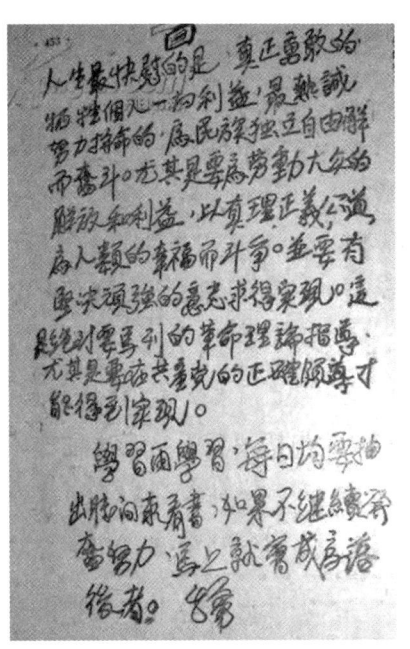

罗炳辉手迹

操场田上抗大八分校学员在操练

过哪些村庄？现在在什么位置？这里敌情、民情、地方政权情形如何？如果遇敌伏击，给你一个营，你怎么打？给你一个连，你怎么打？怎样利用地形？怎样配置火力？怎样安全撤出战斗？"当学员们到达宿营地时，他经常突然提出问题，比如某个方向发现了敌人，大家要怎么办。这是为了培养学员们的应变指挥能力，使部队保持高度警惕。学员们经过这些训练，毕业后回到部队，进行实战，指挥、行动自如。

罗炳辉是著名的神枪手，枪响鸟落是他的一手绝技。他的左轮手枪（现陈列在北京中国革命军事博物馆内）是时刻不离身的。发现目标，他会闪电般地掏出枪来，手甩枪响，发发中的。他下到部队，基层指战员请求他表演射击；他深入群众，群众要求他表演打麻雀；他出席根据地各界人士会议，会议代表恳请他展示枪法，都是常有的事，就像是保留节目一般，次次都是欢声雷动，一片掌声。所以，每次他来到龙岗，在第八分校大操场上，总是有人请他表演。有时，旁边的树上或者天空中恰巧有麻雀，他也会当场表演。表演完，自然会获得热烈的掌声，很多学员就会请教："罗师长，怎样才能成为一名神枪手？有没有什么秘诀？"

此时，罗炳辉就会笑着说："当然有！我现在就告诉同志们，这个秘诀，用一个字来说，就是练！用两个字来说，就是苦练！一是练眼力，像纪昌学箭那样，能把蜜蜂看成麻雀，把麻雀看成车轮。二是练臂力，要练得拳头上立得起人，胳膊上跑得了马！"有一次，时间充裕，罗炳辉就亲自做示范，先是"枪挂枪"——端着步枪立姿瞄准，在步枪枪筒的前端再挂上一支步枪，一般人是连端也端不稳的，他却端着瞄准了半个小时，就像脚下生了根一样，纹丝不动。接着他又端起重机枪，瞄准了约20分钟，脸不红，气不急。

当然，罗炳辉给学员们讲射击课程其他要领时，也是亲自举枪，边讲边做示范，讲后就要大家按要领实践练习，并对射击姿势一一进行检查。有时他在枪上放上铜板检查学员们握枪的臂力和枪的平稳程度；有时捏着枪往后推，检查学员们全身用力情况，看枪身晃动不晃动。如不符合要求，就立即纠正。

第二，抓样板，搞比赛。为了强化学员们的射击、刺杀、劈刀、队列训练，罗炳辉精心把学兵连培养成样板，结合训练科目，让学兵连给学员进行表演，定期、不定期地让学员队和学兵连进行比赛，学员队和学员队进行比赛。开始的时候，都是学兵连做得好，他就以学兵连为样板，讲明都是人，只要勤学苦练，是完全可以练出本事来的。后来,学员队的射击、刺杀、劈刀、队列整体都很过硬,也能把学兵连比下去,罗炳辉非常高兴。

第三,赏罚分明,表彰先进。为了培养学员们的革命英雄主义精神,树立革命的荣辱观,对完成教学任务的学员队根据优劣有褒有贬。例如,对出色完成任务的学员队,颁发像军旗那样写着荣誉称号的三角流动红旗。这样,每个学员队都想着要扛红旗,这对学员的学习训练起到很好的促进作用。相反,对完成教学任务不好的学员队,特别是对队长、教导员等领导干部,他批评很严厉,严格按纪律办事。为了把坏事变好事,防止重蹈覆辙,他还让教育长每月进行一次总结评比。红旗只有一面,不容易夺,为了表彰先进,鞭策后进,他有时还采用"激将法",在大幅的纸上画上飞机、火车等图样,要先进学员队领导当众领取,还画过乌龟图样,要学得差的学员队领导来领取。这种赏罚分明的做法,又形象又深刻,对学员们教育很有意义,大家都不愿得"乌龟",都想争得"火车""飞机",有力地推动了学员队后进赶先进,先进更先进的作风,使得学员来到第八分校经过淬火后百炼成钢。

在战斗中,罗炳辉喜欢亲临第一线指挥,不顾自身安危,经常是子弹就在身旁呼啸,炮弹就在不远处落地爆炸。他一面指挥,一面对身边的指挥员简明扼要地讲授战略战术,为什么要这样打,为什么不能用别的方法打,怎样判断敌情,怎样下决断。每当要提拔一名新的军事指挥员,他都要采取带其上火线的办法来考验。第八分校学员不可能都被带上战场学指挥,他就安排与实战十分相似的突然袭击式的演练等方法,加以考核和培养。那些会说不会做、没有实际能力的人,一考就"烤焦"了。他创造的"梅花桩点式纠缠战术",在金牛山战斗中显示了威力。这种战术,他也把它运用到第八分校的教学案例中了。

国民党军中一直流传着这样的话:"川、滇、黔军都是羊,湘军是头狼,桂军是虎又是狼!"在国民党各系军队中,桂军是最有实力的,李宗仁指挥的血战台儿庄,就是最好的说明。皖东路西根据地定远、滁县一带是桂顽常常骚扰的地方,桂系"王牌"第七军、第四十八军号称钢七军、铁四十八军,这两个"王牌"一直没有把新四军放在眼里。1942年10月,钢七军、铁四十八军经过周密的准备,采用长驱直入的方法大胆进攻战法,一度抢占了定远核心区。罗炳辉亲率二师主力部队赶到路西与桂军作战,付出1000多人的伤亡代价终于打跑了桂军。中央此时要求坚决守住定远地区,又不能采取撤退的游击战术。罗炳辉陷入了沉思,下回桂顽再来怎么办?摆个什么样的阵呢?

罗炳辉不愧是肚子里有货,这回他想好了,用地堡战术。罗炳辉在滁县章广五尖山一带为防御地堡选位置,还亲自监督地堡建设。修建十几个地堡,每个地堡可以容纳40来人。地堡内备有充足的弹药、粮食和水,地堡上面覆盖1米高的滚木、2米高的泥土。在距地堡不同距离处标记标杆,方便地堡内的神枪手射击。清除了地堡外的树木、房屋等。地堡外有完备的工事系统,罗炳辉同时将主力部队安排在山的后面,一旦形势有利,就可以从两边包抄上来。地堡刚修好不久,钢七军、铁四十八军5000多人携带炮营就扑过来了,桂系将领很不服气,这回他们有备而来。进攻前,桂军一共发射了148发重型炮弹。地堡外的工事系统大部被炸毁,地堡却保存完好。地堡里的狙击手们首先射击桂军拉炮的骡马和军官。由于周围没有地方可以隐藏,桂系的伤亡相当大,地堡又攻克不下来。桂顽将领直冒火,阵地上桂军喊着"活捉罗炳辉""抓住罗胖子有赏"的叫骂声,甚至他们特别征召属蛇的士兵强攻。因为罗炳辉肚子大,敌人污蔑他为"蛤蟆精",他们相信"蛇"能克"蛤蟆精"。然而依旧没用,徒增伤亡人数。此时,罗炳辉认为"火候"已到,下令山中主力部队从侧、后翼发起猛攻,桂军丢盔卸甲,大败而逃。新四军路西这条防线,桂军称为"罗炳辉防线",再也不敢来了。

这些经典的战例,都成了罗炳辉的教学素材。

九、弹起我心爱的土琵琶

抗大八分校不但注重军事干部和工农干部的培训,而且对文艺干部进行专门培训。

1941年春末夏初,淮南部队文艺工作者,为进行政治和业务学习,在抗大八分校建立了文化大队。参加第一期学习的单位有二师抗敌剧团、二师四旅抗战剧团、各团政工队,以及地方和敌占区来的新同志,有500多人,设有戏剧系、音乐系、美术系、文学系和普通班。黄粲任文化大队大队长,刘德培、晓河、胡士平、吕其明等都在队里学习。学习时间是3个月。

正是南风暖洋洋、地里麦子黄的季节,文化大队开学了。全体学员都怀着极

抗大分校文工队的演员们淮南抗敌剧团在演出

大的热情和兴趣开始了愉快的学习生活。但是开学不久,就得悉日寇企图来根据地"扫荡"抢粮的消息,根据地军民立即动员起来准备反"扫荡"。文化大队为适应这一情况变化的需要,很快就编组成三支文艺宣传队,第一队赴盱眙县,第二队赴天长县,第三队赴六合县。为了配合根据地军民保卫麦收,进行反"扫荡"斗争,他们很快编写出了一批作品。在许多作品中,以许平作词、黄粲作曲的《麦子黄》流传最广,路东根据地到处都在传唱:

> 麦子黄,
> 黄似金,
> 馍馍香,
> 香喷喷。
> 农民几个月的苦耕耘,
> 才有今天的好收成。
> 可恨鬼子来打粮,
> 要把麦子抢干净,
> 叫我们大家难活命。
> ……

据刘德培回忆,有一天晚上,第一队正在盱眙县西北老子山准备为当地群众

抗大学员开展歌咏活动

吕其明 1947 年在山东战场拉小提琴

演出,突然乌云密布,看起来将有雷暴雨到来。为了争取时间,他们提前开演,准备在雷雨到来之前结束演出。但演出刚刚开始,有些演员还在后台化妆,就接到警戒部队派人送来的紧急情报,说从盱眙城出来的鬼子正向老子山扑来,距离已经很近,要停止演出,立即转移。大家紧急行动起来,女同志收拾化妆品,男同志撤幕布、收汽灯、装驮子,整队向马坝方向转移。他们离开老子山不到半小时,天空已一片漆黑,伸手不见五指,顷刻间,雷声大作,大雨直泻下来。他们的行军路线是沿着洪泽湖边的一片泥滩,没有大路,十分难走,不时有人跌倒。这时敌人的大炮又响了,雷声、炮声交织在一起。紧张的敌情没有把大家吓倒,恶劣的天气、泥泞的道路也没有把大家难倒。身强体壮的男同志负责带牲口驮子,有的帮助女同志和体弱的同志背背包。风大雨大天又黑,大家都看不见道路,唯一的照明就是雷电的闪光,在那闪电的刹那间才可以看见村庄、树木的影子。大家都不管脚下的路,只是朝着预定的方向前进。雷雨持续了一个多小时,大家以战备行军的速度才走了 10 里路,但已越过了敌人的封锁线。

由于根据地军民反"扫荡"准备充分,给日伪以有力的打击,敌人很快被击退了。反"扫荡"胜利结束后,文化队又继续上课。

吕其明当年只有 11 岁，被分在普通班学习基本的理论知识，如普通乐理、怎样识简谱等等。他感到不满足，喜爱音乐的他想更多地了解音乐、接触音乐，所以常溜到刘德培所在的音乐系去旁听。这使他深深地爱上了音乐，后来成为著名的音乐家。

这次学习虽然只有 3 个月，只是概略地学了一些知识，但很多学员都觉得收获不小。因为那时大家虽然参加了实际工作，搞创作的同时也演出，但文艺理论知识懂得很少。2021 年 9 月 9 日下午，我在和吕其明交流时，他说："3 个月的时间不可能学得更多，但为后来在工作岗位上的自学打下了基础。"在战争环境里办这样一个文化队实在不易，吕其明觉得，那是一个战斗的艺术学校，那一段有意义的生活，总是令人怀念。

吕其明是无为县政府秘书吕惠生的儿子，10 岁随父亲来到皖东抗日根据地半塔集。到了半塔集不久，吕惠生被任命为皖东抗日根据地津浦路东各县联防办事处文教科长。由于工作出色，3 个月后，路东联防办事处主任方毅找到他，命令他到苏皖边界的仪征县当县长。

妻子沈自芳带着 4 个孩子留在了半塔集。他们住在街边的老乡家里，过着供给制的生活。有一天，他们家来了两位女兵，说是来做扩军工作的。原来她们是新四军江北指挥部抗敌剧团的，因为剧团正在排三幕歌剧《农村曲》，需要小演员，因此来动员吕其明和他的姐姐参军到抗敌剧团当演员。沈自芳拿不定主意，建议剧团的同志去问问孩子爸爸的意见。不久，吕惠生就有了回音，他的意见很干脆："参军是好事，让孩子们到艰苦的环境中，到革命的大熔炉中去锻炼吧。"吕其明听到这个消息后，高兴得直跳："我要成为新四军战士啦！"

活跃于皖东的抗敌剧团是新四军江北指挥部政治部领导的文艺团体。1940 年 4 月，在半塔集成立，孟波任团长兼政治指导员。成员以安徽省青年抗敌协会下辖的青年剧团为骨干，加上原安徽少年宣传团、霍山青年剧团和新四军战地服务团第四队的一部分，30 余人。剧团成立后，立即排练了《黄河大合唱》《木头人》及《农村曲》等节目。刘保罗还突击写了个话剧，叫《半塔守备战》，很有影响力。吕其明和姐姐一起进入抗敌剧团，在这革命的大家庭中，他们开始了新的生活。

到剧团不久，团里就开始排练《农村曲》。吕其明在第三幕中扮演逃难的小毛。没有几天，戏里的唱段他全都背下来了。演出时，舞台上出现的是一幕优美的山村小景：远远的山（是用桌子、凳子垒起再盖上幕布放上草皮而做成的），门口是树、小溪和木桥，这便是歌剧《农村曲》中农民王大哥的家。王大哥勤劳耕种，安居乐业。突然日寇铁蹄踏来，王大哥已出嫁的妹妹凤姑一家遭到鬼子的残害，夫死子亡，凤姑只身逃回娘家，哭诉鬼子暴行。乡亲们面对即将到来的悲惨命运，提高了民族觉悟，驳斥了汉奸亡国论，最后，王大嫂送夫参军，杀敌报仇。排练完成，这部歌剧就经常演出，效果非常好。有一次，演出情形使吕其明一直难忘。那是在1940年深秋，鬼子的"扫荡"被粉碎后，剧团开进了一个大火燃烧着的村庄。有的同志帮助老乡灭火，有的同志忙着搭舞台拉幕布。大火刚被扑灭，他们就为群众演出了《农村曲》。在几小时的演出过程中，台上台下泣不成声。当演员们唱起"种子下地会发芽，仇恨人心也生根，不把敌人杀干净，海水也洗不清这心头恨。……打死一个算一个，打死两个不亏本；一个当十十当百，要活命的一齐向前进！"这首高亢昂扬的合唱时，更激起了群众的抗日救国的激情和决心。演出刚结束，就有几个小伙子当即跳上台要求报名参军。

  吕其明后来回忆说："记得还有一次，剧团经过一天行军，大家都很累，晚上到达宿营地后，我们仍然按计划动手搭舞台拉幕布演出《农村曲》。我扮演的小毛是在第三幕出场的，章忆大姐曾在一篇回忆当年演出《农村曲》的文章里说：'当第三幕吕其明同志饰演的一个逃难的小孩上场时，群众的情绪更加激愤。当时他只有10岁左右，那可爱又可怜的形象，激起了群众极大的同情。'可见我这个角色还是挺重要的。那天晚上演到了第三幕时，我上场的前曲奏响了，却不见我出场，曲子又反复演奏了两遍，仍然没有动静。这可把团长和大家急坏了，到处找我，把后台都找遍了，结果发现我在天幕前的'山'背后睡得正香。我被弄醒后揉着眼睛急忙上场，轮到我开口演唱时，糟糕，我的嗓子已经哑了！从那次以后，每逢演出《农村曲》，团长总要派一位大同志守着我，防止我不知又倒在哪里睡着了。"

  皖南事变后，新四军整编为7个师。陈毅军长亲自调吕惠生到新四军七师所在的皖江抗日根据地，任无为县抗日民主政府县长。临行前，陈毅军长对他说："七师这个地区战略位置很重要，现在要调你去担任这个地区的最高行政长官，到时我没有粮食就找你。"并赠送吕惠生一把掌心雷手枪。这个掌心雷手枪非常小，只有小吕其明的手掌大。此时，皖东新四军整编为二师，抗敌剧团隶属二师。离开皖东前，吕惠生叮嘱儿子好好工作，好好学习，关键时刻，还要勇敢杀敌。说完，他把掌心雷手枪拿了出来,送给了吕其明。吕其明高兴极了,将掌心雷挂在皮腰带上,别提有多神气了。可是,那些大哥哥却故意取笑他,说他的小手枪没什么用,只能晚上在被窝里打虱子。吕其明当然不服气,便鼓足劲挺起肚子,把那支手枪朝前挺得更高,向他们示威。

抗大学习结束,抗敌剧团进驻盱眙、天长交界的泥佩湾。吕其明永远无法忘记,那天上午,天气晴朗,团部通知大家集合,去迎接一位教授来团指导工作。团里的同志们都拥向村头,他心里不禁嘀咕道:这位教授是谁呢?不一会,从远处走来一位文质彬彬、身体比较瘦弱但精神饱满的中年人,后面跟着的饲养员

吕其明在琴房

牵着一匹枣红马,马背上挂着一个小提琴盒子,非常引人注目。剧团领导黄粲、叶华、晓河等同志迎上前去同他热情握手,并向大家介绍说:"这位就是作曲家贺绿汀同志。"

晚上,皓月当空,万里无云,星星在天空中闪烁,显得特别安静。忽然从远处飘来了悠扬的琴声,吕其明循声走过去,原来是贺绿汀正在那里拉琴。他轻手轻脚地坐在一旁,静静地瞧着贺老师微微晃动的身影,觉得是那么俊美、优雅。那美妙的音符,深深地刻在了他心上。乐曲将吕其明引入了另一个世界,使他完全着了迷。一曲终了,贺绿汀发现了吕其明,忙走到他面前,亲切地问他多大岁数,父母在哪里,他们做什么工作,他一一作了回答。贺绿汀说:"12岁,正是学琴的时候,让你父亲想法买一把小提琴吧……"这段经历对吕其明影响非常大,贺绿汀在《贺绿汀传》里也提到了这件事。从那时候起,吕其明就对小提琴日思夜想。不过,他没有把这种渴望告诉父亲,父亲太忙了。直到1947年吕其明调到华东军区文工团时,分到一把小提琴,才解了他对小提琴的相思之苦。

1943年,新四军军部为了支持七师新开辟的皖江根据地,决定从军部和二师

抽调大批干部去七师工作，吕其明和姐姐也在其列。要离开二师去七师，他既高兴又不高兴，心里很矛盾。高兴的是，到了那里就可以见到日夜思念的父母和弟妹了；不高兴的是，要和抗敌剧团和二师的大哥哥大姐姐们分别，心里很不是滋味。3年来，在他们无微不至的关怀下，他和大家一起，穿越淮南万水千山，走过了无数荆棘之路，共同经历了战斗的洗礼，他觉得自己长大了。

调往七师的干部队伍要出发了，许多同志都来送行，罗炳辉副师长也来了。罗炳辉副师长也是吕其明的"老熟人"了，他非常关心这个小吕，把他拉到身边说："小吕啊，我们就要分别了，到七师要好好学习，好好工作。我送你一件礼物。"他从口袋里掏出了一只拇指大小的玉猴子，那只玉猴子通身透明，里面还有红丝。他说："这是我从内战时期保存到现在的，你留作纪念吧。"吕其明扑到他的怀里，忍不住哭了起来，哭得很伤心。就这样，少年吕其明离开了罗师长，离开了抗敌剧团和二师的同志们。

吕其明非常珍惜那只玉猴子，日夜佩戴着从不离身。每当他抚摸着它，就会想起敬爱的罗师长、二师的同志们，还有皖东的青山绿水和那艰难而绚丽的战斗童年。1945年8月抗日战争胜利后，七师奉命北撤，吕其明怕在长途行军中将那心爱的玉猴子弄丢了，就将它交给他母亲收藏。不久，他的父母同时被捕，那只玉猴子被敌人抢走了。

从淮南根据地来到皖江根据地，吕其明在大江剧团担任演员。1945年9月1日，吕其明与另外6位战友一起光荣地加入了中国共产党。那年他只有15岁。

1949年11月16日，19岁的吕其明随华东军区文工团进城，转业到上海联合电影制片厂乐队任小提琴演奏员。然而，他的远大志向是成为一名作曲家。他想用手中的笔为新中国、为党和人民写出激情豪迈和喜闻乐见的音乐作品。吕其明创作的第一部电影音乐，是1955年与谢晋合作的《水乡的春天》音乐。自此，他走上了创作影视音乐的道路，陆续为电影《铁道游击队》《红日》《白求恩大夫》《庐山恋》《城南旧事》《焦裕禄》和电视连续剧《铁道游击队》《孙中山和宋庆龄》等200余部（集）电影和电视剧创作了精彩的音乐，是新中国电影音乐的领军人物，还担任上海爱乐乐团的前身——上海电影乐团的团长。他先后获得第三届中国电影金鸡奖最佳音乐奖、第八届全国电视剧飞天奖优秀音乐奖、第八届中国音乐金钟奖终身成就奖、第六届上海文学艺术终身成就奖、第十届中国金唱片奖综合类最佳创作奖等奖项。交响乐《红旗颂》、歌曲《弹起我心爱的土琵琶》《谁不说俺家乡好》等,长盛不衰,始终洋溢着红色经典音乐的艺术魅力。

回忆《弹起我心爱的土琵琶》的创作,吕其明说:"影片《铁道游击队》的剧本中并没有写这首歌曲,后来,是导演赵明采纳我的建议而增加的。当时,我认为这部战争影片情节紧张,一环紧扣一环,为了体现游击队队员的革命乐观主义精神,并且缓解观众的紧张情绪,我向赵明建议,应当为这部影片谱写一首优美动听的主题歌。赵明认为这个想法很好,于是,他立即与诗人芦芒联系,请他尽快写出《铁道游击队》主题歌的歌词,然后由我来为这首歌谱曲。"

时隔不久,由芦芒创作的《弹起我心爱的土琵琶》的歌词到了吕其明的手中。但是,怎样谱曲才能与歌词相得益彰呢?吕其明回忆道:"在抗日战争与解放战争中,我看到很多英勇善战的游击队队员都是贫苦农民出身,许多人不识字,因此,我认为由他们的口中唱出乡土味的民歌曲调才能与他们的身份相吻合。所以,我将《弹起我心爱的土琵琶》的基调定为通俗化的山东民歌风格,那种富有乡土气息的歌声从铁道游击队队员口中唱出来,才会令观众感到朴实、贴切。"在歌曲节奏的把握方面,吕其明独辟蹊径,"西边的太阳快要落山了,微山湖上静悄悄……"的开头部分谱写得抒情缓慢,如同优美的田园风光,但到了"踏上飞快的火车,像骑上奔驰的骏马……"的中间段落,则采用铿锵有力激进的节奏,使全曲舒张有致,完美地表现出铁道游击队队员追求和平和勇敢战斗的豪迈气概。

吕其明在无为惠生堤

1961年,吕其明又为电影《红日》创作了主题曲《谁不说俺家乡好》。随着电影的放映,这首歌很快风靡大江南北,成为经典。

2021年6月29日上午,伴随着《红旗颂》的激扬旋律,吕其明走进了人民大会堂,神采奕奕地登上领奖台,领取"七一勋章"。

十、高邮湖畔大生产

抗大八分校还响应党中央"自力更生,丰衣足食"的号召,组织学员开荒种菜、养猪,减轻人民负担,改善学员伙食。中华人民共和国成立后担任芜湖军分区副政委的黄锦思是龙岗抗大八分校上干队学员(营以上干部队)。他到了龙岗镇发现,大街小巷,屋前房后的拐拐角角、小块空地,几乎都种上了白菜、辣椒、茄子、葫芦、丝瓜。一派郁郁葱葱、果实累累的丰年景象,使他这个农家出身的人不由得暗暗叫好。

报到后,他向队长陈子杆讲了自己上述的印象。陈队长听后哈哈大笑,说:"好多学员刚来都是这样想。其实,你在镇外看到的庄稼地,不少是我们上干队的田地,至于镇上拐拐角角空地上长的白菜,差不多也都是上干队的。"

陈队长接着告诉他,自从党中央发出"自力更生,丰衣足食"的号召以后,抗大八分校就利用本身相对的稳定性,大干起来。但他们不占用老百姓的土地,主要靠开荒和利用镇上老百姓不用的小块空地。全体同志辛辛苦苦干了1年多,上一期学员交给下一期学员,期期相传,才换来今天的成果。学员们种的冬瓜最大的有40多斤一个,白萝卜5斤一个,大白菜4斤多一个。有时吃不了,就只好喂猪。

抗大八分校师生帮助龙岗群众灌溉农田

每个学员队都有自己的猪圈。陈队长带黄锦思来到猪圈,见一座座猪圈很简陋,但一头头猪却长得很肥。细心的他观察了一下,有6头猪在300斤上下,另外还有十几头百把斤重的。陈队长高兴地对他说:"上干队养了这些猪,就有条件改善生活了。队里每月都要杀猪吃,逢年过节就更好了,这次你们这批新学员到校,我们就准备杀猪会餐,欢迎你们呀!"黄锦思有些不好意思地说:"那我们就吃现成的了。"

"那可不是。让你们吃饱了,是为了更加努力地去学习、生产。"

很快,黄锦思参加了入学后第一次生产劳动。那天晚饭前,队部通知说:饭后不安排其他活动,每组搞生产。他所在的那个班的班长张治银利用吃饭时间安排了本班12个人的任务,2人锄草、3人浇菜、3人上粪、4人翻地,黄锦思被分配去锄草。饭后,他们12人各自扛着工具来到了菜地。张班长把各人负责的菜地一一指给大家看,黄锦思记得那块地足足有3亩大,已经种满了多种蔬菜。他们各自按分工干了起来。好在他原先在大别山老家就是庄稼汉,虽然农活已经多年不干了,现在再干起来,却有一种说不出的新鲜感,草锄得又快又干净。很快,其他班负责的菜地里也来了很多干活的人,原野上一片农忙景象。黄锦思还看见,冯文华教育长和高志荣主任也在离他们班菜地不远的一块地里锄草,高主任的腿还有残疾,他干得十分起劲,从姿势看,真像个十足的庄稼汉,他们地里的菜一点不比学员们的差。这时,张班长走到他旁边说:"黄锦思同志,好好干,争取我们这个班拿第一。"

"拿第一?怎么?还比赛吗?"他问道。

"怎么不比赛?我们这个队共10个班,每天轮一个班把自己种的菜称好,分给伙房。由伙房验收,记下数量和质量,一个季度评比一下,质好量多的就表扬奖励。"班长回答说。

在不远的地方,有几个女学员也在菜地里劳动。女学员的菜地特别整齐干净,仿佛每棵菜之间的距离都是用尺量过的。黄锦思觉得,这可是女同志特有的细腻心理的反映啊!

一个星期六的晚上,点完名后,陈子杆队长对学员们说:"明天是星期天,全校到高邮湖边开荒,中午饭也在那里吃。"第二天大家起得很早,天刚亮,吃完早饭,全校1000多人扛着锄头、大锹,在校供给处同志的率领下,浩浩荡荡开到了高邮湖边。

原先学校开的荒地上,已经种上了玉米和水稻,绿油油的一大片,煞是喜人。黄锦思高兴地对班长张治银说:"今年我们校一定能大丰收。"

张治银点头说:"我估计玉米能收5000斤,稻子2万斤没问题。这既能减轻人民群众很大负担，又能改善我们的生活。这可是上一期学员和全校工作人员的功劳啊！"

听班长这么一说，大家都感到自己神圣的使命感，有责任在学校的大生产中多做贡献。在开荒中，学员们也争先恐后。干到傍晚，上干队开出了50多亩荒地。

八分校学员自己动手种植蔬菜

抗大八分校学员们在养猪

有一天，张治银班长对班里同志说："我们上干队还养了50多只鹅和100多只鸭，每月一个班摊派一个学员去湖边放10天，现在摊到我们班了，哪个去？"

大家都争着去，最后任务交给了黄锦思。当天，他打好背包同另一个班的一位同志步行到了高邮湖边，接下了养鹅、鸭的任务。

开始，他们不了解鹅、鸭的习惯。你向东赶，它们往西；你往西赶，它们往东。很快，两人摸清了鹅、鸭的习性，放起来也就轻松多了。他们把鹅、鸭赶进湖里、塘里，让鹅、鸭在水里嬉戏、觅食。他们两人则抽空练习瞄准、投弹、刺杀，互相喊口号，教练卧倒、起立、爬行、滚进等，累了就休息，望着湖荡里撒欢的鹅、鸭，谈论国内抗战形势，谈论在干校学习政治、军事等知识的体会和在大生产运动中的收获，海阔天空，十分愉快。

他们白天同鹅、鸭一起在湖荡、沟渠中度过，晚间同鹅、鸭在一个大棚子里就寝,朝夕相处。最有意思的是,每天清晨把鹅、鸭赶出棚子的时候,棚里的地面上,都留下了一个个雪白可爱的大鹅蛋、大鸭蛋。他们拿起个大篮子,小心谨慎地一个个拾起来,一天总要收百把个鹅蛋和鸭蛋。这也是八分校同志改善生活的重要来源之一。

抗大学员在高邮湖畔搞大生产

黄锦思在龙岗抗大学习了8个月,这8个月虽然很短暂,但他说:"在这期间,学习了政治、理论、军事知识,交流了各部队的好思想、好作风和带兵的好经验,并且在大生产运动中也取得了好成绩,总结出了一套部队搞生产的经验,对我们回部队进一步推动大生产运动起了很大的作用。"

十一、6年6期4000人

抗大八分校连同在它之前的江北指挥部军政干校、二师军政干校,以及后来的二师教导团,前后一共办了6期。根据八分校军事训练处副处长杨采衡回忆,除去被编入抗大五分校的两个大队,各期情况与毕业学员人数大致是:

第一期,即原江北军政干校的第三大队,毕业512人:内部队干部408人,地方干部104人。这一期学员中有团营级干部36人。

第二期,这一期为二师军政干校时期招收的学员,毕业351人:内部队干部262人,地方干部89人。这一期学员中有团营级干部18人。

第三期,即成立八分校后新招收的一期,经过8个多月的学习,于1942年春毕业,共365人:内部队干部223人,地方干部142人。这期学员中有营级干部43人。

第四期,1942年4月开学,1943年秋毕业。这一期大部分学员入学后先进行文化预科学习3个月,扫除文盲,再另行编队,转入军政本科教育。文化预科阶段,大体按文化程度高低编为七个队。转入本科后改编成六个队,计上干队一、连级军事队一、连级政治队一、排级军事队一、培训支部书记队一、学生队一,共有学员827人。

第五期,即教导团时期,学员全部是二师干部,从1943年秋到1945年春,除军政文各科学习外,主要是进行整风运动,学员约500人,编为五个队。

第六期,仍集训二师干部,有学员300余人,编成三个队。这一期1945年5月开学,只经过短时间军政训练,即于8月间奉命结束。①

关于抗大八分校的学员期数,《中国人民抗日军事政治大学史》是从1941年5月4日抗大八分校在张公铺正式成立后计算的,也就是杨采衡回忆中的第三期是第一期,成立八分校后新招收的一期,1942年春毕业的。第二期是1942年4月开学,1943年秋毕业的。这一期开学前的1942年2月,张云逸不再担任校长,罗炳辉兼任校长。这一期学员毕业前夕,7月初,抗大八分校撤离龙岗,整体搬迁至靠近二师师部的葛家巷、千棵柳的农村。由于实行精兵简政,分校改编为第二师教导团,冯文华任团长,从华中抗大总分校调回的刘毓标任政委。教导团的干部和教员仍是原分校的,组织规模、办学方针、培养对象、教学内容等都没有变化。宽泛地计算抗大八分校学员,本书采用杨采衡的说法,而具体期数按照学员的回忆,还是采用《中国人民抗日军事政治大学史》的说法。

从新四军江北指挥部教导大队、军政干校到抗大八分校、二师教导团,在6年多的时间里,抗大八分校一共训练了将近4000名学员,为新四军江北指挥部和二师所属部队以及淮南抗日民主根据地培养训练了大批干部,还支援了抗大五分校的成立。当八分校正式命名的时候,它所在的淮南抗日民主根据地已经较为巩固,因而有了一个比较安定的办学环境,随后又得到抗大华中总分校派来的一批教员、干部的支援,从而加强了教学和领导力量。它是新四军华中各抗大分校中教学质量较高、对部队培养输送干部成绩显著的分校之一。1942年8月,在中共中央华中局和新四军军政部召开的华中抗大工作会议(亦称教育会议)上,陈毅

---

① 《抗大历史研究》总16期。

抗大八分校学员在玉米地里作战

军长曾经表扬过八分校取得的教育成绩。抗大八分校培育出一大批优秀干部，硕果累累，创造了许多令敌人胆寒、让人民称赞的业绩，为新四军的发展壮大立下不朽功勋。许多辉映史册的英雄故事，至今还在淮南津浦路东、路西广泛传扬。

抗大八分校离开龙岗后，抗大九分校从天长大通镇移驻龙岗，千年古镇又开启了抗大九分校的时光。

卷六　碧血长江流不尽

一、战火纷飞中的教学

进驻龙岗的抗大九分校的前身是抗大苏中大队。

1941年7月20日,日军1.7万人对新四军军部驻地苏北盐城等地进行大规模"扫荡",同时也对苏中地区连续进行"清剿",并积极增设据点,封锁交通,把苏中抗日根据地分割成零碎小块。苏中地区基本上已处于游击环境。这种情况下,迫切需要开办学校,培训大批干部以适应工作的开展,但形势紧迫,苏中地区已不能继续采取集中形式办学。此前,中原局和新四军军部的意见是各师应该建立抗大分校。9月间,盐城抗大五分校(即抗大华中总分校的前身)政治部副主任谢云晖率领一部分学员跳出敌人的"合击圈",南下东台地区敌后活动。奉军部命令,与原一师苏中抗日军政干部学校合并,成立抗大苏中大队,隶属第一师,为组建抗大九分校做准备。原苏中抗校教育长吴肃任大队长,谢云晖任政治委员。大队下设五个队:一个连排军事队、一个政治队、一个知识青年队以及两个地方武装队,600人左右。

抗大苏中大队成立后,在艰苦复杂的斗争环境中单独行动,穿插于日伪据点与河网、公路之间,必要时还要转移到日伪区、友军区,或日伪友区的接合部隐蔽办学。

1941年10月初,在日伪顽的策动下,数千名反动会道门大刀会分子在东台的三仓、泰东的角斜、李堡等地暴动。苏中大队参加了军事镇压和善后工作。10月中旬,日伪军分三路进攻三仓,苏中大队主动在三仓附近的许家河打了一次伏击。第二天夜晚,又出袭数十里外的富安敌据点。11月7日,日伪军2000余人分三路合击三仓时,苏中大队在三仓西面的高桥口遭到袭击,后安全转移。12月8日,日伪军2000余人,在南线的如东县丰利地区扫荡;同时,出动日伪军千余人,于9日分三路再次向北线的东台县三仓进犯。苏中大队配合新四军一师三旅七团担任正面防御,部分队伍被敌包围。在突围中,干部、学员伤亡近30人。二队政治指导员陆修牺牲。

关于三仓战斗,当年的苏中大队学员廖开在回忆录中曾写道:

1941年8月,通过上海地下组织的关系,我和张伯伦、邓志萍同志进到苏中根据地。那时,在拼茶设有抗大办事处,那里已经有三四十位同志。不久,上面派文有武、梁皓群同志来接我们去东台抗大苏中大队,编为三队。他们两人就是这个队的队长和指导员。编队后,我们每个人都发了1支枪、2个手弹、3颗子弹、1个干粮袋。虽然枪是老套筒汉阳造,子弹也只有3粒,总算是有了武器,武装起来了。大家都很高兴,情绪很高。当我拿起枪杆,背上子弹袋和手榴弹时,心里有说不出的自豪,精神为之振奋,觉得自己已成为一个真正的抗日战士,有一种说不出的光荣感。

编队后,我们转移到吴家墩子、四组一带活动。在这里有一个多月时间,文有武队长调走,毛梅卿队长调来。当时的日常军事科目是:瞄准射击、投弹、刺杀、集合散开。单个教练是卧倒起立、爬行、滚进等,这些都是作战时需要懂得应用的动作。

同年12月9日,日伪分三路向三仓进犯。苏中大队配合三旅七团,担任正面防御。我们三班进入三仓镇内后,奉命到前面警戒,受到敌人正面攻击和右面侧击。当时,我是战斗组长,排长定我做他的联络员。我两次向排长报告敌情,说明敌人已接近我们,而且有敌向我右侧迂回,有两面夹击之势,提议撤退。他说未接到命令,不能撤退。后来队部派通信员来传达队长撤退的命令,才撤退下来。这样就延误了时间,给敌人抓住时机,形成了包围圈。这时全队和大队的其他队部分人员仍集结在三仓镇内,受到敌人三面包围。最后,在吴肃大队长率领下,从吴家桥突围。在通过100米的开阔地时,没有一点地形、地物可供利用,目标全部暴露在敌人机枪交叉的火力射击之下。原三队队长文有武同志在突围中为了救护我们队一个负伤同志和去拾他掉下的枪支,负了重伤,左腿关节被打断,躺在一间孤立房子的外面。这个地点是突围必经的路线,也是敌人集中射击的目标。我和张伯伦同志突围到此,要去救他。他要我们快走,不要管他。当时敌人的机枪也是对准那里射击,打得很猛。我们抬不起头来,只好爬到20米远的一条半人深的干沟,准备用绑腿带拖他,可惜不够长,无法救护。这时,敌人又步步逼近,射击又猛,只好痛心地离开,沿着干沟突围出来。在干沟里,我们遇到文队长要救护的那个负伤同志。他左手负伤折断,流血很多。我们把他抬回队部。文有武同志负重伤后,一直躺在那里。傍晚时,敌人打扫战场。有个敌兵踢了他两脚。有个敌兵说:"给他一刺刀。"又踢了他两脚。文有武装着已经死了。后来,有一个敌兵说:"算了,已经死了。"才幸免于难。当夜,他爬了三四里路,找到了一户农民家里。第二天下午,那家农民才用独轮车把他送回二队队部。在部队突围时,二队政指陆修同志奉大队部命令,带一个班做掩护。当他们最后撤离三仓时,受到敌人包围,被敌人掷弹筒击中光荣牺牲。在这次战斗中,我队一班班长吴大寿(大学生)带领了五六个同志,奉命警戒富安之敌,经激战后,不幸全部光荣牺牲。

三仓战斗后,大队总结了这次保卫三仓战斗的经验教训,领导上做战斗后的思想政治工作,稳定学员思想情绪,激励学员斗争勇气,坚定了胜利信心。

12月中旬,苏中大队奉师部命令,由东台经海安向南转移。12月22日,到达东台丰利时,正遇到第三次丰利战斗。大队担任掩护师直属队的任务,参加战斗。我们三队担任了次要方向警戒。打敌人后,很快就将是除夕,要过春节了。1942年1月,大队到达南通的吕四镇,为了庆祝丰利战斗胜利,队部召开了文娱晚会,大家合唱师政治部编发的《新年歌》。同志们心情愉快,情绪很好。这是我入伍后过的第一个战斗的春节,是一个紧张、愉快的春节。

3月,大队移海复镇。

二、海复镇改建抗大九分校

廖开回忆移驻的海门县海复镇今属启东市,苏中大队进驻的是镇子附近的通海垦牧公司。

通海垦牧公司是清末张謇所建，实施"以垦建镇，以镇兴垦"的战略，让垦区集镇建设与围滩造田、办学、办纺织和制盐同步推进，相得益彰，推进了垦区经济文化的发展及海滩偏僻之地农村社会的进步。在通海垦牧围垦的12万多亩土地上，兴建扩建及带动发展的大小集镇有数十之多，其中新四军一师师部驻地海复镇堪称样板。

海复镇，原名筲箕攀，位于通海垦牧公司西二里，占地73平方公里，人口5万。《张謇日记》有记："1904年7月19日定海复镇基""民国二年（1913）2月垦牧海复镇成"，前后建设长达9年。镇区有烈民、逸仙、胜利、北新四街，总长5里，商业43种行当，百余个老字号，还有垦牧高级小学、慕畴（女子）、海复及国民小学4座，另有电灯公司、汽车站、典当和自治公所。农垦、教育、集镇齐头并进，欣欣向荣，作为样板推广到苏北43个农垦、盐垦公司，张謇所建的7个海堤，其中有4个在其范围内，垦牧文化显得十分厚重、丰富。

启东海复镇抗大九分校大门

1942年春季，海（门）启（东）地区战斗较少，苏中大队到达垦牧公司后，有了一个稍为安定的环境，并且靠近师部，十分有利于开展教学工作。5月，一师师部根据华中局的决定，将抗大苏中大队正式改建为抗大九分校。校长由一师师长粟裕兼任，张日清任教育长，谢云晖任政治处主任，刘亚奇任副主任。校部设政治处进行政治工作，军教室兼参谋室，平时进行教育，战时组织作战；政文室平时进行教育，战时协助政治处进行政治工作。此外还设立队列股、供给股、医务所、电台。全部工作人员只有60余人。

1942年5月，新四军第一师抗大苏中大队改为抗大第九分校。图为五一检阅大会

这时原抗大苏中大队的 5 个队已经结业，上一期的有些学员依然留下学习。这一期共新编 7 个队，包括连级军事队、连级政治队、参谋训练队、青年学生队、地方武装队各一以及两个专业队（电台训练队、会计训练队）。此外，师卫生部的医务干部训练队也附属于九分校，全校 600 余人。回忆这一段时间的教学，廖开说：

> 苏中大队改称为抗大九分校，我们三队改为参谋队。这一段时间，环境比较安定，进行了比较正规的系统的政治、军事教育。政治课主要是社会发展史，由贝岳南教员讲课。政治主任教员姚耐同志有时也来上课。军事课主要是班排教练、工事作业等野外训练。军事理论课程主要是重机枪构造原理，步枪、手榴弹构造原理，是由余西迈教员讲课。参谋工作、测绘制图是由毛进教员讲课。学习是紧张的，效果比较好。
>
> 6 月初，我们三队还配合师部特务营，奔袭启东永昌镇伪化顽军范巧林部。特务营担任主攻任务，三队配合一队攻击范部一个排的驻地。拂晓时分，特务营和我们一、三队分别与敌人先后接火。敌人没有准备，范本人带少数敌人逃窜。当我队向敌人的一个排正面攻击，队长毛梅卿同志指挥部队展开时，不幸被敌人机枪射中头部，当即牺牲，毛梅卿同志是一个好队长，他牺牲了，大家心里很难过。记得 1941 年在东台吴家墩子时，有一次我队遭到敌人的奔袭，毛队长带领我们突围转移，情况很紧张。敌人的火力一直在外面

身后追击,有一个新来不久的学员,身体较弱,年龄也较小,跑不动。毛队长就背着他跑了十多里路,才把他放下休息。

6月15日,敌南浦旅团抽调日军1500余人,纠集伪军2000余人,分九路"清剿"苏中四分区,情况十分严重。抗大九分校奉命突破封锁北上,从吕四港附近的三甲镇入海。抗大九分校的学员周飞此前担任浙东根据地鄞县县委书记,1941年秋,组织上决定让他撤退到苏中解放区。他和四弟周云都被分到抗大九分校学习。他的回忆文章《在抗大九分校的艰苦行军》对这一时期的学习、战斗生活作了描述。

在海上生活时,各队分散在船上组织军事、政治和文化学习。在这种情况下,集中上课已不可能。主要以分散自学为主,教员分散下队,对学习中遇到的问题、组织分组讨论和辅导。大家白天坐在舱里,船在夜间航行。每天吃的是用荞麦

抗大九分校学员练习投弹

面炒的干粮。吃了后,多数人便秘肚胀,感到很难受。过了几天,船上淡水吃完,只好用海水和着炒面粉充饥,味道又苦又咸,难以下咽。渔民们冒着敌人"扫荡"的风险,在海上与大家同舟共济,克服困难。有时,他们还把舱里的鱼分给大家吃。潮落时,学员们也下海滩抓些蛤蚌。教员们度过了10多天艰苦的海上生活后,在东台弶港附近登陆,登陆后,一直在台北、盐东的海边地区活动,9月间,一师二旅参谋长杜屏调任九分校教育长,原教育长张日清离校。

台北、盐东的海边地区荒凉贫瘠。那里的土地因有盐碱,不长粮食,草也长得很稀很小。当地的老百姓很穷困,吃的是大麦面拌野菜的面糊汤,住的是矮小的泥坯屋,炉灶、猪窝、鸡圈都在一个屋里。夜里行军到那里,大家就在猪窝、鸡圈旁铺上干草睡觉,鸡犬豕人杂居。11月严寒时,大家穿的还是单衣,甚至赤脚露臂。

抗大九分校长期处在行军流动之中,生活极不安定。经新四军军部决定,暂去阜宁一带休整。当一切准备工作就绪后全校就向北行进,11月初到达军部驻地附近的阜宁硕家集,驻扎在镇南的蒋家机米厂。

休整时间很短暂。12月中旬,新四军军长陈毅同志亲临九分校动员反"扫荡"。虽然距今已相隔四十多年,当时的情景,我仍记忆犹新。那天,当陈毅同志出现在我们面前时,我们长时间热烈鼓掌。陈毅同志一再招手,要我们停止鼓掌。然后,他说:你们长期在战斗频繁的苏中地区坚持教学,一面战斗,一面学习,取得了很大的成绩。这种革命战斗精神很好,值得赞扬和学习。但在高度流动的战斗环境中办学,有很多实际困难,在一定程度上也影响教学效果。因此,军部批准你们到这里来,这里环境比较安定。但事有不巧,日军最近集中兵力,可能对苏北进行一次大规模的"扫荡"。现在,我们苏北的全体军民已作紧急动员,准备反"扫荡",我们的机关、学校都在疏散中转移。因此,你们也得转移,回到苏中地区。这样,有些同志可能会想不通,既然如此,何必辛辛苦苦白跑一趟?说到这里,陈毅同志稍稍停了一下,接着用更高的嗓门说:为了你们有个较安定的教学环境,当时叫你们到这里来,是对的。现在,情况变化,敌人要进行大规模"扫荡",决定你们南下回苏中,也是对的。听了陈军长的这个重要报告,全校做了必要的准备工作后,就匆匆南下了。

九分校当即行动,回到苏中地区台北县(今大丰)。校部机关做了精简,学员队也进行了整编。精简整编后,学校保留了一个连级军事队、一个连级政治队,还有一个归属九分校建制的十八旅教导队。

三、除夕夜新老洲南渡

1943年开始,日本侵略者把战略重心转移到敌后战场,大力强化伪军,控制伪政权。对靠近京沪的抗日根据地实行反复"清乡"。继苏南根据地之后,苏中根据地成为敌人"清乡"的重点地区。1月上旬,新四军一师和六师领导机构已经合并,苏中、苏南地区的新四军由粟裕统一指挥。苏中区党委和一师师部决定:抗大九分校继二旅之后南下苏南,避敌锋芒,保存干部,前往十六旅驻地溧水地区,寻求一个相对稳定的地方办学。同时,也配合十六旅完成开辟和巩固溧水、溧阳地区的任务。一师一旅和三旅的教导大队归属抗大九分校建制。一师师部机关也抽出部分干部和师政治部服务团,由一师政治部、宣传部部长张崇文率领,到达九分校,其中一部分人员是来加强学校工作的,另一部分是来学习的。苏中党政机关和部队也抽调部分干部到苏中党校学习,党校由苏中区党委文教部长、党校校长刘季平率领,与抗大九分校共同南下。

抗大九分校和相关单位立即分头出发,边行军,边集中,边做渡江准备。九分校从台北出发,经兴华、高邮县境,到达江都大桥附近的毛家桥。1月31日,苏中党校、一旅教导队等到达大桥附近,驻扎十里长庄,各部会合,部队有1000多人。

在此之前,九分校领导派政治指导员佘景行和参谋毛进赴江边侦察,与地方组织联系,确定过江路线,做好渡江南下准备。佘景行是湖南省长沙县霞凝乡三安堂(今望城县丁字镇翻身村)人。1933年夏考入长沙市明德中学,得国文老师章东岩先生(中共党员)指教,接受民主抗日思想,参加了支援淞沪及古北口抵制日货等抗战活动和反压迫、争民主的斗争,后因传播进步书刊被明德中学开除。1938年在姑母佘肇湘(中共党员)的介绍下,认识了八路军驻长沙办事处徐特立、王凌波、王英伯、涂正坤等中共中央和省委的领导同志。在他们的领导下,进行中共《抗日救国十大纲领》宣传活动,是年4月,断指血书,冲破封建礼教的囚笼,赴武汉,经董必武、罗炳辉同志介绍,于5月到达延安,进抗大学习,同年6月加入中国共产党。延安抗大毕业后,留校工作,任区队长、副政治指导员等职。为支援华中抗大建设,他被选入南下华中大队,千里迢迢来到盐城,任华中抗大五分校副政治指导员,1942年任抗大九分校政治指导员,他开展工作有办法,有魄力。

长江三角洲,是日寇侵华的腹心地带。南京—上海段的长江南北,新四军创建多块抗日根据地,需要连成一片,呼应自如,而日寇却要分割包围,各个击破。于是滚滚长江,成了敌我双方封锁反封锁激烈斗争的场所。这段长江江面宽阔,且与宁沪铁路平行,日寇在大江两岸和铁路线上,密布据点,昼夜巡逻。江面上有汽艇、飞机监视,铁路上架设电网,用连坐法组织护路队,入夜沿线锣声相接,呼号示警。天堑加铁栅更增险恶,江南江北,来去困难重重。为了打破敌人封锁,我党建立了长江工委和铁路工委,与敌人进行针锋相对的斗争。

佘景行和毛进化装成小商人,乘内河小船,到达江边小镇中闸。他们悄悄来到江边,只见浩渺长江,波涛滚滚,江面上一只船也没有。原来,江边所有船只都被集中在汪伪军严密监视下的码头上,江边、码头都有哨棚,日伪便衣出出进进。佘景行和毛进相顾默然。这样的情形,莫说1000余人,就是他们两人要过去,也不是那么容易啊!

好在佘景行和毛进很快与长江工委地下组织取得了联系,又与新四军挺进纵队江南留守处主任管寒涛的代表接上了头。佘景行通报了这次行动意图、路线、日期、人马数字等之后,两人被安排在老乡家里休息。挺纵代表叮嘱说:"这个地区虽然开辟早,基础好,但地处交通要冲,敌人比较注意,情况仍很复杂,你们不要随处走动,行动机密要守口如瓶,事情有当地党政群组织办,请放心。"

从挺纵代表的言谈中,佘景行和毛进看到了信心,但终究心里无底,说:"要不要我们也去看看?"

"你们要看也看不到什么,放心好了。在这里过江少则一人两人,多则千军万马也不是头一回了。"

当时正值农历年底,老乡用过年的好酒好菜招待佘景行和毛进。过不了几天,就有人带他们去江边,过夹江到新老洲看了起渡点。那里没有码头,没有居民,空滩一片,他们有些不踏实,但也没有其他办法,只能坚信地方组织。

起渡时间是农历除夕。当天下午,佘景行和毛进就守候在起渡点附近,直到太阳落山,江面上仍看不到一点动静,渡场仍空空如也。他们已经接到通知,九分校在副校长刘季平的率领下正向这里急速前进,如果落空,那就麻烦大了,心里忐忑不安。随着夜幕来临,他们正在江滩踱步,奇迹出现了,载重三百担以上的大船,从四处向空场驶来了。附近村庄,一队队男女老少,背负苇柴、稻草、门板等物资,悄无声息地走近。一时间,船头拍浪声、竹篙点水声、沙沙脚步声、苇柴落地声、悄悄轻语声,集中到起渡点上,没有火光,没有呼叫,秩序井然。

不久部队到达,按船只大小编组,人马分乘,走向一字排开的船队,呈一路纵队,逐次登乘。烂泥上垫有苇柴、稻草,跳板上捆有草绳,部队在人墙中鱼贯而上,虽然互相都看不清面孔,都不说话,但是在点头、招手的动作中却默默地传输着胜利的祝福和衷心感谢的心声。

渡江的部队分为三个梯队:原九分校、苏中党校、一师服务团以及师部机关来的同志为第一梯队,一旅教导大队为第二梯队,三旅教导大队为第三梯队。天亮前,第一梯队顺利过江,第二梯队到达新老洲,第三梯队还

抗大九分校学员分批乘船南下转移

在长江北岸。接下来的夜晚,第二梯队、第三梯队陆续乘船,也都平安南渡长江。

紧接着,部队投入了跨越宁沪铁路的准备工作。九分校必经的路段,道上有装甲列车巡逻,两侧设有电网,北有运河,南有公路与它平行,还要经过汪伪军碉堡火力控制区。敌人的防范不能不说十分周密。出发了,部队向新丰镇急进。离铁路越来越近,不少学员把武器横到了面前,准备武装冲锋越过铁路。铁路到了,只见铁路两侧有一个人抬着门板、地下铺着门板的门洞出现了,部队从门洞而过。原来门板上顶着的、门板下压着的,都是电线,是为了防备敌人设置的电网通电而开设的"人门"。这是铁路工委麻痹了日寇,制伏了伪军,争取了同盟,发动了群众而完成的杰作,使部队神奇地穿过敌人精心设计的钢铁封锁,顺利跨过了沪宁铁路。

全校在丹北地区集中以后,继续行军。沿路敌伪据点很多,九分校经过辛丰、延陵等地,进入茅山西南溧水地区的里佳山、云鹤山、上芝山、下芝山一带,从过江到抵达溧水十六旅地区,前后经过了一个多星期的时间。

四、九分校溧水守芝山

抗大九分校从苏中到苏南,斗争环境起了变化。地区变了,与苏中相比,苏南两溧地区比较狭小;地形变了,从苏中平原水网地带到了江南丘陵地区;作战对象变了,在苏中主要是对付敌伪"清乡""扫荡",而溧水地区邻近国民党第三战区,对手主要是国民党第三战区的顽军。

在溧水,抗大九分校根据一师师部的指示进行整编,以适应苏南的斗争环境。这时,十六旅教导大队划归九分校建制。为了保密,学校对内称九分校,对外改称特务团,并按一个团编组,归十六旅统一指挥。校部训练处改为作训处(参谋处),此外还有政治部、供给处和卫生队。学员编为三个营和一个特务连。一旅教导大队编为一营,十六旅教导大队编为二营,三旅教导大队编为三营,原抗大九分校的学员分别被编到第一、二、三营。苏中党校编为特务连。

整编中,领导成员有所变动。渡江前,抗大九分校校长兼政委是粟裕,副校长是刘季平,教育长是杜屏,政治部主任是张崇文。整编后,团政委、党委书记是刘季平,教育长改称团长是杜屏,参谋长是廖昌金,政治处主任是张崇文,副主任是姚耐。三个营的干部分别是:一营营长汤万益,教导员唐昆元,副营长文有武;二营营长樊道余,教导员许彧青,副营长杨绍良;三营营长朱传保,教导员孙志仁,副营长王大田。特务连连长戴平万,指导员陈野萍。

随着斗争环境和组织机构的变化,学校教学计划做了相应的修改。3月初,抗大九分校在溧水甘戴举行开学典礼,随后,各部全面开展教育训练。

抗大九分校大批干部进入苏南地区,增加了新四军进一步打开苏南局面的力量,对苏南根据地的党、军队和人民是一个鼓舞。但九分校到达溧水地区,逼近高淳、溧阳等顽军控制的地方,这也刺激了顽固派,引起了他们对九分校的密切关注。这段时间的学习和战斗,教育长杜屏在《两渡长江和溧水反顽战斗》中有详细描述:

3月初,我九分校干部学员按新的训练计划开始训练。

抗大九分校学员在江南溧水击敌

不久,国民党顽固派就集中大量兵力,围攻我军。我军奋起抗击,爆发了苏南反顽战役。我对这次反顽战役的情况有如下回忆。

1. 顽我兵力和武器装备

顽军:一九二师一部、五十二师大部,估计共约7000人;挺进军三个团,也有4000多人;忠义救国军两个支队,约2000人;溧阳、高淳地区的保安团,有两三千人;总兵力为15000多人。

我军:十六旅主力4000多人,抗大九分校1200多人,总计5000多人。顽我兵力比为3:1。

武器装备方面,顽军装备优良,弹药充足;我军武器装备相当差,尤其是九分校,枪支很少,弹药严重不足,没有一门迫击炮。战斗中十六旅调来支援我们的一个重机枪排,是我们唯一的重武器。

总的来说,顽军在投入兵力和武器装备上处于明显的优势,我们则相对处于劣势。

2. 顽军的企图、部署和战术手段

苏南我军主力集中在溧水地区狭小范围内,抗大九分校又刚到苏南。顽军见有机可乘,便调集重兵,企图把我苏南新四军主力包围消灭在这一地区。

为了达到这一目的,顽军总的部署是"西攻、东钳、北堵、南放"。西线为五十二师、一九二师,东线为挺进军,北线为忠义救国军,南线为保安团。他们的战术手段是非常阴险毒辣的。首先,忠救军两个支队绕到我军背后,封锁我们北撤的道路。接着,其主力一九二师、五十二师和挺进军从东西两翼猛烈地夹击我军,缩小我军的防御阵地,杀伤和消耗我军的有生力量,并妄图迫使我军南移。最后,对我全线发起总的围攻。但这时我们已撤出战斗,他们的阴谋诡计,终于彻底破灭。

3. 抗大九分校在西线的战斗情况

根据十六旅领导的布置,我们抗大九分校和四十七团第一营的任务是坚守西线云鹤山、观山、里佳山、铜山、芝山一线,掩护十六旅主力在东线相机出击,消灭顽军一部或大部。然后,再视情况发展,确定下一步的作战行动。

战斗一开始,西线顽军即集中力量,由北而南,逐点向我猛烈攻击,从云鹤山、里佳山、观山、铜山到芝山、和尚山,逐步缩小对我之包围圈。顽军在两

抗大九分校学员在和尚山屋顶上向顽军射击

天时间内虽然攻下了我云鹤山、里佳山、观山、铜山，但由于我军奋勇顽强抵抗，其伤亡代价是很大的。

在东线，顽军进攻也很猛烈。十六旅在一次反击作战中抓到一些俘虏，查明了顽军的企图和兵力部署，这才知道顽军已完成了对我之包围圈，双方兵力对比悬殊，按原计划大举出击已不可能。这时，十六旅领导当即改变计划，下决心突围，确定于当晚以主力四十八团一部攻击被顽军占领的回峰山，打开北撤的通道，并掩护部队撤出。

同时，旅部确定，九分校在西线芝山阵地再坚守一天，以便我军各部有准备有计划地撤出顽军包围圈。这一天怎么守？我们做了全面分析和考虑，认为顽军来势甚猛，次日攻我芝山阵地是肯定的了。如果我们把主力放在芝山，山下是开阔地，一旦顽军打进来，我们就很难顺利撤退。于是，我们决定，当夜12时左右，将主力撤往芳山、和尚山，只留极少数部队守卫上、下芝山。

考虑到我们三营的学员大多是班、排干部，战斗经验十分丰富，能以寡敌众。我们在山上一边修筑工事，一边用棍子插上泥团、草块，再戴个帽子，这样来吸引顽军火力，以达到保全自己、消耗顽军、坚守阵地的目的。第三天（4月14日）上午，顽军果然向我发起攻击，他们先用迫击炮把上、下芝山猛轰一阵，炮弹消耗不少，花了一上午，才攻占了芝山。这一仗，我伤亡很小。

午后，顽军进攻我和尚山阵地。下午5时多，我们撤到芳山阵地，与十六旅会合。当日黄昏，我们和十六旅一起撤出了战斗。撤出后，抗大九分校向东，十六旅向西，进到敌后活动。

在西线战斗中，顽军以优势兵力和良好的装备，连续向抗大九分校（含四十七团第一营）阵地发起猛烈的进攻。但我全体同志士气高昂，英勇顽强，加上有比较丰富的作战经验和指挥上、战术上的一些灵活措施,在兵力不足、弹药奇缺、山势平坦、不易守卫的情况下,与数倍于我的顽军激战三天,坚决完成了十六旅交给的防守任务。战斗中,全校伤亡近200人(不含四十七团第一营),其中大部分是班、排干部,还有部分连、营干部,少数团级干部。所属3个营,一营伤亡较大,三营伤亡较小。营的干部牺牲的有一营营长汤万益(团级)、一营教导员唐昆元(团级)、一营副营长文有武;负伤的有二营副营长杨绍良。连和连以下伤亡的干部,名字已记不清了。对这些光荣牺牲的战友,我们永远怀念着他们。

五、北归淮南入龙岗

抗大九分校突围以后,越过溧武公路,进入天王寺以北、丹阳以西的茅山句容地区。这里是敌占区。本来,九分校与顽军战斗的情况,日伪军是清楚的,但是他们没有行动。九分校突围时,日伪军也没有行动。当九分校进入溧武公路以北的敌占区时,敌人认为新四军伤亡惨重,弹少粮缺,疲惫不堪,图谋渔翁之利。他们组织了相当的兵力跟踪"扫荡",和九分校只隔一天的路程。九分校不得不每晚快速转移,和敌人周旋,白天则整顿部队,做好北渡长江的种种准备。

通过电台,九分校与新四军军部直接联系。军部指示:第一,分散隐蔽,待机北来;第二,出敌不意,突然北渡。

校领导经过认真研究,认为苏南敌后地区狭小,据点林立,我部队疲乏,又与跟踪"扫荡"的日军周旋了一周多,如果分

抗大九分校学员渡江北上,前往龙岗古镇休整

散或继续与他们周旋下去,对我不利。于是决定按军部指示第二条执行,准备北渡长江。茅山地委书记吴仲超也认为九分校留在那里不安全,早日北渡较为

当时九分校在句容以东地区。从丹北去苏北,是新四军长江南北交通的老路线,但是敌人封锁得很严,镇江以东不能去。九分校与地方党组织研究决定,走下蜀附近铁路,然后北渡长江,去淮南地区。这个决定十分机密,只有几个人知道。随后,九分校做北渡长江的各种准备。吴仲超带领地方的同志为九分校筹集干粮,补充鞋袜,寻找向导,做了大量的工作。

过江前两天,九分校先派了一个小组去探路,把到江边的路线试行了一次。然后,又挑选了30多名政治上老练,有办法、有经验的干部组成便衣武装侦察队,比大部队早半天出发。他们的任务是带好路,对付铁路上护路的伪化人员,到江边把船看好,保证大部队顺利渡江。

佘景行、毛进承担了侦察任务。佘景行回忆道:

全校进至天王寺以北地区,刚住下来,刘季平副校长派人叫我去。进门,就见到校首长都在,还有几位地方干部正在紧张热烈地议论。这时参谋毛进已经到了。他们叫我们坐下,又向我们介绍了茅山地委书记吴仲超同志和陪同他来的几位地方同志,接着胡子司令(刘季平副校长虽只30多岁,却一直蓄着长须,手持拐杖,驻地老乡称他为胡子司令)指着我们两人,很风趣地说,你们两个年轻人搞船把我们送到江南来,现在还得要你们搞船,把我们送到江北去呀!怎么样?当时部队仍在严重敌情包围之下,他镇定沉着、潇洒自如的风度给我们极大的力量和鼓舞。我们已有了南渡先遣的经验,当即满怀信心地表示,一定圆满完成任务。接着杜屏教育长、张崇文主任针对我们的轻松情绪说:这一次要在汪精卫汉奸政府首都、日寇侵略军华中总部所在地南京的鼻子底下,距南京只有几十里的龙潭镇以东、下蜀车站以西地段北渡。龙潭火车站,驻有日军一个中队、汪伪军一个团,下蜀火车站,驻有日军一个小队、汪伪军一个连,两地相距只有12公里,中间仓头街还驻有汪伪军一个连,相互都有电话联络,铁路公路相通,一呼即至,而且南渡时是背靠老根据地,有各级党政群组织可以依靠,消息也容易封锁,行动就自由多了,今天不能过江,可以再等明天。这次就不同了,只能一举成功,如果陷于前阻大江、后阻铁路的境地,那被动就不是一般的了,这一点你们千万牢记。这就一下子把我们搞得紧张起来了。

接着吴仲超书记详细介绍了这个地段的情况。这是一个游击区,我党还没有公开工作,在下蜀我武工队击毙过日本鬼子兵,镇压过罪大恶极的伪区长,在这个路段上还炸翻过日寇一列军车,因此日伪非常重视,控制很严,利用十家连坐的保甲制度组成的护路队,半里一个,从天黑到天明,来往巡逻不间断,一有情况就鸣锣示警,伪自卫队立即出动。铁路到大江之间相距不到10公里,没有回旋余地,过江后,虽有独立团接应,那也不是在巩固的根据地内行动,必须穿越扬州到六合的公路才能休息。我们之所以选定在这里过路渡江,正是为了出敌不意,因此必须十分谨慎。保密尤为重要,任何行动行迹的暴露,都可能招致失败。当然,句容县委、铁路工委、长江工委会做了大量工作,你们还是相信群众,相信党,一定能够一举成功,渡过这龙潭虎穴。

我说,我这个湖南人,在敌伪统治区行动,一开口就露底啊! 吴仲超同志笑着说,到那里就到你湖南老家了。南京周围地区,经太平天国大军多次出入,曾国藩的湘军长年驻扎,留下的湖南人后裔很多很多,你放心好了。只是你进门时,我们看到你走路是军人的样子,这倒是一个问题。于是我来回走了几趟,他们反复琢磨后说,像军人走,像就像在摆手、抬腿上。吴书记当即交代化装时要把这个问题解决好。随后,杜屏同志条理清楚地详细交代、张崇文同志长者风度的谆谆嘱咐,使我们倍感温暖,久久不能忘怀。

接受任务之后,在地方同志的陪同下,立即出发昼夜兼程,赶到下蜀镇亭子乡以西的一个山村里,动员了一位女青年抗日积极分子做我的掩护。她的丈夫是湖南人的后裔,在上海跑单帮每年只回家几次,当动员她认我做假丈夫,用以掩护时,她热情开朗,满口应承。当即让我熟记了她的姓名、乳名、生肖年月、娘家情况,以及房屋坐向、门前树种、所养畜禽等家常情况。并且要我按照她丈夫的身份做了化装,她也熟记了我的有关特征情况以备敌人查问。时早春四月嫩柳抽芽,我鞋跟踏落,嘴嗑瓜子,手甩柳枝,用以掩盖摆手抬腿动作,反复练习几遍,大家都说可以,才通过下蜀车站,北去江边。1980年句容县副县长兼公安局局长彭云同志,陪同我去亭子地区探访这位曾经敢以自己身家性命掩护我的好同志,虽经多方探访,终因记不准姓名,加上新建了许多公路、水库、水渠,当地地形地貌改变太大,而无结果,只得悻悻而返。

经地方同志细致的工作,起渡地点确定之后,船只尚未集中,我又赶回路南,在预定地点,找到了部队。记得校首长和部队在远离山村的松林里待渡,当我还只讲到起渡点已选定在营防口以东,船只已经落实时,杜教育长就叫暂停汇报,立即通知部队饱餐,集结待命出发,而后继续汇报,紧迫情况可见一斑。入夜全校在校首长率领下急行军北进,在接近铁路几百米处,部队暂停前进,等待武工队处置护路队——1985年7月我在下蜀镇西东河大队,巧遇当年护路队队员,他记忆犹新,绘声绘色地描述当时情况:正在巡逻的时候,突然跳出几个人,他一下子就被扑倒,还没有明白过来,嘴就被塞住,连手连脚也被结结实实地捆在路边树上了。这才听到当地口音的人说话,说今晚有上万新四军过路攻龙潭、打鬼子,委屈你一下,是为了你好,让你好向保甲长交代。接着,拿出一块袁大头,送到他手里摸一摸,而后埋到脚边的土里就走了。到天明,自卫队来,只吃了两记耳光就给放开了,待自卫队走远,真的从土里扒出一块袁大头来。新四军做得真周到,不把他捆起来,不仅自家遭难,还得连累别人连坐,袁大头不埋起来不单是要给搜去,说不定还要被安上通敌罪名呢——就这样悄无声息地穿过铁路,接着在三元庵大河通过浮桥。

原来那时,船只多泊在长江两侧内河,我武工队员,白天测定了河流宽度,选定了架桥位置,暗中各自确定征用的船只,部队将到,才迅速集中架设,待部队通过后,才放回。到达营防口东的江边起渡点,稍稍停留,就按编组上船,上满一船开一船,不到一个小时,就全部离岸。到达江北,在独立团接应下,又穿过扬六公路,到达马家集宿营,胜利地粉碎了日伪顽合流,妄图制造"第二个皖南事变"的罪恶阴谋。

马家集是六合北面的一个集镇,属于淮南抗日根据地来(安)六(合)办事处。接应九分校部队渡江北上的是路东军分区活跃在东南办事处的东南支队,司令员是东南办事处主任魏然所兼。东南办事处地跨仪征、扬州、六合等地,沿江建有三条秘密交通线,仪征胥浦区是交通线的重要一条。

这条秘密交通线,在长江北岸,位于仪征、六合之间,有大河口、小河口和沙窝子3个渡口,宽约10里,基本为我抗日政权所控制。紧挨渡口江边,有一条山脉,高有数十米,山形狭长,犹如一条长龙,故名青龙山。山上树木葱茏,山间有些小

村庄,对我游击活动非常有利。站在山上,俯瞰长江,对敌人在江中一切活动了如指掌。东南办事处在大河口和沙窝子,设有流动税所。税收人员除向过境的贩货商人征收税款外,他们还负有一个重要任务,就是在几个渡口的船户中进行工作,在我军政人员需渡江时保证船只,做到有备无患。

抗大九分校师生在六合马集镇休整

时任胥浦区区长的左涛,当时就在这一处秘密交通线上迎接九分校渡江的。他在《秘密交通线》一文中回忆道:

> 我于1942年,调到胥浦区工作,在任区长期间,就参与秘密交通线工作。我党华中局和新四军军部,由苏北盐城转移到淮南路东地区后,江南新四军六师及上海地下党人员通过这条交通线北渡南往增多了,有时还运送武器弹药。我区政府就是联络站,过境来去人员由我们负责接待,招待食宿,供应渡江船只,保障安全。由于这条交通线经常使用,引起敌人注意,加强了江面封锁,并对我区进行频繁"扫荡",烧杀抢掠。敌人先后烧毁我安墩乡的老虎洼和枣林乡的唐家营两个村庄,群众损失很大,对日伪十分痛恨。
>
> 1943年4月下旬,我带领武工队在青龙山一带活动。区委书记李锐同志派人给我送来一封急信,要我马上回区政府,有要事商量。我急忙带着武工队赶到区政府驻地大关营,一进门就见到东南支队司令员魏然同志及同他一道来的几个军事干部。我同他们寒暄几句,李锐同志把我叫到一个房间里,轻声地告诉我说,今晚江南有大部队过江来,要我们准备好船只,下半夜

去迎接。我问,有多少人?他说,有一千多,关键是船只。我说这个不成问题。因任务重要,时间紧迫,我来不及吃饭,又带着武工队赶回江边,隐蔽在青龙山树林里监视小河口和沙窝子两个渡口,并派人把沙窝子税收主任张德宝同志找来,告诉他当晚要执行的任务,同他商定动员船只的办法。沙窝子离胥浦桥敌人据点只有五六里,为了不使敌人发现我们的意图,要到天黑以后才能行动。

晚上8时许,左涛带领武工队进入沙窝子,李锐带着区中队也来了。他们在所有路口安排上哨兵。来往行人,只准进不准出,严密封锁消息。然后派人逐门逐户动员船工。因为左涛他们平时常和船工们在一起,保护他们的利益,船工们听说是接新四军过江,都非常积极。夫妻父子齐上阵,有的挂帆,有的安舵,忙碌了一阵子,船只准备就绪,等待启航。

这时,东南支队司令员魏然带领一个主力连,扼守仪征城到沙窝子必经大路的制高点窑墩,向东警戒;并派一个机枪班来江边,加强区中队的警戒力量。一切行动,都在黑夜里悄悄地进行。左涛和李锐都来到江边,清点船只,慰问船工。魏然是江苏省江都县谢集乡三里庄(今属仪征市)人。出生后取名家实,字秋成;5周岁时母亲林氏为其另起名家齐,字治平;参加革命后改名魏然。他12岁到安徽天长县城今第一中心小学读高小,后考入私立扬州中学,初二时即考入高中预备班。1934年春父亲去世后辍学回家。1937年12月,魏然联络多名爱国青年组成苏皖边区抗日义勇军,曾一举收复天长县城。义勇军被国民党安徽省政府勒令解散后,他参加天长进步青年举办的抗日青年训练班,并担任南乡分会负责人。1939年9月,魏然由中共津浦路东工委周利人、陈舜仪介绍加入中国共产党。10月,被派往仪征开展工作,利用合法关系任国民党仪征县政府常备队中队长。1939年12月中共仪征县委成立,组织上将魏然从天长转到仪征县委。其后,他一直在仪征进行抗日工作,对仪征江岸特别熟悉。

到了半夜,左涛带领武工队登上第一条船,首先开船。在微弱的月光下,只见片片白帆前后交错,你追我赶,船队乘风破浪,直驶大江南岸,抵至大杨角沟渡口。左涛登上江岸,向南瞭望,约过半小时,九分校前头部队赶到江边。左涛与佘景行相见,互道辛苦。佘景行问,来了多少船?左涛说,有50多条。佘景行忙说,够用了。不久,大队到了。部队迅速列队听从指挥,依次登船完毕。左涛上了最后一条船,急速返航。船到江心,左涛听见长江上游不远处有马达轰鸣声,隐约看见一道白光在江面上游左右摇晃。他判断是敌人巡江的小炮艇来了,白色光束就是从小炮艇上射出来的探照灯。这一带每到春夏,下半夜大雾骤起,咫尺莫辨。左涛他们长期在江边活动,是熟悉这种情况的。小炮艇虽离九分校船队很近,但什么也没有发现。

九分校顺利地渡过长江天险。部队在沙窝子登岸,由胥浦武工队在前引路,登上龙山头,穿过大小村庄,向卅里铺前进。部队虽很疲劳,但在晨曦的照耀下,精神焕发,步伐矫健。沿途群众见到这么多新四军,脸上流露出既惊讶又喜悦的表情,奔走相告。后来消息传到仪征城里,敌人摸不清底细,非常惊慌,关了三天城门。

九分校师生在卅里铺附近郭家营、大吴营休息了一天,当天晚上就浩浩荡荡开往淮南根据地马家集了。

在镇旁的一片松柏林里,九分校举行了隆重的追悼会,沉痛悼念在苏南反顽战斗中牺牲的战友。在北渡长江的路上,学员吴镇就创作了怀念溧阳铜山反顽牺牲战友的诗章《英雄们还活着哩》:

四月十二的暴风夜,
溪水随同森林在哀号,
是狐狸似的抗战害虫,
偷偷地设下了罗网,
要围歼人民的军队。
我们的枪口,
气愤地发火;
我们用石块,
代替着手榴弹,
勇士们据守在每一寸土地,
……
三昼夜的血战,

遍山点滴着血花斑斑。

……

啊！真理的英雄们没有死，
他们含笑伫立在铜山巅，
让抗战的害虫永远地摇头伤叹，
让人民向真理的英雄举手高喊。

为《英雄们还活着哩》谱曲的沈亚威

吴镇的队友沈亚威读了这首诗，立刻谱曲。此时，这首歌唱响了。战士们用深情的歌声表达着对战友的怀念、对敌人的仇恨，以及对取得民族解放的坚定信心。

追悼会后，九分校继续北上。5月上旬到达天长县的大通镇。由于淮南抗日根据地是新四军二师所在地，因此，九分校对外改称二师第十二团，代号龙山大队。

九分校驻扎大通镇后，陈毅代军长、张云逸副军长亲自到分校视察并作报告，陈代军长勉励九分校"是从龙潭虎穴里闯过来的"。二师师长罗炳辉、四师师长彭雪枫等先后到校作报告。抗大八分校将自己种植的蔬菜送给九分校。陈毅看到编在党训队的原一师服务团的同志们特别高兴，他们当中有的是陈毅从云岭军部带出来的文艺精英。陈毅建议服务团的同志和二师抗敌剧团联合排演曹禺的大型话剧《蜕变》。6月，九分校在大通镇召开了党代表大会。7月，九分校全校移驻龙岗镇，在原来八分校的校址上正规办学。

按照上级指示，九分校精简了组织机构，取消了大队建制。全校缩编成5支学员队，第一队是连级（部分副营级）军事队，第二队是排级（部分副连级）军事队，第三队是班级（部分副排级）军事队，第四队是政治队，还有一支党训队。在此前后，有一批学员提前结业，分赴工作岗位。不久，副校长刘季平被调走。主持抗大九分校工作的是教育长杜屏。

英姿飒爽的抗大九分校女学员

抗大九分校在龙岗开展教学 8 个多月。1944 年 3 月,九分校离开龙岗,回到苏中归建。

六、终身受益的龙岗时光

抗大九分校建校后,一直在纷飞的战火中流动办学,到达龙岗后,处于一个难得的安定时期。对于淮南路东根据地,他们觉得非常美好。文工队队员、上海电影制片厂的著名演员李明在回忆录中说:"4 月 23 日抵达长江北岸路东地区。那时正是清晨,只见朝阳晨雾下,炊烟袅袅,鸡啼阵阵,根据地一片繁荣景象。经过 2 个月紧张行军的我们,仿佛来到了仙境!"进驻龙岗不久,就是八一建军节,龙岗镇各群众团体、全镇百姓和周边农民,和九分校全体干部、学员一起举行了庆祝大会,龙岗人民向九分校赠送了"钢筋铁骨"的旌旗。此后,一师师长兼校长粟裕、

抗大九分校龙岗教室旧址　　　抗大九分校党训队女生班龙岗驻地旧址

一师政治部主任钟期光、苏中区党委副书记陈丕显及潘汉年、范长江等先后来到九分校看望学员，并授课、做报告。领导们不但在学习上对大家高要求，在生活上也无微不至地关心大家。

沈大卫系沈西蒙的哥哥，当时兄弟二人同在龙岗抗大九分校学习。《粟裕文萃》一书收录了他的《粟司令救了我》一文，描述了在铜龙河游泳发生的故事。

沈大卫是一名通信技术人员，从事无线电通信、设备维修和人员培训等工作，业务过硬。盛夏的一天傍晚，他和同队的同学到铜龙河里洗澡。铜龙河水流清澈，风光旖旎。来到铜龙河边，同学浑身是劲，他们光着膀子，一个个都跳下河去，有的同学从此岸游向彼岸，有的同学逆水上游，谁都不甘落后，真是热闹极了。沈大卫游泳技术不好，按常理，是不会在这样的河流中游泳的。也许是被同学们的激情所感染，也许是头脑发热，感觉待在岸上难过，不下水恐怕在同学面前要丢脸。感情一冲动，也光着膀子下水了。开始，他下水游得还可以，不料游到河中心就吃不消了。忽然大腿抽筋，前进无能，后退乏力，一呼吸便大口地吞水入肚。无情的河水迫使他窒息，瞬息间铜龙河就要吞掉他的生命了。"我这时惊慌万分，悔不该如此冒失。就在这生死关头，我也不好再顾什么面子，于是我一面极力地挣扎，一面大声地呼救，希望同学快来救我。可是我没喊几声，一个浪头就把我打昏，眼看我就要完蛋了，然而没想到，我却幸运地得救。待我恢复知觉时，我头部已经露出了水面。这究竟是怎么一回事啊！这时，我好像被绑在一艘救生艇上的一叶小舟，我就觉得有一只手轻轻地抬起我的面颊，使我渐渐地能向河岸靠拢了。……谁使我死而复生！此刻，我在想，要是没有这位战友的搭救，我肯定要葬身鱼腹，我定要好好地感谢这位救命恩人。他是谁呀？我定睛一看，'啊……'真使我大吃一惊，没有想到，游来搭救我的是粟裕司令员。这时，他以富有魅力的眼睛打量着我，我内心激动得几乎到了极点，连忙叫一声：'粟司令……'"

粟裕司令员的一只手曾经受过伤，行动有些吃力。让沈大卫终生难忘的是，"为了搭救我，他竟用了一只受过伤的手托着我的脖子，使我头部冒出水面呼吸，他另一只手却在平静地划水，直至我安然地上了岸。更值得一提的是，当粟司令第二天看到我时，他只字不提我在铜龙河灭顶之事，却鼓励我要加强锻炼。当他看到我身上的衬衣穿破了，还给了我两件新的白衬衣"。

几天后，粟裕司令员从淮南黄花塘新四军军部开完会返回苏中时，把沈大卫从抗大九分校调出随行，到苏北师部工作了。

1944年初，九分校全面开展整风学习，学习毛泽东的有关著作和中共中央整风文件，联系自己的思想实际和工作实际，进行自我反省，自觉清理非无产阶级思想。根据当年参加整风学习的学员三队指导员方征回忆，当年到抗大九分校党训队做整风运动报告的有：新四军副军长张云逸，他讲了《战争中军事力量的暴露与隐蔽问题》。新四军第二师政治委员谭震林，他从政治上宣传，凡坦白过去参加过三青团的同志，政治上应该相信

抗大九分校师生认真学习整风文件

抗大九分校学员黄竞烈士及其生前撰写的《整风自传与鉴定》

他们，也可以接受他们加入共产党。宣传部副部长彭康讲了，世界名著《玩偶之家》的娜拉出走了又回来了，老了，病了，死了，她怎么不老不病不死呢？这不是主观主义的要求吗？影射法国拿破仑三世统治快要崩溃，联系中国蒋介石封建法西斯统治将要倒台。不倒台，这是主观主义的。华中局情报部部长潘汉年、新四军宣传部部长钱俊瑞参加了党训队三班小组的讨论，钱俊瑞提出整风也要用苗圃法，意即毛泽东的典型试验。一师政治部主任钟期光提出不做半心半意的共产党员，要做一心一意的共产党员。另外，一师师长粟裕、四师师长彭雪枫也做了整风报告讲话。

在教学要求上，九分校和八分校都是一致的，军事、政治、文化等课程，在时间

比例和课程配置上，根据不同对象、不同阶段提出不同要求。文化教育中，充分发挥文化人多的优势，调动干部和教员的积极性，自编教材，自印课本，自制教具，因地制宜地开展教学活动，收到了良好的效果。回忆起这段时光，很多九分校的学员都觉得龙岗的这段经历让他们终身受益。

教员司徒延平2002年4月曾经写过一篇《忆抗大九分校的鲍汗青老师》，其中写到了教股长鲍汗青支持教员自制教具的情况：

> 当时，一大队在龙岗地区开展以文化教育为主的整训。鲍汗青同志召集我们文化教员开教育准备会，布置文化教育任务。在整训期间，汗青同志巡视各队的教学情况，组织文化课的公开课与各队之间的各项教学，进行教学讲评，给我印象很深。他，瘦瘦高高的个子，戴一副眼镜，颇有长者风度，却十分平易近人、和蔼可亲，对我们这一批参军不久的文化教员非常关心，热忱地做了许多指导和具体帮助。记得当时校部为了进一步推动文化教育工作，决定举办全校性的文化教育展览会。鲍汗青同志为此向各队文化教员提出了要求，做了具体布置。我和宋廷铭同志为三队文化教员，商量拿什么项目参加展览会。当时想到做一个地球仪，向鲍股长提出后，他非常支持，立即拿出全校唯一的一张世界地图和一册中国地图提供我们。在中国地图册里，我们看到有一幅中国地形图，于是我们又萌发了做一个立体的中国地形图的想法。鲍股长知道后很高兴，并具体指示我们，可以用旧报纸撕碎沤烂，捏出地形图来。我们受到了启发，把地形图做在约2尺多见方的木板上，把沤烂的报纸泥挤得大半干，在木板上堆出平原和山脉、高地和高原，待干后再画出我国国境线和主要河流、湖泊、城市，按照不同地形注上不同的色彩。地球仪则是先找龙岗街一位会扎灯笼的残疾师傅，请他扎一个3尺多直径的圆球，糊上纸，最后一层是白纸，中间加一个木轴，使纸球可以转动。然后我们再按照世界地图上的经纬线，画出各大洲的陆地和海洋，画出各主要国家的位置和首都，当然少不了画出中国的地理位置和延安所在地，着上颜色。这两件展品鲍汗青同志看了很满意，说为展览会生色不少，我和宋廷铭同志非常高兴，好像完成了一个了不起的任务。回想起来，没有鲍股长的支持和具体指导，在当时战争年代的困难条件下，即便要做出那样简陋的文化教育用品也是很

困难的。

在回忆文章中,司徒延平还回忆了他到抗大八分校取文化教材的事情:

> 当时八分校驻地距九分校很远,校部派了一名通信员携带一支步枪跟随我去,既做伴又是向导。行前,鲍汗青同志又十分关切地告知我在敌后根据地单独行动应注意的事项,并给了我行军路线图、宿营地点的规定等等。现在已记不清走了多少天的路,晓行夜宿,经铜城直下西南,避开大路走小路,终于顺利到达八分校校部。由于当时二师根据地相对稳定,八分校干部都自己生产粮食并自给。我们二人时间耽搁长了,到吃饭时,就有吃掉他们劳动所得的口粮之感,所以不敢久留,取了教材,会过吴凡吾同志后立即动身返回。回到九分校,向鲍汗青同志交差时,又受到他的嘉许。

吴凡吾此时是抗大八分校的政治教员。从这篇回忆文章中可以看出,在龙岗这块土地上,使用相同教学用房的两所抗大分校的密切联系。

七、江南江北演《蜕变》

抗大九分校留给龙岗最精彩的记忆是他们的文艺活动。他们的文艺活动之所以精彩,是因为有一批"文艺范"。

和二师一样,一师开始也是有战地服务团的。从1942年开始,一师服务团改编为文工队,沈亚威、沈西蒙分任正副队长,只有二十几个人。到了秋天,又改为文工团,赖少其任团长,人员增至100余人。至当年底,为了准备反击日伪的残酷清乡,进行了大精简,只留下了13人。可是不久又有3位同志因病离团,另有1位转做教育工作,最后只剩下沈西蒙、沈亚威、任干、王啸平、天然、常竹铭、张如、鹿才、李明9人了。

这9人随抗大九分校渡过长江,到了苏南地区。与十六旅文工队会师后,在郑山尊、沈西蒙、田芜等主持下,9人全部出马,首先演出了《婴儿杀戮》《荡湖船》等小戏。旅政委江渭清对这两个戏给予很高评价:"第一个戏,悲壮感人;第二个

抗大九分校学员宿舍和教室旧址

戏,风流潇洒。"继而又赶演《蜕变》。

  《蜕变》是曹禺创作的四幕话剧,写于1939年,定稿于1940年初四川江安,是曹禺为抗战而创作的一部力作。内容描述了抗战初期一座省立伤兵医院如何蜕旧变新,由腐败走向振兴,从而使千百个伤兵得以治愈,重返前线奋勇作战的故事。剧情在无情地揭露和嘲讽国统区国民党官僚机构黑暗腐败的同时,也彰显了中国共产党在抗日主张下,争取民族解放的伟大事业。在剧作中曹禺塑造了丁大夫这个大母神形象。其灵魂人物丁大夫原是上海的一位名医,在民族危亡时期,她放弃了舒适的生活,毅然决然地投入伤兵医院服务,把伤兵看作自己的儿子一般。甚而让与她相依为命的只有17岁的独生儿子丁昌加入战地服务团。这无疑把丁大夫的母爱升华到国家的制高点上,体现出知识分子爱国的热忱与母亲所表现的母爱的完美结合。在曹禺笔下,丁大夫是个具有光辉形象的爱国母亲。

  当《蜕变》正在演出时,即发现国民党军向演出地扑来,但部队仍坚持看戏。直到舞台上"丁大夫"最后激动地说:"中国,中国,你是应该强盛的!"幕布慢慢落下,台下仍响起一片掌声!接着部队迅速而有秩序地开赴前线。文工队也抢着拆卸幕布随之转移,走着走着,战斗就打响了。后来成为上海电影制片厂著名演员的李明在《转战敌后的九个文艺兵》中说:

  当时情况紧急,我机要部门的文件销毁了;九分校必需的印刷机打了埋伏。我们九个文艺兵也将随身物品再次精简,常竹铭和我将两斤重的棉被再拆一半,使背包成了"豆腐干",以腾出力气来背米袋;张如手巧,把精简下的衣物迅速改制成凉鞋分给大家。我们在敌后迂回中,战斗激烈,在顽军全面进攻下,九分校一大队驻在铜山,为了阻止敌人的攻击,英勇作战,终因寡不敌众,大队长教导员等108位干部、学员在激战中光荣牺牲。我们义愤填膺,请缨去做战勤工作,不但没有被批准,反而令党训队女同志班(我们文工团四位女同志在内)随校部行动。4月13日夜,女同志班就在教育长(对外称特务团团长)杜屏同志办公室内打了地铺,虽极疲劳,但大家都没有入睡,只见战报、电报不断由通信员送来,杜屏同志秉烛办公,通宵达旦。电报是由粟裕师长(兼九分校校长)从江北发来,连发数电,促令九分校迅速突围,撤离苏南;并令苏南部队突围后,进入日伪敌后,避免与顽军正面硬拼。在此紧急情况下,九分校次日遵令突围,我们则随校部及一、三大队经回峰山突破,由我军控制了山头,当队伍穿越青龙、白虎两山山口时,一片鲜红的火网高高交织,枪弹在山顶横飞,我们一鼓作气,冲过山口,突出了重围。可是进入句容地区后,日伪军又在后追赶,扬言要捉刘大胡子(即副校长刘季平同志,他当时留了很长胡子,常在队前讲话)。甚至我们刚离开的村庄,日伪军次日即到。最后我们不得不在一夜之间于敌伪心脏南京附近的公路急行军50里,横越京沪铁路,穿过三道封锁线,在龙潭附近渡江北上。

九分校在马集悼念战友后,开到天长大通镇休整了一段时期。这期间虽然没有紧张的战斗情况,但文工队的有些同志却又面临不幸的遭遇。先是李明的表兄从敌占区扬州家中赶来,告知日宪兵队为追查她的下落,已将她母亲、弟弟、同学及9岁的妹妹捕去,他们均推说不知李明去何处,所以叮嘱李明不要再写平安信回家。李明为此忧心忡忡,夜不成眠。同时她发现常竹铭夜间亦是辗转反侧,时有抽泣,白天却红着眼一声不响地照常出操学习,参加大生产劳动。常竹铭的性格更内向,平时话也很少,内心情感却很炽烈。经李明一再追问,方知她的爱人在战斗中牺牲了。李明早听说她爱人是一位勇敢的连指导员,牺牲后,《苏中报》曾载《爱马的人》一文纪念他,常竹铭是看到报纸后方知噩耗的。她们在国难家仇中互诉衷肠,互相劝慰,又互相砥砺。此时,张如、徐真等人得知了两人的心事,她们在日常生活中总找些笑话或插科打诨来逗得彼此一乐。

不久,军部调九分校文工队去与二师抗敌剧团合作演一个戏。九分校政治部主任张崇文率他们9人去二师,经与二师抗敌剧团黄粲等同志协商后,决定再演

《蜕变》。

排练在大刘郢村二师师部礼堂进行,礼堂是二师不久前刚建好的,为土、木、竹构建。墙体为土墙。梁柱均是以毛竹撬成,中间两排立柱,屋顶盖稻草。礼堂坐东朝西,并排三幢,中间一幢先盖,而后建成两边各一幢,连接处用白铁做淌水槽。每幢18间,每间均18平方米。西边开有正门,南面开门为入口。观众厅设有以毛竹片钉成的长椅,每张长椅可坐10人,礼堂可容纳1500人左右。中间一幢设舞台,占屋两间。舞台宽一丈,深一丈二尺,高一丈五尺。北面一幢辟出两间为演员化妆室,南面一幢辟出两间为二师抗敌剧团宿舍。

礼堂建成后,当地大刘郢业余剧团和二师抗敌剧团经常在礼堂举行文艺演出活动。最长间隔一个月,最短间隔半个月便有演出活动。路西文工团也曾在此礼堂演出。他们演出的主要剧目有《生产大互助》《打金牛山》《卖身还债》《清空野》《歌颂罗司令》等。而排练多幕话剧还是第一次,因而二师的同志都非常珍惜这个机会,既是演出,又是学习。

九分校文工队有个传统:"一次演出就是一次战斗。"排练时,他们一丝不苟。李明演院长的如夫人,戏不多,这是一个粗俗、泼辣,外号叫"伪组织"的女人,最后改嫁,吸鸦片成瘾,又患心脏病。这是李明第一次演反面角色,为了演得逼真,她到处去了解抽鸦片的人的特点。正式演出那天,最后一幕,"伪组织"改了装,声音喑哑,呵欠连天,观众以为是两个演员演的。

关于在淮南抗日根据地演《蜕变》,沈西蒙在《龙岗之恋》中也有回忆:

> 在龙岗,陈老总闻听一师服务团到了,很高兴,下令我们与二师文工团联合演出曹禺的大型话剧《蜕变》,还亲自在新四军军部驻地黄花塘村前的打麦场上安排演出场地。这回参加演出的有叶华饰演的丁大夫、李明的"伪组织"、天然的"屁"、沈亚威帮场的"招待员"以及我演的"梁专员"等。观看演出的有二师师部机关部队和附近民兵、老百姓。头排坐在长条凳上观看的除陈老总外,还有华中局的谭震林、邓子恢、曾山、潘汉年、范长江、钱俊瑞等。演出结束的第二天,陈老总专门邀请这些领导同志为此次演出曹禺的戏而举办了座谈会,会上大家说了不少话,记得陈老总的谈话中有这么几句话,他认为,曹禺的戏能在华中敌后根据地演出,是件盛事,他要华中新华社给大后方

新华社发个电报,告诉重庆国民党政府和文化界,说新四军在华中敌后演出曹禺的四幕大戏盛况空前,如曹先生方便,我们欢迎他和文化界同人到此看看。

黄花塘位于江苏盱眙黄花塘乡境内,紧靠莲塘至泥沛公路,其得名就是因为村里的一口塘。新四军二师成立后,师部机关进驻这里。黄花塘原名黄晖塘,又名黄昏塘。当地军民在开展大生产运动中,将该塘深挖,增加蓄水量,张云逸、罗炳辉提议改名为黄花塘。张云逸当年所住农家草屋尚存。

黄花塘新四军军部旧址

新四军新军部在盐城成立,像一把尖刀直插敌人心脏,对沪、宁、蚌埠、徐州、连云港之日伪军造成极大威胁。日伪遂集中17000多兵力,分三路向盐城"扫荡",同时国民党韩德勤部也出动近万人扑向盐城。

1941年7月10日,军部果断放弃盐城,向建阳县转移。在"扫荡"期间,日军不断派出小股部队携带电台,搜索新四军军部,一旦发现马上调集大军合围。在这段时间内,新四军军部经常转移,有时候甚至一天换一个地方,前前后后换了十几个村镇落脚。

1942年底,潘汉年送来了紧急情报,蒋介石为了消灭新四军,成立了华中"剿共"总指挥部,打算继续集中重兵"清剿"新四军军部。日军得到这个消息后也特别配合,计划增加两个师团的兵力,一起"扫荡"新四军军部。如此一来,军部四处转移不是办法,能在一个安全的地方长期驻扎才是上策。

当时可供选择的地点一共三个,分别是金湖县官塘、来安县马家岗、盱眙县黄花塘。

金湖官塘三面环水,东边是高邮湖,北边是白马湖和金湖,南边是沂湖,西北边是三河,假如日军前来"扫荡",水路并不便于军部这种非战斗部队的机关撤离。来安马家岗那里各方面条件都合适,但唯一缺点就是不安全,离南京太近,汽车只需两个小时就能赶到,还紧靠津浦铁路,敌人补充兵力很方便。相比之下,盱眙黄花塘的优点就多了。首先,那里一直是新四军二师师部所在地,整个县除了县城有少数日伪军之外,大部分乡村都是二师的根据地,相对来说比较安全。其次,黄花塘属丘陵地带,交通不便,有山有水,既不利于敌人进攻,又便于我军隐蔽和转移。最后,盱眙早在1929年就建立了党支部,群众基础非常好,老百姓们非常拥护新四军。于是在1943年1月10日,新四军军部正式迁移到盱眙黄花塘。

二师罗炳辉师长让出驻地,迁至大刘郢。代军长陈毅、代政委饶漱石、参谋长赖传珠亦抵此。副军长张云逸先期到达。此时这里成为华中抗日的指挥中心。新四军军部在黄花塘期间,代号为"黄河大队"。

军部在黄花塘不仅有二师的保卫,向东是一师的苏中根据地、三师的盐阜根据地,向北是四师的淮北根据地,向西是五师的鄂豫皖根据地,向南是七师的皖江根据地,处于7个师的中枢位置,不仅安全性大大加强,与下面各师联络也特别方便。军部在黄花塘稳定之后,这里逐渐成为华中地区军民抗战中枢,不但是南方根据地干部前来学习和培训的地方,更是成为南方热血青年向往的革命圣地,一直持续到抗战胜利。

黄花塘的座谈会,李明也有回忆,她说,陈军长在会上作了长篇发言,肯定了此剧及演出,对这个戏的主题和剧中的人物作了精辟的分析。陈军长说:"《蜕变》是对国民党顽固派统治的深刻揭露,抨击了秦院长、伪组织、马登科之流的腐朽没落,讴歌了梁专员、丁大夫等进步力量。"

八、罗师长玩魔术

1943年,沈西蒙在淮南龙岗创作了三幕新闻剧《重庆交响乐》。

据李明回忆,在1943年秋,九分校在龙岗成立文艺组,有沈亚威、沈西蒙、王啸平、任天然、涂克等同志参加。沈西蒙此时创作了三幕新闻剧《重庆交响乐》,整个戏分《浑浊的城》《窒息的城》《不夜的城》三个部分,情节互不相关,从各个方面揭露了国民党顽固派反共倒退的逆流,歌颂了人民抗日的热情。当时国民党政府掀起了第三次反共浪潮,抗战正处在黎明前的黑暗阶段。在苏皖交界处,淮南龙岗小镇夜泊。校政治部主任张崇文带领着沈西蒙等文艺兵,秉烛学习毛主席《在延安文艺座谈会上的讲话》,提出希望有个戏来揭露国民党反动派反共倒退的逆流。沈翻了两天报纸,花了三个多星期,编出这几万字的三幕剧。这个戏最初在抗大九分校(龙岗)演出,后在整个苏中、苏北都产生了一定的影响。

李明后来回忆说:

> 我们九人全部登台或做舞台工作,另有九分校同学郑明、李策、徐月明等同志参加,此剧也像模像样地在1944年元旦演出。不料演出中忽起大风,把广场土台上的两盏汽灯先后吹坏,工作人员急忙捧上装有煤油的大盆,点起数根粗壮捻子,继续演出。我和郑明同志分别扮演孔二小姐和她的未婚夫,郑明穿一套单薄西装;我则穿了短袖旗袍,坐在沙发里,手放在沙发扶手上冻得不由自主地哆嗦起来;郑明在沙发后捧着束鲜花,那花束也簌簌不已。戏却还照常演了下去,观众也并无异样感觉。由于演员缺少,我到三幕又改装演一贫苦老太婆。此剧当时对揭露国民党大后方的黑暗及表现各阶层人民的痛苦起到了较佳效果。

庆祝元旦的演出结束后,九分校文工队就开始准备庆祝1944年新春佳节的活动了。淮南民俗,春节前后有"玩旱船"等文娱活动。九分校文工队为和人民群众共庆新春佳节,主动向淮南大众剧团及民间艺人学习。淮南大众剧团为新四军二师政治部所属剧团,沈亚威找到团长张泽易,张泽易将农民出身的缪文渭介绍给他。缪文渭出生于天长县乔田乡,自幼家境贫苦,16岁靠唱戏卖艺为生,1939年秋在周利人的引领下参加革命,加入中国共产党。路东根据地建立后,他牵头成立高塘农民剧团,并任团长,用皖东群众喜闻乐见的文艺形式,自编自演,创作了大量宣传抗战的文艺作品,如《生产大互助》等。他是路东根据地民间说唱文艺的"百事通"。

在向缪文渭讨教的空隙,缪文渭还和九分校文工队说了不久前有关演出的一个小故事。

那一天,大众剧团给二师直属队演出《生产大互助》。早餐后,大家都聚集在大刘郢村边的一片松树林里，林边有一片坟茔地。部队到得较早，听说有演出，机关很多同志也陆续到来。

在等候演出正式开演的时候，剧团唱歌的、说相声的、说快板的都临时表演一段，全场红火热闹。待场子稍微沉静之际，罗炳辉师长站了起来，笑着说："我来玩个魔术，好不好？""欢迎！欢迎！"一阵热烈掌声。

师长从衣袋里拿出一张纸条，叫剧团一个小同志举着纸条，在队列中间跑了一趟，让大家看得清清楚楚，然后把纸条交回师长。师长举起纸条，问大家："都看清了吗？"

"看清了，是张纸条。"

罗师长又问："是什么颜色？"

大家答道："白的。"

罗师长拿过警卫连一个战士的步枪，向枪膛里看了看，仍交还他。他又拿来另一个战士的枪，看了看，便大声说："大家注意，我变魔术啦！"全场人都注视着罗师长的动作。只见他拿出步枪捅条，将白色纸条卷在捅条上，又举起给大家看一看。坐在队前的连长、指导员担心起来，交枪的那个战士也呆呆望着。罗师长将卷着白纸的捅条，插进枪膛里，捅了几下，拿了出来，取下纸条，又让剧团小团员拿着纸条，再到队列中走一趟，让大家再看看这张纸条。不少人笑了，不少人吐舌头了。

小团员将纸条交给罗师长。罗师长问大家："都看了没有？""看过了。"有一半人没答话。罗师长又问："颜色变了没有？"只有几个人答："变了。他又大声问："变了没有？""变了。"大多数人回答。

有几个年轻人说："白的变黑了。""干净的变龌龊了。"全体紧张起来。

罗师长依然追问："我的魔术玩得好不好？"

只有前排一个小勤务员说："这不是你玩的魔术。"

"不是我，谁玩的？"

"是他不擦枪。"一个小战士气愤地说。

空气紧张而且沉重起来。那个战士吓得发抖。

罗师长并没有发火，而是心平气和地问那个战士："你为什么不擦枪？"战士低头不语。"生病了吗？"战士轻轻摇头。

依然是那个小战士回答:"我们班里,好吃懒做的数他第一。"

罗师长这才大声说:"当兵做懒汉是不行的。枪是我们的第二生命,枪不擦,还能打仗吗?"

战士们都大声说:"不能。"

罗师长放缓了语速说:"不但打不倒敌人,连自己也危险呢!"

又一青年战士说:"只有那睡到坟墓里的人才懒到底。"同时指着旁边的坟茔地。大家都笑了起来。

缪文渭说:"罗师长就是这样,能随时发现问题,谈笑间就把问题解决了。我们剧团只有部分同志有枪。从那以后,有枪的同志每天只要空闲下来,首先是把枪支擦得锃亮。"

九、和乡村群众融为一体

旱船,是用竹子扎制的,在旧时,都是由一个男扮女装的人站在船心,船两边各站一人,一名骚达子,一名大相公。骚达子是全船的核心人物,也就是主角。这主角为什么叫骚达子,现不可考。小时候在农村过春节,常看到骚达子表演,感觉这个形象都是机敏、好动、幽默、有才华的,还有几分小丑的味道。演旱船走到哪唱到哪,到一家门前要拜访、夸赞一番,没有现成的词,骚达子要根据现场的情况,张口就唱,不但要把当场的情形表达清楚,而且要合辙押韵,朗朗上口,不失幽默,有时还要配上夸张的动作表演。《红楼梦》第四十九回里有一段描写:

> 一时史湘云来了,穿着贾母与他的一件貂鼠脑袋面子大毛黑灰鼠里子里外发烧大褂子,头上戴着一顶挖云鹅黄片金里大红猩猩毡昭君套,又围着大貂鼠风领。黛玉先笑道:"你们瞧瞧,孙行者来了。他一般的也拿着雪褂子,故意装出个小骚达子来。"

可见,这骚达子,是指有些另类的人,但不是贬义词。

通过缪文渭的指点,九分校文工队的同志很快就明白了旱船表演的要领。既然群众喜欢玩旱船,他们便决定春节期间也玩旱船。于是,9位同志都忙碌起来,有些人去拜访会玩旱船的老乡,向他们学习玩旱船的套路、技法,有的扎船,有的学唱词。

很快,由任天然导演,文工队编排了民间形式的花船、花鼓灯。花船、花鼓灯原是两种独立的样式,他们用民间曲调改编了歌词,加上对话,把两种样式串在一起。内容则是表现根据地人民的生活,支前送公粮等热潮。他们自己动手改写歌词,还亲手扎了一只插满鲜艳花朵、极为美丽的花船。鹿才和李明扮船娘,身穿古装,头戴鲜花站在船心;骚达子由任天然兼任,古装小丑打扮,手执缠着红绿绳的青竹竿,由他指挥花船,常竹铭、张如等四男四女扎上各色头巾,腰缠红绸,手拿花鼓。锣鼓一响,老乡们都拥到了广场上,骚达子任天然引领花船,绕场一周,他的竹竿向左摆弄,花船就向右疾驰,行船如飞;竹竿向右,花船则向左乘风破浪而去,满场转下来,就赢得了观众喝彩!锣鼓稍停,轻舟荡漾,船娘和骚达子轮流唱起了群众喜闻的新词小调。

一会儿锣鼓又起,骚达子任天然撑着的花船犹如在狂风大作、波浪滔天中颠簸,一会儿船又搁浅,骚达子使劲使小船起航。载歌载舞地唱一阵,打花鼓送公粮的队伍就来了,他们在前、后、左、右打起漂亮的花鼓,唱起送公粮的小调。

> 大嫂子、小姑子一起送公粮,
> 你看她挑不动就用口袋扛。
> 来来往往闹嚷嚷,
> 互助合作大家帮。
> 大家比赛送公粮,
> 名字登在红榜上。

最后花船、花鼓灯同歌共舞,表达了人民对子弟兵的爱戴之情,演出进入高潮。演惯舞台戏的九分校文工队还是第一次在广场演出,直面观众,未免害臊,加上动作又大,一场演下来,大家满脸涨得通红。而老乡们则十分喜爱,觉得他们扮相漂亮、唱腔优美,比本地的草台班子强。

九分校的花船走过了天长和仪征的许多集镇和乡村。据当地群众称,正月十五仪征杨大庄有庙会,赶庙会的人很多。据说这天是金刚手菩萨的生日,各地的善男信女都要去烧香拜佛。这个机会不能放过。九分校文工队当然不是去烧香求神,而是去宣传抗日的。

正月十五早晨,文工队来到庄子上,很多人已经到了。九分校的花船在一块大空场上先玩了起来。

> 锣鼓一打响连天,同志们在上听我言。
> 我们是路东新四军,正月十五来拜年。
> 达子就是任连长,大相公就是指导员。
> 三个排长敲锣鼓,文化教员拉丝弦。
> 官兵一起闹娱乐,一不要米二不要钱。
> 每年都有元宵节,来给抗属拜拜年。
> 一拜高堂老太太,福如东海福寿全。
> 二拜姑娘嫂子们,精神力壮种庄田。
> 三拜哥哥兄弟们,庆祝新年喜连连。
> 向你府上拜四拜,富贵荣华万万年。

不久,只听村外锣鼓喧天,一些人向村口跑去。群众告诉任天然说,是月塘集庄的旱船来了。这是在当地历史较长,也很有影响的一个玩旱船的班子。按玩旱船的习俗,先来为主,后来是客,先来的应该去欢迎新到的,这是表示谦虚礼让。群众中也有人这样提醒九分校文工队。文工队的花船便敲锣打鼓地向村头走去。只见一里开外,一大片人,大锣大鼓,好不热闹。只见他们的旱船上骚达子飞快向村头跑来,懂行的人告诉文工队:他们知道你们是新四军的花船,你们讲客气欢迎他们,他们也表示客气,派出骚达子来占"下手",把"上手"让给你们。你们也该叫骚达子跑上去抢占"下手"。任天然赶紧飞快地向对方跑去。两个骚达子中途相遇,拥抱起来,携手而行。文工队的这一行动,群众的反映很好。他们说:新四军的花船不"拿大",很重礼节。当地是游击区,敌人经常来骚扰,文工队的一言一行,都使群众加深了对新四军的认识,扩大了新四军的影响,密切了和群众的关系。

九分校文工队演出数场后,铜城地区将举行民间艺术竞赛活动,邀请他们参加。经校部批准后,他们赶去铜城参赛,但未及观摩其他剧目,即回校学习。不久,他们得到通知,九分校文工队获得了头等奖。

沈亚威忙把获奖消息向政治部主任张崇文报告。张崇文派了两个通信员持枪保护,给沈亚威备了一匹马,让他到铜城领回奖状。

此时已经是1944年3月,春天已经来到了龙岗,高邮湖畔,嫩柳拂堤,梨花似雪。这个月的上旬,新四军一师发动车桥战役,胜利地打开了淮(安)宝(应)地区,苏中区党、政、军的领导中心移驻固津太仓一带,九分校奉命返回苏中向师部靠拢。3月15日,九分校离开龙岗。经黎城(今金湖县)到淮北地区洪泽县仁和集的时候,九分校与江淮大学相遇,相互交流了经验,进行了联欢活动。随后继续经岔河,从平桥以南过运河封锁线,到达淮宝地区。4月8日在过封锁线后,九分校三队与下乡抢粮的伪军百余人遭遇,将伪军击退,我无一伤亡。这是九分校历史上的最后一仗。后继续经车桥,进驻流均沟、金吾庄一带。

1944年3月,抗大九分从龙岗向苏中地区转移

1944年5月底,各学员队队员相继结业。6月1日,九分校原有机构基本上转入苏中公学,从而完成了历史使命。

卷七　立将莫邪斩苍龙

一、铁路便衣大队

抗大八分校毕业的学员,回到新四军二师各部,大多数成为骨干力量,成为淮南抗日根据地新四军中的模范。

津浦铁路蚌(埠)宁(南京)段,自西北而东南贯穿江淮大地,将淮南抗日根据地分隔为路东、路西两大块。日军在铁路沿线驻重兵设防,层层封锁,严重阻碍了路东、路西部队灵活调动和对敌斗争的统一指挥,威胁着人员往来、军用物资运送的安全。为了打破这个不利局面,1943年1月4日,根据对敌斗争形势发展的需要,经新四军第二师师长、淮南军区司令员罗炳辉建议,中共淮南区委决定,再次成立中共津浦铁路南段工作委员会和铁路便衣大队。主要任务是:"打破敌人对我的封锁,发动群众建立政权,保证路东和路西的交通,护送首长和作战物资安全过路。"活动范围包括明光到浦口的铁路两侧各15公里的地区。中共淮南津浦路西区委曾于1942年6月成立中共津浦铁路南段工作委员会以及武装保卫大队。后因淮南抗日根据地贯彻党中央"精兵简政"的政策,铁路工委和武装保卫大队刚建立起来就撤销了。

由于任务的重要性和特殊性,此次成立的铁路工委由淮南军区党委书记、新四军二师政委谭震林直接领导。调二师卫生部政治处主任程明任铁路工委书记兼铁路便衣大队政委;二师五旅十四团副团长张宜爱任铁路便衣大队大队长兼工委委员,团副参谋长胡彬甫任副大队长兼工委委员,铁路工委即由他们三人组成,下辖3个区。除了每个区一个中队外,铁路便衣大队还辖一个直属分队。

铁路工委和铁路便衣大队是统一领导的整体,直属二师师部。工委和便衣大队队部驻嘉山县自来桥镇,直属分队随同活动。第一区和便衣一中队主要在明光至小王郢段活动,区委书记植品三,区长张厚民,便衣一中队队长蒋本兴,教导员植品三兼任。他们常驻在中嘉山下的龙岗、陈砂岗一带。第二区和便衣二中队主要在小王郢至滁县段活动,区委书记张翼中,区长阮官清,便衣二中队队长张开科,教导员余道全。他们常驻在张浦郢、柴郢一带。第三区和便衣三中队主要在滁县至浦口段活动,区委书记由胡彬甫兼任,区长纪立刚,便衣三中队队长刘云甫。他们常驻地是来安县的程家集和大英集一带。

徐征发(右三)和战友们在一起

传统弹棉花的图画。徐征发早年从事过这种职业

按罗炳辉师长的要求,铁路便衣大队的队员都是从各作战部队精挑细选的,能到敌人眼皮子底下侦察、摸底,也能修战壕,打阻击。他们大多数是班长、副班长,还有少数排长。从抗大八分校毕业的那些有实战经验,有综合判断力,具有一定文字水平能力的同志是首选,徐征发、夏怀仁、靳明义、徐宏富等抗大八分校学员一起被选调进了便衣大队。

徐征发是安徽省嘉山县象山乡(现属盱眙县)人,很小的时候,他就跟在父亲后面,走乡串户给人家弹棉花。1939年冬,新四军开辟皖东地区,他即在家乡参加抗日民兵青年队,并任副中队长。1940年,由汪道涵的夫人戴锡可等介绍入党。1941年麦收后,仇河区委书记黄彬通知,他和巴山乡民兵中队长夏怀仁、罗家港民兵中队副靳明义、茅山港民兵中队副徐宏富等8位同志一起被选送到抗大八分校学习。1942年毕业后,徐征发被分配到盱嘉支队任排长。在攻打明光镇东面太平集的战斗中,担任突击队

队长,击毙了日军小队长希来义,荣立战功,所以这次被选调铁路便衣大队一中队。夏怀仁被分配到五旅十三团三营九连任排长,在夜袭淮阴县陈集日伪军据点时负伤,被安排回老家养伤,伤愈后,被调进铁路便衣大队一中队。靳明义、徐宏富则都被分配到来六支队一大队,都担任副排长。铁路便衣大队成立后,靳明义、徐宏富都被调进三中队。

铁路便衣大队成立后首开纪录的战斗是三中队在来安程家集附近设伏,歼灭日军一个小队和一个伪军中队,震慑了敌寇,打开了工作局面。

那是在1943年夏收时节的一天早晨,便衣大队获得情报,有一个小队的日寇和一个中队的伪军外出抢掠,中午回来时要路过程家集,三中队决定伏击敌人。这是铁路工委成立后与敌寇第一次比较大的战斗交锋,程家集距敌据点比较近,三中队认真进行了战前各种准备,快到中午时,就把三中队和参战的群众武装拉到了程家集埋伏起来。这天天气非常热,一丝风也没有,整个大地都是静悄悄的。敌人果然按时到了,走在前面的是伪军,一小队鬼子紧跟在伪军的后面,这些平时作威惯了的家伙,根本没想到他们的厄运要到了。当敌人进入包围圈时,靳明义、徐宏富两人率先开枪,靳明义击毙了日寇小队长,徐宏富把扛机枪的两个日本兵都击毙了。接着手榴弹、地雷就在敌群中炸开了,埋伏着的便衣队员和武装群众一起冲向敌人,伪军也搞不清遇到了多少新四军,在一片"缴枪不杀"的喊声中缴枪。日本兵不愿投降,大部分被击毙,剩下的两个日本兵被靳明义、徐宏富一人生擒一个。

为了分化瓦解敌人,刘云甫中队长让靳明义、徐宏富把两个日本兵押送大刘郢二师司令部,交给反战同盟淮南支部部长高峰红志,让反战同盟对俘虏进行反战教育,揭露日本军国主义者发动侵略战争的反动本质,以使俘虏能够幡然醒悟。

站在明光铁路道口日军碉堡上的日本兵和狼狗

被俘伪军集中在一起,区委书记胡彬

甫亲自给他们讲抗日的道理,告诉他们只要中国人团结起来就一定能打败日寇,随即把他们全部释放。

这一下,铁路工委和便衣大队的名字不胫而走,在铁路沿线传开了。

二、"弯把小爷"植品三

当时,在铁路沿线还活动着一些土匪和封建行会组织,土匪实质是青洪帮团伙,他们广泛结交社会势力,与日、伪勾结,欺压祸害百姓。便衣大队在不到2个月的时间里,连续几次惩治了一些匪帮头目,使之不敢在工委和便衣大队活动区域骚扰。至于那些封建行会组织,他们也和土匪相通,以便自保。组织中的成员有的是农村的流氓无产者被坏人利用,有的是宗族武装组织。便衣大队区别情况,结合争取伪组织对他们开展强大的政治攻势,进行了政治瓦解工作。由于措施得力,工委和便衣大队的威望不断提高,大胆发动基本群众建立组织,队伍不断扩大,工作局面打开了。由植品三担任书记的第一区,在这方面取得的成就最大,仅半年时间,第一区就由初建时的3个乡政权扩大到7个乡政权,并成立了农抗会。

植品三是盱眙县尤谭植营人,参加过学潮,能唱京戏,会讲故事,写得一手好字,头脑灵活,决策果断,是一位文武双全、多才多艺的能人,具有丰富的社会经验和特殊的社会关系。他有两个绰号,一是"老弯",因为他姓"植",行走江湖,取其反义,报号为"老弯"。二是"弯把小爷",这个绰号来源于"三番子",也就是青帮。青帮,清雍正四年由翁岩、钱坚、潘清三位祖师共同创立,徒众皆以运漕为业,故称粮船帮,后世称青帮。大江南北,入帮者甚众,是清初以来流行最广、影响最深远的民间秘密结社之一。青帮草创之初,翁、钱二位祖师爷先后仙逝,潘清独撑大旗,与门下弟子共同制定家规法则,劝诫帮众修德论道,将一帮市井船夫,治理得有条有序,满帮良才。其强调师带徒的体制,帮中大小以字辈论之,俨然是个大家族,并设立家庙。凡入帮者,不论何姓,一旦入帮,均为潘家子孙。因此,入青帮不仅仅是入帮会,而是入家族,不论年龄大小,一律按"清净道德,文成佛法,能仁智慧,本来自性,圆明行礼,大通悟觉"这24字排辈分,一师皆为师,一徒皆为徒,也使得青帮有别于其他帮派会社,师徒兄弟间感情特别亲厚。因为潘清一祖独大,所以入了青帮的人也被称为"三番子",就是"潘"字拆开来的表述。

青帮将开山门收徒弟的"师傅""老头子"统称为"小爷",被称为小爷的必须具备一定的社会地位和威望,徒子徒孙众多,否则是不够条件被称为"小爷"的。未参加新四军之前,植品三是开过山门,收过徒弟的,在明光、盱眙等地具有一定的影响。1938年初,日军侵入盱眙,群众纷纷抗日。盱眙县民国政府县长秦庆霖在打石山一带成立抗日联队,植品三带人加入,任第八大队队副。后来,秦庆霖因植品三堂弟植永余参加新四军,而对他抄家、缴枪,迫使他解甲归田。第二年,新四军五支队进驻盱眙,植品三参加新四军,任独立第三团一营二连连长、路东八县稽查。他打击日伪军,机智勇敢,神出鬼没。1941年,他调到中共嘉山县委敌工部工作,后奉命开辟嘉山县横山区。

参加新四军后,植品三多次要求入党。入党前,他就个人曾经开门收徒问题专门向组织上汇报过。路东区党委书记刘顺元告诉他,帮会的那一套无疑是封建糟粕,是落后的,作为一个共产党人,应该彻底地和它脱离。但帮会收徒弟这种形式,便于团结下层人民群众,在广泛开展统一战线的抗日时期,这种形式是可以为我所用的。经过路东区委批准,植品三被发展为中共特别党员,任中共嘉山县横山区委书记。这里位于根据地和敌占区的交汇处,工作具有很强的秘密性。

组织上要求植品三入党后继续保持灰色面目,这样更容易团结一切可以团结的力量,从内部打击敌人。横山区位于明光东部,7个乡全部在津浦铁路以东,呈一条线沿铁路铺开。这一地区清帮盛行,他决定利用这个特点,因势利导,以旧社会群众结社的形式把敌占区各种人组织起来,联合各方面力量抗日。这样,群众既容易接受,一时又不会引起日伪的注意。

按照旧的帮规,凡是参加过青洪帮的,就不能再参加其他帮会。因此,植品三决定办忠义社,既可以广泛吸收社员,又不受旧帮规的限制,原来参加过青洪帮的人也可以参加。得到铁路工委书记程明的同意后,忠义社由植品三出面组织,公开收徒弟(又叫义子、收门生)。为了扩大影响,植品三在敌占区也摆香堂,举行入社仪式,借此机会,向参加忠义社的成员宣传抗日思想。开堂时,规定要烧"四炉香",但每炉香都被赋予了新的含义。例如,一炉香原为敬文王、收义子、打天下,植品三则改为收义子、打日本;二炉香原为敬关公、讲义气,力扶汉室,现在则是讲团结、反对分裂;三炉香原为敬岳飞、抗金兵、精忠报国,现在则是打日本、抗战到底;四炉香原为敬烈士、为国牺牲,现在则是洒热血、保家卫国。

第一次摆香堂,前来参加入社仪式的,有的是普通农民,有的是中上层人士的子弟,有的是社会渣滓。为了通过忠义社逐步把抗日力量渗透敌占区,植品三吸收了地痞流氓之类的人。因为这些人靠拢便衣大队,便衣大队就可以利用这些人的特殊身份,在伪军内部发展秘密社员,并采取秘密开香堂的办法进行活动,而后再由我方公开的忠义社成员进行个别联系。这样一来,忠义社发展很快,声势很大,参加忠义社的沿铁路有上千人。通过这种结社形式把人组织起来以后,好人的积极性大大提高,坏人的破坏性被便衣大队利用起来,枪口转向敌人。明光车站附近的伪乡长、伪区长、伪警察和一些伪军小头目看到忠义社人多势众,心里惧怕,很多人主动与便衣大队联系,有时还来参加植品三开香堂的活动。一时间,路东小横山上的"弯把小爷"成了一种具有威慑力、凝聚力的符号。这种威慑力、凝聚力,徐征发来一中队报到的第二天,就亲眼见识了。

周来恒是嘉山县自来桥镇的一个逃亡地主,跑到津浦线上的管店集火车站附近住家。日本鬼子侵占津浦铁路后,他投靠日本鬼子当上了汉奸,开门收徒,号称"周小爷"。这个家伙常常指使他的干儿子、徒弟到边区搜集我军情报送给鬼子,有时还亲自带队下乡"扫荡",杀害了3名区乡干部,是一个无恶不作的坏蛋。因此,铁路便衣大队大队长张宜爱和政委陈明指示第一中队要想办法尽快活捉周来恒,带到自来桥公审枪毙。区委书记植品三和中队长蒋本兴在大队受领任务后,派徐征发前去侦察。

如今的石坝镇

经过连续3天侦察,徐征发得知:明光东边石坝集的三番头子齐立功,即青洪帮内部被称为齐小爷的家伙,要做五十大寿。因为他和周来恒来往密切,周来恒要去齐家祝寿。

植品三接到报告后,召集了9位便衣队员开会,研究制定了两个活捉汉奸周来恒的方案:一是如果周来恒由管店出发经过罗家岭去石坝集,便衣队就在途中动手,夏怀仁、何德礼二人到管店集把周来恒出走路线弄清楚,王勇、刘胜二人到罗家岭负责联络。二是如果周来恒乘火车经明光再去石坝集,便衣队就将计就计去石坝集为齐立功祝寿,在他家中动手。植品三指示徐征发、张士根两人准备两包"礼物",要准备得逼真,用大红纸包好。

张士根原先是罗炳辉学兵连的排长,跟随罗炳辉到龙岗抗大八分校,在大操场训练时,和徐征发相识。此次两人都被选调到铁路便衣大队,感到非常亲切。

第二天早上,天还没亮,夏怀仁、何德礼、王勇、刘胜4人按照分工分别到罗家岭和管店去了。上午9点多钟,徐征发等5人跟随植教导员到了小横山山顶上,等候消息,准备行动。下午1点多钟,刘胜跑回来报告说,周来恒乘火车到明光去了,估计下午3点前能到石坝集。因此,便衣队决定按照第二个方案行动,带着两盒"寿礼"下山往石坝集赶去。

石坝集小镇是南北走向,北头驻着日本鬼子一个小队12个人。青帮头子齐立功家住南头,中间驻着伪军一个中队。因为这天是齐立功寿诞之日,前来为这个三番头子祝寿的人很多,所以伪军站岗的看到便衣队一行穿着长袍大褂,戴着礼帽,手提礼品,随便问一下就让他们进镇了。到达齐立功家门前,只见他家大门头上高挂福寿灯笼,门内门外两班吹鼓手此起彼落,轮流吹奏着《祝寿曲》和《杨柳青》小调。前去祝寿的人络绎不绝,齐立功的家人忙得进进出出,加上看热闹的老百姓,场面十分宏大热烈。齐小爷齐立功觉得很有面子,不禁有些得意忘形,加上他又事先同鬼子及伪军兄弟们打过招呼,根本没想到新四军敢上门。

植品三等一进齐立功家门,知客先生忙迎上前施了一礼,又将他们引进祝寿堂,开口问道:"请问诸位从哪里来?"徐征发赶紧回答道:"我们是小横山里面的,弯把小爷带领我们哥们前来给齐小爷祝寿。"那家伙一听小横山"弯把小爷"来了,两眼迅速朝植品三一瞟,十分紧张地说:"久仰、久仰。"一边说着一边陪同植品三一行朝后面客厅走去。刚进客厅,那位知客先生抢先一步进入内房禀报说:"齐小爷,东边小横山里,弯把小爷带领几个兄弟说来给您祝寿。"正在大烟铺上躺着的齐立功和周来恒,一听说弯把小爷来了,顿时吓得面无血色,手腿直打哆嗦,半天也爬不起来。两人四目相视,想说什么,可又不知道说什么好。这时徐征发和张士根跨上前,徐征发假装客气地说:"齐小爷,您好呀!"张士根接着说:

"噢！这不是管店来的周小爷吗？"话说之间植品三走进了房间,右手脱下礼帽交到左手,用江湖口气说道:"噢,齐小爷,您好呀?兄弟听说今天是您老兄寿诞之日,特地前来为您祝贺,哪知又巧遇周小爷,真是难得难得呀。"齐立功结结巴巴地说:"哪里,哪里,不敢！不敢！请……请坐,有话好说,有事好办。"周来恒站在一旁活像一堆泥菩萨,全身像筛糠一样,两手抖得连香烟都掉到地上了。相持一会,植品三厉声道:"与其说兄弟是来给齐小爷送礼祝寿的,倒不如说是特地来请周小爷的。"张士根和徐征发早已握枪在手,迅速逼近周来恒。

齐立功一看大事不好,连忙拱手作揖说:"请弯把小爷高抬贵手,有什么事情只要能办到的,我们一定尽力效劳。"植品三说:"那就对不起齐小爷了,我们后会有期,周来恒要跟我们走一趟了。"植品三话音一落,徐征发和张士根立刻上前,从两边抓住周来恒的胳膊。徐征发摸到周来恒的腰,把一支手枪拔出,揣进自己的腰上,然后从衣服里面用枪口抵住周来恒的腰间说:"走快一点,你要不放老实点！老子就让你在石坝街上喂狗！"周来恒死狗一样不愿动,徐、张两人架着他,出了齐立功家的大门。走在后面的植品三又亲自指挥,把周来恒带来的几个干儿子和徒弟缴了械。

植品三一行离开石坝集 2 里多路,日本鬼子发现了,和伪军一起用机枪小炮开火。待敌人追到小横山下,便衣队已经到了山顶,占领了有利地形。小横山上树林荫翳,天色向暮,敌人害怕中埋伏,只好退了回去。

第二天,徐征发、夏怀仁、张士根押着周来恒,到了自来桥。经过公审,周来恒很快被枪毙。

三、闹市击毙翻译官

日本人占领明光镇后,把原先的土围墙进行了加固,为了防范新四军探子出入,把东门关闭,靠近铁路的西面和南北两头都修了水泥碉堡,只有进出火车站可以通行。平时进出镇街,只能走南、北两门。

明光镇新来的日军翻译官刘赐胜,是个死心塌地的汉奸。他一到明光镇就查封了与新四军二师有来往的几家关系户商店,对抗日根据地的物资供应造成了威胁。根据明光镇地下党传来的情报,刘赐胜很爱出风头,到明光不几天就把三家

明光老街

妓院的几个名妓女全都独占了。他经常穿一身日本鬼子军服,脚蹬一双深筒马靴,腰间挂着日本牛腿盒子枪,佩带一把东洋战刀,在大街上横冲直撞,哪里人多就往哪里去,耀武扬威。植品三书记听说后,认为要乘刘赐胜才到明光不久,对铁路便衣队活动情况不了解时,迅速把他干掉。这样,后面再有翻译官来,就会老实许多。他和第一中队队长蒋本兴、指导员胡汉生研究后决定,把这个锄奸任务交给徐征发、张士根两人去完成。

当天下午,徐征发和张士根化装成阔少爷,每人腰上插一支二十响快慢机驳壳枪就出发了。张士根穿长袍,戴礼帽,嘴里叼着烟,边走边哼《四季美人》小调,路上行人都用轻蔑的眼光看着这两个"二流子"。傍晚,他俩来到在明光镇东面三里的小曹庄,走进植品三的好友曹东林家。曹东林是个保长,在当地有些势力。按照青帮的礼节,徐征发和张士根拜见了曹东林。曹东林一见是植品三手下,忙从大烟铺上爬起来,热情接待他们,并说了一些翻译官刘赐胜的情况。

第二天上午9点钟,徐征发和张士根从北门进了明光镇,直奔井梧巷铁路便衣大队的一个秘密联络点——惠宾园饭庄。张士根进门后,叫道:"店家快给咱们找个座位。"一位三十开外、浓眉大眼的跑堂师傅在里里外外忙碌着,他瞟了张士根、徐征发一眼,扯开嗓门高喊一声:"来啦!"随手将白毛巾往肩上一搭,点头相迎:"二位请里面雅座!"徐征发和张士根觉得这位跑堂师傅机警灵活,很像自己人。

不一会儿,跑堂师傅右手提一壶水,左手拿两个茶杯,一扭身闪了进来。张士根试探地小声问道:"请问老大,你这壶里泡的是什么茶?"那师傅满脸堆笑:"我这壶中泡的是江南九华毛峰茶。""你用的是哪里水?""我用的是通往五湖四海的淮河水。"接着,跑堂师傅反问道:"二位兄弟从何处来?到何处去?"徐征发答道:"我们从来处来,到去处去。"

那位跑堂师傅见对上了暗号,机灵的大眼睛对外一望又收回来,轻声说:"同志!你们辛苦了,请稍等片刻。"说完转身出去了。不一会儿,拿来半斤明光大曲和一盘小炒。徐征发向他说明来意,并询问刘赐胜的相貌特征和活动规律。他气愤地说:"刘赐胜那个狗东西,他每天总是穿一身日本军服,脚蹬长筒皮靴,腰插小手枪,挎着一把东洋战刀,喜欢在大街上一走三摇,耀武扬威。明天逢集,人多,他肯定会出来。你俩到十字街北街省中巷鬼子红部门前不远的茶馆里坐着,刘赐胜一出来,你们准会看见他。开茶馆的大嫂是自己人,你们可以对暗号。"

翌日清晨,四乡八镇的百姓和小商贩形成一股人流,断断续续地拥向明光镇。8时左右,徐征发和张士根混在赶集的人群中进了街,径直走到离日军队部不远处的那家茶馆,与茶馆大嫂接上头。他俩正和大嫂说话间,从日军队部大门里走出一个大块头,相貌、装束和昨天跑堂师傅说得一模一样,大嫂噘嘴示意:这就是刘赐胜。

刘赐胜昂首挺胸、耀武扬威地走过茶馆门口,徐征发和张士根也走出茶馆,紧跟在他的后面。离十字街口市中心越来越近,人群越来越拥挤,张士根的嘴靠近徐征发的耳朵说:"准备动手。"徐征发点头会意,解开夹衣,敞着怀,掏出夹在腋下的快慢机,并用胳膊捅捅张士根,按照早已研究好的开枪分工,说了一句:"你上我下。"说罢,他俩向前跨了一步,张士根的枪对准刘赐胜的后脑门,徐征发的枪顶住他的后腰乓乓几枪,这个民族败类便应声倒在血泊中。枪声惊动了赶集的人群,像炸了锅乱成一团。徐征发和张士根乘势又高喊一声:"新四军铁路便衣大队打进来啦,快跑哇!"这时,赶集的老乡都拼命地往外挤,徐征发和张士根也随着纷乱的人流跑出了明光镇。

刚跑出明光镇,就听到镇里警报声、哨子声、枪声响成一团。顷刻之间,鬼子河下司令部、省中巷鬼子红部,还有伪军等都出动了。不多时,明光全镇戒严,除了老头、老太太放行,其余青壮年男女一律扣留审查。到了下午2点多,戒严结束,有100多人被鬼子关了起来。2天后,两个具有最大嫌疑的人被日本鬼子杀害了。

四、侦察门牌号

教导员植品三从黄花塘二师师部开会后刚回到队部,就找到中队长蒋本兴,传达师长罗炳辉的指示,说罗师长命令一中队,要在短时间内除掉家住明光镇的汉奸、特务、三番头子刘汝恒。刘汝恒原是津浦路西漆河燃灯寺一带的燃灯岗人,是当地有势力的人物。他原在国民党中央组织部任过职,上上下下认识很多人,关键是他还认识汪精卫。抗战爆发后,他回到明光,在当地摆香堂,开山门,收徒弟,认了干儿上百人。这些人大多是地痞、流氓,与汉奸、鬼子、伪军、青红帮明来暗往,互相勾结。汪精卫投降日本人后,刘汝恒积极追随,通过汪精卫的关系,让他的儿子刘义群当上了蚌埠汉奸部队"和平建国军"的团长。因为这一层关系,明光的日本人都高看他一眼,让他担任鬼子红部顾问。巴结他的地痞、流氓、汉奸卖国贼就更多了,他把自己的干儿子程道善介绍给了日本人。日本人见程道善凶残毒辣,对抗日群众穷凶极恶,敢于跟新四军干,先让他当特务队长,后来因为"立功",又让他升任嘉山县皇协军大队长,他杀害了很多地下党员和进步群众。

下午,植品三把徐征发和张士根召集到小嘉山西边下达营后面的小山坡上一棵榆树下,悲愤而严肃地说:"罗师长得到路西部队报告,我们那天行动处决刘赐胜时,路西部队有2名侦察员正在明光镇里执行任务,不幸被日本鬼子的特务抓住。路西那边找到程道善想通过刘汝恒担保一下,把人放出来。结果,刘汝恒从日本鬼子那里把人要去,关到伪军大队部的后院,亲自指挥人把这两个同志活埋了。罗师长命令我们,在近期内一定要把这个罪大恶极的汉奸、恶狼刘汝恒除掉,为战友报仇。"

听到这两位战友是被汉奸刘汝恒活埋的情况后,徐征发、张士根气得七孔冒烟,立即发誓,一定要把这条恶狼除掉! 植品三接着说:"你俩是负责执行明光镇方面任务的,对那里的情况比较熟悉,又有上次除掉鬼子翻译官的经验,队里再三考虑,决定还是把这个任务交给你们两人,7天内完成。"

随后,植品三又和他们一起研究、分析情况,制订具体行动计划。他说:"刘汝恒家住明光镇菜市街西南边的龙泉巷东头,靠近鬼子河下司令部不远,具体门牌号码你们设法通过关系把它弄清楚。有人说他家是个三进四合院的大宅子。还说刘汝恒经常去蚌埠,回明光有时要在家住上几天,有时路过一下就走。他每次回来,身边总要带着三五个打手,都是他的徒弟、干儿子,个个身上都有短枪。"说到这里,他停了一下,不无关怀地说,"刘汝恒老奸巨猾、阴险毒辣,你们要完成这个任务,确实难度不小,因此,要多动脑筋,周密行动。"

徐征发和张士根领受任务后,回到住所,躺在地铺上,吸着自己用青麻叶"特制"的烟卷,出神地望着破草房的天窗,思考着这次行动方案。第二天早饭后,他们两人身着便装短打,头戴礼帽出发了。张士根戴着墨镜,右手拿着一根很别致的文明棍。徐征发手提着送礼的小腰篮子,像个跟班。张士根嘴里不停地哼着《杨柳青》小调,一副优哉游哉的样子。

两人先是到达明光东北的桑大营,找到了可靠的关系户汤老大汤厚朋。汤厚朋身材魁梧、性格直爽、为人忠厚、善交朋友,又是最讲义气的江湖汉子,他为了对付一些无赖、流氓,结拜了一帮把兄弟,紧紧抱团,对外行动一致。所以当地有势力的土豪劣绅也不敢轻易惹他们。因为汤老大拜过植品三为师,所以凡是小横山上下来的,他都亲如兄弟。饭后,汤老大向徐、张两人介绍了明光镇的敌情近况,其中也谈到了路西的两位侦察员被害之事。徐征发说:"我们这次来,就是为两位战友报仇的,请汤老大多给帮忙。"下午4时左右,汤老大指派一位兄弟给他们带路,三人一起进了明光镇。

为了查清刘汝恒家的门牌号码,徐、张二人先到河下日本鬼子司令部后面、菜市场南面的龙泉巷,转了一圈,熟悉一下地形、道路和主要标志,但到底哪个门牌号码是刘家的,他们心中没有底。天慢慢地黑下来,他们来到惠宾园菜馆吃了晚饭,苦苦思索,怎样才能摸清刘汝恒回明光的时间规律?今晚他们住在哪里?要是住在明光城里,鬼子夜里戒严查户口怎么办?合计了半天,徐征发突然提议:我们干脆先到明光西南八里路的蔡小街,去找被我们争取过来,曾为我们做过工作的伪乡长蔡士轩"蔡老太爷",利用他这把大红伞,也许对我们完成任务起到一点作用。因为他的大儿子蔡纪刚在明光镇当伪镇长,请他老头子帮忙查清刘汝恒家的门牌号,一定没问题,至于刘汝恒回明光镇的时间规律他也许也能掌握一点。张士根听了,高兴极了,忙问:"老徐,你怎么想起来的呀?"徐征发说:"这是急中生智,是情况和任务逼出来的,俗话说'车到山前必有路',事不宜迟,说去就去。"

太阳已经坠入西面的大横山中,黛色渐渐模糊了街巷。从明光火车站出镇,沿着铁路线向南,两人边走边合计着找到蔡士轩后怎么谈。不一会儿,就到了下庄火车站,下了铁路往西南再走两三里就到了蔡小街。晚上 9 点钟左右,他们到了蔡士轩家。由于徐征发以前和中队长蒋本兴一起到蔡家接过头,所以蔡士轩一见面就非常热情地说:"二位兄弟一路辛苦了!请坐吧。"他的接待尽管表现得很热情,但举止言谈中,仍多少流露出内心的紧张、矛盾和忐忑不安。

待徐、张坐下后,蔡士轩即令乡丁在庄前屋后打更、放哨。他往大烟铺上一躺,一边抽大烟,一边问:"二位兄弟,弯把小爷好吗?"张士根立即答道:"小爷很好,小爷还叫我们代向您老问好呢。"接着,他又问道:"二位这次回来有何贵干呀?"徐征发随即绕个弯儿说道:"我们根据地里急需购买大量白洋布,弯把小爷派我们请蔡老太爷同你家大少爷商量商量,给我们一些方便,帮帮我们忙。"

蔡士轩听说有生意可做,忙从嘴里抽出烟枪,说:"请二位放心,贵方的事也就是我的事,这个忙我一定要帮,弯把小爷要我办什么都行。我叫纪刚回来商量一下,看看怎样才能办妥这件事。不过,我要给二位兄弟提个醒,请二位这阵子最好不要在镇里过夜,近日城里日伪军防守很严,前不久明光鬼子红部新换来一个姓刘的翻译官,被你们便衣队干掉了。又听说你们路西部队派出两个兄弟进镇里侦察情况,被鬼子特务队逮去。后来又听说不知为什么被刘汝恒要去把人弄死了。你们二位可知道?"

张士根插话说:"我们听说了,上级也可能正在布置,不久会搞清楚这件事的。"

稍停一下,蔡士轩又说:"刘汝恒这个家伙也真够恶毒的,他一点后路也不想留。他娘的!我们毕竟都是中国人嘛!为什么中国人要杀中国人呢?为什么要这样讨好日本人呢?我可以肯定,他刘汝恒将来一定没有好下场!"

徐征发听了蔡士轩这番爱憎分明的话,高兴地说:"蔡老太爷非常有远见,你的预料,在不久的将来很可能会兑现的。"张士根听了蔡乡长的话,心中也暗自高兴,想顺藤摸瓜。于是,他装着漫不经心的样子,明知故问:"您老可知道刘汝恒是干什么的,他家住在什么地方?"

蔡士轩说:"据说他原是路西大横山东北漆河燃灯寺地方上的一个霸王,后来成了三番头子,收了许多徒弟、干儿子。他以前在南京干过事,据说跟汪主席能说上话。他儿子能到蚌埠当团长,那可是牛得很。他在津浦线上北起蚌埠、南至南京,是个很吃得开的人物。现在他家据说住在明光镇河下鬼子司令部后面菜市街的一个巷子里,有人说逢三六九回明光,其他时候,不是到南京,就是到蚌埠。他跟日本人做生意,做得很大。他什么都敢做,明光这一带的粮食、土特产自不用说,鸦片也是常倒腾的。"他呷口茶,放下茶壶,说,"这事要问问我家纪刚,他可能会知道。"说完话,他又习惯性地躺下连吸几口大烟,而后又兴奋地说:"你们购白洋布的事,我明天就叫纪刚回来,你们一块具体商量,这个忙一定要帮。"徐征发和张士根同声道:"事成之后,一定好好酬谢蔡老太爷。"

蔡士轩说:"你们见外了。弯把小爷的事就是我的事!"其实,蔡氏父子给新四军买东西,新四军每次都是要给劳务费的。而且,其他那些供货的商人,因为货销得多,也是少不了他们的好处的。他从上衣口袋里掏出怀表看一下说:"时辰不早了,今晚休息,明天再好好谈。"他吩咐乡丁把徐、张两人带到东厢房休息。为了稳妥、安全地完成任务,徐、张两人一人持枪在门边守上半夜,一人守下半夜,轮流睡。

第二天上午9时,蔡士轩派人把在明光当镇长的儿子蔡纪刚找回来了。这位蔡镇长人高马大,白白净净,一表人才。他身着一套笔挺的西服,头戴大沿礼帽,脚穿黑得发亮的尖头牛皮鞋,身后带着两个随从,显得气度不凡。他一进家门,看到两个年轻的陌生人,忙用惊异的目光上下打量了一番。他没有和徐、张两人搭腔,见父亲忙问:"爷(定凤嘉一带称父亲为爷),你急着叫我回来有什么事吗?"老头子示意蔡纪刚的随从出去后说:"纪刚,过来,我给你介绍一下,这二位兄弟是东边小横山里弯把小爷的得意门生。"老头子边说边伸出四个手指晃晃:"他们想购买一批白洋布,运往小横山里去。他们急需要用,所以我派人找你回来,商量这件事如何办。纪刚呀,这个忙你一定要帮。"站在一旁的蔡纪纲紧锁眉头,半天没说话。看得出,他内心有些复杂,这买卖尽管赚钱,但是刀头上舔血,日本人要是知道了,会掉脑袋的。

"这做买卖的事情……"蔡士轩有些急了。蔡纪纲叹口气说:"这事恐怕要好好商量一下再说,太危险了! 不久前刘翻译官在城里被你们杀了,日本人现在防守很严密,非常警惕。白洋布量大了,运不出去!"

张士根说道:"弯把小爷叫我们来找蔡老太爷帮忙的,还望蔡镇长能多多关照。"蔡纪刚当然知道弯把小爷,忙应道:"家父说了,只要兄弟我能办到的,一定尽力而为。"徐征发也紧紧跟上:"植教导员早就说过,你们父子都是拥护抗日的爱国人士,过去帮助过我们,我们都记着的。这次事成之后,也一定重礼酬谢。"蔡纪刚一听徐征发话里有话,忙说:"哪里,哪里,这是我们应该帮助贵方做的小事,不用客气。"

中午,蔡士轩摆了一桌酒席,热情地招待两位便衣。席间,蔡镇长说:"你们需要多少白洋布?纪刚给你们办好送出去,你们派人在指定的地点接运就行了。你们二位不要进镇了。"随后,蔡士轩想问一下关于刘汝恒杀害路西侦察员的情况,蔡纪刚把话打断了,并示意他父亲不要再问这件事。徐征发觉得,刘汝恒的事情,不能再问了,还是继续说购买白洋布的事。饭后,徐征发说:"这回我们来给老太爷、蔡镇长增加了不少麻烦,买布的事就这样说。我们就不进镇了,免得再给蔡镇长带来麻烦,请镇长回去先看看几家商店能有多少货,有多少我们就要多少,越多越好,布钱随后就到。具体接头地点待我们商定后再联系。"

当天下午,徐征发、张士根辞别蔡家父子,表面上说返回小横山,实际上绕了一个弯,又返回下庄火车站,在下庄西边山上土地庙前一棵大树下坐下,商量下一步如何行动。他们假设了许多种路径,按照每一种路径往下走,会出现什么问题,又怎样对付,否定了一个又一个。徐征发有些无聊地躺在地上,折了一根草棒子剔着牙,看着蓝天上飘浮的白云,觉得像是漫天的棉花。"对了,"他一拍大腿,坐了起来,"我去弹棉花!"

"弹什么棉花?"张士根不解地问。

五、深夜闯豪宅

明光镇河下鬼子司令部后面的菜市街上,来了一个背着一张弹弓的人。他穿着一件破旧的长大褂,头上戴着一顶蓝色的套头帽子,帽子和大褂上都黏着碎棉絮。"弹棉花……弹棉花……"他一边走,一边看着。看到门头阔气的人家,他会走进去问:"要弹棉花吗?"

"弹一床被子多少钱?"

"100块。"

"这么贵？"

"一斤米都要10块钱了。弹一床被子要一天,只能搞10斤米,还贵吗？"

这弹匠就是徐征发,他在菜市街转了一会,又转向西南边的龙泉巷。因为要价高,他一笔生意也没有做成。快到中午时,他走出龙泉巷,往明光东边桑大营走去。他和张士根分开后,张士根到了桑大营汤老大汤厚朋家,两人约好下午在这里相见。见徐征发进院子,张士根迎上来问:"找到了？"

"找到了。"

徐征发在菜市街转悠大半天,不但弄清了刘汝恒家的门牌号,而且还打听到,明天晚上,刘汝恒要乘浦口开往北平的快车从南京回明光。

张士根听了,说:"好！我们就在明光站干掉他。"徐征发摇摇头:"他每次进出,身边都跟着四五个带枪的保镖。再说,明光站周围都是鬼子,我们动手后,跑不掉。"

"那怎么办？"

"我想我们还是明天晚上闯到他家里去,在那里结果他。这样动静小,便于我们脱身。"

"闯到他家里去,怎么去呢？"张士根问。

"这个我还没想好。"犹豫了一下,徐征发说,"要不我们到他家送礼？"他想到了植品三带着他们去石坝给周来恒家送礼的事情。

"送礼……不年不节的,不像啊！"张士根突然一握拳,"对了,送信,顺便送礼！"

民国年间的明光车站

说着,张士根让汤老大找来笔墨纸砚,冒充刘义群的口气,给刘汝恒写一封信。

第二天午饭后,张士根、徐征发两人都戴着墨镜,叼着香烟,从东门走进明光镇。他们先到火车站查看了下午以后各趟北上列车到达明光站的时刻表,快车只有从南京下关开往北平的,晚上 7 点 35 分停靠明光站,刘汝恒回来,应该是乘这一班车。他们接着查看南下的快车,下午 3 点 53 分从徐州开往上海的一班停靠明光站。若是从蚌埠乘快车来,这一班车正合适。等了半个多小时,徐州开往上海的列车就进站了。两人待旅客下车后,也跟着出站。在站房前面的小广场边,两人在一个水果摊前,挑选大个石榴买了 50 斤,用蒲草袋子装,由徐征发扛着,往菜市街走去。

到了菜市街,拐进龙泉巷,在 3 号院门口,见大门开着,两人径直走了进去。

"你们是什么人？干什么的？"从旁边的门房里出来一个人,面色不阴不阳的。

张士根忙说:"这不是刘老太爷刘汝恒大人府上吗？我们是从蚌埠来的。"

徐征发转身冲门房笑笑:"我们是蚌埠刘团长派来的。顺便给老太爷带一包怀远石榴。"

门房听他们这么说,才换上笑脸说:"是大少爷那边的人？里面请。"门房说着接下石榴包,带领他们往后面走。张士根忙跟上说:"我们要见刘老太爷,刘团长有一封重要的信给他。"

"刘老太爷在南京,今天晚上才能回来。你们先见一下魏管家吧。"

穿过第一进院落,在第二进院落,门房进到旁边的厢房里,找到魏管家,魏管家把他们迎进厢房,问:"刘老太爷晚上才能回来,你们有什么信,就交给我转吧。"张士根连连摆手:"不行,不行。刘团长交代,这封信一定要亲手交给刘老太爷。"

魏管家听了,犹豫一下:"那两位就在这里等吧。南京来的这趟火车应该是 7 点半左右到站,等不了多久。我让厨房先搞两个菜,陪你们小喝两杯,等老太爷到了,我们再摆正席,怎么样？"

张士根忙说:"既然是这样,我们就不麻烦魏管家了。刚才下车时,遇见了一个在日本红部干事的同乡兄弟,也是好久没见了。要我们去聚的,我以为老太爷在家,就没允他,先到这边来了。现在,我正好去找他。在那边聚过了,待老太爷下车回来后,我们再来。"

两人离开菜市街,到中心街的明星浴池轮流洗了一把澡,泡了一壶茶,打发掉多余的时光。出了明星浴池，买了一斤牛肉干，一人半斤，装在衣袋里边走边吃，先垫垫肚子。

夜幕降临，张士根掏出怀表看了一下，冲徐征发点点头，两人向火车站走去。他们都不认识刘汝恒，但他们判断，像刘汝恒这样的人物回来，一定是前呼后拥，与众不同。在车站等着，他只要一出来，就能辨别出。

来到火车站，两人买了两张站台票，走上月台，南京下关开往北平的列车拉着汽笛，正好进站。他们假装接客的样子站在月台灯光暗淡处，仔细观察下车的人。很快，徐征发发现人群里有一个50多岁的老头，身穿长衫，头戴礼帽，一副金丝眼镜不时反着光。他一手提个小包，一手拿着一根文明棍，前后跟着五六个彪形大汉，个个腰间都挎着一支二十响的驳壳枪。机警的张士根也发现了，他小声说："应该是的。"待他们走出火车站一会后，两人才悄悄出站。离开站房，街上黑咕隆咚的，但那群人都打起了手电筒。从手电筒的灯光看，他们东拐西弯地走进了菜市街。

徐征发、张士根这下放心了。他们在街边一个小面馆下了两碗肉丝面，不紧不慢地吃完，时间差不多8点半了。

菜市街早已静下来，龙泉巷中，只有刘家的大门仍然半掩着，前后三进两院当中各挂一盏汽油灯，将院内照得像白昼一样。徐征发、张士根轻轻地拍了一下门扇，门房马上迎上来，笑着说："你们来了？老太爷正在等你们呢。"他带着两人推开中进大门，只见中进堂屋里摆着一张大圆桌，桌上全是山珍海味，十几个人围坐着，正在猜拳行令，推杯换盏，闹哄哄的。

在进中进堂屋之前，徐征发就悄悄解开短袄扣子，他的两把驳壳枪是夹在腋下的，以便随时抽出。他心情非常紧张，但努力使自己镇定下来。围在圆桌正面的人，突然发现门槛处站了两位陌生的来客。一个腰挎二十响快慢机的大个条，警惕地看着他们，问道："你们是干什么的？哪里来的？"张士根十分沉着，不慌不忙地摘下礼帽，向前一步施了一个60°度大礼，而后不动声色地答道："我们是蚌埠来的，是刘大队长派我们送一封重要信件给刘老太爷的。"

魏管家此时走了过来说："就是这两位兄弟，下午来过的。"说着，他招招手，"来来来，老太爷在这边。"张士根、徐征发忙走了过去。旁边的太师椅上，坐着一个有些秃顶、戴着眼镜的老头，正捧着水烟袋在抽。见张士根走过来，老头从容地从太师椅上站起来："义群这孩子,有什么要紧的事啊?"见张士根掏出了信,他伸手就要接了去。

趁刘汝恒不备,徐征发从张士根右耳边伸出驳壳枪,顶在刘汝恒的左脑门上,一扣扳机,啪啪两枪,刘汝恒扑通一声倒在客厅墙边。张士根怀着为战友报仇的心理,拔出枪对准老家伙的面部又是两枪。

一桌人被这突如其来的枪声惊呆了,一个个吓得魂不附体,呆若木鸡。有几个钻到桌子底下去了。待徐征发、张士根蹿到前院时,才听到里面有人喊道："快开枪,别让他们跑了!"徐征发抬手一枪,将院子里高挂的汽油灯打灭,院子里一片漆黑,只有中进堂屋内的灯光呈长条状泻到院子里。屋里的人往外跑,张士根一枪撂倒一个,又一个人跑出,被徐征发撂倒,其他人再也不敢出来。他们两人乘机跑出大门。待他们跑到中心街上时,后面的枪声才激烈起来。

伪嘉山县政府坐落在中心街,经过大门前,一个站岗的伪军发现了他们,高声鬼叫："什么人?站住,再跑就开枪了!"枪栓拉得稀里哗啦直响。张士根跑在徐征发前面,对准站岗的伪军啪啪两枪,那伪军吓得将老套筒步枪用力一扔,躲到墙拐角去了,动也不敢动。徐征发顺手拿起套筒枪,扛着就跑,穿过伪嘉山县政府东边的巷子,直向龙庙山、摸山头方向跑去。

这时,鬼子的机枪、小炮发疯似的朝摸山头方向猛打一通。张士根看徐征发一直跑在后边,肩上还扛着那支套筒枪,急着说："老徐,要它干啥?还不把它甩掉快跑!"徐征发说："这是缴获敌人的战利品,怎能不要呢?"张士根有些好笑地说："你把枪栓卸下上交就行了。"徐征发被提醒了,将枪栓卸下,把套筒枪扔掉,继续向前跑。

两人一直朝明光西北方向跑去。在跳越一条深水沟时,徐征发不慎把脚扭了,痛得一步也不能走,好容易才挪到不远处一座破庙前休息,观察明光鬼子的动静。

夜深了,微风徐徐。徐征发浑身轻松,觉得肚子饿了,想吃个饱饭,再美美地睡上一觉。但敌人追击的枪声不断传来,炮弹时远时近在爆炸,红绿信号弹不断在天空中交织着,把身后的明光镇的夜空照得雪亮。张士根挽着徐征发的胳膊,鼓励道："老徐,大功虽然告成,但现在我们仍处在敌人机枪、小炮的射程之内,还是尽快离开。我们每前进一步,就多一分安全,前进就是胜利。"说着,他就将徐征发连拖带拉,好不容易爬上了摸山头。午夜时分,徐征发咬着牙,跟张士根坚持下了山,绕到明光东边,朝小横山方向返回根据地。当他们跨上明光通往盱眙县的公路时,张士根看徐征发满头汗水,受伤的脚一瘸一拐,痛得实在走不动了,就到路边老乡家借来一头小毛驴,让徐征发骑着走。直到东方曙光显现,他们才翻过小横山,到达中队的驻地。

六、秤砣当砍刀

1944年2月7日,鸡叫头遍,夏怀仁挑起鱼挑子,从尿布滩的篷船出发,沿着池河大堤向明光镇走去。鱼挑子两头是两只鱼篓,前面装着满满的鲫鱼,后面装的全是鲤鱼。此时是农历甲申年正月十四,第二天就是元宵节。俗话说:正月十五大似年。这一挑子鱼,是过年后这些天陆续从女山湖里打来的,一直养在尿布滩旁边的湖水中。今天起了大早,似乎是去卖俏市的。

天大亮后,夏怀仁来到北门。因为明天要过元宵节,前来赶集的人不少。自从铁路便衣队先后在明光镇里处决掉翻译官刘赐胜和老汉奸刘汝恒,敌人加紧了对进出城门的人的盘查。北门口守卫检查的是两个伪军,一个是黑大个,一个是大金牙。

女山湖渔民撒网捕鱼

见夏怀仁挑担子过来,黑大个把大枪一横:"站住!"

夏怀仁忙把鱼挑子放下,抬起手擦擦汗,谦恭地点着头说:"两位老总好!"

伪军斜着眼问:"干什么的?"

"要过节了,卖点鱼。"夏怀仁哈着腰,掏出老刀牌香烟,一人敬上一支,又掏出火柴,一一给他们点着。大金牙吐出一口烟说:"卖鱼的,有些面生啊。是不是新四军的探子？"说着，把夏怀仁浑身上下搜了一遍。

"老总真会开玩笑。我自小就在女山湖打鱼，平时多是从南门进。今儿个南门有两挑子鱼进去了，我呢，就走北门了。其实，我以前也走过北门的。前天，我还走过，买渔网线的。当然，我这种草木之人，老总是不会记住的。"

"你啰唆个屁呀！打开看看，有没有违禁物品。"黑大个把烟屁股一扔，用刺刀挑开了前面的鱼篓盖子，"这草鱼板子真大！"皖东这一带，称鲫鱼叫草鱼。黑大个直咂嘴。大金牙用刺刀挑开了后面的盖子："这鲤鱼拐子更漂亮啊！"他忙抠着鳃提出一条，掂了掂，"有5斤多。"他看着在一旁微笑的夏怀仁，"正月十五大似年，要年年有鱼才行。"夏怀仁忙说："那是，老总没有鱼就拿去吧。"黑大个听着也过来了，夏怀仁说："老总你也挑一条吧。"黑大个忙在篓子里翻了一通，拣了一条大鲤鱼拎了出来，掂了掂："就是它了！"

大金牙假模三道地说："你称称看！"他说着从前面的鲫鱼篓子里拿出秤和秤砣。

夏怀仁说："老总，你这就见外了。两条小鱼，称什么？拿去过节吧。"说着，把秤和秤砣放在了后面的鱼篓里，这样，两只鱼篓的分量差得小一些，好挑。

夏怀仁就这么从门卡子混进镇子。他挑着鱼，没有照直奔去集市，却拣没有人的小巷道转了几圈，看时间差不多了，才顺着南大街往西一拐，来到一条僻静的西小巷里。这是一条东西向的巷子，从东数第三家小红门就是前天他来看过的地方。

早春时节，清早天气依然寒冷。夏怀仁斜对着小红门放下鱼挑子，搓搓手，提着秤杆子吆喝道："卖鱼咪，新鲜的大草鱼！活蹦乱跳的大鲤鱼！"

夏怀仁吆喝了两嗓子，小红门就打开了。出来的是一个女人。她斜叼着烟，有几分白嫩，披着不知什么毛的大衣，趿着两只大花鞋，胸前肥硕的双乳随着脚步一抖一抖的。她的头发有些乱，应该是刚从床上爬起来。

"哎，你这鱼卖多少钱一斤？"

"您这儿还不好说吗？鲤鱼13块，鲫鱼10块。好算账！"

"哼，哪儿这么贵的！就你这价啊，1斤卖2斤还差不多！"

"价钱好说，您有个差不多也行。外头冷，我给您挑到院子里拣吧。"夏怀仁不等那女人答话，挑起鱼篓径直进了院子。

女人跟进门来,小心地关上门,这才来到鱼篓边,用脚踢了踢,说:"我先留下几斤。"夏怀仁忙说:"您先拣,拣好了我给您称。"

女人动手在鱼篓里翻,翻到满意的,就放到一张密眼的网兜里,网兜是专门留给顾客称鱼的。女人尽拣大的,挑了满满一网兜。夏怀仁称了一下,19斤。放下秤,他热情地说:"19斤,190块,您给180块就行了。我给你送屋里去。"夏怀仁正要往屋里走,女人突然笑着说:"二奶奶我昨晚上打牌,把钱都输掉了。这鱼钱,得等过了十五才能给你。"

夏怀仁立刻停下:"这可不行!我们穷打鱼的,干一天,吃一天,就等着这鱼钱去买元宵面回家过节呢。"

"一天卖这么多鱼,还哭穷?过了节,又不是不给你钱!"

"哎呀,二奶奶,您这不是拿我们穷人开玩笑吗?您今天要是不给钱,我就不卖了。"说着,他把网兜底子一兜,哗啦一下把鱼全又倒回了鱼篓里。

"嘿!二奶奶不就赊你几斤鱼吗?你还把鱼倒回去了,真是给你三分颜色你就开染坊了!"

两个人正争执得热烈,这时从开着门的堂屋里走出来一个人。这个人中等身材,一脸麻子,右肩膀头上斜挎着一支盒子枪,里面的衬衣刚刚扣上,外面的皮袄扣子还没有扣完。他三步并作两步,满脸怒气:"怎么啦?"

女人见麻脸出来,先是把嘴一撇,鼻子眼哼哼道:"瞧你这个大队长当的!在自家院子里,人家连几斤鱼都不给赊!"

"怎么他妈的不给赊?拣着好的给我拿!到了程爷爷门口,不给钱也得给拣好的!程爷爷吃鱼你要钱?除非你不想在这明光镇卖鱼了!"

夏怀仁见麻脸出来了,有些心花怒放,但表面上还是装着一副可怜相说:"大队长,您别生气。我这两天打的鱼实在太少,上一趟街卖不了几个钱。说出来不怕您老笑话,家里就快断顿了,我爷还让我卖了钱买元宵面,明天好过节呢。"

"我又不是放账的,你他妈在我这里哭哪门子穷!"他冲女人一摆头,"去,进去拿盆来,我先拣几条!"

那女人一面答应着,一面得意地冲夏怀仁笑几声,扭着屁股往屋里去了。

麻脸骂骂咧咧的,撸起袖子,猫着腰忙着拣鱼。他先看东面的鱼篓,都是草鱼:"妈的,太小了。"又转向西面的鱼篓,用手划拉一下,看见下面一条大尾巴,忙拽起,是一条金鳞闪闪的大鲤鱼。他麻脸上的麻点不禁有些放光:"这还差不多!"又猫下腰,继续拣。他屁股撅着,把脖子伸得老长,正好摆了一个挨刀的架势。夏怀仁忙跨前一步,抡起提在手里的秤砣,对着麻脸的后脑勺狠狠地砸了下去!只听噗的一声,鲜血飞溅,连脑浆都出来了。麻脸咕咚一下倒在地上。

那女人拿了一个红花大瓷盆,大胸颤颤地正往外扭,见麻脸倒地,头上红的白的喷涌,手上的盆当啷掉在地上,人也一屁股坐在地上。

夏怀仁伸手拽出麻脸身上的枪,来到女人跟前,女人忙道:"我给你钱!给你钱!"说着爬起来,跑进屋里。夏怀仁快步追上,用枪顶着她:"谁要你的臭钱!"女人哆嗦着,忙把裤带解开,裤子一下子掉在小腿上,露出了白森森的大腿!

"啪!"夏怀仁对着她的脸就是一巴掌,"真不要脸!"说着把她的裤带抽了出来,把她捆到椅子上,拿起掉落在一边的绣花鞋,用力卷了一下,塞到女人的嘴里。

屋里的洗脸架上有毛巾,夏怀仁拿起,把身上溅到的血点擦了擦。接着来到屋外,把秤砣擦了擦,对着太阳看看,闻闻,有些血腥味,似乎不妥,再把秤砣塞到装草鱼的篓子里,搅动几下,又拿出来,秤砣上满是鱼的腥涎和鱼鳞。他又闻了闻,满是鱼腥味。这才把两篓子鱼都倒在地上,将盒子枪插进胸前的腰带中,秤砣、秤杆一并放好,挑着两只空鱼篓,走出院门,顺手把小红门关上。

哼着泗州小调,夏怀仁从容地走出小巷。到了大街上,他买了3斤元宵面,加快步伐,很快来到北门口。门卡上站岗的还是黑大个和大金牙两个伪军,他们拿去的两条大鲤鱼还放在一旁。见夏怀仁挑着两只空鱼篓过来,大金牙说:"卖得挺快啊?"

"要过节了,我卖得便宜,卖得就快了!"他随即扬扬手里的元宵面,"回家搓元宵!"

出了北门,夏怀仁走进一个小树林,将扁担和鱼篓全扔了。不过,秤杆和秤砣,他仍扛着。他觉得,秤杆就是枪杆,秤砣就是手榴弹。枪杆和手榴弹是不能扔的。他没有回尿布滩的篷船,而是顺着乡间小道,一溜烟朝着小横山方向跑去。

夏怀仁是奉铁路便衣大队一中队教导员植品三的命令,前往明光镇锄奸的。被他除掉的麻脸叫程道善,明光人都叫他程麻子。他原先是明光镇上鱼行掌秤杆的牙头,因为攀上了刘汝恒,先是垄断鱼市,后来又垄断猪市、牛市,成为明光集市上的一霸。刘义群成为蚌埠"和平建国军"的团长后,他走刘义群的门子,成为明光镇的伪军大队长。

这家伙自从当上伪军大队长,全身直冒坏水,到处讨捐要税,抢粮拉牛,为日本人效劳。因为他是明光三番头子,辈分高,徒儿徒孙多,信息广,地头熟,加上有刘汝恒罩着,日本人对他非常看重,经常让他带路袭击新四军,祸害抗日根据地。他的坏点子非常多,路东抗日根据地嘉山县的涧溪、自来桥等处多次吃他的亏。提起程麻子,老百姓又气又怕,都恨不得活剥了他。刘汝恒被铁路便衣队击毙的第二天,刘义群从蚌埠赶回明光,见到程道善,一连抽了他十几个耳光,把他骂得狗血喷头。刘义群觉得,深夜他父亲被新四军便衣队在家中击毙,完全是程道善没有把明光的治安搞好,让新四军便衣队钻了空子,限令他一个月之内要抓住凶手,为老太爷报仇。这一来,程道善不但对进出明光的人搜索极严,对上下火车的旅客也加大盘查力度。去年小半年,从江南乘火车来淮南根据地,经明光下火车转道的地下党人曾两次被他抓获。

程道善就是明光的一个巨大毒瘤。必须除掉他!有了前两次的教训,再派人直接到他面前击毙他,应该是不可行了。而且,徐征发、张士根这一段时间进出明光太多,也不再适合进镇。植品三教导员正在考虑让谁去,夏怀仁主动请缨,对他说:"教导员,这任务交给我吧。"

植品三说:"这个任务非同小可,要么不出手,一旦出手,一定要手到奸除。不然,就会打草惊蛇。凭着程麻子的势力,以后再想除掉他,就很难了。明白吗?"

"明白!"

"鬼子现在正在明光镇上搞强化治安,街门卡子上也搜查很严。要除掉程麻子,我们一不能派人多,二不能随身携带武器。这些困难你考虑过没有?"

"教导员,请放心。我家是打鱼的,以前,每到年关,我都要跟随我爹到明光镇街卖鱼。明光镇街我熟,程麻子我在鱼行见过。现在已近年关,我先到女山湖去打鱼,然后到明光卖。进一步摸清程麻子的情况,然后再找机会下手。"

植品三说:"过年前要是有机会下手最好。如果不行,就年初一以后动手,绝对不能超过正月十五。"

夏怀仁说:"我会记住的,就是能让他过了初一,绝不能让他过了十五!"

这样,去年腊月二十三祭灶过后,夏怀仁摇着一条小篷船,来到尿布滩——渔民就这样,船停在哪里,哪里就是家。年前,镇上赶集的人很多,夏怀仁三次进镇卖鱼,也曾两次看到背着盒子枪在镇街上耀武扬威的程道善,却没有办法接近,人丛中更是无从下手。不过,镇里的地下党交通员告诉他,程道善和南大街西小巷的一个寡妇姘上了,经常在那里过夜。夏怀仁装作卖鱼的,在西小巷蹲守了两次,没有见到程道善。交通员说,快过年了,程麻子的老婆管得紧,他不好出去。

在焦急的等待中,新年过了。正月初五后,夏怀仁又来到尿布滩,一有机会就进到镇街上侦察。明光镇上的地下党人也积极协助他,一有情况,交通员就会及时给他送情报。

正月十三夜,交通员来到尿布滩,告诉夏怀仁,程道善已经进入西小街寡妇家里去了。按照以往的情形,他肯定会睡到明天早晨的。这样,夏怀仁才天不亮就挑鱼进镇了。

七、虎口掏盐驮

正月刚过的一天清晨,二师供给部运输队队长老马头顶霜花,来到铁路便衣大队第一中队驻地陈沙港,向植品三教导员报告:"昨天夜里,我们运输队过铁路时,被伪军巡逻队截了。"植品三递上一杯热茶,对老马说:"不要急,喝点茶,慢慢说。"元宵节过后,新四军二师供给部组织了2000多斤食盐,从津浦路东嘉山县自来桥等地安排25头小毛驴运往路西。运输队深夜从管店集南边坡山口通过铁路时,被巡逻的伪军连盐带驴全部截了。

植品三听了报告,气愤地说:"这帮混账东西,我要他们怎么截去的,还要他们怎么给我送回来。"接着说,"老马同志不用急,你先到路西大横山姬家老圩子等着吧。"不一会儿,植品三叫蒋本兴把徐征发和张士根找去了,对他们俩说:"你们两人到管店去一趟,告诉伪团长刘开明,就说是我植品三讲的,我们的盐队一头驴、一斤盐也不能少,并要他立即派人在今天晚上把盐、驴送到路西大横山下姬家老圩子。"然后植品三又写了一封亲笔信,叫他们当面交给刘开明。

吃完早饭,徐征发和张士根从陈沙港出发,11点多钟到达了管店集。当他们走进街口时,站岗的伪军双手端着汉阳造步枪怪声怪调地问:"哪里来的?干什么的?"徐征发也怪声怪调地答:"东边小横山里来的,是弯把小爷派我们送信给刘团长。"两个伪军一听对方口气很硬,肯定有来头,很快将他们送到团部门口,徐、张二人刚要进大门又被门岗的给拦住了。徐征发有些威严地说:"请你们禀报一声,就说东边小横山上弯把小爷派来两位兄弟要见刘团长。"两个伪军一听,非常客气地说:"请二位稍等。"其中一个转身进去报告了。

不多一会儿,刘开明的副官出来将他们接进了会客厅。这时刘开明刚从大烟铺上爬起来,副官就在房门口报告说:"报告团座:二位弟兄来啦!"走在前面的张士根脱下礼帽施礼说:"刘团长,我们弯把小爷有信给你。"说着他把信递给了刘开明。刘开明双手接过信,迅速拆开,只见上面写道:

刘团长钧鉴:

据我方运输队负责人报告称:昨晚我运输队25头毛驴运送的2000多斤盐,途经坡山口站被你部截去。烦请老兄费神查明,并望于今晚十点钟着人将所扣的驴、盐护送到路西姬家老圩子,到时我派人到此等候。如能原数归还,按时送到,我们不胜感谢,后会有期。如不讲情面,短一头毛驴,少一斤盐,不按时送到指定地点,所产生的一切后果将由你负责,不要说我老弯不讲义气,也将后会有期。

植品三亲笔

刘开明看完信后,双眉紧锁,脸色阴沉,随即喊道:"来人哪!"他的副官跑进来还未站稳,刘开明就气急败坏地吼道:"快打电话叫各大队迅速查清,昨晚是哪个中队把新四军运盐队截下来的!查出后,叫他们立即全部送到团部来,并要问清楚是谁叫干的。他娘的,尽是一些糊涂蛋,专干他妈的蠢事。"然后转身又很客气地对徐、张二人说:"二位不要着急,待我们查清后,一定按照弯把小爷的意思办理。"接着刘开明又叫来一个伪军官,吩咐说:"快去打电话,是哪个中队干的就叫哪个中队队长亲自把驴和盐送到团部来,一头驴、一斤盐也不能少,少了我就枪毙他。"

中午,刘开明摆上六菜一汤,热情招待徐征发、张士根。午饭后,刘开明派人把他们送出管店集。向东走了一段,他们又折回身,翻过铁路,直奔路西大横山下的姬家老圩子。

晚上8点多钟,徐征发、张士根两人到达了大横山下姬家老圩子。大横山呈南北走向,横亘在津浦铁路西面,隔着津浦铁路与小横山遥遥相望。它距明光镇十六七里,距管店10里路不到,是嘉山县和定远县的界山,山之东为嘉山县,山之西为定远县。靠定远县的一面为丹霞地貌山体,山中有建于元代的法华塔。姬家

靠近津浦路管店车站西面姬家老圩子的大横山

老圩子位于大横山东麓,是个30多户人家的小村庄,因为背靠大横山,便于进山躲藏,所以成为路西抗日根据地的前哨,从路东到路西来,这里是首选的接应地点。

　　早晨去路东陈沙港报告情况的运输队队员老马,早在村头等着了。老马一见到他们,第一句话就问:"怎么样?有希望吗?"张士根故意开玩笑说:"哪有那么容易的事?看样子完了,盐被二鬼子(伪军)分了,驴也被他们杀吃了……"老马是个老实人,说话办事,从来就是一是一、二是二。他听了张士根的话后,信以为真,顿时两眼发直,直瞪瞪地望着他们,半天一句话没说,眼泪在眼眶里直转。徐征发忙走到老马身边,拍拍他的肩膀说:"老马同志!你放心吧!我们弯把小爷植教导员一道命令、一张纸条,二鬼子团长刘开明还敢不执行?他要是不把我们的盐和驴送回来,那他还想不想活?你不用这样傻待着了,快去请老乡烧点开水,煮些饭,回头等二鬼子送盐来了,我们还要热情地招待他们呢!这就叫统战,你懂吗?"老马一听,破涕为笑,狠狠地朝老张肩上打了一拳,边跑边说:"我去烧水,回来再算账。"

　　老马走后,徐征发又去和大横山乡游击队、民兵取得联系,打了招呼,告诉他们今晚管店集二鬼子10点钟左右,要送还扣留我方的25头小毛驴和2000多斤盐,不要发生误会,更不能乱开枪。

　　晚上9点多,就听到姬家老圩子东北方向有狗叫声。顷刻间,又听到有驴子的叫声。老马高兴地说:"他们来啦。"10点差5分,管店伪军第四中队二分队朱

运送食盐的毛驴驮队走进姬家老圩子

队长带领30余人,将25头小毛驴驮的盐全部送到了指定地点。老马清点了数字,满意地说:"老徐、老张,真是一点不差,全部送来了。"说着他叫来了运输队的同志们,接收了驴和盐。第二天一大早,运输队的同志们高高兴兴地将2000多斤盐送往藕塘,供应部队急需去了。

天亮以后,伪军四中队二分队分队长朱义子,蹲在圩门外的一块大石头上。他歪戴着帽子,鼓着嘴,叼着烟,翻着白眼珠子,显出不服气的样子。他对手下一个班长说:"快去找'四老爷'要个收条,回去好交差呀。真他娘的倒霉!偏偏碰上什么弯把小爷,真叫老子累得够呛,活见鬼。连他娘的姓刘的也怕,你说怪不怪?"这时有一个穿着整洁的伪军班长,看样子很有素养,走到朱义子跟前,轻声地说:"朱分队长,你可别乱讲呀!你可知道那个弯把小爷是什么人呀!他是东边老嘉山里赫赫有名的大人物呀!不仅我们刘团长怕他,就连蚌埠'和平建国军'刘义群团长也不敢得罪他呀!他的老爹,明光镇上的刘老太爷,就是这个弯把小爷手下,闯进镇里毙掉的!他有100多个弟兄,全是百里挑一的便衣侦察员。个个都是神枪手,每人都佩着二十响驳壳枪2支,他们都是经过专门训练的。在这条津浦线上,北从蚌埠,南到南京,各站大大小小的官员,谁要得罪弯把小爷,他叫谁早上死,谁别想活到晚上。管店集上的周来恒,硬是他带人到齐立功家掏走的。那可是大白天,齐立功家里里外外全是人,有十几条枪。见到弯把小爷,一条都打不响。正月十五前,程道善大队长也是他们用秤砣砸死的。"

这些人的遭遇,朱义子多少听过,但没有今天这样详细,不由得浑身直起鸡皮疙瘩。

"老兄,谁不知道老嘉山里有个铁路便衣大队,第一中队驻小横山就是弯把小爷领导的,他是一个非常有势力、有本事的人。他在老四那边是最吃得开的人物。他在我们这一边也上上下下都通,层层都有他的人。他是安清帮三番头子,有人称他植老太爷,多数人尊称他弯把小爷。他不仅有一定势力,而且有一定威望和影响。你看昨晚上我们把人家盐队截来以后,运输队的人到老嘉山找到植品三,向他一汇报,他马上派2名老侦察员,拿着他写给我们刘团长的亲笔信,大摇大摆地闯到我们团部。听说团长一看是弯把小爷写的信,吓得面如土色,连话都说不出来了。你这回还算运气好,如果你昨晚把驴杀吃了,盐分掉了,今天你交不出来,你的脑袋要掉不说,我们也肯定跟着倒霉,菩萨保佑啊!老兄,下次可别这样死心眼啦,多留点神为妙。"

分队长朱义子听了这番话,两眼呆呆地站在那里望着天空的行云。片刻,他如梦初醒,狠狠地朝大腿上猛击一掌说:"唉!他娘的,下回哪个龟孙子再干这种蠢事,管他什么路东路西的,运什么东西过路过桥的,我们都装没看见,天塌下来还先压大个子呢!"

徐征发走了过来,冲朱义子拱了拱手,说:"朱队长,日本人很快就会完蛋的,跟着他们当汉奸,越走越黑!希望你能记住自己是中国人,为自己留条后路。我们后会有期!"

朱义子连连点头:"兄弟我明白,明白!"

八、开辟安全走廊

经过1年多的较量,铁路便衣大队狠狠惩治了日军和汉奸。此时,伪军都对新四军产生了恐惧心理。根据罗炳辉的指示,便衣大队让各中队转变策略,注意做好铁路沿线伪军的争取工作。明光镇以南有五个伪军据点岗楼,植品三根据大队部的指示,决定让第一中队派人夜间"登门拜访",把伪军拉过来。他和第一中队队长蒋本兴合计一番,将全队编成五个战斗小组,每个战斗小组负责争取一个伪军据点岗楼。

夜幕笼罩大地,漆黑的旷野远远透出一星灯光。第一战斗小组三人在组长徐征发的带领下,瞄着灯光悄悄地摸到坡山口岗楼跟前。一个站岗的伪军抱着枪睡着了,他们捂住了他的嘴,下了他的枪,把他捆得严严实实。处理好这个哨兵后,徐征发腰插驳壳枪,以轻捷的动作,猛地踹开门,迅速冲进岗楼,举起手榴弹大喝一声:"不许动,举起手来!我们是小横山下来的新四军便衣大队!"

七八个正在推牌九的伪军,被这突如其来的喊声和高举的手榴弹吓呆了,乖乖地缴枪投降。徐征发环视浑身发抖的伪军,问:"你们朱分队长呢?"

"徐长官,我在这呢。"随着声音,站在里口的朱义子举着双手走过来,他自嘲地说,"你说我们后会有期,没想到这么快。有话好说!"

"好,你们都坐下。"伪军都乖乖地坐下,徐征发开始训话,"你们都听着,我们不会杀你们的!刚才在外面,那个站岗的,我们也就是把他给捆了。我们这次来是想请你们帮忙的,你们不用怕!听明白没有?"

朱义子连连点头,结结巴巴地说:"听……明……白了。"

徐征发把手榴弹别进腰里,有意亮出驳壳枪,继续说:"从今天起,我们每天都活动在这条铁路线上,识时务者咱们可以交个朋友。你们要明白,日本鬼子在中国是兔子尾巴长不了啦,你们是中国人,也该好好想想,为自己留一条后路。如果你们不听劝告,不愿帮我们的忙,甚至胆敢与我们作对,我们就会像处决明光刘汝恒一样处决你们。今后我们过路,你们能保证我们安全吗?"

朱义子有些为难地说:"就怕日本人找我们麻烦。"

徐征发说:"你们要是真想交朋友,也很简单。等我们部队安全过路走远了,你们才向空中放几枪向日军报警。日本鬼子来了,你们说新四军想过铁路,被你们吓跑了,这不就有交代了?两全其美!你们如果报警报早了,给我们过路部队造成麻烦和损失,你们还要不要脑袋?"

伪军们听完徐征发的训话,又是磕头又是作揖,战战兢兢地说:"徐长官请放心,四老爷请放心,我们一定一切照办!"

离开前,徐征发把伪军武器都还给了他们:"既然是朋友了,你们就好好拿着枪,不然也不好向鬼子交代。但我告诉你们,谁要是不讲规矩,背后打冷枪,你们这炮楼我就会端掉!"

"不敢,不敢!"朱义子忙命令,"所有人都把武器放下,送四老爷回小横山!"在朱义子的带领下,伪军们都放下武器,鱼贯地走出炮楼,全体立正,毕恭毕敬地向徐征发等人行了一个军礼。徐征发最后跨出炮楼门,回身说了一句:"后会有期。"随即消逝在黑夜中。

张士根、夏怀仁等带领的其他战斗小组也和第一小组一样,同时完成了争取伪军的训话任务。

自此以后,铁路便衣大队沿铁路建起了一批联络站和工作站,开辟了津浦路东、路西的安全走廊,路东、路西的交通联系变得方便起来。新四军二师人员、物资通过津浦线,多到整旅整团,少到一个、几个人,有时挑子有几百副,都是畅通无阻,基本上没有出过大的问题。根据地的人员和物资过路时,先通过联络站或工作站向伪军打招呼,然后过。起初,派人护送过路,后来就无须护送了,伪军在铁路两头设卡、护送过路。如遇到日军出来,伪军就早早地把过路人拉到据点喝酒去了。有时伪军也放几枪,只是二师人员过路以后,向日本人报个警罢了。

铁路工委和铁路便衣大队在日军的铁路封锁线上,多次护送过罗炳辉、谭震林等首长安全通过。1944年春的一天,铁路便衣大队政委程明在路东自来桥镇以西的古坝村接到通知,要他立即赶到淮南军区接受任务。他星夜赶到了来安县大刘营,罗炳辉师长问他:"为了组织部队反击日伪军对我们的进攻,扩大解放区,我和谭震林政委要穿过津浦铁路去路西,你们看是否有困难?"程明当即回答说:"没有问题,但最好是夜间通过。"罗师长点了点头,同意这个建议。接着,程明和罗师长一起研究了接应地点和行动路线。罗师长还提出,过路时要见一见伪军。

在罗师长过铁路的前一天,程明带人按行动路线先走了一趟,检查沿线联络站和工作站情况。过路的那天晚上,他们把罗师长、谭政委接到靠近火车站的工作站休息,待到日军夜间的第一列火车通过后,便把在铁路沿线把守的两个中队的伪军集合起来。罗师长过路时,和那些伪军见了面,伪军们齐喊"首长好"。罗师长看到铁路工委和铁路便衣大队争取了这么多伪军,高兴地说:"你们的工作很有成效。统战工作就应该这么搞!"

路西的战斗告一段落,谭震林政委先回路东,夜间过路,当他骑马上了铁路时,突然勒住缰绳,翻身下马,要铁路便衣大队的护送人员把护路的伪军叫过来。伪军来了后,向他敬礼。谭政委一一问了他们的姓名、家乡以及生活情况,意味深长地告诫他们,不要忘记自己是中国人,并说:"你们保护我们过路,也是支援抗日嘛,也是为人民做了一件好事。"谭政委讲完话,叫警卫员掏出"飞马"牌香烟,赏给伪军每人一包。伪军连连点头道谢,并请首长上马前行。

卷八　万里长征足未停

一、淮南新四军的局部反攻

从1941年到1943年,新四军第二师和淮南抗日民众在日伪顽夹击的困难条件下,英勇顽强,团结奋战,粉碎了日伪顽的多次进攻,胜利完成坚守路西、巩固路东的战略任务,使淮南抗日根据地的力量取得很大发展,根据地得到了巩固和发展。

进入1944年,淮南抗日根据地军民对日伪军开始局部反攻。在津浦路东地区,1944年1月24日夜,新四军盱嘉支队司令员兼政委朱云谦率部攻进盱眙县城,全歼伪警察局、伪县政府警卫队和伪区队一部,歼敌200余人,缴枪100多支,初步改变了盱嘉地区对敌斗争的被动局面。1月27日夜,津浦路东军分区的来(安)六(合)支队、来(安)江(浦)支队、天(长)高(邮)支队、东南支队、盱(眙)嘉(山)支队各一部,在津浦路东军分区副司令员罗占云和来六支队司令员程启文的指挥下,攻克了来安县雷官集伪据点,全歼伪警卫第三师第七团第二营第五连和伪六合县自卫团全部,击毙了伪连长和部分伪军,生俘了六合县自卫团团长兼伪雷官区区长焦子贤及伪军169人,缴获了一批枪支弹药。6月,为配合津浦路西地区的反"扫荡",路东军分区的来六支队奉命拔掉了滁县大王郢的日伪据点,消灭1个伪军中队,击毙了伪中队长。8月6日,来六支队又在滁县乌衣小街伏击伪军1个连,毙敌70余人,俘30余人。津浦路东地区的抗日军民还于这一年2月8日、11月19日、12月22日分别袭击了驻六合县的日伪军,共毙伤日伪军150余人,俘虏伪军400余人,并奇袭了南京对岸的大厂镇、葛塘、水家湾等外围敌据点,震惊了南京城。

在淮南津浦路西地区,抗日根据地军民也开展了攻势作战。1944年3月2日,路西军分区凤定嘉总队凤四区区队向凤阳县红心铺伪据点发起攻击,俘虏了伪军40余人,收复了红心铺。自5月27日始,新四军第二师第五旅又进行了反"扫荡"战斗。其时,日军第六十一师团1个大队及伪军2500余人正"扫荡"淮南津浦路西根据地,企图合击中心区藕塘镇。第五旅官兵不仅有力地回击了日军的"扫荡",第十三团还乘定远县城内只有少数日伪军把守的有利时机,突然捣其巢穴,毙伤日伪军10余人,俘伪军22人。这次反"扫荡"战斗历时7天,毙俘日伪军100余人。10月21日,第五旅第十四团和旅警卫连袭击了凤阳县殷涧伪据点,并于次日打退了两股增援的日伪军,毙伤日军70余人、伪军100余人,收复了殷涧。11月9日,日军第六十一师团一部和伪军7000余人,分七路再次向津浦路西抗日根据地中心区藕塘、张桥等地"扫荡"。在新四军第二师政委谭震林的指挥下,第四、第五旅和路西地方武装开展游击战争,歼敌700余人,迫使敌军于11月16日撤退。

刚刚粉碎日伪军的"扫荡",新四军又与国民党顽军进行斗争。11月19日,国民党桂军第一七一师的4个主力营和土顽一部计1000余人分两路进攻路西,连占曹家岗、郭集、青龙厂等地,并向新四军第二师第五旅的占鸡岗等阵地扑来。第五旅和路西军分区第十八团被迫进行反击,经过2天的战斗,歼灭桂顽1600余人,俘虏1000余人。第四旅第十团还趁势攻克了顽军周家岗等据点,歼灭土顽300余人。此役胜利,改变了路西格局,支援了第七师。

为了壮大主力部队,准备战略反攻,1944年底到1945年初淮南地区掀起了大规模的参军热潮。津浦路东地委办的《路东通讯》创刊号上载有《淮南路东地委关于发动参军运动的决定》(以下简称《决定》),发布日期是1944年10月28日。《决定》指出:"目前欧洲反法西斯战争胜利已指日可待,反攻日寇的日期已为时不远,然而由于国民党的寡头政治腐败无能,军队不堪作战,所以配合盟国反攻日寇的重大任务,就落在我党我军的身上。今冬阴历十月,在路东范围内发动广泛的群众参军运动。"

该决定要求:"为了正确地完成上列任务,在中心区和边区两种不同的工作基础与群众条件下,确定两种不同的工作方针:在中心区是以民主的精神发动群众积极讨论,积极参军,并以公平合理为原则,造成群众自觉的踊跃的参军运动,严格纠正过去扩军动员与扩军对象机械划分的错误观点;在边区是以动员各种组织和全体干部去发动群众参军为原则。但无论是中心区或边区,各级党委必须切实保证不强迫、不收买、不欺骗的三个基本要求……新战士年龄是17岁以上35岁以下,是体格坚强,来历清楚者,各区委、区队部及卫生机关组织检查委员会,严格检查新兵年龄、体格与来历,杜绝过去拉伕凑数的现象"①。

该决定发出后,各级党委首先对干部进行深入的动员与教育工作,使干部思想上有了充分准备,党员思想上有了充分认识,动员条件较好的党员和干部率先参军,并以他们为主要对象,去培养大批参军模范和参军英雄,带领并影响广大群众踊跃参军,形成参军的运动高潮。

由于宣传工作深入人心,在党员和区、乡、村干部的带动下,根据地到处呈现妻子送丈夫、父母送儿子参军的动人场面。参军光荣,好男要当兵,当兵要当新四军;拿起枪,上前方,杀鬼子,保家乡,成为根据地的社会新风尚和广大青年的自觉行动。如六合县在参军运动中有2000多名青年报名参军,其中四合一个区就有200多人。再如甘泉和冶山两个县都各有千余名青年参军。在津浦路西地区的参军热潮中,还出现了许多动员参军的先进事例。滁县珠龙桥区曲亭乡士绅尹德齐老先生因受尽敌人奴役、压榨,对鬼子非常痛恨,1944年11月,他自告奋勇出来工作,一次就动员2名青年入伍。滁县花山区区长肖习琛和全体区干部以最大的热情从事参军动员工作,全区很快掀起参军热潮,仅用10天时间就超额完成了征兵任务。1944年冬至1945年春的3个多月时间里,津浦路东、路西地区参军青年有1.5万人,极大地壮大了淮南抗日根据地的新四军力量。

二、柴庭凯智闯滁县城

击退了桂顽的进攻,第五旅旅长成钧向罗炳辉报告,根据路西11月反"扫荡"缴获的日军第六十一师团的公文,发现日伪军正在策划对路东根据地的"扫荡",意图打通淮河交通线,但对敌人具体的"扫荡"时间和兵力等情况不清楚。

罗炳辉综合分析了各方面得到的情报,让人把柴庭凯叫到了司令部。

柴庭凯从抗大八分校毕业,回到师部,被任命为特务营侦察队队长。侦察队

---

① 《淮南抗日根据地》编审委员会编:《淮南抗日根据地》,北京:中共党史资料出版社1987年版,第289—290页。

下辖一个武装排和两个便衣排,每个排30人左右,装备好,训练有素,非常精干。

涩本宽三是日本鬼子的一个特务头子。九一八事变以前,他就到中国来了,主要是在南京一带以经商做掩护,从事特务活动。他学会了一口地道的南京话,还取了一个中文名字,叫王福昌。新四军进驻皖东,开辟抗日根据地后,他以日商福昌洋行经理的身份来到滁县,一边开洋行,一边搜集我抗日根据地情报。他利用特务背景,在滁县狐假虎威,明抢暗夺,大肆搜刮民脂民膏。1940年,滁县大成面粉厂招股恢复营业,每股伪币100元,改组为股份有限公司。涩本宽三让日军红部少佐荒井喜七郎出面弹压,由福昌洋行强行投资参股。大成面粉厂厂主江云志将原有的机械设备作价2万元,计200股,又招进500股,中方总资本7万元。福昌洋行仅投资7000元。可是开董

柴庭凯曾经佩戴的抗大八分校校徽

柴庭凯曾经学习使用的新民主小学高级国文课本

新民主小学高级国文课本第一课课文

事会时,涩本宽三不等各董事的推举,竟自封为董事长,并宣布他的股权占51%,其余股东只能享受49%的股权,强占了大成面粉厂的管理权和经营权。

福昌洋行坐落在四牌楼街广惠桥东,同时在来安城、盱眙城、天长城、明光镇、全椒县等地开设了分行,训练大批特务,以收购土产、销售洋货的名义,深入皖东各地刺探情报,绘制地图。

1944年9月,日军从滁县、六合、天长、盱眙兵分四路,准备四面合围、"扫荡"淮南路东根据地,抢夺秋粮。宽三扮成一个收买药材的商人,先行进入来安北面二十里长山。岂料二师敌工部早就掌握了情报,他刚一进山,就被逮住了。从他嘴里审出了鬼子的"扫荡"计划。罗炳辉师长将计就计,一边让根据地坚壁清野,派小股部队骚扰敌人,一边派五旅第十三团和独立第三团从敌人军队的间隙中越过竹镇,奔袭六合。出发前敌人发现新四军前去掏他们的老窝了,匆忙回兵救援。南路敌人缩回,其他三路心生胆怯,接连被我军伏击,只好草草收兵。这次"扫荡"很快被粉碎了。可是,宽三这个老狐狸,在敌工部押送他转移的一天夜里,趁着天黑逃跑了。

涩本宽三逃回滁县,得知日军第六十一师团要"扫荡"淮南路西根据地,立刻前往驻浦口的六十一师团司令部,暗中给司令官松下出谋划策,建议打通淮河航道,阻断淮南、淮北新四军的联系。二师首长为了摸清日军的底细,决定虎口拔牙,把宽三再捉回来。滁县四面城墙高厚,防卫严密,把宽三这样老奸巨猾的特务头子捉回来,可不是容易的事情。罗炳辉师长权衡再三,决定把这个任务交给自己原先的警卫员、特务营侦察队队长柴庭凯前去完成。

柴庭凯原本机智勇敢,经过抗大八分校的学习,更是智勇兼备。原先,他马克沁重机枪打得好,现在手枪打得更好,枪枪咬肉,弹弹见血。他担任侦察队队长后,已经化装进出滁县城三次了。提起他,鬼子汉奸个个胆寒,送了他一个外号"柴豹子"!

敌工部的首长把柴庭凯叫到面前,向他交代任务,最后交给他红、绿、黄三个小纸包,对他说:"你在出发以前,打开红纸包看看,里面有进城的办法;进城以后,打开绿纸包看看,里面有捉宽三的计策;黄纸包你就交给宽三。你把宽三捉出来,外面有人接应你。"

柴庭凯接过纸包,小心装在贴身口袋里。当夜,他骑着一匹快马,赶到滁县东关外五孔桥东的一个地下交通站住下,交通站是个大车店,方便存马。第二天一早,柴庭凯打开红纸包,看了一遍,就装扮成一个赶集的农民,头戴一个旧草帽,穿着打着很多补丁的裆裤。睡觉的屋子里有两稻箩白米,他把怀中的二十响快慢机藏到白米底下,剩下的两个小纸包藏在草帽的夹层里,抄起扁担挑起稻箩,往大东门走去。

两稻箩白米有100多斤,柴庭凯走得汗流浃背,9点多钟,来到东关铁路下的洋桥洞。鬼子在洋桥洞前修起了碉堡,还拉上了铁丝网。一个瘦弱精干的鬼子兵手端了一支上了刺刀的三八大盖,守在桥洞口。离桥洞不远,柴庭凯就唱起山歌来了:"新打龙船下江河,桅杆高头挂铜锣。好锣不要重槌敲,撩妹不要话语多,只要五句真山歌。"

歌声刚落,就见从对面小巷里走出一个农民,也挑着两只稻箩,稻箩里也装着白米。这个农民比柴庭凯略矮,额角上有一块亮亮的伤疤。在离鬼子不远处,他放下担子,用衣

在老滁城大东门站岗的日本兵

襟擦了擦汗。此时,柴庭凯也把担子挑过来,将稻箩并排与那农民的担子放在一起,人站到一旁,取下草帽扇风。

疤脸农民走到鬼子兵跟前,掏出良民证:"太君,我要出城。"

鬼子连看也没看,吼道:"粮食的统制,外运的不行!"

"太君,我家是五孔桥下种菜的,家里一直都是卖菜买米。前几天就断顿了,保长都给我作保了。"

鬼子兵瞪大眼睛:"八格牙路!"他把刺刀对着疤脸的胸膛,叫道,"你的良心大大的坏了,送给新四军的,死了死了的!"

疤脸连忙后退:"我哪敢送给新四军啊?"他连连后退,抓起扁担,挑起柴庭凯的那两稻箩米,一口气跑进了原来出来的巷子。

柴庭凯这才拿出良民证,递到鬼子面前,说:"太君,我的大大的良民,进城卖

米的。"

鬼子兵对着柴庭凯和照片看了一会,把他的破衣服搜了一遍,又用刺刀在稻箩的白米中乱搅乱扎了一通,见除了白米还是白米,就摆摆手,说道:"开路!"

柴庭凯慢慢地担起稻箩,不慌不忙往城里走去。穿过三条街巷,他在东后街一间白墙青瓦的小屋前停下来。抬手咚咚咚敲了三下门,门吱呀一声开了,一颗脑袋探出来,正是刚才的疤脸。他看了柴庭凯一眼,重重地点点头,闪回屋内。柴庭凯挑着稻箩快速进入。

刚放下担子,疤脸已经关好门,上了闩。随即,两人的手紧紧握在了一起。

"你是柴庭凯同志?"

"你是罗金汉同志?"

两人都郑重点头。罗金汉说:"宽三就住在福昌洋行的小楼上,里面没有鬼子兵,不过,有便衣特务保护他。你要不要去探探路径?"

"要去呀。方便吗?"

"方便。这时候,洋行正在收米,咱们可以进去卖米。"

说走就走,二人挑起稻箩直奔四牌楼街福昌洋行。

三、星夜巧越上水关

福昌洋行坐南向北,背靠西涧河,是一座青砖大院,天井宽阔,正面看是一座二层灰色小楼。天井里人来人往,正在收货。两人放下稻箩,罗金汉悄声对柴庭凯说:"看,宽三出来了,在阳台上。"

柴庭凯一抬头,见小楼阳台上有一个矮个子,40多岁,肚子有些大,戴着墨镜,穿着月白色织锦短袖衫,手摇一把鹅毛

滁城上水关

扇,身子倚在吴王靠上,正漫不经心地往楼下看。

"他就住在楼梯口左手边第二间房里。"柴庭凯点头,表示明白了。

两人卖了米,又回到罗金汉家。吃过晚饭,柴庭凯打开绿纸包,看了一遍,做好了准备。罗金汉从棚顶将手枪拿下来,交给了柴庭凯。等到三更过后,街头路静人绝,两人走了出来,从东后街到西后街,从中心街西边的金刚巷,避过中心街的巡逻队,来到福昌洋行墙下。罗金汉找了一个暗墙角藏住身,柴庭凯向墙根一贴,向上轻轻一跃,抓住墙头,双臂一用力,身子爬上墙头伏倒。他朝院内看了一会,院内黑乎乎一片,静悄悄的,什么也看不见,放暗哨的特务在哪里?到底有没有呢?柴庭凯从墙头上抠下一块渣巴,扔向院内。随着渣巴的响声,楼梯道里钻出一个人,提着一支手枪,先是探头探脑地观察一番,然后又绕着墙根巡查起来。柴庭凯待他走到自己伏着的墙边,突然跳下,猛虎扑食般压在那人身上,手中的尖刀跟着捅进了他的心脏。那人哼都没有哼一声,即倒在地上。柴庭凯把尸体提起来,藏在旁边的女贞树丛中,轻轻摸上楼梯。到了二楼左手边第二个房间窗前,轻轻敲了几下,很快,里面有人操着南京话,问道:"阿是谁?"

柴庭凯压低声音说:"宽三先生,我是73号从雷官集派回来的,给你带来了重要情报。"

宽三一听73号派人来了,立刻拧亮电灯,起来开门。他把柴庭凯让进屋里:"什么情报?快拿出来。"

柴庭凯掏出一个信封,递过去,宽三急忙拿到灯下去看。他打开信封,见里面是个油纸包,打开油纸包,里面又是个黄纸包,黄纸包裹了好几层,宽三费了很多手脚,才一层层把纸包打开,露出一张照片。宽三把这张照片仔细一看,好像火炭烧了狗爪,"啊呀"地惊叫一声。原来这张照片是宽三在二师敌工部里面的亲笔供状。

宽三转过身来,惶恐地瞪着柴庭凯:"你……你……到底是什么人?"

柴庭凯说:"我是新四军二师的侦察队队长柴庭凯。"

"柴……柴……豹子?"

"正是!"

宽三忙向床边靠,想取墙上挂着的枪。

"不用找了,枪在这里。"柴庭凯从怀里掏出一支蓝光闪闪的小手枪,扬了扬,又放回怀里。原来,他乘着宽三拆信的时候,早把枪从墙上取了下来。

宽三看到枪在柴庭凯身上,如泄了气的皮球一般瘫坐在椅子上,电灯光下,满头大汗。镇定了一会,宽三站起来说:"柴豹子,我是一个生意人,跟你无冤无仇,井水不犯河水,你快走吧,再不走,我按电铃了。桥西的鼓楼街,就是皇军的红部。电铃一响,皇军立刻就会到来,他们把这个院子一包围,你就是插翅也难飞!"

柴庭凯冷笑着说:"我没有铁皮肚,敢吃弯镰刀吗?现在是你在我的手里。"他从怀里掏出宽三的手枪,"不要说你按电铃,你今天要是不老实,我就用你的枪结果了你。"

"枪声一响,你自己也活不成。"

柴庭凯右手在灯光下一绕,变戏法似的,手中的手枪已经变成一把雪亮的匕首,指着宽三说:"我可以不用浪费子弹,就像处决你的岗哨一样处决你!"说着,揪起宽三的衣领口。

宽三忙哆哆嗦嗦地说:"柴……豹子饶命!我绝不乱动。我给你钱,福昌洋行里有很多钱,金条、美元都有。我统统拿给你……"

柴庭凯呸了一声:"你想收买我?做梦!"

宽三焦急地问:"你不要钱,美女怎么样?我洋行里的日本女学生,让她陪你玩……"

"你们日本人真是无耻!"说着,柴庭凯狠狠地抽了宽三一个耳光。

宽三捂着腮帮子,问:"你……要我干什么?"

"跟我走!"

"去……哪里?"

"到路东根据地半塔集去。"

"不不不,我不去!"

柴庭凯眼睛一瞪:"这可由不得你!明天上午,你如果到不了半塔集,你那亲笔供状的照片就会立刻邮寄到鬼子红部去,会捞到什么下场,你自己比我清楚!我们新四军对待俘虏的政策,你也明白,肯定会保障你的生命安全的。"

宽三一听这话,心里磨叽了一会,又说:"不行啊,城门口有哨兵,出不得。"

"你少耍小聪明!你有特别通行证,随时都可以出城。你说你有紧急任务到二十里长山去,我是你的助手。我们一起出城。"

宽三贼眼珠转了几转，忽然痛快地说："好好好，快快走吧！"见他突然这么痛快，柴庭凯知道他一定又想出新的诡计了，笑一声说："你想用日本话和门岗暗通消息是蒙不了我的，我懂日本话！到时候你要是不老实，我就敲碎你的狗头。"柴庭凯并不懂日本话，他这也是虚张声势，先把宽三诳到大街上再说。

出了福昌洋行的门，柴庭凯押着宽三沿着西涧河往西门走，罗金汉在后面悄悄地跟着。越走，宽三越惶恐。快到西门口时，柴庭凯没有带他到西门去，而是来到了上水关前。一直跟在后面的罗金汉轻轻击了一下掌，旁边的芦苇丛中驶出一条小船。宽三一下子明白了，柴豹子把他诳到这里，是要从上水关偷渡，这样就不经过城门了。宽三正要喊叫，罗金汉一下将一团破布塞到了他的嘴里，接着，和柴庭凯一起把他五花大绑起来。

滁城大东门及其旁边的下水关

西涧河自西向东穿滁城而过，古人筑城时，在上游流水进城处和下游流水出城处分别设了一道水关，西城曰"上水关"，东城曰"下水关"。这两座水关如同城门一样拱圈，上方装有辘轳，以开合下面的节制闸，起到防洪和蓄水的作用。唐代韦应物曾经有《滁州西涧》诗云："独怜幽草涧边生，上有黄鹂深树鸣。春潮带雨晚来急，野渡无人舟自横。"从这首诗就可以看出，西涧河的流水是很小的。所以，上下水关除了雨季通船外，平时都是下闸节制流水，不通船，更不行人，但关洞是存在的。

小船驶进上水关关洞，柴庭凯爬上石闸板，罗金汉将宽三托起，柴庭凯抓住一提，将他提上闸板往外面一丢，自己随即跳下闸板，从水中捞起宽三，拖上岸。附近玉米地里埋伏的侦察队的队员们迅速拥向岸边，连拖带拽，很快把涩本宽三带到原野中。

四、东反"扫荡",西反摩擦

新四军二师敌工部第二天一早就审讯涩本宽三,他开始装糊涂,当敌工部部长把五旅在路西反"扫荡"战场缴获的日军第六十一师团的公文递到他面前时,他只好把日军"扫荡"路东、打通淮河航道的计划全部招供出来。狡猾的敌人把向根据地进攻的日子选在大年初一。罗炳辉师长得报后,急忙调兵遣将,让后勤人员杀猪宰羊,保证指战员们痛痛快快地提前过了一个除夕。除夕夜,各部相继展开,应对敌人的进攻。

关于这次反"扫荡",南京战区档案馆存有当年的一份《第二师关于粉碎敌企图打通淮河交通的作战情况的报告》:

> 二月十四日,敌华中派遣军十三军团山本旅团,以主力千余人由扬州经天长向高邮湖西岸我根据地侵犯。十五、十六两日,我军一部与向扬村、龙岗、铜城进犯之敌西垣大队激战于扬村、龙岗西,敌向金沟、闵桥、小关、蒋坝等地闯进。十六日夜,我天长总队拔除天长城外护城排敌军联络据点,完全消灭伪军一个班;甘泉支队拔除天扬公路伪据点司徒庙,消灭伪军一个排,冶山支队分袭天扬公路之仁和集伪据点及天长城东门。其后,我军不断向敌新占据点袭击,至三月八日、十日、十一日,对金沟的三次夜间猛烈炮击,杀伤敌多名。十三、十四、十六日,我三次袭入金沟街上,炸烧敌驻舍。十七日,由金沟至陆秋坟抢粮之敌,被我击退,伤亡十余了。十八日,我军于南河口阻击敌运输船。二十三日,我军于衡阳滩截击,打下敌八十余只船,毙敌少佐一名。二十四日,我军袭击金沟外围的邵庄据点。二十五日,我军至纪家老庵阻击敌运输船,毙十余,俘敌四名。
>
> 四月十五日,金沟敌四百余外出,企图驱逐我军,扩张据点,激战于柏家湾终日,我军毙敌三十余名。此时,因我淮北及苏中兄弟师部队之夹击,丧失原有据点,蒋坝敌人当即北撤,金沟、闵桥之敌至此不得不放弃打通淮河运输企图。十七日晨,乘大雾由金沟经塔儿集到闵桥,被我夹击,激战约六小时之久,毙敌二十余。十八日,敌全部由闵桥退向高邮。

是役,我计主要战斗二十四次,毙伤敌官少佐及丹羽中队长以下敌伪军二百六十人,生俘敌军野林四郎等四名,伪军五百二十五名,缴轻机二挺,掷筒一个,步枪二百二十三支,其余军用品甚多。

　　我伤五十二名,亡三十二名,共计八十四名。①

　　这次反"扫荡",在津浦路东地区,军分区所属的各支队在第二师主力部队的配合下,担负了在路东的作战任务,不仅粉碎了敌人的多次"扫荡",还主动出击,开展了局部的反攻。津浦路东地区军民的斗争,扩大和巩固了抗日根据地,并保卫了驻在淮南津浦路东地区的华中局、新四军军部、淮南区党政军机关和整个路东地区的安全。

　　1945年3月4日,为配合第七师的行动,路西新四军第二师主力又对周家岗至肖家圩子一线国民党桂系顽军据点发动全面进攻,连克肖家圩子、界牌集等据点12处,歼灭顽军300余人。桂系顽军不甘心失败,又调集了第七军第一七二师第五一五团及军属迫击炮连等支援第一七一师,总兵力有1.3万余人。为彻底解决津浦路西地区反顽问题,4月5日,新四军军部决定成立路西战役指挥部,任命第二师政委谭震林、第三师第七旅旅长彭明治为正、副指挥。4月15日,新四军第二师、第三师第七旅和第七师一部联合向包围在黄疃庙地区的顽军发起攻击,新四军各参战部队英勇顽强,经过连续6昼夜激战,攻克了王子城、黄疃庙、八斗岭等据点13处,歼灭国民党顽军3600余人,其中生俘了顽第五一三团团长以下1299人。但新四军也付出了较大的代价,第二师第五旅第十四团团长兼政委朱茂绪在战斗中英勇牺牲。7月,桂顽第一七二师4个营又向肥东白龙厂地区进攻,坚守阵地7昼夜的巢北支队三连在第五旅第十四团、第六旅第十八团和巢北支队主力的支援下打退了顽军的进攻。

　　经过反"扫荡"反摩擦斗争的考验,通过攻势作战,淮南抗日根据地军民摧毁了一批日伪据点,基本上把敌人逼到津浦、淮南两条铁路沿线和一些主要公路沿线及长江、淮河边上的孤立据点内,不仅巩固和扩大了解放区,还为即将到来的战略反攻奠定了坚实的基础。到1945年夏,淮南抗日根据地面积达2万平方公里,

---

① 《淮南抗日根据地》编审委员会编:《淮南抗日根据地》,北京:中共党史资料出版社1987年版,第291—292页。

人口有 280 多万。

五、激战黄泥岗

黄泥岗地处津浦铁路的东面,距津浦铁路十几里路,和毗邻的滁县沙河集站、嘉山县张八岭站呈三角形。这里丘陵起伏,北高南低,东西两面是两条河湾,地势有几分险要。咸丰八年(1858)四月,在乡丁忧的官吏吴棠,曾率团练在此和太平军李秀成部大战。时过 24 年,已是扬州知府的吴棠之侄吴炳仁路过黄泥岗时,仍记忆犹新,写下《过黄泥岗》一诗:"此地曾经作战场,驱车重过易神伤。酸心旧部留荒冢,表义丰碑倚夕阳。"

日军占领皖东后,利用黄泥岗这个有利地形,修筑碉堡,挖围河,建造日伪混合据点,一保铁路,二作为向嘉山、来安路东根据地进行蚕食"扫荡"的桥头堡,阻碍我路东、路西部队从小王营车站到滁县段来往交通。它的西北面牛市高地建有日军驻守的碉堡,有 9 个日本兵,由木村小队长带领;另有伪独立大队长蒲金龙率一、三中队和大队部 80 余人驻在东园。这里筑有一大一小两个碉堡,而蒲金龙的第三中队 30 多人则驻守在西北高地和东园之间,即黄泥岗北头小街口的碉堡里。这三处碉堡以鼎足之势居高临下,互相呼应,易守难攻。

驻守黄泥岗的伪军大队长蒲金龙,原是国民党屯仓区区长。新四军五支队到达路东后,将他争取过来,还让他当区长。但这家伙反动本性难改,不久便在屯仓、余家圩子发动反革命暴乱,叛变投敌,杀害许多区乡干部和共产党员,双手沾满了人民的鲜血,是一个罪大恶极的刽子手。为实现飞黄腾达的梦想,后来他投靠到滁县伪大队长黄石山门下,死心塌地地为敌伪卖命,得到黄石山的重用,被调到重要据点黄泥岗任独立大队队长。当地群众对他恨之入骨。

1945 年初夏时节,黄泥岗镇上来了个铜匠,是个拐子。有认得他的人说,铜匠家是张八岭车站上的,有人到张八岭赶集,曾请他配过钥匙。张八岭的人都喊他铜匠拐子。铜匠拐子会修锁配钥匙,手艺奇好。更神奇的是,他还会修枪支、改子弹。无论长枪、短枪、机关枪,只要坏了,经他三摸两摸,就能修好了。在他手里,长枪子弹能变成盒子枪子弹,盒子枪子弹能变成手枪子弹。津浦线上的伪军和日本兵在张八岭都找过他修枪支。到了黄泥岗,他在菜市口摆摊子,配钥匙、修铜壶,老百姓都说好。还有两个猎户,家中装散火药的猎枪撞针坏了,拿到他那里,也修好了。

这一来,铜匠拐子名声大噪。北头小街口的碉堡里二中队队长,是宿县人,黄泥岗人都称他葛侉子。他不久前搞到一支六子连的左轮手枪,簇新的,就是没子弹,玩不起来。听说铜匠拐子会改子弹,葛侉子可高兴了,叫人拿了几颗长枪子弹,要铜匠拐子把它改成手枪子弹。铜匠拐子说自己不行,只改过二十响快慢机、马牌撸子的子弹,没有改过左轮手枪的子弹。葛侉子说:"原理还不都是一样的?你能改撸子的,也一定能改左轮的。"铜匠拐子名声大噪,推不掉,只好说:"我试试看吧!"过了几天,铜匠拐子真的把子弹改好了,一颗不少,送到葛侉子的碉堡里,抓了两颗,递给葛侉子说:"试试看,打得响不?"

"不会打瞎火吧?"

铜匠拐子把胸脯一拍:"要打了瞎火,找我!"

葛侉子把子弹接过去,塞进枪膛,朝天乒乓两枪,声音清脆,好着呢,他拍拍铜匠拐子的肩膀,连说:"有本事,有本事!"

铜匠拐子的名气更大了,东园大碉堡的大队长蒲金龙派人来请他了。铜匠拐子挑着那副铜匠担子,晃晃悠悠地走进大碉堡,原来,大队长蒲金龙要让他修枪。铜匠拐子一看,有好几支步枪,还有一挺机枪呢! 铜匠拐子心想,怪不得这些天他们缩在乌龟壳里不敢出来,要修好了,又得出去行凶作恶;不修吧,自己又走不脱。念头一转,他就对伪大队长说:"我家在张八岭呢,这么多枪,一天两天修不起来,等我回家料理料理再来。"

蒲金龙觉得他说得有道理,就让铜匠拐子回去了。

铜匠拐子是谁? 他是柴庭凯抗大八分校的同学靳明义,没入学前是嘉山县罗家港民兵中队副,和徐征发一起进入抗大八分校的。毕业后,分配至五旅十三团当侦察员,在1943年8月的桂子山战斗中左腿负伤,伤好后,腿瘸了。这样,他又回到嘉山老家休整了一阵,利用原先的手艺,来到张八岭,以做铜匠活为掩护,探听敌人的情报。

靳明义没有回张八岭,而是来到了张浦郢。在这里,他和柴庭凯接上了头。他先把黄泥岗镇上几个碉堡的兵力布置对柴庭凯说了,又把葛侉子改子弹的事说了,说到后来,情不自禁地笑道:"就看他葛侉子的造化了。"柴庭凯想问什么造化,靳明义连忙把蒲金龙让他修枪的事说了。柴庭凯对他说:"长枪不怕他,给他修好了。瞧有机会,就把他的机枪彻底搞坏!"靳明义念头一转,说:"有法子,横竖蒲金龙也不懂,给他玩一个活马当作死马医,让他以为我是死马当作活马医!"

"有法子就好!"靳明义是接到柴庭凯的指令才到黄泥岗侦察的。原来,抗大八分校的学员队队长许午阳从淮南党校学习结束后,调任嘉山县县委书记兼嘉山县支队政委。到嘉山不久,他就和支队司令员李占彪考虑夺取黄泥岗。因为这是罗炳辉师长的命令。罗炳辉往来路东、路西很频繁,好几次遇见蒲金龙在铁路边制造麻烦。他了解到蒲金龙是当年屯仓叛乱的骨干,一心要拔掉黄泥岗上的这颗钉子,活捉蒲金龙。去年以来,罗炳辉曾有两次带部队路过,想顺便打掉黄泥岗,但均因情况不明,计划仓促,加上时机选择不当,忍住没有动手。这样一来,蒲金龙的气焰愈加嚣张,到处吹牛:"别说是罗炳辉,就是罗成来,我也不在乎!"罗炳辉得知情况后,很是生气,就给许午阳下了命令,并让柴庭凯配合侦察。

第二天,靳明义又挑着那副铜匠担子,晃晃悠悠来到黄泥岗,帮着蒲金龙修枪。

三天下来,靳明义把长枪修好了。第四天,要修机枪了,靳明义抬头一望,蒲金龙也站在边上望着呢,心想好啊,请也请不到你。靳明义一边拆,一边皱眉头说:"这老爷机枪,还修它做什么?白费劲!"

"怎么啦?"

"瘟神下凡——浑身是病啦!"

"修不起来了吗?"

"旁的倒好将就,就是这弹簧,你看看,软了,子弹顶不上去,又是外来货,配也配不到!"

其实,弹簧一点毛病都没有,靳明义哄他的。蒲金龙本身不懂,有些急了!

"死马还能当活马医呢?机枪坏了就修不好了吗?想想办法吧。"

"没旁的法子,要就拿出淬火来试试看!"

蒲金龙一听有法子修,高兴了,说:"好啊,好啊,只要能打,随你怎么修!"

磨蹭了几天,机枪修好了。才修好,蒲金龙就来了,要试枪。靳明义一想,坏了,眼看就要砸锅了,灵机一动说:"大队长,有话在先,这机枪只能打慢机,不能打快。要打快机,再坏了,没法修,不能怪我!"

"我晓得。打不起来,我找你说话;要打快机打坏,我自己认账!"才说完,他就拿出去打了。

蒲金龙开头倒还听话,"咔!咔!咔!咔!"就像老母鸡生蛋一样,一下一个,打的慢机。蒲金龙打着打着,打出劲来了,"咔咔咔咔""咔咔咔咔",打快机了。才打两梭子,咔啦一声,机枪不响了。靳明义在一边看得清爽,把脚一蹬:"叫你不能打快机,偏要打,这下好了,一定又打坏了。"拆开来一望,一点不错,弹簧断了。

你想,好好的弹簧,给铜匠拐子拿出来用火烧红烧透了,再往冷水里一丢,淬了火,变脆了,一打快,还能不断吗?

此时,蒲金龙又是气又是急,哪个都怪不到,只好把靳明义拉到一边,对他说:"不许你到外头讲我们的机枪坏了,要让新四军晓得,我砍你的头!"

靳明义小心地说:"大队长你再借给我三个胆子我也不敢说啊!要是新四军知道我给你们修枪,我还不是死定了!"蒲金龙一听,以为靳明义真的怕游击队呢,直点头说:"好,好,我们大家都不说,不让新四军晓得!"说罢就放靳明义回张八岭了。

指挥黄泥岗战斗的嘉山县委书记兼县支队政委许午阳。1945年10月在嘉山铁路破袭战中受重伤牺牲

盱眙烈士陵园内的许午阳烈士墓 　　1945年10月许午阳指挥的嘉山铁路破袭战

根据靳明义的情报,许午阳和李占彪共同拟订攻打黄泥岗的战斗计划。此时,罗炳辉带着学兵连过铁路,经嘉山县,见到许午阳和李占彪。一见面,罗炳辉就问:"黄泥岗这个日伪据点,你们能不能把它打掉?蒲金龙你们能活捉吗?"许午阳、李占彪斩钉截铁地说:"能!"许午阳把派靳明义侦察的情况向罗炳辉做了汇报,罗炳辉很满意,下令他带来的学兵连也留下来,配合嘉山支队攻打黄泥岗。

6月29日下午,许午阳在自来桥西南苗韩营进行了战斗动员。傍晚,嘉山支队和学兵连指战员们在许午阳、李占彪的率领下,向屯仓、张浦郢、独山方向出发,夜间0时左右,部队悄悄进到黄泥岗东边木耳张、铁耳张两个村庄。李占彪按照事先拟订的战斗计划,命令支队独立营打援。一、二连负责阻击黄泥岗西南滁县来援之敌,三连到黄泥岗西北阻击张八岭方向来犯之敌。学兵连先攻黄泥岗北头葛侉子驻守的碉堡。只要攻克这个碉堡,就切断了日军驻守西北碉堡和蒲金龙驻守东园碉堡的联系,全歼日伪军就有百分之百的把握。

0时30分,两发红色信号弹腾空而起,攻坚战斗开始了。学兵连主攻,许午阳指挥嘉山支队警卫连和便衣大队做第二梯队。学兵连先用一个排堵住西北角日军的碉堡,另两个排进行强攻。在伸手不见五指的夜晚,杀声、枪声四起。睡梦中被惊醒的葛侉子挥动左轮枪高叫:"弟兄们,给我瞄准了打!"说着,他举起左轮枪,对外瞄着,"啪!啪!"开了两枪,"啪!"第三枪刚响,他随即惨叫一声,旁边的勤务兵一看,左轮手枪被炸得只剩一个枪把子,葛侉子的二拇指也炸飞了,"妈的,这个铜匠拐子,老子上他当了!"

勤务兵说:"你对铜匠拐子说,不能打瞎火。这子弹没打瞎火,怪不到他。可能是枪有问题?得找卖枪的!"他一边饶舌,一边给葛侉子包扎。

"放屁!老子的是一支新枪!"

勤务兵说:"正是因为新枪,才靠不住。老枪都是练过多少遍了,心里有底,新枪就不好说了,也许就是胎里带的残疾!"

葛侉子痛得捂着手直哼哼。小兵望见头子受了伤,哪还有心思打?

约凌晨3点,北头小碉堡内一个中队的守敌全部被解决。此时,便衣大队包围了蒲金龙亲自带领两个分队驻守的东园大碉堡,并开始攻击。而敌人凭借坚固的工事进行顽抗。不料,此时电闪雷鸣,风雨交加,我部队连续两次冲锋都因雨大路滑未能突破铁丝网和护河。当时,部队就用罗炳辉调来的两门炮进行轰击。关于这两门炮还有个小插曲,炮是二师兵工厂才试制出来的,弹头是真的,而弹壳却是用硬纸卷的。许午阳、李占彪对战士说,今晚算是试炮啦。战士们把炮拉到离碉堡很近的地方往里轰,打了几炮,声音不小,爆炸力也较强,但是没能炸掉碉堡。此时,东方渐白,能见度增强,为减少伤亡,许午阳与李占彪商量,暂时撤下部队。

吃完早饭后,雨还在淅淅沥沥地下着。西北碉堡里的日军向东园大碉堡增援,早已埋伏的学兵连利用有利地形迎头痛击。一阵枪响,击毙2名日军,剩下的日军又缩了回去。

下午,学兵连突然接到新的任务,要跟罗炳辉到路西去。许午阳、李占彪认真分析,制定了"中间突破、各个消灭"的作战方案,决定晚上由警卫连主攻蒲金龙驻守的东园大碉堡,便衣大队改做第二梯队并负责监视日军碉堡动静。许午阳指挥二梯队,李占彪指挥主攻连。在机枪、六〇炮等火力掩护下,警卫连发起攻击,第一排很快接近敌人碉堡外围。由于敌人铁丝网牢固,河宽水深,一排两次攻击都未上去,伤亡很大。李占彪命令二排集中火力从大门直接攻击。在4挺机枪的掩护下,先用爆破筒炸开大门,拉下吊桥,再用3人爆破小组顶起"土坦克"(大方桌上面蒙四层湿透的棉被),带上炸药包,冲到碉堡前,将炸药包靠上碉堡墙,拉响导火索,3人顶着大桌迅速返回大门口水濠边。只听一声巨响,碉堡被炸出像窑门一样大的缺口,顿时,枪声、杀声交织在一起。许午阳组织战士展开政治攻势,"缴枪不杀,我们优待俘虏"的口号声此起彼伏。不多时,碉堡里传出敌人鬼哭狼嚎的惨叫声:"不要打啦,我们投降啦!"接着步枪、子弹袋直往外扔,伪军一个个灰溜溜地举着双手走出碉堡。

天亮了,东方彩霞映红了半边天。许午阳、李占彪带领战士们打扫战场,并在俘虏中找蒲金龙。可是战士们将战场搜寻几遍,就是没找到,伪军的死尸里也没有,问其他俘虏谁也没看见。奇怪,难道蒲金龙还能插翅飞了?在进一步审问俘虏时,跟蒲金龙较近的俘虏交代,蒲金龙大腿部受伤,碉堡炸开后人就不知去向。许午阳分析,他受伤了不会跑远的,让战士们加大搜索力度。

这时,担架队从祝郓东凹里上来,准备抬伤员下去,有个担架队员一不小心失足掉到塘里,就听扑通一声,随之落水人就喊:"有人,有人!"原来是他正好掉在一个人的身上。真是冤家路窄,这家伙竟是蒲金龙,他正用荷叶顶在头上,藏在水里呢!

紧接着，许午阳、李占彪召集便衣大队，要求他们立即打掉日军小队。日军早上出来被打死两个后，其余龟缩在碉堡内。李占彪要求先用火力侦察一下。便衣大队向碉堡一阵射击后，里面没有任何动静，一直攻到碉堡前面，也没有发现敌人还一枪，这才发现日军乘狂风暴雨，已经从西北边山沟里逃跑了。便衣大队缴获了敌人不少弹药物品，然后放火烧掉炮楼。这一仗，除打死打伤日伪军30余人外，还俘虏了独立大队队长蒲金龙及其下属80余人。

嘉山支队完成任务后押着蒲金龙撤回根据地自来桥。到了自来桥，当即召开公审大会，蒲金龙被公审处决。

六、潜伏在南京

拔掉黄泥岗据点这个钉子后，柴庭凯接到命令，来到大刘郢二师师部，罗炳辉给了他一道密令，让他到黄花塘军部，去政治部敌工部报到，接受新的任务。柴庭凯马不停蹄，立刻来到黄花塘，敌工部部长刘贯一亲自接见了他，给他介绍了南京来的地下党人徐楚光，命令他接下来接受徐楚光领导。

徐楚光是八路军总参谋部派遣到南京的情报员，1926年入黄埔军校第5期步科班，次年加入中国共产党，先后发动并组织多起地方革命武装起义，后于1942年夏进入南京打入汪伪政权内部，从事对敌军侦察和策反任务。

武汉地下党员金龙章，介绍徐楚光认识了南京洪门"大亚山正义堂"堂主朱亚雄，成为帮内人员，以便掩护身份。之后，他在南京广交朋友，以黄埔军校同学的身份，结识了许多汪伪军官。1943年6月，徐楚光打入汪伪中央军校，任上校战术教官，同时还在伪军委会武官公署挂名上校参赞武官的头衔。年底，他又任伪军委会政治部情报司上校秘书。1944年2月，他又打入汪伪陆军部第六科，任上校科长。

徐楚光在扬州留影

他在工作中发现南京伪军委会政治训练班上校总队副赵鸿学有爱国心和正义感,曾因反驳诬蔑新四军的言论,被关进伪中央感化院,审查半年之久。正当赵鸿学处于报国无门的痛苦中,他结识了徐楚光。徐楚光与赵鸿学频繁往来,结为知己。1944年3月,徐楚光向赵鸿学表明自己中共党员的身份,鼓励赵鸿学树立抗日必胜的信心,并动员他打入汪伪警卫军,伺机进行策反工作。赵鸿学按照徐楚光的意见,以师生关系,找到汪伪中央军委会政治训练班教育长富双英,通过富的关系,赵鸿学被派到刚刚组建的伪警卫三师当政训处主任。

赵鸿学进入伪警卫三师后,为了转移敌人的注意力,便于了解更多的敌情,他与徐楚光分头联络了八个人,结拜成"十兄弟"。这十人分别为:大哥卢森,广东人,为人正直,有爱国思想,任汪伪宪兵上校团长;老二汪恩波,伪储备银行副秘书主任;老三陈铁群,伪政治训练班总队长;老四何坚白,伪政治训练班教育长;老五徐楚光;老六刘蕴章,伪海军政训处长;老七彭文中,伪三十七师政训主任;老八杨本芬,伪军校中队队长;老九姜养璧,伪军校中队队长;老十赵鸿学。徐楚光和赵鸿学巧妙地利用这种兄弟关系,秘密进行多方面的联络,做了大量争取和瓦解工作。为了在不让敌人注意的前提下加深感情,徐提出十兄弟每星期游览夫子庙一次,以聚会的形式进行联络。

十兄弟结拜以后,徐楚光又动员赵鸿学参加洪帮。赵鸿学起初不愿意,徐耐心说明,参加洪帮既可以起掩护作用,又可以利用这些人了解情况,搞些运输。赵鸿学听后才同意。徐楚光把赵鸿学介绍给朱亚雄,同时向朱表明了自己的身份,并通过大量深入细致的思想工作,争取朱亚雄支持和参与抗日工作,共同密商成立"华中铁道护路总队",以保护铁路安全为名,为根据地运送急需物资。朱亚雄任总队长,徐楚光任秘书兼督察长,负责护路总队一切事务。1945年春,徐楚光利用护路总队这一公开组织,筹建"地下军"——宁沪人民挺进总队,准备条件成熟时配合新四军进攻南京。内定朱亚雄任总队司令,洪侠任副司令,徐楚光任副司令兼参谋长。

徐楚光、赵鸿学利用青洪帮的关系,从汪伪政权首脑驻扎的南京向解放区运送了急需的焦炭、钢轨等物资。为了防止意外,徐和赵商量工作都到中山陵或玄武湖,以游山玩水为掩护。徐、赵商定,在伪警卫三师建立"地下军",并确定伪警卫三师的策反工作由赵鸿学负责,徐楚光暂不直接出面。

伪警卫第三师是汪精卫的嫡系。1940年3月30日，汪精卫在南京举行伪国民政府还都仪式，发表《和平建国十大政纲》，宣告了南京国民政府的成立，这也是汪精卫作为伪国家元首迈出的第一步。

作为一个政治人物，汪精卫早年活动多以失败告终，自认为是因为没有自己的部队。在汪脱离抗战阵营，投向日本侵略者并组织傀儡政权之后，便试图仿照黄埔建军模式建立起一支自己可以控制的嫡系武装，作为政权的支柱。他先是在上海江湾设立了伪中央军官训练团，试图仿照黄埔建军模式建立嫡系部队，这也是汪伪警卫部队的奠基和开端。

所谓警卫部队就是汪伪政权的嫡系御林军，其发展历经了警卫旅、警卫师和警卫军三个阶段。警卫旅成立于1940年3月，这是汪伪政权的"第一支嫡系正规军"，主要任务是负责汪伪政权各机关的警卫工作及首都南京的部分警备工作。第二年，警卫旅根据汪伪"第一次全国军事会议"上提出的"建立国家军队之宏规，定成东亚共荣之伟业"的原则，扩编成警卫师。

1943年，太平洋战场处于胶着状态，日军不得不抽出兵力应对在太平洋上进逼的美军，守备汪伪政权所谓"和平区域"的任务也需要逐步由汪伪政府的"和平建国军"来承担。在这种情况下，汪伪政府将1942年提出的《警卫军整备要领》付诸实施，警卫师也理所当然地与伪卫士团、伪独立第十四旅等部队合并编成伪警卫军，下辖警卫一师、警卫二师、警卫三师。每师官兵6000人左右，共计18902人。

扩充的汪伪警卫军，其主要任务除承担汪精卫的个人护卫，负责南京的警备外，还要接替敌后日军防区，维持后方"治安"。其第一师主要担负南京城区警备，第三师负责南京郊区警备。第二师一度驻扎安徽，配合日军接收军粮，维持当地"治安"。表面看来，日军似乎放松了对汪伪警卫军的控制，实则反而利用各种手段加强掌控。尤其是警卫第三师的官兵主要来自被俘的国民政府军人，日方对这支"留存抗日意识"的军队充满戒心。

日本人不信任警卫第三师，警卫第三师官兵们也大多数怀有强烈的反日情绪，对日本人的不满也在一天天滋长着，这种情绪终于在1944年5月28日爆发了。

七、通济门事件

通济门始建于 1386 年,是南京最有特色的城门。

1944 年 5 月 28 日夜,驻防通济门外的汪伪警卫第三师特务连排长夏建华与部分士兵在夫子庙五芳斋饮酒用餐,餐毕回营。其雇佣之人力车夫行至通济门时,不同意拉车出城(汪伪时期南京夜间宵禁,车夫出城后很难回城),夏建华等便借着酒意殴打车夫。正在此时,驻防通济门的日本城门卫兵长高草木英夫出面干涉,捆了夏建华,同时命令部下一等兵高桥将夏建华推至卫兵所内关押。夏建华向日军解释,之所以殴打车夫,原因在于"车夫轻视军人",日军卫兵遂将夏建华释放。

被释放后,夏建华认为受辱,心有不甘,回到驻地后与另一排长陈同来商议带兵去"理论"。于是陈同来将特务连另外 2 名排长孙宝光、汪询唤起,4 名排长带领 8 名士兵持枪前去通济门。出门时,遇见特务连连长郭楗衡,郭楗衡未制止,还一同出发。

行至通济门外九龙桥时,夏建华告知士兵受辱之事,众人皆愤愤不平。夏建华派士兵杨华峰在城门警戒,另外 2 名士兵阎公庭与李梦光则负责监视汪伪宪兵与警察分所,其余众人一起冲向日本卫兵所。

此时,日军卫兵森田发现有中国士兵气势汹汹而来,心知有异,便躲进了卫兵所里,日本卫兵长高草木英夫也逃进卫兵所里取枪。日本卫兵由于心中慌张,紧急

民国年间的南京通济门

情况下未能及时击发。排长陈同来眼见日军士兵将要开枪,立即用所携的军刀将电灯击灭,夏建华则向屋内开枪,士兵胡士正则冲入卫兵所,夺取了一支日军步枪并开枪射击。子弹击中高草木英夫左肋以及森田的左臂,两人均受伤,随即被送往南京第一陆军医院诊治。此时,中方参与诸人在复仇后鸣笛集合,撤回兵营。

事件发生后,日方大为恼火,认为警卫第三师官兵的抗日、排日情绪严重,立即向汪伪方面提出交涉。汪伪方面迫于日方压力,表面上派遣官员调查,实际上立即出动宪兵逮捕参与诸人,经汪伪首都警备司令部转送汪伪陆军部进行军法会审。

汪伪方面的军法官意图维护参与官兵,但日方施加强大压力,完全无视汪伪提出的所谓"中日亲善"的要求。

最终,汪伪军事法庭判处夏建华死刑、陈同来无期徒刑、郭榸衡有期徒刑七年,其余参与士兵皆获不等刑期。同时,日方强迫汪伪方面撤销了警卫第三师师长陈孝强的职务。

警卫第三师官兵们的仇日怒火越发不可压抑。最后在汪精卫的斡旋下,师长陈孝强被调往广东出任"和平建国军"第20师师长以平息事端。

可任命一发布,时任汪伪中央军校上校教官的徐楚光却坐立不安起来。

当时,陈孝强家住中山东路二条巷蕉园6号,与徐楚光的好友洪侠是邻居。徐楚光同洪侠商议,计划打入警卫第三师工作。于是,洪侠在家宴上请了陈孝强,徐楚光作陪,三人吃饭喝酒,诗词唱和,徐、陈相识并成为朋友。洪侠极力推荐徐楚光,说动陈孝强拟任徐楚光为警卫第三师参谋长。不料陈孝强经此一变,调往广东,徐楚光想打入警卫第三师并通过陈孝强策反部队的计划就流产了。

洪侠当时是汪伪参赞武官公署中将参赞。徐楚光与其结识后,发现其尚有民族意识,遂与其往来。1943年1月,原国民政府第三战区炮兵副指挥项致庄投敌,来到南京,被汪伪政府任命为伪浙江省省长、伪杭州绥靖公署主任等要职,洪侠由于和他有关系,遂成为项致庄驻南京办事处主任。汪伪发给项致庄的公文、密件都经过其驻南京办事处转送。徐楚光安排情报人员马蕴平到洪侠的驻南京办事处经办文件收发工作,趁机获取各种重要军政情报,由徐楚光转送至延安与新四军。1945年3月,伪军委会向项致庄发送两份以火漆加封的密件,在经驻南京办事处转交时,被洪侠、马蕴平拆封,发现一份是电报密码,另一份是伪军委会刚刚制定的"京畿地区剿匪方案",是计划对南京城四周地区的抗战武装进行"围剿"、实行彻底歼灭讨伐的绝密文件。洪、马连夜抄录,送往淮南新四军军部。

陈孝强被免职后,伪警卫第三师师长由伪军委会少将参军钟健魂继任。此人是云南讲武堂毕业的,后到黄埔军校任教官,曾加入过共产党,1927年国共分裂后当过红军营长,因在湖南浏阳作战中失败被俘,与中共组织失去联系。抗战爆发后,因钟健魂有军事特长,经友人介绍,到南京伪维新政府的"警官学校"当教官。汪伪政府成立后,他在伪军委会里任参军闲职数年,直到1944年6月才到汪伪警卫第三师任职。经过观察,徐楚光发现钟健魂为人正直,能同士兵共甘苦,在汪伪军界较少见。钟健魂到伪警卫第三师任职后,徐楚光就让赵鸿学设法多与他接近,取得其信任,并让赵鸿学最好不担任师政训处主任的职务,改任下面的团长,直接掌握兵权。这样,便于组织地下军,待机起义。

八、跨过长江起义

1945年4月,钟健魂先后撤换了警卫三师下属3个团的团长,换上了自己能控制的人,赵鸿学也被委任驻江北六合第九团团长。赵鸿学不仅掌握了兵权,而且方便了和新四军军部的联系,这个职务对策反工作十分有利。

从此,徐楚光经常去六合与赵鸿学商量工作,并利用赵的职务之便,掩护新四军来往人员。随着双方合作的加深,钟健魂自己也萌生了起义的念头。他派师副官处主任高建章与淮南军区敌工部副主任陈雨田联系。

赵鸿学改任第九团团长后,钟健魂即派高建章将江南仓库中的一些武器、弹药、电台潜运至江北六合第九团的军需库里。高建章家就在六合,自家有船,其父是撑船的。因此,转移武器等极其秘密而又安全。

1945年7月,日伪败局已定,军政上层人事变动频繁,汪伪陆军部部长由鲍文樾接替,内部疯传鲍将任命其弟鲍文需接替钟健魂担任警卫第三师师长,大部分营团级军官也将调整,致使警卫三师人心浮动。

徐楚光与赵鸿学分析形势后认为,原定以警卫第三师组织地下军的计划必须改变。徐楚光随即带了第九团的一位营长惠宇农赶往淮南根据地,到黄花塘向新四军政治部敌军工作部部长刘贯一作了汇报。刘贯一请示了军部,参谋长赖传珠给予答复:必要时可以反正,将部队带进根据地。赖传珠还写信转告驻六合一带的新四军第二师师长罗炳辉,要他负责掩护接应警卫第三师的起义行动。

这次见面结束前,徐楚光希望新四军能派一个具有侦察能力、反应敏捷的人给他,协助他在南京做好起义工作。刘贯一部长找到罗炳辉,罗炳辉推荐了柴庭凯。这件事情,是2001年我采访柴庭凯时了解到的。

刘贯一还特地派军部工作人员蒋建忠(又名宗诚,中共党员)作为特别交通员潜入六合县城,秘密接应和协助徐楚光的工作。徐楚光返回后,即与赵联手策划起义。

7月9日当天,驻防江北六合的赵鸿学突然接到钟健魂急电,要赵立即回南京面商要事。

当时徐楚光正在赵部,两人商议后当即同回南京,由赵鸿学先去见钟健魂,并相机促钟反正,如钟不干,则由赵单独带第九团在江北起义。

见了赵鸿学,钟健魂忧心忡忡地说:"你应该知道,我这个师长干不成了。命令已经来了。不过,我请参谋次长祝晴川将命令暂扣,打算找周佛海再说说,看鲍文樾能否收回成命。你觉得呢?"赵鸿学摇摇头:"鲍文樾不可能收回成命。因为要接你师长的是他的亲弟弟。你唯一的出路,是率部起义,变成新四军!"

此时,钟健魂也觉得应该起义,但在对新四军尚未摸底的情况下,不敢轻易表态。他向赵鸿学陈述部队行动中的困难作为试探,称部队调动,要有军委会命令,三师师部在南京,第七、八团驻防在江南,起义要过江,如被发现不仅走不掉,还要遭殃。第九团虽驻扎在江北六合县,但旁边也有一个日军大队,城门由日本兵把守,团里还有一个日本顾问。

"现在只有快刀斩乱麻,不能再有任何犹豫,否则要贻误战机。如果师座在南京起义有难处,我可以带第九团单独起义。"见赵鸿学如此坚决,钟健魂放心了。他立即精神抖擞地问赵鸿学:"你曾说过有个新四军在南京,能立刻请来面商具体事宜吗?"

"当然行啦。"

9日下午,赵鸿学陪同徐楚光到师部会晤钟健魂。双方开诚布公,钟健魂透露了自己原是中共党员、红军营长,后攻打湖南浏阳失利被捕,与党组织失去联系,虽身在敌营,但回到党的怀抱,是自己多年来梦寐以求的事。

徐楚光对钟健魂明确表示:"你如能带兵起义,我可以保证,一是保证部队过去后不编散;二是如果被敌人发现,部队带不过去,钟师长一人过去,我党我军也十分欢迎。"

钟健魂听后,马上说:"我同意马上进行起义。哪怕只有我一个人,我也要战斗到底!"

徐楚光、赵鸿学与钟健魂一起研究,认为日军不可能事先猜疑警卫第三师会投向新四军,起义可以按照如下方案进行:钟健魂以军委会名义下令,命第七、八团渡江"扫荡",到六合竹镇附近指定地点集结待命。赵鸿学、徐楚光带第九团在六合反正,到指定地点集结。钟健魂率师直炮兵连、特务连、工兵连及通信连渡江到指定地点集结,为迷惑敌人,机关人员一律不带。各部行动时必须将武器弹药全部带走。驻江南部队于 8 月 11 日晚开始行动,江北第九团 12 日凌晨行动,13 日各部必须到达六合县竹镇附近集结地。

起义方案确定后,徐楚光要赵鸿学立即筹备一份厚礼,亲自去见鲍文霈,表示竭诚拥护他出任警卫第三师师长,并于 8 月 10 日晚在南京中央饭店设宴招待军界友人,宴会直到深夜结束。席间,赵还发出"定于 13 日晚在南京六华春饭店举行盛大宴会,庆祝鲍文霈任警卫第三师师长"的请柬,以迷惑各方。

10 日晚中央饭店的宴席散席后,徐楚光、赵鸿学连夜赶回六合做起义准备工作。

起义前夕,徐楚光在六合城会见了蒋建忠,邀蒋参加了九团在六合城外船上召开的部署起义会议。

会后,蒋即赶回淮南根据地,通过淮南军分区的兵站,电话转报华中局情报部和新四军军部:汪伪警卫第三师于 12 日从长江过江,从我六合边区撤至根据地竹镇附近起义,望我军有关部队与地方武装勿生误会。同时,徐楚光命令柴庭凯通过六合县的地下交通,报告了罗炳辉。罗炳辉命令六合支队负责接应。柴庭凯找到六合支队政委魏然,请他多准备船只,接应起义部队过江。为了行动快捷、有序,徐楚光和钟健魂约定,钟健魂师部直属人员,由副官处主任高建章通过他父亲,提前在六合划子口带船过江接应。第七、八团人多,由柴庭凯通过六合支队组织船队,从大河口下游过江接应。

在南京,钟健魂一方面假借汪伪军委会的名义下令驻江南的第七、八团,8 月 13 日到达六合竹镇附近集结进行"扫荡";另一方面,于 11 日晚亲率师部步兵炮、工兵、特务、通信4个直属连,携带全部武器弹药,离开南京驻地抵达栖霞山江边,由副官处主任高建章提前从江北划子口带船接应过江,安全抵达六合县郊。

第七、第八团奉命抵达栖霞山长江边时,因行动目标过大,第七团刚渡过一个营便引起日军怀疑,受到阻拦,其余部队未能过江。

12日凌晨,赵鸿学命令驻程家桥的第二营、驻八百桥的第三营,按规定时间到六合竹镇外指定地点集合。随后,他带人强行拆除团部电台(因电台移动需有汪伪军事委员会命令),率第九团团部及第一营出六合城。驻团部日军顾问因患重感冒,当天到日军警备大队看病,避免不必要的麻烦。

钟健魂率过江部队与第九团会合后,即北行向解放区开进。13日,在中共六合支队政委魏然的接应下,起义部队到达六合城西钟家集。汪伪警卫第三师的起义部队共有师直属4个连600余人,第七团一个营700余人,第九团一个整团2000余人,计3000余人。携带的武器弹药:各种炮34门(其中九二步兵炮9门、八五炮9门、七五炮16门),轻重机枪151挺(其中重机枪34挺、轻机枪117挺),步枪1100余支,掷弹筒117个,弹药10余万发,另有电台2部及其他军需物资。

警卫第三师的绝大多数官兵事先并不知起义真相,一些顽固军官则怀疑、不满,徐楚光、钟健魂、赵鸿学当机立断,采取了紧急措施。在钟家集一保长家的大院内,由钟健魂召集排以上的军官开会,会场由师执法队和柴庭凯带领六合支队侦察队警卫,进门者必须交出随身带的枪支。

会上钟健魂宣讲形势,并宣布警卫第三师起义,参加新四军。徐楚光代表新四军对起义部队表示热烈欢迎,并阐明新四军对起义人员的政策,宣布不愿参加新四军的可发给路费回南京或返乡。

与此同时,赵鸿学集合部队,向全体官兵宣布弃暗投明。同时遣散了一批来自伪中央军校的下级军官,并宣布由各连一、四、七班的班长代理一、二、三排排长,一排排长代理连长,士兵都要服从新的连、排长命令。

中共中央华中局、新四军军委会获悉警卫第三师起义抵达解放区,立即派华中局城工部部长刘长胜等前来钟家集负责起义部队的接收工作。刘长胜代表华中局、新四军召开了警卫第三师全体反正人员的欢迎大会,向全体起义官兵致以热烈的欢迎和慰问,并宣讲国内外形势、解放区情况和对待起义人员的政策,还检阅了起义部队。

8月15日,延安《解放日报》也在头版位置以醒目标题报道了钟健魂率领汪伪警卫第三师3000余人起义的消息。

警卫第三师起义后,新四军军部将该部改编为华中独立第一军(简称"独一军")。由钟健魂任军长,调新四军政治部敌伪军工作部部长刘贯一任独一军政治委员,徐楚光任副政治委员兼参谋长、第二师政治委员,调汪大漠任独一军军政治部主任。

该军第一师师长暂缺,由赵鸿学任第二师师长,下辖由原第九团的3个营编组成一师一团,二师四团、五团。原师直属分队与第七团的一个营分别编为军直特务营与特务团。同时决定新四军直属部队抽调一批政工人员,其中相当一批是新四军二师教导团(抗大八分校改编)刚毕业的学员和少数行政后勤干部,由刘贯一率领前往六合竹镇,去该部工作。

起义之后,钟健魂和赵鸿学都要求入党。当时,上级党组织根据钟健魂与赵鸿学的本人要求和一贯表现,批准钟健魂办理了重新参加中国共产党的组织手续,党龄从1945年算起,并吸收赵鸿学为中国共产党党员。后又经批准,成立了由钟健魂、刘贯一、徐楚光、赵鸿学、汪大漠等人组织的"独一军军政委员会",负责对独一军全盘工作的统一领导。随后通过会议讨论,得到钟、赵的一致同意,及时建立了政治工作领导机关,确立了团设政治委员,连队设政治指导员的工作制度,并健全了司令部与后勤机关,以推进部队整顿工作的逐步展开。

当钟健魂带着部队到达新四军根据地时,大革命时期的一位老战友、新四军司令部参谋主任夏光,一见面就喊出了钟健魂1925年在黄埔军校参加"血花剧社"时取的名字:"钟血浪,是你!回来了,太好了!"二人热情握手,话20年离别情,真是"晚秋风雨孤山客,回首烟波廿年隔"。穿过滚滚烟云血浪,钟血浪又回来了,他恢复了自己大革命时的名字。

徐楚光说:"太血糊淋漓了,去掉一撇吧!"从此,钟健魂就改名为钟皿浪。

九、兵强马壮

1945年世界反法西斯战争已进入最后阶段。5月8日,法西斯德国宣布向苏、美、英、法四国无条件投降,二战欧洲战场的战争结束。德国投降后,盟军的作战中心迅即东移,全力对付日本法西斯。6月30日,美军攻克冲绳岛,直逼日本本土。7月26日,中、美、英三国共同发表《波茨坦公告》,敦促日本政府"立即宣布所有日本武装部队无条件投降"。日本的灭亡已经指日可待,抗日战争随即进入战略反攻阶段。8月6日、9日,美国使用原子弹轰炸了日本的广岛和长崎。8月9日,苏联百万红军分四路向侵占中国东北的关东军发起全线进攻。这些都加速了日本投降的步伐。10日,日本政府向同盟国发出乞降照会,而日本大本营仍命令各地日军继续作战。14日,日本政府照会中、美、英、苏四国,表示接受《波茨坦公告》。15日,日本天皇裕仁通过广播宣布无条件投降。

为迎接抗日战争胜利的到来,8月9日,中共中央主席毛泽东发表了《对日寇的最后一战》的声明,号召"中国人民的一切抗日力量应举行全国规模的反攻,密切而有效力地配合苏联及其他同盟国作战。八路军、新四军及其他人民军队应在一切可能条件下,对一切不愿投降的侵略者及其走狗实行广泛的进攻。歼灭这些敌人的力量,夺取其武器和资财,猛烈地扩大解放区,缩小沦陷区"。但蒋介石无视中国共产党及其领导的军队在抗日战争中的巨大贡献,妄图垄断受降权,剥夺解放区军民接收来的胜利果实,在获悉日本政府乞降后,于11日下令第十八集团军总司令朱德"所有该集团军所属部队应就原地驻防待命",不许向敌人收缴枪械;但同时命令国民党各战区"加紧努力,一切依照既定军事计划与命令积极推进,勿稍松懈"。15日,蒋介石又电示国民政府陆军总司令何应钦,要求"敌军应对本委员长所指定之部队投降,如对非指定之部队而擅自向其投降或让防,或于投降期间不遵我军命令实施者,得由陆军总司令下令以武力制裁之"。

中国共产党与之针锋相对。11日,中共中央要求各地党组织:"猛力扩大解放区,占领一切可能与必须占领的大小城市和交通要道夺取武器与资源,并放手武装基本群众,不应稍有犹豫。"12日,中央军委指示华中局:"在江南方面立即有计划地分路发动进攻","主要的是去占领各该县的农村市镇","江北方面应将津浦路以东,长江以北,陇海以南,运河两岸,这一整块地区打成一片,占领所有城市,解放所有地区"。15日,朱德总司令命令日本侵略军中国派遣军总司令冈村宁次:"应下令你所指挥的一切部队,停止一切军事行动,听候中国解放区八路军、新四军及华南抗日纵队的命令,向我方投降,除被国民党政府的军队所包围的部分外。"但冈村宁次在8月18日通令所属各部,只向蒋军投降,不向其他军队缴械。随后又下令所部,除蒋介石有命令外,对中国其他方面的要求"不仅应坚决拒绝,而且应根据情况,毫不踌躇地行使自卫的武力"。

为将日本侵略者彻底赶出中国,根据中共中央和中央军委的命令,结合华中地区日伪军拒不向新四军投降、国民党军抢占交通要道的实际,中共中央华中局和新四军军部决定,以第二、第三师及第七师主力分别集结于津浦路西,歼灭当前之敌;以第四师配合八路军歼灭陇海路之敌;以各军区武装迅速向本区内敌占城镇进攻。为便于接受日伪军投降和接管大城市,新四军军部公布了有关省、市领导人的名单,其中安徽省主席为罗炳辉。8月17日,又决定,"我各主力部队,应集中注意对伪军作战,求得迅即解决伪军之目的"。21日,再次指示对日伪军的作战方略:"中国战场敌军亦尚未正式签字投降,我各地部队随应即派部队包围封锁敌军据点,威逼其缴械投降。""如敌坚不投降,则不应硬拼,而应首先以全力解决伪军(特别是顽化伪军)。"

为加强华中地区对日伪军的反攻工作,中共中央决定将在延安参加整风运动和中共七大的陈毅调回华中。8月26日,中央任命陈毅为新四军军长、华中局副书记,饶漱石为新四军政委、华中局书记。遵照中共中央和华中局、新四军军部的指示,淮南抗日根据地军民加紧了对日伪军的反攻。

在淮南抗日根据地,第二师兼淮南军区部队立即发起了对淮南铁路和津浦铁路沿线及日伪军在淮南地区所占重要城镇的进攻。第二师第四旅在8月14日进攻了滁县、全椒,攻克了陡岗、腰铺等10多个日伪据点。第五旅在8月14日攻克了定远县城;次日又向淮南铁路北端进攻,收复了刘府、炉桥等10余处日伪据点,直逼蚌埠市,毙伤拒不投降的日伪军100余人。由于桂顽抢占了蚌埠市和滁县、全椒县城,第四、第五旅便停止进攻,转移到路东地区集结,准备对付桂顽的东犯。第六旅向淮南铁路沿线进击,攻克了朱巷、下塘集等据点,歼敌30余人,逼近了水家湖、淮南煤矿。8月17日,新四军军部将路东地方部队组编为独立旅,罗占云为旅长、李世焱为政委、谭知耕为副旅长兼参谋长,下辖第三、第四、第五3个独立团。另组建路东军分区,朱云谦任司令,李世农任政委,胡定谦任参谋长。独立旅和路东军分区随即进击长江沿岸,解放了长江北岸的水口镇和乌衣镇,俘乌衣镇据点日军30多人、伪军80多人。20日,师长罗炳辉指挥特务团、六合支队和师独立旅第四团攻克六合县城。

8月下旬,第二师又组建了南京支队,淮南区党委城工部副部长陈雨田任司令,张登任政委。南京支队迅速攻下栖霞、龙潭,兵临南京城下,准备配合第一师部队接管南京。各县地方武装也纷纷向本县境内的日伪军据点发起攻击。第二师部队在敌工人员努力的基础上,还争取了一批伪军起义。在钟健魂率所部3000余人起义后,8月20日,南京伪航空训练处中校飞行教官周致和、黄哲夫等6人驾驶着原汪精卫的座机"建国号",从扬州西郊机场飞往延安。伪航空训练处副处长、空军少将白景丰等17人也先后起义,进入淮南抗日根据地。

到9月2日,第二师兼淮南军区部队作战200余次,歼灭日伪军八九千人,反正3000余人,解放了定远、来安、盱眙、嘉山、六合、天长6座县城及大批村镇据点,使淮南抗日根据地面积扩大到2.1万多平方公里,人口330多万,拥有17个县政权。

此时,新四军第二师已发展到5万余人,其中主力部队3.5万人、地方武装1.5万人。第四支队东进到达皖东地区的部队不过4000余人,加上从大别山区撤退到皖东的党政干部和知识青年千余人,有5000来人,6年时间增加了10倍。另外,还有10余万民兵。新四军第二师和皖东人民为创建、巩固和发展抗日根据地付出了重大牺牲,在歼日、伪、顽军6.1万余人的同时,也伤亡2万余人,其中县团级党、政、军领导干部牺牲40多人。

新四军二师创建的淮南抗日根据地还无私地支援了兄弟地区。淮南地区特别是津浦路东根据地相对稳定,生产形势和财政状况都较好,所以每年都集中一定的财力、物力支援军部和兄弟地区。《赖传珠将军日记》记载:1941年9月30日,慰劳八路军15万元;1942年上缴中央经费30万元;1942年2月,帮助军独立旅解决夏装费3万元;6月,军部决定第二师每月供应军部10万元;1943年5月上缴中央经费30万元。当兄弟地区发生困难时,淮南地区和新四军第二师还伸出无私之手给予援助。1943年华北根据地发生严重的自然灾害,淮南根据地拿出500万元救灾款给予支援。1944年帮助第四师实行西进计划,支援100万元。同年,第五师鄂豫皖地区因旱灾无收成,部队供给极端困难,淮南地区和第二师救济第五师1000万元。

要人有人,要钱有钱,要学习有抗大八分校,新四军二师这支人马自然又强又壮!

跋

1989年，我在临近黄泥岗的沙河中学当老师。学校坐落在京沪(浦)铁路的西面，清明节，我带领学生越过铁路，从沙河集到黄泥岗祭扫烈士墓。黄泥岗烈士墓坐落在镇街北头的一块高地上，是当年伪军碉堡的遗址。萋萋芳草杂树间，高耸着一座纪念碑。纪念碑正面斑驳陆离，显露出几许悲壮和沧桑。这里长眠着1945年夏天黄泥岗战斗(见本书卷八)牺牲的十几位新四军战士。当年新四军嘉山支队的一位老战士齐道和，也就是墓地的守护者，向我们讲述了那场热血飞扬的激战。

当时齐道和已经70多岁，身材细高，由于特别瘦，站在那里显得有些飘逸。他没有胡须，黝黑色脸膛一如纪念碑一般沧桑。他举着一个浅蓝色的扬声器，说话声音尖细。

家住黄泥岗的一位老师告诉我，齐道和老人早年是个放牛娃，新四军进入皖东后，他参了军，入龙岗抗大八分校学习。毕业后在罗炳辉学兵连担任排长，是1945年夏天那场战斗的参与者。在战斗中，他前去炸碉堡时，下身负伤，在新四军二师大刘郢医院，两个睾丸全部被摘除，永远失去了生育能力。出院后，他离开部队，前来守护这片墓地，一直到今天。老人的讲述、墓地的苍凉和同事的补充让我的心波澜不止，思潮狂舞，很快，写下了中篇小说《黄龙岗》，发表在《百花洲》1993年第2期头条上。小说以齐道和的故事为原型，以黄泥岗战斗为背景，塑造了守墓老人、捕鱼老人和剃头老人三个人物，该期杂志《卷首语》中有这样的话："四十年前的雨季，黄龙岗风雨花异常绚丽。那枪声中涌出的血，把那浓雾染得惊骇人心。一代枭雄如今早已垂年迟暮，新的一代在黄龙岗继续如风雨花开开谢谢。隔着那硝烟弥漫中血肉情缘的依稀记忆，每个人都在寻找着人生的归宿——何处是归？何处是归？一阵阵回肠荡气的呼唤，把四十年前后的恩怨情仇扭在了一起……"

这部小说热血飞扬,荡气回肠,抒发了皖东(皖东抗日根据地后来更名为淮南抗日根据地,范围更大)儿女追求民族解放的人生豪迈之情,是对英勇抗日和为国牺牲的诗意礼赞。然而,对我来说,这只是采撷了皖东大地无数如血似火的风雨花中的一朵。随着对皖东抗战史的了解逐渐深入,我越发觉得皖东这片土地上英雄辈出,新四军二师流光溢彩,值得大书特书的英雄故事还有很多。尤其是读了龙岗抗大八分校的史料,了解到它先后培养了好几千名军政干部,这该是怎样的一所学校?天长龙岗坐落在何方?从那时候起,"抗大八分校"和"龙岗"一直萦绕在我的脑际。后来,我结识了罗炳辉的警卫员柴庭凯,由他拜访了罗炳辉之子罗新安。因为重走皖东新四军之路,又结识了当年中共苏皖省委书记刘顺元之子刘晓浒以及当年孤身进入路东的周利人之子周晓寒,聆听了他们对其父辈在皖东铁血奋斗的历史的描

在伪军碉堡遗址上建立起来的黄泥岗烈士纪念碑

述。同时,我也多次走进龙岗,和龙岗抗大的英雄们隔着漫漫的历史云烟,用心灵交流,以史料对话,感悟着那段岁月的壮怀与激烈。2016 年 4 月 28 日,"抗大旧址在爱国主义教育中的地位及作用交流研讨会"在天长市举办,我又一次走进龙岗,在会上,倾听着很多抗大历史研究者的报告,眼前浮现出在皖东人民追求民族解放的如火岁月中,抗大旗帜引领的画面,于是开始思考《一支人马强又壮》的写作。

2020 年岁初,滁州市委宣传部副部长于晓波同志与我谈主题创作,提到了龙岗抗大题材,希望能以此为背景创作一部反映皖东抗日历程的纪实作品,我欣然接受。经过半年多的阅读和采访,我确定了展示皖东新四军发展壮大全过程与龙岗抗大的渊源这一角度,追求史料性和故事性的有机结合,让读者在阅读中既能全面了解皖东抗战历史,又能在精彩故事的引领下,感受抗日英雄的机智和英勇。

全书分为一个"引子"和 8 卷,这 9 个部分都是用陈毅军长的诗句做标题,切合那个时代,也切合那些英雄,还切合豪迈的情感,更切合全书的结构和叙述。用这种方式设置标题,是我在消化大量史料的基础上的妙手偶得,是写作这类红色历史纪

抗大旧址在爱国主义教育中的地位及作用交流研讨会

实作品的探索,也是一种顿悟,更是"学史明理、学史增信、学史崇德、学史力行"的彰显。

本书写作过程中,得到了抗大八分校纪念馆原馆长乔国荣先生的热情支持,他联系并陪同我到相关地区采访。邢台中国人民抗日军政大学陈列馆杨树馆长、延安抗大纪念馆刘晓东馆长、延安文物局纪根亮局长等给了我们热情接待。云南师范大学西南联大博物馆的龙美光老师有一份关于抗大八分校的珍贵资料,经天长市文化局文艺总监钱玉亮先生协调后,提供给了我。《新四军四支队简史》是本书重要的参考资料,滁州学院图书馆原馆长王卫鸣、管理员王娟老师想了很多办法购得并借给我阅读。刘恒昌、戴月林、王道琼、吴朝元、黄学海、傅守乾、任亚弟、毕子祥、曹力、宋玲、张平等都给我的采访提供了帮助,在此一并表示感谢。

本书三稿完成后,安徽省委党史研究院学术和编审委员会主任朱贵平、滁州市委党史和地方志研究室原主任黄华等提出了建设性的意见。安徽文艺出版社的同志悉心审读、编校,终于使本书得以顺利出版。在此,我也真诚表示感谢!

2021 年 6 月 13 日一稿于安徽小岗干部学院
2021 年 8 月 31 日二稿于滁州天逸华府桂园
2021 年 12 月 29 日三稿于滁州文艺中心
2023 年 12 月 31 日于滁州西涧小和尚庄

参考书目

1. 李伍伦编著:《抗大在龙岗》,中共党史出版社,2011年版。

2. 中国人民抗日军事政治大学第八分校纪念馆编:《烽火岁月》,2017年版。

3. 鲍汗青主编:《抗大在龙岗(特辑):中国人民抗日军政大学第九分校校史专辑》,中共党史出版社,2011年版。

4. 抗大九分校纪念馆史料编写组:《东南烽火:抗大九分校史料专辑》(苏出准印[2015]字JSE—1005412),2017年版。

5. 新四军第四支队简史编写组:《新四军第四支队简史:一九三七年七月——一九三九年七月》,1985年版。

6.《淮南抗日根据地》编审委员会编:《淮南抗日根据地》,北京:中共党史资料出版社,1987年版。

7. 上海市新四军历史研究会二师淮南研究分会编:《战斗在淮南:新四军第二师暨淮南抗日民主根据地回忆录》,上海文艺出版社,2005年版。

8. 中国人民解放军国防大学著:《中国人民抗日军事政治大学史》,国防大学出版社,2000年版。

9. 中共滁州市委党史研究室著:《淮南抗日根据地史》,安徽人民出版社,2014年版。

10. 李志民著:《革命熔炉》,中共党史资料出版社,1985年版。

11. 中共岳西县委党史研究室、岳西县新四军历史研究会编:《岳西谈判纪实》(皖内部图书2002—055号),2002年版。

12. 中共中央党史研究室著:《中国共产党历史》第一卷(1921—1949),中共党史出版社,2011年第2版。

13. 中共中央文献研究室编,逄先知、金冲及主编:《毛泽东传》,中央文献出版社,2013年第3版。

14. 中共中央文献研究室编,金冲及主编:《刘少奇传》,中央文献出版社,2008年第2版。

15. 安徽省新四军历史研究会编:《隐蔽战线上的斗争》,当代中国出版社,2003年版。

16. 安徽省新四军历史研究室编,徐则浩主编:《安徽抗日战争史》,安徽人民出版社,2005年版。

17. 中共江苏省委党史工办、江苏省新四军研究会二师暨淮南分会编:《新四军二师暨淮南抗日根据地》(内部资料),2004年版。

18.《刘少奇在皖东》编审委员会编:《刘少奇在皖东》,中共党史出版社,1990年版。

19.《新四军战史》编辑室编:《新四军征战日志》,解放军出版社,2000年版。

20.《新四军战史》编委会编:《新四军战史》,解放军出版社,2000年版。

21.《陈毅诗词选》,人民文学出版社,1977年版。

22. 中共盱眙县委党史工作委员会编:《盱眙抗战史画》,中共党史出版社,2015年版。

23. 中共来安县党史研究室、来安县新四军历史研究会编:《红色半塔》,中共党史出版社,2015年版。

24. 中共中央党史和文献研究院编:《刘少奇年谱》,中央文献出版社,2018年版。

25. 宋霖、罗新安主编:《罗炳辉将军在淮南抗日根据地》,安徽人民出版社,1990年版。

26. 中共盱眙县委党史工作委员会著:《中国共产党江苏省淮安市盱眙县历史》第一卷,中共党史出版社,2017年版。

27. 张恺帆口述,宋霖记录整理:《张恺帆回忆录》,安徽人民出版社,2004年版。

28. 丁星、郭加复主编:《新四军辞典》,上海辞书出版社,1997年版。

29. 中共来安县委党史研究室、来安县新四军历史研究会编:《烽火岁月——来安抗日战争时期党史资料》(皖CHZ—2013—12号),2013年版。

30. 六安地区新四军历史研究会编:《驰骋江淮战旗红》(皖非正式出版字[98]第114号),1998年版。

31.《新四军和华中抗日根据地史料选》,上海人民出版社,1982年版。

32.《刘少奇选集》,人民出版社,1981年版。

33. 中共滁州市委党史研究室著:《中国共产党滁州地方史》第一卷,安徽人民出版社,2011年版。

34. 中共天长市委党史研究室著:《中国共产党天长地方史》第一卷,中共党史出版社,2010年版。

35. 中共来安县委党史研究室著:《中国共产党来安地方史》第一卷,中共党史出版社,2010年版。

36. 中共明光市委党史研究室编:《中国共产党明光地方史》第一卷,中国文史出版社,2010年版。

37. 定远县党史修志办公室编:《中国共产党定远地方史》第一卷,中国文联出版社,2010年版。

38. 中共全椒县委党史办公室编:《椒陵烽火》(皖CHZ—2015—13号),2015年版。

39. 全椒县党史研究办公室、全椒县地方志编纂委员会办公室、全椒县档案局(馆)编:《中国共产党全椒地方史》第一辑(皖CHZ—2009—2号),2009年版。

40. 中共党史人物研究会编,胡华主编:《中共党史人物传》第八卷,陕西人民出版社,1983年版。

41. 王健英编:《中国共产党组织史资料汇编:领导机构沿革和成员名录》,红旗出版社,1983年版。

42. 周晓寒著:《不待扬鞭自奋蹄:父亲周利人追求梦想的传奇人生》,江苏人民出版社,2013年版。

43. 本书编委会编:《新四军中的上海兵》,上海文艺出版社,2007年版。

44. 中共邢台县委党史资料征集办公室:《抗大在浆水》(内部资料)。

45. 安徽省军区政治部编:《江淮烽火:安徽省民兵革命斗争故事集》,安徽人民出版社,1973年版。

46. 牛春雨主编:《烽火岁月》(内部资料),2010年版。

47. 晓植:《偃小姐》,成都出版社,1994年版。

48. 赵生晖著:《中国共产党组织史纲要》,安徽人民出版社,1987年版。

49. 来安县新四军历史研究会编:《战斗在淮南的抗日儿女》(皖 CHZ—2015—2号),2015年版。

50. 安徽省新四军历史研究会、革命纪念馆专业委员会编:《新时期革命纪念馆地位和作用研讨论文集》(皖 HF—2013—033 号),2013年版。

51. 《王明言论集》,人民出版社,1982年版。

52. 中共确山县委党史资料征编委员会编:《小延安——竹沟》,河南人民出版社,1988年版。

53. 胡兆才著:《新四军 1943—1945:黄花塘纪事》,陕西人民出版社,2013年版。

54. 奚渭明著:《陈毅和战友们》(内部资料),2004年版。

55. 陈辛仁著:《陈辛仁回忆录》,世界知识出版社,2008年版。

56. 《赖传珠将军日记》,军事科学出版社,2005年版。

57. 石言等编写:《新四军抗战故事集》,江苏人民出版社,1995年版。

58. 许道华、吴克文主编:《被错杀的将军》,四川人民出版社,1989年版。

59. 安徽省军区主编:《新四军在安徽》,安徽人民出版社,1982年版。

60. 丁群著:《刘顺元传》,江苏人民出版社,1999年版。

61. 中共明光市委党史办公室编:《嘉山烽火》,亚太新闻出版社,1999年版。

62. 桦木等编:《神枪镇恶魔》,新华出版社,1981年版。

63. 六安市新四军历史研究会编,方正平、许正刚主编:《纪念高敬亭将军》(皖内部图书:2004—032),2004年版。

64. "党史资料"系列丛书,上海人民出版社。

65. 政协安徽省委员会文史资料研究委员会编:"安徽文史资料"系列丛书,安徽人民出版社。

66. 六合县政协文史资料委员会编:"六合文史资料"系列丛书。

67. 仪征市政协文史资料委员会编:"仪征文史资料"系列丛书。

68. 天长市政协文史资料委员会编:"天长文史"系列丛书。

69. 滁州市政协文史资料委员会编:"皖东文史"系列丛书。

70. 安徽省社会科学院主办:《安徽史学》杂志。

71. 中共河南省委党史研究室主办:《党史博览》杂志。

72. 中央文史研究馆、上海市文史研究馆主办:《世纪》杂志。